LAS INVOCACIONES

GRANTRAVESÍA

KRYSTAL SUTHERLAND

LAS INVOCACIONES

Traducción de Táibele Ha'

GRANTRAVESÍA

Las Invocaciones

Título original: *The Invocations*

© 2024, Krystal Sutherland

Traducción: Táibele Ha'

Diseño e imagen de portada: Mariana Palova

D.R. © 2024, Editorial Océano de México, S.A. de C.V.
Guillermo Barroso 17-5, Col. Industrial Las Armas
Tlalnepantla de Baz, 54080, Estado de México
www.oceano.com

Primera edición: 2024

ISBN: 978-607-557-966-5

Todos los derechos reservados. Quedan rigurosamente prohibidas, sin la autorización escrita del editor, bajo las sanciones establecidas en las leyes, la reproducción parcial o total de esta obra por cualquier medio o procedimiento, comprendidos la reprografía y el tratamiento informático, y la distribución de ejemplares de ella mediante alquiler o préstamo público. ¿Necesitas reproducir una parte de esta obra? Solicita el permiso en info@cempro.org.mx

IMPRESO EN MÉXICO / *PRINTED IN MEXICO*

Para todas las chicas enojadas

PRÓLOGO

Una chica camina sola de regreso a casa por la noche. Es la víspera de Todos los Santos en Londres, y la calle que se extiende frente a ella está vacía, silenciosa, salvo por el suave golpe de sus botas en el concreto y el susurro de las hojas otoñales arrancadas por el viento. Las brumosas luces de las lámparas de sodio se esfuerzan por desplazar la oscuridad.

La chica viste de bruja. Piel verde como de caricatura, sombrero puntiagudo, una verruga falsa en la nariz. Viene del salón de baile Electric donde, en un concierto de Halloween con sus compañeras de casa, vio al chico que le gusta besando a una chica disfrazada de ángel sexy. Eso hizo que se arrepintiera de inmediato de su disfraz y quisiera regresar a casa.

Ahora se cuela por el hueco entre dos edificios, más allá del pub que está junto al canal, al que suele ir con sus amigos en verano. Una chica está sentada al otro lado de una ventana decorada con calcomanías de murciélagos, con la cara manchada de sangre. Una pareja con overoles a juego color rosa intenso termina su relación sentada en una banca.

La chica da unos pasos hacia el puente que cruza el canal y baja al camino de sirga del otro lado.

Es ahí, en el puente, donde se detiene. El canal debajo de ella es una delgada serpiente de aguas poco profundas. En un día claro, se puede ver el detritus cubierto de algas que se acumula en el fondo: las bicicletas, los carritos de supermercado, los neumáticos. Esta noche el canal luce negro e impenetrable. Si no se conoce su profundidad, se podría pensar que es insondable.

Del otro lado, los bares y restaurantes del mercado de Camden siguen repletos de gente celebrando Halloween. Hombres y mujeres disfrazados se agrupan alrededor del rojo resplandor de los calefactores exteriores, riendo y bebiendo vino caliente en tazas humeantes.

Más adelante, el puente peatonal desciende hasta el camino de sirga que serpentea junto al canal Regent, por debajo del nivel de la calle.

La chica se cierne al borde de la oscuridad, sopesando sus opciones.

Ella suele evitar el canal tras la puesta de sol. No está iluminado. Es el tipo de lugar que le han dicho toda la vida que evite por el simple hecho de ser una chica... pero esa noche tiene frío y está ebria y triste y hambrienta de las sobras de pad thai que sabe que la esperan en su refrigerador. El camino junto al agua es la ruta más corta y rápida para volver a casa.

Sin embargo, algo le dice que no continúe. Tal vez sea el recuerdo de lo que le ocurrió otra noche como aquella. El extraño que la esperaba en la oscuridad, todas esas reiteradas advertencias que la iban invadiendo, manifestándose en carne y músculo, y aliento.

Entonces, la chica recuerda las palabras grabadas en su muñeca y pasa la yema del dedo por las frías letras metálicas hundidas en su piel. Palabras que tardó un año en encontrar. Palabras que significan que ya no necesita temer a la noche ni a nadie que pueda acecharla.

Cruza el puente. Se sumerge en la oscuridad.

La primera parte del paseo está bien. El camino es estrecho y empedrado. El canal está bordeado a ambos lados por almacenes convertidos en lujosos edificios de departamentos. La luz que proviene de sus ventanas se refleja en la mansa superficie del agua, creando un inquietante mundo especular justo debajo del real. Las casas flotantes se asientan cómodamente en el borde del canal; el olor a humo de leña flota en el aire a su alrededor. Un perro enorme, muy gordo, está echado frente a una de ellas y la observa al pasar. Los sonidos de la juerga se disuelven a lo lejos, pero todavía hay vida allí. Todavía hay gente que la oiría si gritara.

Cruza por debajo de un puente. Está plagado de pintas e iluminado por una potente luz azul, para ahuyentar a los adictos. La combinación hace que el lugar parezca peligroso. Ella avanza rápidamente hacia la sombra que la espera.

El siguiente tramo es peor. Ya no hay casas flotantes. Ya no hay departamentos de lujo. No hay nadie que pudiera acudir en su auxilio. La vegetación florece a la vera del camino, enredaderas y zarzas que no pierden su follaje cuando la noche se convierte en escarcha. Ella se mueve más cerca del agua, recelosa de los atacantes ocultos entre las enredaderas.

La chica cruza por debajo de un segundo puente iluminado de azul, y luego de un tercero, que percibe rancio a causa del hedor a orina. Ella llega a la base de la escalera que sobresale de la oscuridad hacia la calle iluminada.

Una chica vuelve a casa sola, pero no está sola.

Ella lo siente antes de verlo. No hay sonido, movimiento ni olor. Sólo alguna respuesta primordial que queda en la sangre de una época anterior a que los humanos caminaran en la Tierra. Siente un repentino pinchazo de horror en sus entrañas. Un desplazamiento de energía que la hace volver la mirada por encima del hombro y detener sus pasos.

Sus ojos encuentran de inmediato la figura, inmóvil en el sendero. Es un trozo de sombra, nada más. Sin rostro, desarmado, nada le indica que pudiera hacerle daño. Es sólo un hombre.

Pero ella es una chica. Y está sola. De noche. Y eso es suficiente para establecer la amenaza.

La chica agacha la cabeza y sube los escalones de dos en dos, pero intenta hacerlo despreocupadamente, como hacen las mujeres cuando a pesar del miedo tratan de no parecer groseras. Se obliga a no correr. No hay necesidad de medidas desesperadas. Todavía no. Es sólo un hombre en el camino de sirga por la noche. No hace falta correr, sería descortés.

Y algunas veces.

Bueno.

Algunas veces, si huyes, el monstruo te persigue; esto lo aprendió por las malas.

Así que sube, mesurada, escalón tras escalón, arriba, más arriba, hacia la luz. La escalera conduce a la avenida Gloucester, la lleva a sólo una calle de su departamento. Espera bajo un farol a ver si el hombre la sigue, pero él no lo hace. Ella respira aliviada y se dirige a casa. Es una noche negra, sin luna. El tipo de noche que atrae a los demonios fuera de su mundo liminal hacia el nuestro, hambrientos de las almas de los vivos. Londres está llena a rebosar de magia, oscura y peligrosa, si sabes dónde buscar… y la chica sabe, ahora, dónde buscar.

Un perro ladra.

Ella levanta la vista y ahoga un grito con la mano.

De alguna manera, la figura del canal está de pie en la acera, justo delante de ella. Ahora está más cerca de lo que estaba la primera vez.

La chica se detiene de nuevo. Mira atenta. El corazón golpea dentro de su pecho. Respira entrecortadamente mientras intenta comprender lo que acaba de ocurrir. ¿Cómo pudo seguirla? ¿Cómo pudo alcanzarla? ¿Cómo pudo moverse tan rápido? Es imposible. Imposible.

Entonces, recuerda las palabras en su muñeca.

Ya no hay por qué temer.

Una sombra se cierne a su derecha, la sombra pesada y húmeda que proyectan los árboles en el bosque. La chica avanza hacia ella, se adentra en ella, deja que la devore y…

Emerge por la calle contigua. Un poco sin aliento. Casi agotada. Mira a su alrededor. Está sola otra vez. Se deslizó de sombra en sombra, por donde la figura no podía seguirla.

Con una leve sonrisa en el rostro, se dirige de nuevo a su departamento, a pocos edificios de distancia. El precio que pagó por su poder —un precio de oro, de sangre y espíritu— valió la pena para sentirse segura.

La chica sube los cinco escalones hasta la puerta azul de su casa y la abre. Cuando entra y se da la vuelta para cerrar tras de sí, se encuentra de nuevo con la figura, ahora al pie de la escalera. Está erguida e inmóvil, y cerca. Muy cerca de ella.

Es imposible. Los hombres no pueden usar magia. Eso es lo que le han dicho. Eso es lo que le han prometido. Los hombres no pueden escribir hechizos. Los hombres no pueden grabar invocaciones en su piel. Los hombres no pueden atar sus almas a demonios a cambio de poder.

A los hombres les está vedada la magia.

Y, sin embargo. Aquí está él. Otra vez.

Se quedan quietos, mirándose fijamente. Aunque… ¿él está mirando? Ella no puede verle la cara, no distingue sus ojos, su nariz, su cabello. Él es un espacio vacío, un agujero negro del que no escapa ninguna luz.

La chica cierra la puerta de golpe y retrocede. No se molesta en subir las escaleras que conducen a su recámara en la tercera planta. Se lanza hacia un rincón sombrío del pasillo, cae bajo otra sombra dentro de la cocina y busca a tientas en el fregadero uno de los cuchillos sucios que sus compañeras dejan remojándose eternamente.

La hoja tiembla como un junco de agua en su mano blanca mientras vigila la puerta de su casa y espera. Espera un golpe contra la madera, un giro de la perilla, un momento de película de terror digno de un grito.

No llega.

No llega.

No llega.

Y entonces, cuando piensa que tal vez está a salvo, que quizá no era más que un bromista de Halloween en busca de diversión, un par de fuertes manos se cierran en torno a su garganta.

UNO

Emer Byrne está sentada en un rincón apartado del comedor del Colegio Brasenose, encorvada sobre un plato rebosante de comida. Los estudiantes entran y salen de la sala de paneles de madera, con sus bandejas bien dispuestas con huevos, pan tostado y té, sin reparar en la extraña que se encuentra entre ellos. Miran sus teléfonos con ojos somnolientos. Escuchan sus AirPods. Subrayan sus libros de texto mientras comen. Los estudiantes de Oxford suelen estar más alerta durante la comida y la cena, desconfían más de las caras que no reconocen, por eso Emer sólo desayuna en los pasillos de la universidad. Nadie la molesta. Nadie intenta entablar conversación. A nadie le importa que tome un segundo muffin para comer en el camino.

Afuera, libera el candado de su bicicleta robada de donde la dejó encadenada, en la cerca de la Cámara Radcliffe. Emer ha oído a turistas que pasaban por allí hacer comentarios extrañados por el nombre "No parece una cámara", pero a ella eso nunca la ha desconcertado. La palabra *cámara* comparte sus raíces griegas y latinas, y significa bóveda. Para una chica que domina el latín y otra docena de lenguas antiguas, aquello tiene mucho sentido.

Mientras avanza con su bicicleta por la plaza, se pone a prueba. Detrás de la Cámara hay otro edificio extravagante: una muralla palaciega, más allá de la cual se alzan torretas con forma de puntas de lanza. El All Souls College. A su izquierda, un edificio que parece más un fuerte, también de piedra pálida y rematado con torretas. La Biblioteca Bodleian. A su derecha, una aguja ornamentada. La Iglesia Universitaria de Santa María la Virgen. Se espera que los estudiantes de Oxford conozcan los nombres de estos edificios, por lo que Emer también los ha aprendido.

Era un lugar confuso cuando llegó por primera vez, dos veranos atrás, frenética y temerosa de que ya la estuvieran persiguiendo. Ella esperaba que la universidad fuera un gran campus, no una cofradía de salas y edificios —colegios mayores— repartidos por toda la ciudad, cada uno con su propia historia y encanto. Algunos son muy antiguos: Balliol se fundó en el siglo XIII. Otros son mucho más recientes, como Linacre, fundado en 1962, que es adonde Emer se dirige en bicicleta esa mañana.

El aire frío se siente como agujas en su piel mientras ella monta en bicicleta. El otoño ha llegado. Las cunetas están cargadas de hojas del color del panal de miel y los edificios de arenisca están bañados por la luz blanquecina del sol.

El Colegio Linacre tiene un gimnasio en el sótano. Emer escanea una tarjeta de identificación que no le pertenece y se dirige a los vestidores para cambiarse. Allí, saca su equipo de entrenamiento de la mochila. Una sudadera con capucha y unos shorts azul marino de la marca Oxford, ambos robados de una tienda local. La ropa apesta a humedad a causa del sudor del entrenamiento de anoche, y de los entrenamientos anteriores a ése.

Emer corre, vigorosa y veloz, durante cuarenta y cinco minutos, hasta que la cabeza le da vueltas cuando se baja de la cinta. Siente los músculos pesados, en el buen sentido. Le gusta sentir su carne cuando camina. Todo ese músculo, justo debajo de la piel, cubriendo sus huesos. Eso es poder.

Después de correr, vuelve a los vestidores, entra en la ducha completamente vestida y frota su ropa con jabón hasta que hace espuma. Después, se coloca bajo el chorro de agua para quitarse el sudor y la suciedad de los últimos días y el ligero olor a azufre que desprende su piel. Se quita la ropa empapada y la lava bien, lava también la ropa interior, los tres pares, luego la exprime y la cuelga en los ganchos donde a veces la gente coloca las chamarras u olvida accidentalmente las toallas. Una vez terminada la limpieza, se pone debajo de la regadera y sube la temperatura del agua hasta que su piel blanca se torna rosada. Es un lujo estúpido. Incluso ahora, tantos años después de que Nessa la encontrara medio salvaje en el bosque, tener acceso a una regadera de agua corriente y cálida le produce, en partes iguales, deseos de reír y de llorar.

Se seca con la toalla de otra persona y contempla su figura desnuda en el empañado espejo de cuerpo entero, admira las gruesas cuerdas musculares de sus brazos y piernas, su torso definido, tonificado, donde antes sólo veía el suave plano de su vientre. Le faltan dos dedos del pie izquierdo, tiene una herida sin cicatrizar de cinco centímetros en el antebrazo izquierdo y un sarpullido de un rojo intenso debajo de la clavícula, donde el pendiente de plomo se apoya en su piel.

Las mujeres de Linacre dejan por ahí desodorante, champú y acondicionador, base de maquillaje, labial y máscara de pestañas. Emer echa mano de lo que necesita y luego vuelve a ponerse la ropa que llevaba. Un abrigo de lana marrón, un suéter negro de cuello alto, una falda también de lana, medias oscuras y botas negras. La misma ropa que Nessa metió en la mochila de Emer dos años atrás, mientras la empujaba hacia la puerta y le decía: *"Corre, corre, que después de esto vendrán por ti"*.

Al mediodía, Emer acude a su primera y única "clase" del día. Matemáticas. Ella no entiende de matemáticas más allá de lo que aprendió de su madre, y su madre murió cuando ella tenía siete años. Sumar, restar y multiplicar son conceptos que tienen sentido para ella, pero le cuesta ponerlos en práctica sin contar con los dedos de las manos. Nessa a veces intentaba enseñarle, pero la propia improvisada maestra nunca había ido a la escuela, sólo había aprendido lo que se consideraba útil que supieran las mujeres Byrne: cuándo plantar semillas en primavera, cómo convertir las plantas en tinturas, cómo hablar las lenguas de los muertos.

Emer preferiría asistir a una clase de idiomas, cuanto más antigua mejor, pero ésas se imparten en salones pequeños, para grupos reducidos... y no sirven comida. En la clase de matemáticas sirven bánh mì, una opción con cerdo a un costado del salón, y una alternativa vegetariana en el lado opuesto. El cartel sobre la comida pide civilidad: POR FAVOR, TOMA SÓLO UNO. Emer toma dos de los sándwiches de cerdo, sale del auditorio, vuelve por otra puerta y toma dos de los sándwiches vegetarianos.

La clase está tan llena que tiene que sentarse a un lado del salón, sobre el piso alfombrado. Hay una joven oradora invitada que habla de una beca que ganó para estudiar en una universidad de élite en Estados Unidos. Emer se pregunta cómo será la comida allí. Entonces, empieza la clase. El profesor escribe todo tipo de símbolos extraños en el pizarrón, como todas las semanas. Emer entiende los jeroglíficos egipcios, pero no aquellos garabatos. Escucha, observa y come lentamente sus cuatro sándwiches. Cuando pasan la hoja de asistencia, la mira y finge buscar una pluma antes de pasarla sin escribir su nombre. Nadie se da cuenta. Ha aprendido a ser igual que un fantasma.

La clase se extiende hasta media tarde. Cuando termina, Emer vuelve a la Cámara y se dirige a la Biblioteca Bodleian, donde se sienta ante una mesa de madera oscura entre estantes también de madera oscura.

La biblioteca es la razón por la que ella está allí. Es por eso que decidió esconderse en Oxford en lugar de en cualquier otro lugar la noche en que huyó de Cork, hace dos años.

Ahí, Emer lee. El sol se cuela largo y dorado por las ventanas. El aire huele a piel curtida y papel viejo. Es el lugar favorito de Emer. Es allí donde encuentra los libros que dejan para ella: a sus pies, en la silla de al lado. Nunca tiene que ir a buscarlos, tan sólo aparecen, como por arte de magia. Libros sobre protolenguas. Libros sobre sigilos y runas. Libros sobre sumerio, hatti, elamita y hurrita. Libros sobre Lineal A y jeroglíficos cretenses, sobre silabarios y logogramas y escritura restringida. Emer los lee todos, de cabo a rabo, y no escatima en la escritura de notas. Mientras trabaja, juguetea con el colgante que lleva al cuello y retuerce entre sus dedos el rollo de plomo, tan fino como la seda. Un gesto inconsciente para asegurarse de que todavía está ahí.

En las páginas finales de un libro sobre protolenguas, Emer se desabrocha el collar y despliega el pergamino para revisar su trabajo. En el plomo están grabadas las peores palabras que Emer ha encontrado en todas las lenguas muertas que alguna vez tuvieron un sistema de escritura.

Cada palabra para *sangre*.
Cada palabra para *odio*.
Cada palabra para *venganza*.

Ese día añade una palabra nueva, un pequeño rayón en el borde con un punzón, y luego levanta la vista para observar a las otras personas de la sala, con las cabezas hundidas en libros y laptops en silenciosa contemplación. Todos están tan limpios. Todos se sientan tan erguidos, tan seguros de pertenecer a aquel lugar. Emer los analiza detenidamente e intenta emularlos. Las líneas de sus columnas vertebrales. La forma en que entrecierran los ojos cuando resuelven los problemas en su pantalla, frustrados pero confiados en su capacidad para imponerse al final. Las mujeres tienen la cara resplandeciente, prolijas colas de caballo y poco maquillaje. Los hombres llevan el cabello recién cortado y zapatos relucientes. Los humanos son máquinas de reconocimiento de patrones, y Emer debe esforzarse por encajar. Para no levantar sospechas.

Cuando un hombre se dirige al baño, Emer se levanta, se vuelve a poner el colgante y pasa por delante del lugar donde estaba trabajando. Él dejó la cartera en la mochila abierta. A Emer todavía le sorprende la confianza con la que los estudiantes de Oxford dejan sus pertenencias sin vigilancia. Con qué libertad confían los unos en los otros. Emer finge que deja caer algo junto a la mochila y se agacha. No toma toda la cartera. Sólo las cosas que le servirán para moverse por la ciudad. Su identificación de estudiante. Su dinero.

Por la tarde, Emer se come el muffin que guardó del desayuno, luego vuelve al gimnasio y levanta pesas durante otra hora. Nadie cuestiona su presencia en la pequeña sala destinada únicamente a los alumnos de Linacre. ¿Por qué lo harían? La ropa deportiva de Emer todavía se está secando, así que se pone una sudadera con capucha de Medicina Oxford que alguien dejó guardada en un casillero. A veces, los hombres se quedan mirándola al pasar, y ella piensa que puede ser porque es bonita, llamativa incluso, con su cabello rojo y sus ojos castaños, pero eso no ayuda cuando estás intentando pasar desapercibida, no ser recordada.

"*¿Qué aspecto tenía la chica?*", Emer imagina a la policía preguntándole a su vecina en Cork. "*¿La chica que mató a su marido?*".

Después de las sesiones de levantamiento de pesas, Emer se dirige a la cocina común de Linacre y se prepara un café, lo bebe y se prepara otro. Los cajones allí están llenos de bolsitas de té y paquetes de salsa marrón y cápsulas de café y galletas en envolturas individuales. Tanta comida. Piensa en las noches que pasó en los bosques alrededor de Lough Leane cuando era niña, con frío, hambrienta y salvaje, cuando ha habido cajones como éstos en Oxford todo el tiempo. Toma cuatro galletas y las mete en la mochila. Luego toma cuatro más, dos para guardar en cada bolsillo de su abrigo.

Ya es de noche. El cielo está despejado y los hastiales de la universidad lucen sombríos y góticos en la penumbra. Emer monta en bicicleta, se dirige a Franco Manca y se queda afuera, esperando a que se libere una mesa de estudiantes. No pasa mucho tiempo. Tres chicas se levantan y salen, charlando y riendo. Todavía queda media pizza en la mesa, un plato de ensalada y una cerveza que apenas tocaron. Emer entra en el restaurante, se sienta donde estaban las chicas y se come todo lo que dejaron. Se toma su tiempo. Saborea la pizza. Bebe la cerveza lentamente. Cuando termina, se marcha. Nadie la detiene, porque la cuenta ya fue pagada.

Afuera, la ciudad está oscura, se siente el frío de noviembre, el otoño tardío se ha instalado pesadamente sobre las calles, adormeciéndolas en un silencio temprano. Las farolas son amarillas y parecen de gas. A Emer le recuerdan a las velas que su madre encendía por toda la casa cuando era pequeña.

Es por la noche cuando observa a los hombres. Durante el día aparta su mirada de la de ellos, les sonríe tímidamente cuando es necesario, encoge su musculosa figura para parecer más ligera, más pequeña, más débil. Ahora echa los hombros hacia atrás para mostrar toda su corpulencia, siente el peso y la seguridad de los músculos que ha cultivado. Bajo su ropa de abrigo parece frágil, pero es fuerte, y eso, según ha aprendido, la hace peligrosa.

Emer sigue a los hombres en bicicleta. Ellos no saben lo que se siente ser perseguidos. Cuando caminan solos por las calles oscuras, los hombres no piensan en dedos cerrándose alrededor de sus gargantas o en el sonido que harán sus cráneos al golpear el pavimento.

No se preocupan por extraños que allanen sus casas y masacren a toda su familia.

A Emer le gusta encontrarlos donde están sentados o de pie o caminando, cómodos, sin miedo. Porque no hay necesidad de temer si eres hombre. La oscuridad te pertenece. Es tu espacio.

Emer frena su bicicleta en el paseo Christ Church Meadow, frente a un pequeño puente de piedra. El puente Folly. Es su lugar favorito de toda la ciudad, aparte de la biblioteca. El río Támesis está rodeado de una mezcla de árboles incompatibles: eucaliptos descoloridos, árboles de hoja perenne color esmeralda y robles increíblemente brillantes en tonos otoñales de caramelo rojo y helado de naranja. Son casi las nueve de la noche y en el lugar sólo se encuentra otra persona. Un hombre de cabello claro sentado en una banca, mirando el arroyo mientras come una hamburguesa. Emer se sienta a su lado, demasiado cerca de él, y lo mira fijamente a la espera.

Los hombres piensan que ella parece una presa.

No saben que es un cebo.

—¿Puedo ayudarte? —pregunta el hombre. No hay miedo en su voz ni en sus ojos—. ¿Estás bien?

Emer sigue mirando fijamente.

—¿Andy? —pregunta ella. Han pasado dos años desde que salió de Irlanda, pero su acento sigue muy presente.

Pruébame, piensa Emer. *Intenta hacerme daño.*

Veamos qué sucede.

Veamos qué puedo hacer.

—No. Me llamo John —el hombre parece confundido. Preocupado. No añade nada más. Emer se levanta, retrocede y lo deja tranquilo.

Sigue rondando en su bicicleta durante tres horas más, hasta que el frío le entumece los dedos y la ciudad está en calma y no hay más hombres a los que acechar.

A medianoche vuelve a Brasenose, donde se comió el muffin esa mañana. Es martes por la noche y hay una fiesta en la sala común, con comida y alcohol. Emer se mezcla entre la multitud y toma ambas cosas. Nadie repara en Emer. Pertenece a este lugar. Un chico intenta hablar con ella, le pregunta su nombre, pero hay demasiada luz, y Emer vuelve a tener los hombros encorvados. El chico espera que ella responda, pero Emer no lo hace, y él se marcha pronto, mirándola cual bicho raro.

Qué torpe. Coquetear es parte de su camuflaje, su disfraz. No puede ser la chica rara. No puede ser la chica en la que la gente piensa si alguien viene a hacer preguntas.

Hay baños al final del pasillo. Emer se sienta en la tapa de un escusado y come bocadillos de curry y bebe otro sorbo de cerveza y espera a que termine la fiesta, lo que ocurre a la una de la madrugada, porque hay restricciones de ruido. Los estudiantes deben descansar bien si quieren gobernar el mundo algún día.

Emer se lava la cara en el baño y bebe cinco puñados de agua del grifo. Bajo la luz fluorescente, su piel luce cetrina, biliosa. Tiene medias lunas azules bajo los ojos. Se dice que debe comer más brócoli y bebe otros cinco puñados de agua.

Una vez que las luces están apagadas y todo el mundo se ha ido, Emer saca su llavero, que pesa mucho porque ahora carga docenas de piezas robadas, y abre la sala común. El interior está hecho un desastre, repleto de migajas, con los muebles desordenados, pero es un lugar cálido y a resguardo, y eso es suficiente. Más que suficiente.

Antes de acostarse a dormir, saca el cuchillo de su mochila y desliza la hoja por su antebrazo izquierdo, reabre la herida parcialmente cicatrizada que se hizo anoche, y la noche anterior, y la noche anterior, y varios cientos de noches antes de aquel día. La sangre burbujea en la superficie de su piel y comienza a gotear por su brazo. Emer lanza gotas a las paredes y recita las palabras que su madre le enseñó de niña al recorrer el perímetro una, dos, tres veces.

Luego, se recuesta en un sofá, con el abrigo de lana puesto en caso de que deba huir, y se consuela con el sonido de los demonios lamiéndole la sangre mientras cae en un sueño superficial.

DOS

Son las 8 de la mañana cuando Jude Wolf despierta, completamente vestida, jadeando, en la bañera.

El agua en la que está sumergida es fría y negra como la tinta. La habitación —su recámara— está destrozada, hay cristales rotos por todas partes y las alfombras persas que cubren el suelo de madera están encharcadas.

Jude toma aliento unas cuantas veces más e intenta recordar lo que pasó. El dolor había empezado hacia el atardecer. Al principio, era una sensación apagada en la pierna, como un presagio de la tormenta que se avecinaba. Empezó a beber poco después del anochecer, cuando el dolor se volvió cegador, brillante, y ya no pudo controlar el deseo de arañar la herida en su carne, de intentar excavar la fuente de la agonía con sus propias uñas. Fue entonces cuando se dio un baño y sumergió su carne putrefacta en el agua caliente para buscar algo de alivio… no lo encontró.

Jude se desmayó poco después con el hechizo mágico más aburrido del mundo: la capacidad de rendirse a la inconsciencia.

—Miserables bastardos —dice Jude mientras levanta su cuerpo empapado de la bañera.

Jude sigue vestida, como ayer, como todos los días, con un fino traje sastre negro, de ésos que su padre odia tanto porque prefiere que ella use un vestido. También prefiere que lleve el cabello negro largo, a pesar de que hace años que usa un corte bob a la altura de las orejas.

"Hace que parezcas lesbiana", le dijo él una vez. Lawrence Wolf no se daba cuenta, de forma bastante espectacular, de que ésa era precisamente la cuestión.

El lodo espeso de la bañera se aclara y vuelve a convertirse en agua en cuanto Jude ya no está sumergida. Se agacha y toca la superficie con la punta de un dedo. De inmediato, un globo negro se forma en el agua. Empieza a crecer, a enturbiarse y a hervir como una bomba de baño satánica hasta que Jude retira el dedo, y el agua se aclara una vez más.

Ella dirige un gesto obsceno hacia la bañera y se aferra a la tela húmeda que cubre su muslo derecho cuando siente un repentino aguijonazo de dolor en la pierna. Todavía no ha terminado. Las réplicas retorcerán su carne por varios días. Vuelve a echarse en la cama e intenta respirar para tolerar el dolor.

Cuando consigue volver a moverse, se levanta y se quita la ropa húmeda con cuidado, como si retirara el parche de una herida, y luego cojea hasta el espejo de marco dorado que está al otro lado de la habitación. Tiene una espantosa lesión en el muslo, hinchada y gangrenada. La piel, desde la rodilla hasta la ingle, tiene un aspecto muy parecido al de un tronco de madera devorado por el fuego. Está seca y dura al tacto, atravesada por fisuras profundas hasta los huesos que dejan escapar pus y azufre. En la herida hay algo escrito, letras metálicas fundidas en su carne, pero la piel está tan deforme que las letras ya no forman palabras. No es una herida normal. Es vieja y no sana, y en ocasiones, en habitaciones muy silenciosas, Jude puede oír cómo le susurra.

En ese momento le susurra. Ella empieza a sudar y presiona con la palma de la mano esa cosa repulsiva, gritando de dolor, pero al menos sus gritos ahogan las voces.

Es un lenguaje que se supone que ella no debería poder oír.

El lenguaje de los demonios.

El cuerpo humano tiene una reacción visceral. Momentos después, Jude está vomitando, tanto por el lenguaje demoniaco como por el apabullante dolor tras haber tocado la lesión. El dolor recorre su cuerpo en oleadas, bañándola una y otra vez, irradiándose desde la cáscara que alguna vez fue su muslo.

—Entiendo, entiendo, no te metas con lo oculto —jadea Jude mientras se hunde en el suelo lleno de escombros.

Algunos minutos más transcurren. Se queda quieta y examina su mano. Tocarse la herida por un momento le dejó una roncha roja en la palma. Utiliza el dorso de esa mano para limpiar un hilo de saliva que cuelga de sus labios y se levanta para contemplar los daños de su cuerpo en el espejo.

Dios mío, me van a dejar seca, piensa al contemplar a la criatura alienígena de ojos grandes que la mira fijamente. Alguna vez, Jude Wolf fue tan atractiva como el diablo y vestía incluso más elegante. Alta y con extremidades de bailarina, como su madre, la difunta reina de belleza Judita Nováková, ella sabía que era toda una bomba sexual. Muchas chicas —y algunos chicos confundidos— querían quitarse los calzones con sólo verla. Ahora su cuerpo se ha vuelto tan débil, tan delgado. Un corte en la línea del cabello le ha hecho correr la sangre por un lado de su cara, seca y agrietada como un mosaico oxidado. Tiene una costra de azufre amarillo en la lengua y varios dientes tambaleantes en la parte posterior de la boca, donde el hueso ha empezado a reblandecerse.

Jude sabía que la magia tenía un precio —siempre tenía que haber un precio—, pero no esperaba que fuera tan... espantoso.

Suena el teléfono de Jude. Ella responde.

—*Hey, Jude...* —canta Elijah.

Jude no puede evitar sonreír, por muy molesta que sea esa maldita canción.

—Nunca perdonaré a Paul McCartney por haber escrito eso.

—¿Sabes? Estaba pensando el otro día en la primera vez que nos embriagamos. ¿Lo recuerdas? ¿En aquella boda en la que pedí que la banda tocara "Hey Jude" y tú les gritaste hasta que pararon?

Eran jóvenes. Jude tenía once años, Elijah trece. Los dos se habían quedado sin supervisión en la boda de uno de los socios de su padre. Corrían alrededor de las mesas mientras los adultos bailaban, y bebían de cada vaso de alcohol que encontraban, sin darse cuenta de que se estaban emborrachando hasta que fue demasiado tarde.

—Lo recuerdo —dice Jude—. Vomité sobre la novia. Eso fue tan rudo.

—Fue entonces cuando supe que eras mi hermana favorita.

—¿Te tomó once años decidir que yo era mejor que los Jinetes?

—Eras una niña excepcionalmente molesta.

—Eso no es verdad. Era un ángel.

Jude oye voces apagadas de fondo y se pregunta dónde está su hermano, con quién pasa el tiempo ahora que ella no está.

—Sí, gracias —le dice Elijah a alguien más, y enseguida vuelve al teléfono—: Tengo que irme, Jubicho. Sólo quería comprobar que todavía estás viva.

—Lo estoy —contesta Jude, pero Eli ya se fue—. De acuerdo —se dice a sí misma—. Nosotros jugamos hasta el final, Wolf —la criatura del espejo no parece muy convencida, pero ¿qué otra opción le queda que hacer sufrir a sus demonios?

Jude se levanta, se pone un esmoquin de seda y unos zapatos Oxford que no son par, y se dirige a comprobar los daños en el resto de la casa.

Vive sola en una imprenta del siglo XIX en Hoxton, que fue remodelada para servir como casa. Hay alfombras persas en el suelo, flamingos disecados en el vestíbulo, un cine en casa de seis plazas con cortinas rojas y sillas de terciopelo púrpura, tres recámaras (cada una con su propia bañera de cobre con patas), dos terrazas y una habitación en la que toda la pared orientada al sur son ventanas Crittall que ofrecen la lejana vista de la ciudad. Los libreros están repletos de tomos encuadernados en piel. En la cocina hay una estufa AGA de seis hornillas.

Es una cárcel de oro.

La casa le fue regalada —o, más bien, impuesta— hace dos años, poco después de que cumplió quince años, junto con un estipendio mensual que le permite vivir sola en ese lugar. El acuerdo tenía algunas condiciones: Jude no debía volver a ponerse en contacto con su familia. Jude no debía hablar con la prensa. Jude no debía ser fotografiada en ninguna otra situación comprometedora. Jude no debía volver a la escuela. Jude debía arreglar su vida y dejar de enlodar y avergonzar el apellido Wolf.

El resto del lugar está en el mismo estado que su recámara. Los vasos yacen destrozados en el piso. Los pocos muebles que tiene están volcados. Hay agujeros en las paredes; algunas ventanas están embarradas de una oscura sustancia de olor pútrido, ¿pus de su herida? La primera vez que eso ocurrió, Jude pensó que había entrado para robar mientras se encontraba desmayada. Sólo después de que instaló cámaras de vigilancia y revisó los videos del episodio siguiente, se dio cuenta de que se lo había hecho ella misma. O, más bien, un demonio invisible y enfurecido había arrastrado su cuerpo inconsciente de un lado a otro, golpeándola contra las cosas.

Hay una batalla en el interior de Jude. Una batalla literal por su alma. Dos demonios la quieren viva para poder succionar su espíritu. Uno más la quiere muerta para poder liberarse de ella para siempre. Ella tiene que vivir con los tres luchando por la supremacía.

En la cocina, el refrigerador está abierto y hay botellas de salsa rotas en el piso pero, misericordiosamente, la cafetera se ha salvado.

Jude prepara dos expresos, como cada mañana.

—Uno para ti, otro para mí —le dice a la fotografía de piso a techo de su madre, mientras se desliza hasta el suelo con las piernas cruzadas y empuja uno de los cafés hacia ella.

Judita la mira con ojos brillantes e inteligentes —los mismos ojos de Jude— y ella se pregunta qué habrá sido del alma de su madre. Sabe muy bien que los demonios son reales y que el diablo también lo es. Del resto, no está segura. ¿Qué les ocurre a las personas después de morir?

Después de beber su café, Jude empieza el día: abre su laptop y comprueba el desordenado Google Doc de los investigadores privados a los que les está pagando —ahora hay trece— y luego le llama a cada uno de ellos, uno tras otro, para escuchar sus informes. La mayoría no contestan porque no creen que Jude pueda encontrar lo que está buscando. Aceptan su dinero, claro, pero ¿harán realmente el trabajo? Es poco probable.

Por lo general, esto frustra a Jude, pero hoy la enfurece.

Tres de los trece acaban respondiéndole. Saul, el único investigador privado que contesta sistemáticamente a sus llamadas, la pone al día con tono aburrido: ha estado llamando a líneas de ayuda psíquica y ha acumulado una factura de seiscientos libras que quiere que Jude pague antes de que le entregue la información. Jude resiste el impulso de decirle idiota y le explica, por tercera vez, que no está buscando a una psíquica, maldita sea. Marta es más útil (al menos esta vez, porque tiene tendencia a mantenerse en silencio durante meses): tiene una pista sobre una joven poeta slam que vio actuar en uno de los locales que ha estado vigilando. Es una posibilidad remota, pero ¿qué no lo es en la situación de Jude? El último contacto que responde es Harry, que ni siquiera es un detective privado, sino que es semicompetencia para la vigilancia de campo. Hay rumores de buenas maldiciones procedentes de Oxford en este momento, y Harry está estudiando literatura inglesa allí. Jude lo contrató para investigar a sus compañeras de clase.

—¿Así que ninguna está especialmente interesada en el latín? —le pregunta Jude.

—Es Oxford. Todo el mundo finge saber leer y escribir latín. Tienes que ser más específica.

De nuevo, Jude le lanza el discurso, con más información y menos paciencia que la primera vez: está buscando a una escritora, probablemente una poeta. Como mínimo, dominará el latín, pero probablemente también otras lenguas clásicas y antiguas. Lo que no le dijo antes: es probable que —¿cómo decirlo con delicadeza?— tenga un ligero olor a azufre. Jude se resiste a ser más específica que eso, porque en cuanto empiezas a utilizar palabras como *maldición* y *bruja*, la gente se ríe de inmediato o cuelga. O —y éste es el error que cometió con Saul— empiezan a enviarle a cada psíquica de mala muerte que encuentran y esperan que ella pague por el simple placer de hacerlo.

—¿Azufre? —pregunta Harry.

—Sí, Harry. Azufre. Lo que pregunto es si conoces a alguna poeta en ciernes que apeste a huevos podridos.

—No lo sé, perdí el sentido del olfato cuando tuve Covid. ¿Por qué ella olería a azufre?

Jude se pellizca el puente de la nariz y decide: *al carajo*.

—Una bruja, Harry. Estoy buscando a una bruja. Hace dos años, me uní accidentalmente a un demonio furioso en contra de su voluntad. Ahora, ese demonio y yo estamos unidos hasta que yo muera, y está *bastante* molesto porque se está muriendo de hambre. Los demonios esperan un pago por sus servicios en forma de un alma humana que puedan devorar, pero en lugar de darse un festín conmigo, mi alma se ha vuelto necrótica, y voy a ser total y absolutamente miserable el resto de mi corta y maldecida vida... a menos que pueda encontrar una bruja con mucho talento que me ayude.

Harry cuelga. Jude lanza el teléfono al otro lado de la habitación.

—IMBÉCIL —grita lo más fuerte que puede y luego patea cosas con la pierna izquierda hasta que se queda sin aliento.

Después, recorre los foros de Reddit en busca de determinados términos —*hechicera de palabras, voces mysticae, posesión demoniaca*— con la esperanza de encontrar otro diamante en bruto, pero no encuentra nada.

A media mañana, comienza la ardua tarea de limpiar y reparar la casa. Es una batalla interminable contra la fuerza corrosiva de la maldición. La magia oscura se ha instalado en su carne y sus huesos, pero también se ha filtrado fuera de ella y ha envenenado las paredes y los pisos. Cuando se mudó, el lugar estaba impoluto, pero ahora, igual que ella, se ha deteriorado. Allí siempre hace frío, por mucho que suba la calefacción. Las paredes se hunden hacia dentro como si los huesos del lugar ya no pudieran soportar su propio peso. La pintura burbujea y se descarapela bajo sus dedos. Ha tenido que cambiar varias veces la instalación eléctrica, porque los cables se funden y trozan detrás de las paredes. Hay goteras por todas partes, tantas que Jude ha renunciado a repararlas: cubetas de agua salpican todas las habitaciones, recolectando las gotas. Las luces se apagan y se encienden solas. El viento gime a través de las grietas de las ventanas.

Que la casa se esté disolviendo a su alrededor ni siquiera es lo peor.

Estar embrujada es estar maldecida. Por las noches, cosas moribundas vienen a ella. Las arañas salen de sus agujeros y se retuercen en nudos espasmódicos mientras Jude duerme. Insectos voladores caen del aire a su paso. Las plantas se tornan amarillas con su sola presencia, sus hojas se fruncen como si fueran de cuero.

Hoy hay pájaros muertos en cada una de las terrazas, sus plumas se desprenden en cúmulos. Jude las toma con las manos desnudas y siente la capa de polvo que las recubre. Cuando ella viva en el departamento de su padre en la torre, las palomas solían golpear las ventanas todo el tiempo, dejando pequeños ángeles de nieve en el cristal.

Jude barre y aspira toda la casa, amontonando los cristales rotos y los insectos muertos para recogerlos más fácilmente. Enyesa las nuevas grietas de las paredes, extiende lechada entre los azulejos agrietados del baño. Cuando se mudó a ese lugar, a los quince años, sus manos de dedos largos eran suaves. Ahora son ásperas y callosas. Es lo único que le gusta de esa versión de su vida.

Mientras trabaja, Jude piensa en sí misma como una Sísifo moderna, condenada a rodar eternamente una roca cuesta arriba. Mañana habrá más goteras que requerirán más cubetas. Habrá más animales muertos filtrándose por las paredes.

Antes, Jude era prácticamente una princesa, la hija mimada de un hombre muy rico. Ahora, es una lluvia radioactiva andante en forma de chica.

Es la primera hora de la tarde cuando llega un correo electrónico de Saul.

Hay una mujer con marcas extrañas en su brazo trabajando en Harrow. Encuéntrala aquí en dos horas.

La siguiente línea es una dirección. Luego:

Creo que te encontré una bruja.

Jude sonríe y toma sus llaves.

TRES

Zara Jones traza un círculo preciso alrededor de la palabra *maldición* y luego levanta la mirada, quizá por milésima vez, para asegurarse de que nadie la está observando. El libro que está leyendo, robado de una tienda la semana pasada, se encuentra camuflado dentro de su libro de Ciencias, que es lo que finge que está estudiando. La mayor parte son tonterías de la Nueva Era sobre cristales curativos y el poder de las velas de cera de abeja, pero el capítulo sobre maldiciones y demonios capta su atención. Por eso robó el libro.

Amarre, encierra la palabra en un círculo, y vuelve a levantar la mirada. Pero ¿amarre a qué?

Es miércoles por la tarde. A estas horas, el pasillo de la oficina del director está casi desierta: los alumnos se marcharon hace tiempo, los profesores están cansados y listos para volver a casa. Una pareja de adolescentes pasa con los brazos enlazados, pero aparte de ellos, Zara está sola. Ajusta sus lentes de montura metálica sobre su nariz. Son para leer y sólo tienen un ligero aumento, pero el filtro de luz azul evita que le duela la cabeza cuando ha estado mirando una pantalla de computadora durante horas, lo que ocurre casi todos los días de su vida.

Es difícil saber hasta qué punto el libro que tiene en sus manos es correcto y hasta qué punto son conjeturas del autor. Durante el último año, Zara ha podido hacerse una vaga idea de cómo funcionan las maldiciones o, al menos, de cómo cree ella que podrían operar, si es que son reales, para empezar. La idea de los amarres es algo que descubrió hace poco, pero ahora que los conoce, no puede quitarse el concepto de la cabeza. Amarres. ¿Un amarre entre una persona y un demonio, tal vez?

El teléfono de Zara zumba en su bolsillo.

Otra más, dice el mensaje. Han pasado seis semanas desde la última. Zara casi empezaba a creer que se había acabado.

Un segundo mensaje sigue al primero: **500 libras para verla esta vez**.

Zara echa la cabeza hacia atrás y exhala exasperada. La primera costó doscientas libras. La segunda, trescientas cincuenta. Una cantidad absurda de dinero. Una cantidad de dinero casi imposible de reunir.

Zara piensa en cuánto dinero tiene en su habitación, guardado en un sobre. Puede que haya cincuenta o sesenta libras, no está segura.

Veré lo que puedo hacer, responde, aunque sabe que no podrá reunir tanto dinero. **¿Dónde y cuándo?**

Primrose Hill. Enseguida, recibe la dirección. **Nos vemos ahí a las 9 de la noche, en punto.**

¿Reunir quinientas libras en unas cuantas horas? Bien podrían ser cinco mil. O cincuenta mil.

—¿Zara? —Zara levanta la mirada. Un hombre, el asistente de la directora, la está mirando—. La directora Gardner está lista para recibirte.

Zara mete su libro de Ciencias y su tomo de wicca en la mochila y lo sigue. Al otro lado de la puerta encuentra a

Gardner, expectante. La mujer es negra y elegante como el infierno, considerada un icono de la moda por sus alumnas. Rara vez la ven sin su característico labial rojo y algún tipo de resplandor neón en el cuerpo: saco rosa neón, aretes verde neón, zapatos de tacón de aguja azul neón. Algunas alumnas de último curso están tratando de convencerla de que se convierta en *influencer* de moda en TikTok.

Hay tres libros sobre el escritorio frente a Gardner, todos de cara a Zara: *Magia y brujería en la Antigua Roma*, de Harriet Owens; *Breve historia de la mujer y la magia*, de Anna Alexander; y *Magia negra y ritos prohibidos: necromancia para la bruja moderna*, de Elizabeth T. Lee.

—Oh, diablos —exclama Zara.

—Efectivamente —responde Gardner—. Tome asiento.

Zara obedece.

—En verdad, señorita... —Gardner se detiene a echarle un vistazo al atuendo de Zara—. ¿Qué *lleva* puesto? Ya se lo había dicho, no tiene que vestir de esa manera.

Zara mira su ropa. El Colegio Camden para Señoritas no exige que sus alumnas lleven uniforme, una política que Zara desprecia. La tía Prudence se revolvería en su tumba al pensar en lo que llevan algunas de las compañeras de clase de Zara. Jeans rotos y sudaderas con capucha... ¡en un templo de aprendizaje!

Hoy, como casi todos los días, Zara lleva un *jumper* plisado sobre un suéter oscuro de cuello alto, todo ello bajo un elegante saco de tartán, en tonos marrones. Mocasines de piel y gruesos calcetines de lana completan su atuendo. Se recoge el cabello —rubio, espeso y en un corte bob hasta los hombros— con una cinta. Es una especie de armadura. Un mensaje en clave al mundo: Zara Jones es una joven seria y culta, destinada a los salones sagrados de algún lugar como Oxford o Cambridge. Lo que ella espera que el mundo no vea es que el saco es una herencia de su tía fallecida y por eso es dos tallas más grande de lo que debería, y que los mocasines de piel son de segunda mano y tienen agujeros en las suelas, así que, cuando llueve, sus calcetines terminan empapados.

Zara se aclara la garganta.

—Como ya hemos hablado anteriormente, la política de uniformes de esta institución me parece muy deficiente. Estoy dando ejemplo a mis compañeras sobre cómo vestir para triunfar.

—Parece como si estuviera disfrazada de Sylvia Plath.

—Gracias.

Gardner parece querer decir: *Eso no era un cumplido*, pero se contiene. En cambio, hace un gesto hacia los libros.

—Para una enervante seguidora de reglas que no existen, esto es sorpresivo de alguna manera. ¿Le importaría explicarlo?

Zara se endereza en su silla y alisa los pliegues de su falda. ¿Cómo salir de ésta?

—Bueno, son fuentes de investigación para un trabajo de historia —intenta explicar.

—Me importa menos el contenido y más el hecho de que la hayan sorprendido robándolos. Un oficial de policía los dejó aquí hoy y me pidió que le diera una severa advertencia.

El policía había amenazado con ir a la escuela de Zara, pero ella pensó que se trataba tan sólo de eso: una amenaza.

No era la primera vez que la sorprendían robando, no era la primera vez que la obligaban a sentarse en la trastienda mientras un empleado llamaba a la policía. Zara se mostraba obediente cuando la atrapaban, sobre todo porque se sentía fatal cada vez que eso ocurría. No se emocionaba al hacerlo, no era un gesto de rebelión, a diferencia de algunas de sus compañeras, que se embolsaban labiales de Boots o aretes de Primark sólo por diversión. Cada vez que lo hacía, ella tenía las manos sudorosas, temblorosas. Siempre sentía un pozo de ácido en el estómago. Zara no poseía el espíritu de una ladrona. Robaba porque necesitaba cosas y no tenía dinero para comprarlas.

El día anterior había ido a una librería de segunda mano de Bloomsbury. En el Waterstones más cercano había libros de *influencers* de brujerías de Instagram y gruesos volúmenes sobre rituales paganos y druidas neolíticos, pero nada que le pareciera relevante para su proyecto. Así que fue a la librería, donde el suelo, las paredes y el techo eran de madera oscura y las cubiertas de los libros eran de piel curtida y estaban guarecidas detrás un mostrador de vidrio. Era el tipo de lugar en el que Zara se sentía como en casa, entre las páginas almendradas y los viejos tomos.

Zara ni siquiera había sabido que la habían descubierto hasta que el oficial le dio un golpecito en el hombro a varias cuadras de la tienda. Zara suspiró, asintió con la cabeza y le entregó los tres libros que había pasado los últimos veinte minutos deslizando —con destreza, había creído ella, aunque estaba claro que se había equivocado— en su mochila.

—Señorita Jones —continúa Gardner—. Esto es sumamente grave y muy decepcionante.

—Sí, yo también estaba bastante decepcionada conmigo por haber permitido que me atraparan.

—Zara.

Zara se mira las manos, ahuecadas en su regazo. La forma en que la gente dice su nombre ahora está llena de tristeza. Nadie dice *¡Zara!* con una sonrisa en la cara. Nadie dice *Zara* cuando están furiosos con ella. Siempre se dice con peso, con surcos de preocupación grabados en la frente de quien lo dice. Siempre se dice como una disculpa.

—La última vez que la vi en esta oficina...

—Preferiría no hablar de eso.

—No. Por supuesto que no. Lo que estoy tratando de decir es que la última vez que entró aquí, era nuestra mejor estudiante. Usted era excepcional. Ahora sus profesores están preocupados. Sus calificaciones...

Gardner sigue hablando, y Zara se deja llevar por sus pensamientos, como hace siempre que alguien intenta lanzarle un discurso motivacional. Le han dedicado muchos durante el último año. *"Mantén la cabeza en alto"*. *"Las cosas mejorarán"*. *"No siempre dolerá tanto"*. Pero sigue doliendo, y nunca mejora. Cada día es como el primero. La herida no se cura... y Zara no quiere que sane. No lo permitirá. La crudeza del dolor es lo que la hace seguir adelante.

A decir verdad, sólo sigue asistiendo a la escuela porque eso le da acceso a la biblioteca. Zara es la primera en llegar por la mañana y la última en marcharse. Pasa la mayor parte del tiempo entre anaqueles, leyendo sobre maldiciones, demonios y amarres en las computadoras de la escuela o en los libros que roba. De vez en cuando va a clase y los profesores dicen su nombre de esa forma tan triste y pesada —*oh, Zara*— y ella se sienta en su lugar e intenta concentrarse, pero a menudo acaba por reír. Ríe de todas las tonterías que antes se tomaba tan en serio y que ahora no significan nada. ¿De qué sirven ahora los ensayos de la clase de Lengua? ¿De qué le sirve hablar francés ahora? ¿De qué le sirven las buenas calificaciones ahora que su mundo ha sido trastocado por completo?

—¿Qué opina? —pregunta Gardner.

Zara no tiene ni idea de lo que la directora ha estado diciendo o a qué se refiere.

—Sí —responde—. Creo que suena bien.

—¿Va todo bien en casa? Sé que está con su tío ahora y...

A Zara se le inflaman las fosas nasales.

—Todo va bien. De maravilla. He estado distraída con un gran proyecto en el que he estado trabajando, eso es todo.

—No sabía que nuestro plan de estudios cubría temas de magia oscura y necromancia.

Ojalá fuera así, piensa Zara. *Entonces podría saber lo que estoy haciendo.* Se obliga a sonreír.

—¿Me disculpa? Debería volver a mis deberes.

Gardner la despide con una inclinación de cabeza. Y entonces, cuando ella está en la puerta, añade:

—Señorita Jones. Zara —el peso. La preocupación. Zara se detiene. Gardner toma aire—. Fue terrible, lo que le pasó... Fue desgarrador, inimaginable. Nadie se sorprendería si usted dejara que eso arruinara su vida... pero le estoy pidiendo que no lo haga. Sólo tiene diecisiete años. Le queda mucha vida por delante. Ahora, si hay algo que yo pueda hacer para ayudar...

—Necesito quinientas libras, ahora mismo, sin preguntas.

Gardner parpadea varias veces. Se hace un largo silencio.

—Eso es mucho dinero —dice la directora finalmente—. Sería muy inapropiado que yo...

—Todo el mundo me dice siempre: "Si necesitas algo, sólo pídelo". Así que lo estoy pidiendo. Necesito quinientas libras. Así es como podría usted ayudarme.

Zara no cree que Gardner lo haga, pero al momento busca en su bolso y saca un puñado de monedas y algunos billetes.

—Tengo —cuenta— cuarenta y siete libras. Ah, espere —busca en el bolsillo de su abrigo (de un letal tartán neón)—. Aquí hay cinco más —dice, mostrando otro billete—. Cincuenta y dos. ¿Será suficiente?

—Si la respuesta en un examen de matemáticas fuera quinientos y en su lugar escribiera cincuenta y dos, ¿sería suficiente?

Gardner se echa hacia atrás en su silla con los labios fruncidos, fría como el infierno.

Zara sabe que ha ido demasiado lejos.

—Lo siento. Me disculpo, eso fue muy grosero. Gracias. Se lo agradezco. Estoy intentando… Lo estoy intentando. Se lo prometo.

—¿Ah, sí? Porque a mí no me lo parece.

—Sí. A mi manera. Estoy intentando… —Zara se detiene, porque no hay manera de explicar lo que está tratando de hacer sin sonar como si estuviera desquiciada—. Voy a arreglar todo.

Gardner frunce el ceño. Parece preocupada.

—Es muy propio de la personalidad tipo A pensar que pueden arreglarlo todo —toma una pluma, escribe algo en un papel y lo desliza por el escritorio—. Mi número de teléfono personal. En cualquier momento del día o de la noche en que necesite que alguien esté a su lado, llámeme, ¿de acuerdo? Tiene que saber que hay gente en su vida a la que le importa que tenga éxito.

Zara toma el papel y lo mete en el bolsillo de su abrigo, aunque sabe perfectamente que jamás recurrirá a él.

—Necesito conservar esos libros.

—Para su proyecto.

—Para mi proyecto.

—El policía los trajo porque estaba muy preocupado por su contenido. Quería que hablara con usted sobre lo perjudiciales que pueden ser los temas demoniacos para las jovencitas —Gardner apila los libros y los desliza por su escritorio, junto con el dinero—. La escuela puede pagarlos y añadirlos a la biblioteca cuando termine con ellos. No quiero volver a verla por aquí, y no quiero más visitas de la policía. ¿Entendido?

Zara asiente y sale de la oficina de la directora Gardner con cincuenta y dos libras y tres libros más que cuando entró. No ha sido una mala tarde, en definitiva.

Camina deprisa a casa. Es miércoles, primero de noviembre, el día después de Halloween, y todavía hay decoraciones por todas partes. Las fachadas de las tiendas están pintadas con calabazas de ojos huecos y árboles de ramas torcidas. Las casas exhiben telarañas falsas en sus arbustos y cintas de PELIGRO cruzadas sobre sus puertas. El tiempo parece haber cambiado de la noche a la mañana: el final del calor otoñal da paso a cielos encrespados y rachas de viento, con una capa de hojas amarillo nicotina que lo cubre todo.

Zara vive no muy lejos de su escuela, en un departamento de una sola recámara que comparte con su tío, en una antigua finca municipal de Camden. El tío Kyle compró la casa hace quince años y en ese entonces se creía muy listo, tenía veintiún años y ya incursionaba en el mercado inmobiliario. Sin embargo, su carrera como líder de un grupo de música emo no consiguió cobrar impulso —algo muy raro, en realidad—, y desde entonces Kyle Jones sólo ha podido abonar los intereses de su hipoteca mes con mes.

Zara mira hacia la ventana del departamento de Kyle. Las cortinas están corridas y la habitación detrás parece estar a oscuras. Llama al teléfono fijo. (¿Quién tiene todavía teléfono fijo?). Cuando nadie responde, ella supone que será seguro entrar. No es hasta que mete las llaves en la cerradura, gira la perilla de la puerta y oye el chasquido electrónico de una ametralladora que se da cuenta de que Kyle está en casa y que ya es demasiado tarde para echarse atrás. Kyle está sentado en el sofá con las luces apagadas, enterrado en el nido de mantas en el que duerme todas las noches, jugando *Call of Duty*. El lugar apesta a marihuana, como de costumbre. Kyle sigue en pijama, como de costumbre.

—¿Dónde has estado? —pregunta él sin apartar la vista del televisor.

—En la escuela —responde Zara alegremente mientras se desliza más allá de sus dominios, hacia su habitación. La única recámara—. Ya sabes, esa institución de educación a la que voy todos los días.

—Sí, tienes toda la maldita razón.

Zara cierra la puerta y espera. A veces, cuando está muy enfadado con ella, con el juego o con el estado de su vida, suelta el control de la consola e irrumpe como un ciclón. Antes de venir a vivir con Kyle el año pasado, Zara nunca supo por qué se decía "irrumpir como un ciclón", pero ahora cree que lo entiende. Kyle no lo hace en ese momento y Zara suelta el aliento. Le gustaría que su recámara estuviera en la planta baja para poder entrar y salir sin tener que verlo. Es algo con lo que fantasea a menudo. Hace un año, soñaba despierta con ser la mujer más joven en ganar el Premio Nobel de Física (Marie Curie tenía treinta y seis años, un récord difícil de batir, sin duda, pero que Zara estaba segura de poder superar). Ahora esto es lo que se ha convertido en su fantasía: tener una habitación un poco más cerca del suelo.

Zara camina hasta su cama y saca la maleta que guarda debajo. Está perfectamente organizada y contiene cosas que quiere mantener ocultas de Kyle: su diario de investigación, el viejo tablero de ajedrez de Prudence, una bolsa de plástico que selló al vacío con la ropa favorita de Savannah, un frasco del perfume de Savannah y todo lo que ha ido recopilando durante el último año. Lo que cree que necesitará para su proyecto. Hay velas y paquetes de sal y cristales (de cuando pensaba que podrían funcionar; ahora sabe que no).

El sobre está ahí, encima de donde ella lo dejó, pero ahora está vacío.

Vacío.

Zara abre la puerta con tanta fuerza que escucha cómo la perilla agrieta la placa de yeso de la pared de atrás.

Kyle levanta la mirada, con un rayo de ira ya encajado entre las cejas.

—¿Dónde está mi dinero? —exige Zara.

—¿Qué dinero?

—El dinero que guardo en un sobre debajo de mi cama.

—Oh, ese dinero. Es el dinero de tu renta.

—Lo tomaste... Revisaste mis cosas.

—¿Crees que puedes vivir aquí de gratis? ¿Comerte mi comida? ¿Disponer de mi electricidad? Puse un techo sobre tu cabeza, Zara. Debes contribuir.

—Vendí cosas por internet para conseguir ese dinero. Vendí cosas de *Savannah*.

Todo vendido en Vinted, extraños le enviaron mensajes preguntando: **Hola, ¿venderías esto por 5 libras?**, como si no estuvieran comprando mortajas sagradas.

—Bien —escupe Kyle—. No sirve de mucho guardar las cosas de una chica muerta, ¿verdad?

Zara piensa en matarlo. Piensa en el cuchillo de Ikea en la cocina, el plateado que ahora está apenas lo bastante afilado como para cortar una cebolla, pero lo bastante puntiagudo como para hundirse en las entrañas de Kyle Jones lo suficiente para lastimarlo. Zara cierra la mano en un puño y se permite imaginar lo deliciosamente satisfactorio que sería apuñalarlo.

—Devuélvemelo —dice Zara con la mandíbula tensa.

—Afuera de aquí, Zara. Estoy ocupado.

—*Devuélvemelo* —vuelve a decir Zara, esta vez casi gritando. Ahora Kyle está molesto.

—No me digas lo que tengo que hacer. Como sea, ¿qué es toda esa mierda rara debajo de tu cama? Quiero eso fuera de mi casa. ¿Me oyes? Será mejor que saques toda esa porquería o la quemaré. Quemaré cada maldita cosa que tengas ahí.

Zara pasa junto a él —ella no irrumpe como un ciclón, sólo Kyle— y se dirige a la puerta principal.

—¿Adónde crees que vas? —pregunta él.

—Afuera —responde Zara y cierra de golpe la puerta tras de sí.

Pagará por esto más tarde. Kyle odia los portazos. Es una falta de respeto, dice él. Como si fuera alguien que mereciera respeto. Pronto, una vez que Kyle haya terminado su estúpido juego, irá a inspeccionar el yeso agrietado en la recámara de Zara y, como no tiene nada mejor que hacer con su tiempo, dejará que su rabia por ello se encone. La próxima vez que la vea, la ira se desbordará, aunque ella pase la noche fuera.

Abajo, Zara golpea la caja de chatarra que es el coche de Kyle con tanta fuerza que se abre un nudillo. El coche no sufre daños. Zara se sienta sobre la alcantarilla y observa cómo su sangre gotea sobre el concreto mientras el cielo se oscurece.

La gente pasa y la ve. No se meten en lo que no les importa. Es ese tipo de vecindario.

¡Si la tía Prudence pudiera verla ahora! Sin duda calificaría su comportamiento de grosero. Indigno de ella. Ése era el peor insulto que Prudence podía proferir.

Zara se chupa el nudillo herido e inhala profundamente.

No llegué hasta aquí para llegar sólo hasta aquí, canta en su cabeza, un lema prestado por Pru. *No llegué hasta aquí para llegar sólo hasta aquí.*

Con los ojos cerrados, Zara se imagina a Prudence, con su metro ochenta. Su piel pálida como de papel, el cabello recogido en tubos, los dientes siempre ligeramente manchados de labial. Una mujer grande en todos los sentidos: en altura, en intelecto, en presencia. Ocupaba todas las habitaciones en las que entraba, animaba todas las conversaciones. En el teléfono de Zara hay una foto suya, tomada varias semanas antes de que muriera. En ella, Pru, de ochenta y dos años, bebe whisky con hielo y fuma un puro. "Refrescante para los pulmones, me importa un carajo lo que los jóvenes médicos crean saber ahora", decía. Murió, por supuesto, de cáncer de pulmón.

Dios, cuánto había amado Zara a esa mujer.

¿Qué haría Pru? ¿Qué le diría, si estuviera aquí?

No llegué hasta aquí para llegar sólo hasta aquí.

Zara sabe que no está afligida por el duelo como una persona normal. Zara sabe que no está sufriendo por Savannah de la misma manera que sufrió por Pru. Pru era vieja. Pru estaba enferma. Pru estaba lista para irse. Pru vio la muerte como una misericordia y le dio la bienvenida cuando llegó el momento... pero Savannah fue arrancada del mundo contra su voluntad.

No es justo.

No se mantendrá.

Cuando se trata de Savannah, si realmente hay cinco etapas del duelo, Zara nunca ha pasado de la segunda: la ira. Está furiosa. Burbujea y hierve en su interior, apenas contenida por su pulcro exterior. La furia es lo que la impulsa, lo que la alimenta, lo que fluye por sus venas y mantiene su corazón latiendo. Antes, Zara solía pensar que si algo le ocurría a Savannah, ella cruzaría al más allá y la arrancaría de las fauces de la muerte de vuelta a la vida… y entonces algo le ocurrió a Savannah, y Zara descubrió en qué medida era del todo impotente.

Pero quizá no por mucho más tiempo.

Pru no renunciaría a algo que le importara (diablos, ni siquiera dejó de fumar, ni siquiera al final), y Zara tampoco lo hará.

Se limpia la humedad de los ojos, abre el libro de Elizabeth Lee robado que Gardner le permitió conservar —*Magia negra y ritos prohibidos: necromancia para la bruja moderna*—, elige el que considera el ritual más prometedor, luego se levanta y se dirige hacia el cementerio.

No llegué hasta aquí para llegar sólo hasta aquí.

Zara Jones va a traer a su hermana de regreso.

No llegué hasta aquí para llegar sólo hasta aquí.

Zara Jones va a resucitar a los muertos.

CUATRO

Jude ha conocido a dos brujas auténticas en su vida. Una era una doctora jubilada especializada en magia para el dolor. La otra era la cantante de un grupo musical que hacía trabajos extra como hechicera de palabras para cubrir sus gastos. Ninguna de las dos había anunciado sus servicios con carteles de neón (ninguna de las dos los había anunciado para nada), así que cuando Jude llega a la dirección que le dio Saul y ve, en chillón rosa neón, las palabras: ¡LECTURA DE CARTAS DEL TAROT Y QUIROMANCIA! se siente profundamente disgustada.

Jude estaciona el coche frente a la destartalada casa en Harrow y le marca a Saul. La llamada entra directo al buzón de voz.

—Eres un imbécil, Saul —espeta—. ¡Deja de enviarme con psíquicas que encuentras anunciadas en el periódico o no te pagaré!

Jude sabe que debe irse. Las brujas auténticas son difíciles de hallar porque no quieren ser encontradas. Además, la magia no es algo que pueda controlarse o adivinarse mediante cartas de tarot o esferas de cristal o huesos de rata arrojados en cuencos en embriagadoras habitaciones que apestan a incienso. Hubo un tiempo en que sí, pero esos días quedaron atrás. Muy poco de la magia auténtica permanece, y la que nos queda es amarga y fuerte, y peligrosa. Se mantiene oculta al mundo. Es la única manera de que sobrevivan quienes la practican.

Aun así, hay algo crudo y hambriento dentro de ella. Es desesperación. Es esperanza —esperanza de que esta vez, quizás, encuentre a la persona que la arreglará, que abrirá una puerta de vuelta a la vida, de calidez y lujo y pertenencia y comodidad, que perdió—, y la esperanza encuentra una manera de hacer que la gente inteligente haga cosas estúpidas.

—Al carajo —dice al salir del coche, y se dirige a la puerta, con el regusto del champán en la lengua.

El sol del miércoles por la tarde alumbra somnoliento, el aire está impregnado de invierno. Jude se estremece, sube los hombros hasta sus orejas y se ciñe el abrigo sobre el pecho. Siente el frío calarle los huesos. El viento atraviesa la tela de su ropa y penetra en la herida que anida debajo, la cual se extiende por el fémur hasta la cavidad de su cadera. La articulación está rígida e hinchada por una impía artritis sobrenatural que hace que su esqueleto cruja como la rama de un árbol en plena tormenta. Jude se mueve con descuido por la capa de hojas empapadas que se acumulan en el sendero. La puerta principal está entreabierta.

—¿Hola? —llama Jude desde el vestíbulo.

No hay respuesta. Entra. El lugar huele, como era de esperar, a incienso de sándalo y salvia quemada, mezclado con humo de cigarrillo. La tonta esperanza empuja a Jude más lejos, la atrae al interior. En ese momento, se desprecia a sí misma. Desprecia lo vulnerable y patética que su necesidad la ha hecho. El aire de la casa está caliente y estancado, la calefacción ha estado encendida demasiado tiempo. Unas campanillas de viento suenan en algún lugar cercano.

—Hola, Jude —se escucha una voz de mujer—. Te he estado esperando.

—Oh, demonios —dice Jude cuando la ve, porque la mujer es una aparición ridícula. Es una generación anterior a las místicas modernas de Instagram, de las que Jude también ha conocido a un puñado: jóvenes y elegantes empresarias que cobran 100 libras la hora por lecturas de cartas y que venden cristales y caracolas en sus tiendas en línea. Esta mujer va vestida como la adivina que contratarías para la fiesta de cumpleaños de un niño, con un pañuelo en la cabeza y una hilera de monedas colgando en la frente.

—Soy Cassandra —dice la mujer.

Claro que sí, maldición.

—Me voy —responde Jude.

—Eres una escéptica. Eso no me molesta. Ya antes he hecho cambiar de opinión a personas escépticas.

—Créeme, Cass, soy lo más alejado que hay de una escéptica.

—¿Qué puedo hacer por ti?

—¿Qué *puedes* hacer por mí?

—Saul me dijo que estás buscando a alguien como yo. Eso es todo lo que sé.

—Tú eres la psíquica. ¿No puedes saber qué busco? —Cassandra guarda un paciente silencio—. Bien. Vamos a darte una oportunidad. ¿Por qué no? Ya vine hasta aquí. Estoy plagada de demonios, Cass.

—¿Demonios personales? ¿Adicciones, depresión?

—No. No demonios personales —Jude da un paso al frente—. Hace dos años, me maldije a mí misma. Tenía quince años y me interesaba la magia. Tableros Ouija, comunión con los muertos, ese tipo de cosas. Encontré un libro muy antiguo con instrucciones muy específicas sobre cómo conjurar un hechizo. Sobre cómo atar mi alma a un demonio a cambio de poder. Llevé a cabo ese hechizo, pero como soy una idiota, lo arruiné.

La primera vez fue la peor, porque salió catastróficamente mal. Cuando accidentalmente Jude unió su alma a un demonio en contra de su voluntad, su cuerpo se llevó la peor parte. La fuerza de la maldición le rompió el fémur —el hueso más fuerte del cuerpo humano— en cuatro puntos distintos. Tenía desde el ombligo hasta el tobillo. Los médicos de urgencias supusieron que había sufrido un accidente automovilístico. Estuvo hospitalizada tres meses y tuvo que soportar que le desbridaran la herida de la pierna, que le quitaran la carne podrida. Las enfermeras vomitaban a menudo cuando le cambiaban las vendas. Siempre se disculpaban cuando eso ocurría. No era propio de ellas, decían, sentir semejantes náuseas, pero Jude sabía que aquella herida no era normal. Olía a azufre y a cloaca. Incluso a ella le repugnaba.

Fueron largos y solitarios meses de un dolor atroz, salpicados por el aguijón diario del arrepentimiento de haberse hecho eso a ella misma. La única persona que fue a visitarla entonces fue Elijah, quien le dijo cuán *vergonzoso* era que hubiera decidido convertirse en una adicta a la heroína porque eso era de lo más cliché. Era la primera vez que Jude oía la historia que había urdido su padre para encubrir la realidad. Jude no estaba segura de qué era lo que Lawrence Wolf creía que había ocurrido en realidad.

Elijah siguió visitándola en secreto, porque su padre ya había prohibido a la familia que se acercara a ella. Cada vez traía un libro nuevo, porque sabía que Jude se aburría y le encantaba leer. "Pero no quiero que pienses que te he perdonado por ser una idiota, por eso todos los libros son de la lista de los peores reseñados en Goodreads", le dijo él: "Dos estrellas o menos. Eso es lo que te mereces". Y por esa misma razón sólo le llevaba barras Double Decker como *snack*, porque alguna vez ambos habían estado de acuerdo en que era la peor barra de chocolate.

Así que, durante su larga convalecencia, Jude leyó gran parte del catálogo de L. Ron Hubbard, un manual de conversión antigay y un libro infantil realmente aterrador que intentaba educar a los niños sobre la ineficacia de las vacunas.

Cuando salió del hospital, tres meses más tarde, había decidido que las barras Double Decker eran, de hecho, el mejor chocolate que el Reino Unido podía ofrecer. Y por fortuna, ella seguía siendo muy gay.

—Jude —Cass toma aliento—. Debo decirte que no siento energía maligna a tu alrededor, para nada.

Una lenta sonrisa se dibuja en el rostro de Jude.

—¿Ah, sí? —dice ella.

La segunda vez que ofreció un pedazo de su alma al diablo fue un intento (que resultaría infructuoso) de aplacar el dolor causado por la primera estúpida maldición. Lo único que *sí* consiguió fue que la visión de Jude se agrietara. Su visión normal no está afectada, pero si cierra el ojo izquierdo y entrecierra los ojos en habitaciones sombrías, a veces puede, en la franja de espacio que aparece entre su visión rota, vislumbrar el reino más allá del velo. Jude hace eso en aquel momento y percibe las siluetas brumosas de las tres criaturas demoniacas amarradas a su alma. Están reunidas alrededor de Cassandra, rodeándola de cerca.

—Hay tres demonios en esta habitación ahora mismo, Cass. Les gusta tu aspecto. O mejor dicho, tu olor. ¿Te has cortado recientemente? ¿Quizás un corte en la rodilla cuando te estabas rasurando las piernas? Incluso podría tratarse de un corte con una hoja de papel. Son como tiburones. Un olorcillo a sangre, y ya están sobre ti.

Cassandra traga saliva y pasa el pulgar por la bandita en la punta de uno de sus dedos.

—Creo que... Quizá deberías irte.

Jude abre el ojo izquierdo.

—Sólo por diversión, muéstrame la marca en tu muñeca.

Cassandra parece reacia, pero se levanta una de las mangas para revelar un tatuaje corriente en el que se lee *VIVIR, REÍR, AMAR* en letra cursiva. Jude gime.

Al salir, vuelve a llamar a Saul y le deja otro mensaje:

—Estás despedido, estúpido viejo inútil.

Holland Park no está precisamente en el camino de Harrow a Hoxton, pero tampoco se *aparta* de él. Jude está rumbo a la casa de los Wolf, guiada por la memoria muscular, antes de que se dé cuenta de adónde se está dirigiendo. La lluvia cae con fuerza sobre el parabrisas y Jude siente un repentino y agudo dolor por su antigua vida. Porque hubo una vida antes de ésa. Una vida con una familia, por más jodida que ésta fuera. Una vida que transcurría con facilidad. Una vida dedicada a la búsqueda del placer y la alegría. Una vida con escuela y amigos y un futuro brillante.

Ahora que está cerca, Jude quiere ver el lugar, aunque tiene prohibido acercarse. Conduce por las calles que conoce bien y se estaciona al otro lado de la acera. El edificio es discreto desde fuera o, al menos, tanto como una casa de campo de 40 millones de libras en Holland Park puede serlo. Son tres niveles de ladrillo rojo con marcos de ventanas blancos, una puerta negra y cuidados arbustos en el pequeño jardín delantero. En una placa junto a la puerta principal se lee WOLF HALL porque su padre leyó el libro una vez, y pronto empezó a afirmar, que tenía un parentesco lejano con Jane Seymour, la tercera esposa de Enrique VIII.

Nadie vive allí. Al menos, no de fijo. En ese lugar, los primos organizan fiestas, las tías y los tíos reciben a sus socios, y los hermanos de Jude algunas veces pasan la noche para alejarse de sus esposas. Más allá de la sobria fachada, hay una vasta extensión de lujo escondida. Hay una sala de cine, una piscina cubierta climatizada, un extenso jardín, varias dependencias para el personal, un gimnasio, un baño sauna, una sala de vigilancia llena de pantallas de circuito cerrado. También hay una habitación de pánico con paredes de acero que, extrañamente, es un lugar popular para que los miembros más jóvenes de la familia Wolf lleven a sus citas ("No sé por qué las mujeres piensan que es tan provocativo", le había dicho Elijah una vez, "pero eso piensan"..., *demasiada información, Eli*) y un aterrador sistema de fortificación que podría soportar una explosión nuclear o un apocalipsis zombi o algo como la Purga. La familia acude a ese lugar en masa para las cenas, los cumpleaños y las comidas de los domingos. Muchos de los recuerdos más felices de Jude tuvieron lugar en esa casa.

La versión oficial —en su escuela, para su familia, en los medios de comunicación— es que Jude tiene un problema con las drogas, Jude tuvo un accidente de coche causado por una sobredosis de drogas, y Jude ha estado entrando y saliendo de lujosos centros de rehabilitación desde entonces. Ojalá fuera así. Una vez probó la heroína, para ver si le aliviaba el dolor de la pierna. No lo hizo. En cambio, enfureció a su demonio hambriento. Si a él le dolía, maldita sea, a Jude también. Se pasó la noche lanzando su cuerpo drogado por toda la casa como si fuera el demonio de *El exorcista*: empujándola por las escaleras, arrastrándola de nuevo escaleras arriba y empujándola de nuevo escaleras abajo. Jude estaba demasiado drogada y luego demasiado conmocionada como para preocuparse. Claro, ¿por qué no?, acabemos de una vez con esto, recuerda que pensó. Si ella moría, el pútrido vínculo que los unía se rompería y el demonio quedaría libre.

Cuando Jude despertó a la siguiente mañana, tendida y sangrando en el suelo de la sala (nada nuevo), toda la casa estaba destrozada (nada nuevo) y el dolor en el muslo (nada nuevo), que le oprimía los nervios y se extendía lentamente, era peor que nunca. Desde entonces, Jude renunció a los opiáceos. Pero eso no impidió que se extendiera el rumor de que era una drogadicta. Hasta sus hermanos lo creían. Tenía más sentido y requería menos explicaciones que la verdad, así que Jude lo aceptó. Ella entró al juego.

—Mierda —susurra Jude cuando un coche se estaciona en la entrada del Wolf Hall.

Jude se hunde en el asiento y espera para ver quién baja. Su medio hermano, el mayor, Adam, más de veinticinco años mayor que ella, seguido de Dove, su hija, una rubia espigada que sale del asiento trasero vestida con el uniforme de su escuela.

Hubo un tiempo en la vida de Jude en que llevaba el mismo uniforme como una segunda piel. Una época no tan lejana en la que ponerse esa falda, ese saco y ese sombrero significaba que podía pasarse el día leyendo a Shakespeare y besando a chicas guapas entre los anaqueles de la biblioteca a la hora del descanso.

Ésa es la vida que perdió. Ésa es la vida que debería estar viviendo. Ésa es la vida que quiere recuperar.

Más coches llegan. Aparecen más miembros de la familia Wolf. Otros tres medio hermanos mayores, Seth, Matthew y Drew, y sus esposas. Y luego él, en carne y hueso. Lawrence Wolf. Todos lo esperan debajo de paraguas. Nadie entra antes que el rey.

Incluso desde la distancia, a través de la lluvia, Jude puede ver sus ojos. Azul claro, casi lechosos, como piedras de luna. Pertenecen a un hombre con una cara larga y delgada sobre un cuerpo largo y delgado. Es un hombre viejo —de unos setenta años ahora—, vestido de forma impecable. Los demás se yerguen a su alrededor, con las espaldas bien rectas, en guardia. Jude recuerda esa sensación, la de Lawrence entrando en una habitación, siempre con Adam un paso por detrás de él, y el oxígeno que parecía escasear repentinamente.

Drew se acerca a él con un paraguas. Lawrence lo ignora y sigue caminando bajo la lluvia con Adam a su lado. Drew los sigue con expresión sombría. Cambia tan rápido con su padre. En un momento puedes estar bañado en la luz dorada de su buenaventura y al siguiente ser para él un paria... pero, maldita sea, te sientes bien cuando te lanza un hueso, cuando te dice que eres bueno, brillante, digno, amado. Es como una droga, y todos ellos la toman, todos los hermanos, porque nadie puede hacerte sentir más invencible que Lawrence Wolf... hasta que te derriba.

Toda su vida, Jude ha oído historias fantásticas y terribles sobre su padre. Lawrence Wolf es despiadado, dicen. Lawrence Wolf no tiene escrúpulos. Lawrence Wolf es un monstruo. Ella no acepta muchas de las historias más sórdidas... *no* puede aceptarlas. Después de todo, ¿cómo pudo su hermosa madre enamorarse de un *monstruo*? ¿Cómo pudo Jude provenir de una *bestia*?

Dos años atrás, cuando Jude se mudó, encontró unas viejas cajas con cosas de su madre guardadas en el ático. Dentro, había prendas de la efímera carrera de modelo de Judita: alta costura de Chanel, Jean Paul Gaultier y Versace de principios de los años 2000, todo guardado en papel de seda. La siguiente caja era de zapatos y accesorios. Las cajas del fondo contenían libros, papeles y pilas de fotografías de distintos tamaños atadas con ligas.

Había fotos de Lawrence y Judita el día de su boda. Jude nunca las había visto. Judita era joven y de aspecto enigmático, con las mejillas marcadas, el cabello negro pegado al cráneo en una apretada cola de caballo y unos ojos inteligentes que miraban por encima del objetivo de la cámara. Lawrence parecía lo bastante mayor, como para ser su padre, y así era. Aquel día Judita tenía veinticinco años y Lawrence ya pasaba de los cincuenta. Sin embargo, incluso Jude tuvo que admitir que parecían... felices. Judita tenía la mano en el pecho de Lawrence, el hombro inclinado hacia él de forma seductora, y Lawrence sonreía. *Éste* era el hombre que Jude ansiaba conocer y ser amada.

Lawrence Wolf no sonríe, ya no.

Si la pareja parecía feliz, ciertamente los medio hermanos mayores de Jude *no* lo parecían en absoluto. No intentaban disimular su aversión, solemnes como los portadores del féretro en un funeral.

Menos de cuatro años después, Judita cayó del yate de Lawrence y se ahogó.

De pronto, se escucha un golpe en la ventana del copiloto, hay una cara pegada al cristal.

—Dios —dice Jude mientras salta en su asiento.
—Abre la puerta —ordena Elijah.
—No.
—Ya te atrapé acosándome, así que por qué no haces esto menos embarazoso para ti y abres la puerta.
—Bien —Jude abre la puerta y Elijah se desliza dentro.

Aunque son medio hermanos, se parecen. Todos los hijos mayores de Lawrence tienen el cabello dorado y son guapos a la manera clásica, pero Eli y Jude son afilados, delgados y pálidos. Las ovejas negras, se llaman a sí mismos.

Elijah la mira de arriba abajo, toma aire y —Dios mío, Jude podría morirse de la vergüenza— baja de inmediato la ventana para que entre aire fresco. Jude ya se ha acostumbrado a su propio hedor, al vapor que se eleva desde la grieta de piel húmeda de su muslo.

—¿Cómo está la adicta de tu madre? —pregunta Jude.
—Sigue viva. Más de lo que puedo decir de la tuya.
—Auch.

La madre de Jude había sido una modelo morena y atractiva proveniente de la República Checa. La madre de Elijah era una modelo morena y atractiva proveniente de algún otro país de Europa del Este (Lawrence Wolf tiene un tipo de mujer). Sin embargo, a diferencia de Judita, Drahoslava sigue lo bastante viva (aunque a duras penas) para aparecer de vez en cuando en los periódicos, gastando su parte de fortuna en champán y hombres más jóvenes. Jude siente debilidad por ese desastre de mujer, igual que Drahoslava siente debilidad por el chico que expulsó entre atracones de cocaína.

De sus cinco hermanos mayores, Elijah es el favorito de Jude. Los cuatro mayores, fruto del primer matrimonio de Lawrence con su novia de la universidad, son mucho mayores que ellos. Tienen esposas e hijos y trabajos perfectamente respetables en la empresa de su padre, y ninguno de ellos le resulta particularmente interesante a Jude (excepto, quizá, por sus esposas... unas bombas de sensualidad absolutas, todas ellas).

Por supuesto, ha habido más mujeres en la vida de Lawrence desde la madre de Jude. Más amantes y más esposas. Y más hermanos, también. Más jóvenes, más agraciados. ¿Tres? ¿Cuatro? ¿Cinco, tal vez, a estas alturas? Jude no está segura. No acostumbra a llevar la cuenta de con quién se acuesta su padre, ni de cuántas desafortunadas formas de vida humana resultan del hecho de que Lawrence Wolf, rico, educado y poderoso como es, aparentemente nunca haya oído hablar de un invento de cuatrocientos años de antigüedad conocido como el maldito condón.

—Tienes un aspecto horrible y hueles *asqueroso* —dice Elijah.

—Yo también estoy encantada de verte.

—Si se puede saber, ¿por qué estás aquí?

—Estaba por la zona. Pensé en pasar a saludar a la familia.

—Tienes suerte de que haya sido yo el que te vio y no uno de los otros. Tienes que irte. Si él te ve aquí, te aislará por completo. ¿Cómo vas a mantener tu consumo de barras Double Decker si eres pobre?

—Recurriendo a la prostitución, probablemente.

—En verdad, no quiero ofenderte, pero dudo que alguien pague por acostarse contigo en tu estado actual.

—Tal vez podría probar a abrir un OnlyFans. La pantalla ocultaría el olor.

Elijah se frota los párpados con los dedos.

—*Dios*. Pensar que hubo un momento en mi vida en el que estaba realmente emocionado por tener una *hermana*.

—¿Qué haces en Londres? ¿Oxford ya te expulsó de una patada?

—Me encantaría —Oxford no fue idea de Eli. Él había querido romper la tradición y estudiar pintura en la Universidad de las Artes de Zúrich, pero romper la tradición no es una opción para los hijos de Lawrence Wolf. Los hijos de Lawrence Wolf van a Oxford y estudian algo que Lawrence considera útil, así que eso es lo que hace Elijah—. Me convocaron. Reunión familiar obligatoria. La mierda está cayendo: Adam va a asumir el cargo de director general de la empresa, y Lawrence se va a casar otra vez —Elijah observa a Jude en busca de su reacción; ella se las arregla para mantener el rostro inexpresivo.

—No puedo creer que Lawrence se vaya a jubilar —dice Jude finalmente.

—Su prometida tiene veintitrés años y está embarazada de gemelos. Él quiere mudarse al campo y, cito, "tener por fin una familia".

—Vaya. Suena casi como si no tuviera ya una docena de hijos. ¿Cómo se tomaron la noticia los Jinetes?

—Oh, fue todo muy a la *Succession*. Seth perdió la cabeza cuando Adam hizo el anuncio, y desapareció durante tres días. Finalmente lo encontramos acampando en el Bosque de Dean, medio desnudo y con hipotermia, drogado con hongos mágicos.

—Como si Seth alguna vez hubiera sido una esperanza.

—Lo sé, ¿cierto? Casi sentiría pena por él si no fuera un imbécil tan abominable.

Elijah nunca lo ha tenido fácil con los Jinetes. Toleraban a Jude, a veces incluso eran amables con ella, sobre todo Adam, cuya hija tiene la misma edad que Jude. Los otros —Seth,

Matthew, Drew— no fueron tan caritativos. Llamaban a Eli "Gollum" y "el bastardo", se burlaban de él, lo atormentaban constantemente. Cuando era un niño, y ellos eran lo bastante mayores para saber lo que hacían, le pusieron una pitón en su recámara mientras dormía. Una maldita *pitón*. Elijah despertó con la serpiente en su cama, sus escamas pulidas y frías contra la piel desnuda de su pecho. Eli entró en pánico, gritó, se sacudió. La serpiente, sin duda también aterrorizada, lo mordió una vez en la cara antes de que Eli consiguiera rodar fuera de su alcance. Todavía tiene cicatrices de pinchazos en el lado izquierdo de la mandíbula y nunca ha perdonado a sus hermanos por el ataque. Jude lo comprende.

—Y entonces, ¿cuándo es la boda? —pregunta ella—. Tal vez caiga por ahí.

—El domingo —Elijah se queda callado un momento y luego lanza la pregunta que ha estado esperando hacer—: Jude. ¿Estás... bien?

—¿Por qué pensarías que no lo estoy?

Elijah vuelve a mirarla de arriba abajo y luego consulta la hora en su Patek Philippe. (Lawrence compra uno para cada uno de sus hijos cuando son admitidos en la universidad. Jude anhela —*anhelaba*— recibir el suyo. Una muestra tangible de afecto de un hombre cuya aprobación sigue deseando, a pesar de todo). Él suspira.

—Ahora voy tarde. Sabes que él odia eso —Elijah sujeta a Jude por el hombro—. Sea lo que sea que hayas hecho para molestarlo... por favor, soluciónalo. Te extraño. No me dejes solo con estos psicópatas intolerables.

—Estoy trabajando en ello. Créeme.

—No vuelvas aquí, Jubicho. No te arriesgues —Elijah sale del coche y corre bajo la lluvia. Un miembro del personal le abre la puerta principal y luego ambos son engullidos por la cavernosa casa junto con el resto de la familia. La noche brillará con champán y platos de comida colorida preparados por el pequeño ejército de chefs privados que sigue a Lawrence adonde sea que él vaya.

El teléfono de Jude vibra.

Otra, dice el mensaje que proviene de un número desconocido. Le sigue un segundo mensaje: **1000 libras para verla esta vez**.

Ya era hora, Jude escribe la respuesta.

Primrose Hill es la respuesta, seguida de una dirección. **Nos vemos esta noche a las 9:00 en punto.**

CINCO

La noche ya domina el cielo cuando Zara llega al cementerio donde está enterrada Savannah. En su mochila tintinean sus compras: una botellita de vino, un tarro de miel, medio litro de leche entera, una botella de agua y una bolsa de cebada perla, todo *prestado* de un M&S cercano. El ritual, inspirado en el que lleva a cabo Odiseo en *La Odisea*, también exige el sacrificio de dos cabras, algo que ella no tiene, así que improvisa con una charola de chuletas de cordero.

Las puertas de hierro fundido están cerradas, pero hay un árbol que cuelga por encima de uno de los muros, lo bastante bajo para que Zara trepe a sus ramas. La corteza raspa las palmas de sus manos, dejándole la piel áspera y arenosa cuando se sube al grueso tronco y se abre paso entre una maraña de pequeñas ramas que le pellizcan las calcetas. Se oye un silbido cercano y luego el estallido de fuegos artificiales. Zara se detiene un momento y los observa a través de las hojas. Dentro de unos días será la Noche de Guy Fawkes y la gente está probando sus cohetes. Londres olerá a pólvora durante la próxima semana.

Zara se deja caer al suelo. Se siente más frío de este lado del muro, con toda esa piedra cerca. La niebla se adhiere a la tierra. El aire huele a heces de zorro y a lirios dulces abandonados en las tumbas. Las lápidas se abren paso en la tierra como si hubieran brotado de ella, inclinándose a izquierda y derecha como si fueran cosas orgánicas en lugar de piedra. Hay una alfombra de hojas ámbar sobre la hierba. Los caminos que atraviesan el cementerio son de grava y barro; están llenos de charcos por la lluvia reciente. Zara ya no necesita luz. Sabe cómo llegar en la oscuridad. No teme a los muertos. En todo caso, agradecería la visita de un fantasma —cualquier fantasma— para confirmar que no está loca, que lo que espera hacer es posible. Tal y como están las cosas, lo que ocurre más allá del velo permanece oculto para ella, frustrantemente fuera de su alcance. Es el único rompecabezas que no ha podido resolver.

Fue Prudence quien la introdujo por primera vez en los rompecabezas, aunque sólo fue por accidente.

Estaba cayendo una gran tormenta cuando la madre de Zara las dejó a ella y a Savannah en casa de Pru. Los truenos eran tan poderosos que a Zara le había parecido que algo intentaba atravesar el cielo desde el otro lado. Fue una noche terrible. La tormenta la asustaba, su madre la asustaba, Pru la asustaba, la propia casa la asustaba. Todo crujía. Todo olía a humo de leña y tabaco. Cada rincón de cada habitación estaba oscuro, el resplandor del fuego era incapaz de vencer el dominio de la sombra.

Zara y Savannah tuvieron que esperar en la sala mientras su madre discutía con Prudence en la cocina. Savannah veía la televisión, pero Zara no podía concentrarse en las caricaturas. No dejaba de oír fragmentos de la conversación, una versión de la que había escuchado de muchos otros parientes en los últimos meses: "No, Lydia, definitivamente no" y "Tiene que haber alguien más" y "Lamento tus problemas, en verdad, pero no puedes dejarme a tus hijas".

Prudence tenía todo tipo de cajas de madera y baratijas expuestas en sus libreros, como Zara nunca había visto antes. Bajó una y empezó a juguetear con ella, cautivada por su interesante dibujo y su extraña forma.

En la cocina, finalmente se llegó a un acuerdo: Zara y Savannah podrían pasar ahí la noche. Por la mañana, Prudence llamaría a servicios sociales y entonces tendrían derecho a un hogar de acogida.

Lydia se fue. Ésa sería la última vez que Zara vería a su madre. Prudence entró en la sala justo en el momento en que la caja con la que Zara había estado jugueteando se rompía en sus manos.

"Lo siento", se lamentó Zara, corriendo lejos de las piezas. Romper cosas alrededor de Lydia nunca terminaba bien. "Lo siento, lo siento".

"No pasa nada", respondió Prudence. "Ya está bien de llorar. Ven aquí. Mira, ¿ves? No lo rompiste, lo resolviste".

Zara frunció el ceño.

"¿Habías visto uno de estos antes?", preguntó Prudence mientras recogía las piezas del cubo.

"No".

"¿Alguien te enseñó a resolver esto?".

"No".

"¿Viste algún video, quizá? ¿Lo viste en una película? ¿Lo leíste en un libro?".

"No".

"Hazlo otra vez, por favor. Guíame a través de tu pensamiento".

Para sorpresa de Zara, cuando Prudence le entregó el cubo, estaba intacto otra vez, con todas sus piezas de madera entrelazadas como cuando ella lo había encontrado.

"Yo pensé...", susurró Zara.

"Habla claro. Tienes que hacer oír tu voz".

Zara habló un poco más alto.

"Yo pensé que parecía como si tuviera un secreto. Quería saber qué escondía".

"Continúa".

"Entonces, pensé... si yo lo hubiera construido y hubiera metido mi secreto dentro, ¿por dónde habría empezado?".

"Muéstrame".

Zara acompañó a Prudence a través de los diecisiete pasos que había seguido para desmontar la caja. Al final, Pru tenía una sonrisa en el rostro.

"¿Te gustan los rompecabezas?", preguntó Pru.

"Sí", respondió Zara, aunque nunca había visto uno como aquél antes de esa noche.

"Prueba con otro", Prudence bajó otra caja y la colocó frente a ella.

Zara tardó varios minutos en resolverla.

"¿Tienes más?", preguntó cuando terminó.

"Sí", dijo Prudence.

Una a una, Zara fue resolviendo las cajas rompecabezas de su tía abuela, hasta que Pru subió a buscar la más preciada. Era preciosa: un cubo grande y liso formado por cientos de astillas rectangulares de madera de distintos colores.

Zara lo intentó durante horas. Pru les preparó una cena tardía, sirvió el postre e incluso colocó junto a ella una humeante taza de té de menta mientras Zara seguía intentando.

"No puedo hacerlo", se rindió Zara al final, con las lágrimas resbalando por sus mejillas.

"No hay necesidad de llorar. Esta caja fue hecha por un maestro de los rompecabezas. Hay que seguir trescientos treinta y cuatro intrincados pasos para resolverlo. Normalmente lleva meses, incluso años. A mí me tomó casi seis semanas. Tú ya estás a la mitad del camino".

Zara se frotó las lágrimas de sus ojos soñolientos. La mitad del camino no parecía estar muy lejos.

"¿Cuántos años tienes?", hacía tiempo que la tormenta había cesado y la noche estaba tranquila, más fresca que antes de la lluvia. Una brisa se colaba por las ventanas entreabiertas, llevando consigo el aroma del jardín de verano de Prudence: lavanda, romero, jazmín. Savannah dormía en una silla junto a la chimenea, con su largo cabello rubio sobre la cara.

"Tengo ocho años", respondió Zara.

"¿Sabes leer?", preguntó Prudence.

"Claro que sé leer".

"Mis disculpas. No pretendía ofenderte. Tienes una mente aguda y un don natural para la estrategia".

"Oh", Zara no se había dado cuenta, hasta ese momento, de que lo que había estado haciendo había sido otra cosa que jugar.

"¿Has jugado ajedrez?", preguntó Pru.

Zara negó con la cabeza.

"Una lección para otro día, tal vez. Es más de medianoche. Una chica de tu edad necesita descansar. Vamos, vamos. Busquemos un lugar para que tú y tu hermana duerman".

A la mañana siguiente, Prudence no llamó a servicios sociales. En cambio, telefoneó a una escuela cercana e informó que Zara y Savannah serían inscritas, con efecto inmediato.

Zara sólo tardó tres semanas más en terminar la última caja rompecabezas y desvelar sus secretos.

Vivieron con Prudence durante los siete años siguientes.

Antes de que Savannah muriera, Zara solía aplicar su disciplinada mente a las matemáticas, las ciencias y los idiomas. Muy poco escapaba de su entendimiento si se empeñaba. Era una de las cosas que más le gustaban de sí misma, su capacidad para resolver cualquier problema. No es que las cosas le resultaran fáciles —cálculo, química, conjugación de verbos franceses, nada de eso era instintivo para ella—, pero creía en el poder de su cerebro para acabar dominándolas si dedicaba el tiempo suficiente a desentrañarlas. Eso la había convertido en una estudiante excepcional. Durante una década, ésa había sido el pilar de su identidad: Zara era la lista, la brillante, la niña genio.

Zara Jones iba a llegar lejos. Oxford, Cambridge... donde ella quisiera.

Ahora, ella dirige su cerebro hacia un único tema y sólo eso: el ocultismo. Nunca le había interesado la magia. Ni siquiera de pequeña había creído en hadas, unicornios o Santa Claus. En cuanto supo que Savannah había muerto, todo cambió. El ocultismo se convirtió en la única opción de Zara, y se lanzó a estudiarlo con la misma diligencia y fervor que antes había reservado para la escuela.

Cuando llega al lugar donde está enterrada su hermana, Zara se arrodilla sobre la hierba húmeda y saca todo lo que lleva en la bolsa: lo que compró en la tienda de comestibles, los fósforos, el líquido para encendedores, la espátula, el libro sobre necromancia del que está tomando el ritual, su laptop de la escuela. La lápida de Savannah es sencilla y moderna en comparación con las viejas tumbas góticas que la rodean. SAVANNAH LYDIA JONES, dice. AMADA HERMANA. Zara ni siquiera quería darle una lápida a su hermana. *Sav no estará enterrada tanto tiempo como para necesitar una*, había pensado en aquel entonces. Al final, el cementerio había insistido en marcar la tumba, así que Zara había elegido la opción más barata que pudo encontrar, un trozo de losa de Etsy que llegó con una afilada esquina astillada con la que Zara se rebanó el pulgar.

"Lo sé, Savvy", se había dicho Zara mientras lamía la herida. "Lo siento. No será por mucho tiempo". Savannah no había querido ser enterrada. Era algo de lo que habían hablado casualmente, cuando la muerte todavía parecía estar a décadas de distancia. Sav quería ser incinerada y que se esparcieran sus cenizas en algún lugar exótico en el que no hubiera estado. La costa de Amalfi. Santorini. Algún lugar cálido.

El último objeto que Zara saca de su mochila es una fotografía Instax de Savannah, la misma que le enseñó a la policía la mañana en que despertó y descubrió que Sav había desaparecido. No hicieron gran cosa con la información. Savannah tenía diecinueve años y una vida propia, dijeron. Lo que no sabían era que nunca dejaría sola a Zara sin decirle adónde iría. Zara había ido a la escuela ese día, era esa época en que le gustaba ir a la escuela, era buena para eso, tenía sentido para ella. Una sensación de malestar se había instalado en su estómago a medida que pasaban las horas y Savannah no se ponía en contacto con ella.

Algo malo había ocurrido.

Al salir de la escuela, Zara había tomado el metro para ir a casa de la amiga de Sav. La sensación de mareo se había convertido en pavor, una cosa con pelaje negro y patas de insecto que se estaba desplegando en su interior.

Entonces, en el departamento de la amiga, cuando se asomó a través de una ranura en el vidrio de la puerta principal, Zara vio los zapatos de Savannah. Los zapatos de Savannah. En un cuerpo. En el suelo.

"¡Savannah!", gritó. Todo en ella deseaba que aquellos pies no pertenecieran a su hermana y, sin embargo, sabía que era así. La ventana de la cocina no estaba cerrada con seguro. Zara la deslizó para abrirla, entró dando tumbos y lanzó al piso un escurridor con platos y vasos que se estaban secando en el mostrador. El aire apestaba a muerte. Por la horrible palidez de la piel de su hermana, Zara se dio cuenta de que Savannah estaba muerta y de que llevaba muerta algún tiempo, pero en aquel momento no lo comprendió. Zara corrió al lado de su hermana, apretó los labios contra los de ella y comenzó la reanimación cardiopulmonar. El cuerpo de Savannah ya estaba rígido por el *rigor mortis*, así que su caja torácica apenas cedió bajo las compresiones de Zara. Zara continuó con la RCP —cien compresiones por minuto, como había aprendido en el curso de primeros auxilios de la escuela— hasta que llegaron los servicios de emergencia. Más tarde, no recordaría haberlos llamado, aunque en su teléfono quedaría constancia de una llamada de diez minutos al 999, así que debía haberlo hecho.

Cuando llegaron, Zara estaba dolorida por el esfuerzo de intentar volver a poner en marcha el corazón de piedra de Savannah. Los paramédicos estaban junto a la ventana, pidiendo tranquilamente a Zara que les permitiera entrar, pero ella no lo hizo. Una vez que los dejara entrar, ella sabía que le dirían que Savannah estaba muerta, y Zara no lo permitiría, así que siguió comprimiendo, siguió respirando en la fría boca de su hermana, hasta que una mujer entró a través de la ventana de la cocina, abrió la puerta principal y apartó a Zara del cadáver de Savannah. Ni siquiera intentaron reanimarla, aunque Zara se lo suplicó. Que le dieran oxígeno, que le inyectaran adrenalina en el pecho, que le dieran una descarga con un desfibrilador.

Ella no podía haberse ido, *ella no podía haberse ido.*

Los paramédicos acabaron atendiendo a Zara, que pasó la noche en el hospital. Tenía un corte en la pierna del que ni siquiera se había percatado: debía haberse cortado al volcar el escurridor. Normalmente, una herida que requiere una docena de puntos de sutura no necesitaría hospitalización, pero Zara se había puesto rabiosa por la impresión y no podía dejar de gritar y temblar, así que la ingresaron y le administraron medicamentos para adormecerla.

La policía había acudido a la mañana siguiente para tomarle declaración. Sospechaban del nuevo novio de Savannah, naturalmente, e hicieron muchas preguntas sobre él. Zara no pudo responder a ninguna. Ni siquiera sabía el nombre del tipo, nunca lo había visto. Sólo llevaban saliendo un par de meses. Al final, él contaba con una coartada sólida e irrefutable, y fue absuelto... y eso fue todo.

Francamente, a Zara no le importaba saber quién había matado a Savannah. El deseo de venganza nunca se apoderó de ella. El sentimiento de venganza nunca fue intenso, ni de lejos suficiente para cubrir el precio de lo que se había perdido. Eran una sola alma dividida en dos cuerpos. A menudo, Zara no sabía dónde terminaba ella y dónde empezaba Savannah.

Aunque las separaban tres años en edad, habían tenido su primera menstruación el mismo día, un acontecimiento tan milagroso e imposible como para sentirse menos que predestinadas. Zara tenía doce años y Savannah quince. Ambas estaban desayunando antes de ir a la escuela cuando sintieron algo, una alteración en la Fuerza. Los cólicos, la extraña sensación de humedad, la sorprendente mancha rojo brillante en la clara ropa interior cuando fueron a revisar.

¿Cómo era posible, si no estaban vinculadas cósmicamente? *¿Cómo?*

Esa noche hicieron palomitas y comieron pizza, y Prudence les dijo que podían ver la película que quisieran.

"Algo sangriento", insistió Savannah. Eligió *La masacre de Texas*. Pru intentó convencerla de elegir otra, pero Savannah se mostró decidida: "Dijiste que *cualquier* cosa.

Ambas eran demasiado jóvenes para verla, pero a Zara le afectó más profundamente; Leatherface se grabó en su psique, la sangre de la pantalla estuvo siempre vinculada a la sangre que salía de su cuerpo.

En el hospital, tras la muerte de su hermana, mientras los sedantes en la sangre de Zara empezaban a diluirse, ya se estaba formando un plan en su cabeza.

Iba a traer a Savannah de vuelta.

En el cementerio, las yemas de los dedos de Zara se detienen un instante en la imagen del rostro de su hermana.

La muerte la dejaba tan desconcertada como ninguna otra cosa la había hecho sentir. Claro que entendía lo fundamental: el cese de electricidad en el cerebro de su hermana, el proceso de descomposición, la dispersión de los átomos de Savannah en el Universo. Bien. Pero ¿cómo podía *Savannah* haberse *ido*? No tenía sentido. Aun ahora, cuando piensa en ello, sigue siendo un sinsentido.

Zara se pone las gafas para leer y abre su laptop, la apoya en una lápida y abre la hoja de cálculo que se ha convertido en su obra magna durante el último año. Meses y meses de trabajo, investigaciones sobre lo oculto, los demonios, la necromancia, los hechizos, las maldiciones y la brujería, todo destilado en un extenso documento de columnas, líneas y celdas. Lo que ha funcionado (nada) y lo que no (todo). Cada ritual, ajustado una docena de veces, probado bajo lunas llenas, lunas de sangre, noches sin luna. Ha ido al cementerio vestida con la ropa de Savannah. Ha bebido una poción alucinógena de beleño, estramonio y mandrágora que se suponía que la ayudaría a comulgar con los muertos, pero que sólo le provocó vómitos y diarrea. Trajo consigo al gato del vecino de Kyle y se sentó con él en su regazo durante una hora al amanecer.

Esta noche, toma notas, tan rápida y eficazmente como una científica en un laboratorio. Fecha, hora, ritual. Todo se debe registrar con precisión para poder ajustarlo y volver a intentarlo. En la tierra húmeda sobre el cadáver de su hermana, cava una pequeña fosa, luego rocía la tierra con el líquido para encendedores y prende un fósforo.

La necromancia resultó ser una habilidad más escurridiza de lo que Zara había previsto en un principio. Nunca le había llevado tanto tiempo dominar ninguna otra cosa. Hay reglas establecidas para la trigonometría en las que todo el mundo está de acuerdo. Sólo necesitas recurrir a un libro de texto para aprender lo que necesitas saber. En cuanto a los libros de necromancia que tiene a su disposición... ninguno de los autores parece, de hecho, haber *resucitado* a los muertos, y, por lo tanto, nadie se pone de acuerdo sobre cómo hacerlo exactamente. Es desquiciante.

Sin embargo, hay algunas pistas que la hacen pensar que va por buen camino: el fuego aparece en casi todos los rituales, al igual que la sangre y algún tipo de sacrificio. Zara ya no se molesta con los rituales que requieren cristales o sal, ni con los ayunos a base de jugos para "limpiar el espíritu".

Lo que más le preocupa en ese momento es que varios libros dan un plazo ajustado en el que es posible la resurrección de la forma corporal: doce meses. Más allá de ese plazo, la carne ya se ha descompuesto demasiado para que pueda ser reanimada.

Dentro de dos semanas se cumple un año de la muerte de Savannah. A Zara le quedan dos semanas para traer de vuelta a su hermana antes de que esto no sea posible, y no se siente más cerca de conseguir su objetivo que dos días después de que Sav fuera asesinada. Esta noche, sin embargo... hay algo en este ritual que parece prometedor. Zara sabe que la palabra *necromancia* proviene del griego *nékyia*, el nombre clásico del Canto 11 de *La Odisea*. El viaje de Odiseo al inframundo es el relato literario más antiguo de la necromancia. Es donde comenzó la idea de la comunión con los muertos. Sin duda, eso tiene que significar algo.

En una taza, ella mezcla la miel, la leche, el vino y el agua, y luego espolvorea por encima la cebada perla. Abre el paquete de cordero envuelto en plástico y añade unos cubos de carne a la mezcla. Es una libación para tentar al fantasma de Savannah.

Por último, llega el momento del sacrificio. Zara toma una navaja que desprendió de un rastrillo desechable, la limpia enérgicamente con desinfectante de manos y luego la desliza por la parte posterior de su antebrazo. La piel se frunce y se engancha bajo la hoja de la navaja. Zara hace una mueca de dolor, se detiene, aprieta la mandíbula y hunde más la navaja, hasta que la sangre mana de la herida. Ella sostiene el brazo sobre las llamas y deja que gotee, gotee, gotee en el fuego. Siempre habrá un pago, de eso está segura. Siempre habrá un pago por la magia, en forma de dolor y sangre.

Todo está listo. Todo está hecho.

Zara se queda quieta en el frío y escucha. En el funeral de Savannah puso una campanilla en la mano de su hermana.

Ya estaba planeando el posible regreso de Savannah. ¿De qué otra manera sabría si su ritual había tenido éxito? Qué triste destino sería resucitar en tu propio ataúd y volver a morir poco después de asfixia porque tu necromante no se hubiera dado cuenta de que su hechizo había funcionado.

El fuego se reduce a nada. La herida en el brazo de Zara se coagula y se vuelve pegajosa. La campana no suena. Savannah no vuelve.

Aun así, Zara espera.

Y espera.

Y espera.

Luego, inhala profundamente y grita. Es un grito largo, penetrante, desgarrado... pero sólo uno y, cuando termina, Zara se limpia la boca, se aclara la garganta, se alisa los pliegues de la falda, se acomoda el cabello y toma algunas notas en su hoja de cálculo. No llora. Los científicos no lloran cuando sus experimentos fracasan. Evalúan su método, averiguan qué falló y entonces, vuelven a intentarlo... aunque quieran arrancarse su propio cabello y golpear el suelo con los puños.

—*No llegué hasta aquí para llegar sólo hasta aquí* —se dice Zara mientras cierra la laptop y mira la hora.

Más información. Lo que ella necesita es más información, y el único lugar donde conseguirla ahora mismo no es allí.

Zara se levanta, mochila en mano, y se dirige a Primrose Hill.

Dos semanas. Tiene dos semanas para traer a Sav de regreso antes de que el cadáver de su hermana esté más allá de la resurrección.

Antes de que se vaya para siempre.

SEIS

Jude odia Primrose Hill. Es el tipo de vecindario infestado por los ricos más vanidosos, es decir, el tipo de vecindario en el que su familia posee múltiples propiedades, el tipo de vecindario en el que las esposas de sus hermanos se pasean en ropa deportiva, el tipo de vecindario en el que Jude pasaría su tiempo si no hubiera arruinado su vida de forma tan catastrófica. Jude odia Primrose Hill porque siente, desesperadamente, que pertenece allí.

Ya es de noche cuando se estaciona frente a un deli y se detiene un momento para admirar con odio el escaparate otoñal. Hay cajas con calabazas de todos los tamaños; una bandeja con más calabazas, estriadas y nudosas; tallos de ruibarbo de color rosa y helado rojo; tulipanes y otras flores resistentes con pétalos de aspecto ceroso. Es jodidamente hermoso.

Jude pasa junto a un mural de la familia real posando como ABBA, luego sigue calle abajo, más allá de Chalcot Square, un elegante parque rodeado por todos lados de casas con terrazas de estilo italiano en colores pastel. Siempre ha pensado que parecen huevos de azúcar, bonitas joyas glaseadas de blanco. Saca una foto de una y se la envía a Elijah.

                              ¿No tenemos una de éstas?

Está bromeando, pero Elijah responde de inmediato.

Adam vive en la grande
y llamativa de la esquina.

                                              ¿En serio?

Pagó 12 millones de libras por ella,
y luego la pintó de naranja pastel.

                                         ¿Naranja pastel?
                                          ¡Vaya imbécil!

De hecho. El dinero no puede
comprar el buen gusto.

Jude da marcha atrás hasta la esquina y se detiene allí, frente al edificio de color naranja pálido. Es encantador, incluso en toda su gloria mandarina de cuatro pisos. Las ventanas derraman rectángulos dorados sobre la calle a través de cortinas de gasa que mantienen ocultas las habitaciones más allá de las miradas indiscretas de los transeúntes. De la puerta principal pende una corona otoñal. El único árbol del diminuto patio —sombrío, colosal— tiembla bajo la luz melosa, con las pocas hojas que le quedan colgando como delicados adornos de cristal. El aire huele húmedo, pero acogedor, impregnado de verdor y de las cenas que se están cocinando en los hornos.

Jude imagina a Adam en el interior, sentado en un sillón de piel, en un salón de paneles oscuros —porque, por supuesto, debe tener un gran salón—, leyendo y bebiendo una copa de licor ambarino, con la corbata desanudada y los pies en alto tras un largo día de ser rico y poderoso. Su hija mayor, Dove, está sentada a su lado en un segundo sillón, todavía con el uniforme de la escuela y los pies, en calcetas negras, metidos debajo de su cuerpo, mientras se enrosca un mechón de cabello rubio entre los dedos. La mujer de Adam trae a sus hijos más pequeños, ambos rubios y con pijama, para que le den las buenas noches, y él se inclina para besar a cada uno en la coronilla de sus perfectas cabezas.

El corazón de Jude se estremece.

Tras la muerte de su madre, Adam se ofreció a adoptarla, o eso le dijeron. Lawrence no tenía interés en los niños, y Adam ya tenía a Dove. ¿Por qué no criarlas juntas en un hogar lleno de amor? Al parecer, Lawrence había vetado la idea, aunque parecía tener poco interés en ser el padre de Jude. Ella nunca supo por qué.

Jude y Adam nunca han estado tan unidos como lo están Jude y Elijah, pero —a pesar del odio vehemente de Eli hacia sus cuatro hermanos mayores— Jude siempre ha visto a Adam como una especie de figura paterna. Una cara amable en una familia de narcisistas completamente chiflados (excluyendo a Eli, obviamente).

Sin embargo, tras el "accidente" de Jude, Adam se distanció de ella. Claro, envió flores al hospital, pero nunca la visitó, nunca la llamó. ¿Por qué lo haría? Jude está manchada por el hedor del escándalo, y Adam Wolf —limpio, guapo y decidido como es— lleva toda la vida aspirando al puesto de su padre. Es mejor para su imagen, mejor para su familia, mejor para su carrera distanciarse de su hermana "adicta", así que eso es lo que ha hecho.

En otra vida, Jude estaría sentada con Adam y Dove en esa habitación resplandeciente. Saludables y en paz, sin maldiciones sangrientas que los aquejen.

Pasa un coche. Una empresa de seguridad privada. El hombre al volante mira a Jude con desconfianza.

—Sí, sí, de acuerdo —se dice Jude. El viento cruje entre los árboles, cruje entre sus huesos doloridos. Jude da media vuelta y se adentra de nuevo en la noche.

Pasada la plaza, más abajo en Chalcot Road, las casas se vuelven menos peculiares: común ladrillo londinense y marcos de ventanas blancas, con alguna puerta roja o verde que les da algo de personalidad.

A Jude se le acelera el corazón al pensar en lo que está a punto de ver. No es demasiado aprensiva —no se puede tener una pierna/alma gangrenada sin tener un estómago fuerte—, pero su boca se siente aceitosa al pensar en los cadáveres hinchados y el hedor de la carne devastada por los gusanos.

—Espero que esté fresca —le dice a nadie. Es una retorcida esperanza, pero da igual.

Jude divisa a una rubia vestida con un oscuro uniforme de escuela —saco de tartán, falda plisada, mocasines de piel—, y se toma unos instantes para deleitarse con su físico. Luego, cuando la mujer sube las escaleras del mismo edificio al que se dirige Jude, sonríe y corre para alcanzarla.

—¿Qué hace una chica tan agradable como tú en un sitio como éste? —le pregunta Jude a la rubia mientras esperan juntas en la puerta.

La rubia se gira. Es más joven de lo que Jude creía —Primrose Hill es territorio de sensuales madres de familia— y guapa como una colegiala. Tiene las mejillas llenas y la cara salpicada de pecas de bebé. Pero, sobre todo, parece ansiosa. Sus grandes ojos grises tienen algo de atormentados.

—¿Me estás coqueteando? —pregunta la chica.
—Eso depende —responde Jude.
—¿De qué?
—De si estás interesada.

La rubia intenta no sonreír, pero sus mejillas se colorean como pétalos de rosa.

La puerta zumba y ambas entran.

—¿Visitando a una amiga? —pregunta Jude mientras suben las escaleras. Se mueve suavemente, con el dolor en el muslo y la cadera totalmente despierto. El dolor suele empeorar al anochecer, cuando sus demonios están más activos. No siempre es tan insoportable como anoche (los berrinches del demonio hambriento son esporádicos, para mantenerla alerta), pero el dolor siempre está ahí, siempre pudriéndose en su interior.

La rubia niega con la cabeza.

—Ya quisiera. ¿Te imaginas vivir en un lugar como éste? Sylvia Plath vivía en esta calle. Vi su placa azul cuando venía caminando.

—Plath. Ahora hay una mujer que podría ayudarme. Es tan difícil encontrar a una poeta decente hoy en día. Una de cada dos personas en Instagram piensa que puede escribir unas cuantas palabras y llamar a eso poesía. Quizás el hecho de que Plath haya vivido aquí sea un buen augurio.

—¿Para qué necesitas a una poeta?

—Debo admitir que no sirven para gran cosa. Sobre todo porque ni siquiera ellas saben para qué podrían ser útiles.

Jude se pregunta si Plath hizo el tipo de trabajo que ella está buscando. Probablemente, la muy pícara descarada.

No es hasta que se detienen frente a la misma puerta y la rubia extiende la mano para llamar que Jude se da cuenta de que ambas están aquí para ver a Reese Chopra.

Jude frunce el ceño mientras esperan, intentando averiguar quién es ella.

—¿Eres policía? —pregunta Jude, aunque ya sabe la respuesta. La chica es demasiado joven.

La rubia niega con la cabeza.

—¿Parezco una oficial de policía?

—Interesante. ¿Una nueva amante, quizá? Reese sigue diciéndome que soy demasiado joven para ella. Qué sucia mentirosa.

Se abre la puerta y aparece la detective Reese Chopra con un overol blanco con capucha, los zapatos cubiertos, cubrebocas y guantes.

—Reese, cariño —dice Jude—. Te ves tan deslumbrante como siempre —y es verdad, lo es. Con los ojos más bonitos que Jude haya visto, ¿cómo podría resistirse a un poco de coqueteo?

—Llegas tarde —le dice Chopra a Jude, luego se gira hacia la rubia y le dice—: y tú, llegas temprano.

—Dijiste a las nueve de la noche, bombón —dice Jude—. Así que estoy aquí a las nueve de la noche, en punto.

—A mí también me dijiste que a las nueve de la noche —dice la rubia.

—¿Hice eso? —pregunta Chopra—. Necesito dormir más. No se suponía que ustedes estuvieran aquí al mismo tiempo. Al diablo. Apresúrense, que no tenemos mucho tiempo —las hace pasar y le entrega a cada una un equipo de protección igual al que ella lleva puesto.

Jude nunca la ha visto sin su equipo, pero la ha buscado en internet y sabe que tiene alrededor de cuarenta años, es morena y de piel oscura, con una mandíbula que hace que a ella le tiemblen un poco las piernas. Está casada con —y separada de— una abogada bajita y de aspecto enojado de nombre... ¿Bridget? ¿Brooke? Algo que empieza con *B*.

—Ya saben lo que hay que hacer —continúa Chopra—. Primero, el dinero, luego pueden tomarse unos minutos. No toquen nada. No se lleven nada. Sin fotografías. El equipo volverá pronto de su descanso.

—¿Cómo va el divorcio, Reese? —pregunta Jude mientras se pone los guantes.

Chopra debe percibir su olor entonces, porque arruga la nariz y dice:

—¿Te mataría darte un baño de vez en cuando?

—Supongo que no muy bien, considerando que buscaste duplicar este tipo de honorarios. Yo, por mi parte, estoy encantada de oír que vuelves al mercado.

La rubia todavía no empieza a ponerse el equipo de protección. Chopra se da cuenta.

—Apresúrate, Jones. No tenemos todo el día.

—Sólo pude conseguir cincuenta —dice Jones—, con tan poco tiempo. Bueno, cincuenta y dos, para ser exacta. Necesito más tiempo... pero puedo pagarte después, lo juro.

—Dios —exclama Chopra—. No soy una organización de beneficencia. Estoy arriesgando mi carrera al dejarte pisotear la escena de un crimen.

—Lo siento. En verdad, encontraré la manera de...

—Yo te prestaré —dice Jude. ¿Por qué diablos no?—. Mil cada una, ¿cierto?

Jones parece confundida.

—No, quinientos.

Jude se voltea hacia Chopra.

—¿Le cobras a ella la mitad de lo que me cobras a mí?

—Sé quién es tu padre, Jude Wolf —aclara Chopra—. No siento ni el más mínimo remordimiento por aprovecharme de ti.

—Grosera —refunfuña Jude mientras cuenta el dinero y se lo entrega. Chopra lo mete por debajo de su traje, en el brasier—. La última vez, te pagué quinientas libras por echar un vistazo a una drogadicta con sobredosis en un callejón —le recuerda—. Más vale que esta vez sea verdad.

—En primer lugar, no las llamamos drogadictas, ¿de acuerdo? Ella tenía *un problema de abuso de sustancias*. En segundo lugar, la cortaron. ¿Cómo voy a saber exactamente qué tipo de heridas quieres mirar? En tercer lugar, ésta *es* una de ellas. Un perfecto rectángulo rojo brillante de piel que fue cortado de su muñeca. El piso también está lleno de cosas raras, velas y pociones de abracadabra y toda esa basura... y, bueno, algo nuevo.

—¿Algo nuevo? —pregunta Jones.

—Algo nuevo —vuelve a decir Chopra.

De las cinco víctimas de asesinato (y una de sobredosis) por las que Jude ha pagado para que Chopra le permita verlas, sólo tres han sido lo que ella está buscando. La primera, una directora ejecutiva de alto nivel, que fue asesinada en su oficina nueve meses atrás. Le habían cortado un trozo de piel de cinco por diez centímetros del pecho. Eso llamó la atención de Jude cuando apareció en las noticias. Chopra descubrió a Jude irrumpiendo en la escena del crimen y por un instante creyó que podría tratarse de la asesina, sobre todo cuando Jude entró en pánico y le habló a Chopra de maldiciones y demonios y de la bruja que necesitaba encontrar para salvarse. Chopra supuso que estaba drogada o era una psicótica, o ambas cosas... hasta que Jude mencionó quién era su padre, le ofreció un fajo de billetes para ver la oficina de la mujer muerta y dijo que había más dinero de donde había salido el primer soborno. Mucho más. Cuando apareció el siguiente cadáver dos meses después, éste con tres rectángulos de piel cortados, Chopra, luego de verificar la coartada de Jude sobre ese caso (era sólida), le ofreció a la joven ver a la mujer muerta... por un precio, naturalmente.

Así comenzó su extraña relación comercial. Jude le paga a Chopra para ver cadáveres mutilados, y Chopra está de acuerdo, en gran parte debido a la falta de pruebas y al hecho evidente de que en estos crímenes hay algo más de lo que ella o el cuerpo de policía entienden.

—Me duele que hayas estado viendo a otras personas a mis espaldas, Reese —se queja Jude mientras ella y Jones se ajustan los cubrebocas—. Pensé que tú y yo teníamos algo especial.

—Síganme —les dice Chopra a ambas mientras abre otra puerta—. Acabemos con esto de una vez.

Todavía no huele a muerto. La calefacción del piso está apagada y el aire es fresco, y el cuerpo no ha empezado a apestar como pasó con algunas de las otras víctimas; por desgracia, la ausencia de hedor no vuelve la escena menos espeluznante.

—Dios —susurra Jude cuando ve la habitación. Ya sabe cómo moverse por la escena de un crimen. Chopra la observa (las observa a ambas, a Jude y a Jones) mientras se mueven por la habitación. Hay pequeñas plataformas colocadas en la alfombra, como si fueran un camino de piedras para cruzar un río. Las utilizan para desplazarse por el espacio sin pisar ninguna prueba.

Jude se obliga a mirar el cuerpo. Es una mujer. Siempre son mujeres, claro. Va vestida de bruja, con piel verde y todo, lo cual parece un gran *púdrete*. Como dijo Chopra, hay un rectángulo perfecto de carne cortado de su muñeca. Los ojos de la mujer están abiertos de miedo, las pupilas dilatadas al tamaño de una moneda. A su alrededor y por debajo de ella, dibujado en la sangre que ya empapó la alfombra, hay un enorme pentagrama y un versículo de la Biblia.

— "A la bruja no permitirás que viva" —lee Jones en voz baja y temblorosa.

Mierda.

—No estabas mintiendo —dice Jude—. Esto es nuevo. El bastardo está cada vez más enojado.

Jude se acerca al cuerpo de la mujer, con expresión sombría y la mandíbula tensa. Un impulso de furia la atraviesa y le hace cerrar las manos en puños. Se produce un crujido de algo eléctrico y acre en la habitación mientras las tres miran fijamente a la mujer muerta.

Ellas comprenden lo que están viendo. Entienden que podrían haber sido ellas. Un giro equivocado en la calle equivocada en la noche equivocada, y podrían haber sido ellas. No tiene sentido. Que puedas seguir con tu vida, ocupándote de tus malditos asuntos, y de pronto termines convertida en una presa.

Jude pasa la yema del pulgar derecho enguantado sobre la maldición en su otra muñeca.

Se habían dejado versículos de la Biblia en otras escenas del crimen, pero siempre habían sido... bueno, un poco más sutiles. Nada tan abiertamente... de "pánico satánico". Entonces, ¿a qué está jugando el asesino ahora? ¿Por qué el drama repentino? ¿El ensangrentado pentagrama gigante? ¿Qué es lo que quiere?

Atención, piensa Jude. *Quiere atención.*

Chopra mira sombríamente el escrito ensangrentado, con las manos en las caderas.

—A la prensa le va a encantar esto —dice la detective.

El hechizo de la furia está roto. La tormenta se repliega en los rincones de la habitación. Jude sacude los dedos y respira hondo, sólo huele el polvo de los guantes de látex, el impoluto plástico del equipo de protección.

—¿La prensa? —pregunta Jude—. Creí que la Policía Metropolitana lo estaba manteniendo en secreto.

Incluso desde que se filtraron los escabrosos detalles del asesinato de la directora ejecutiva —"Mujer desollada en espeluznante asesinato"—, la policía había mantenido los detalles de los otros asesinatos lejos de los periódicos y los crímenes no se habían relacionado públicamente.

Chopra deja escapar un largo suspiro.

—Se ha tomado la decisión de que no es ético mantener en secreto a un asesino serial. Va a haber un anuncio, una campaña de seguridad pública advirtiendo a las mujeres que no salgan solas después del anochecer.

—¿Un toque de queda para las mujeres? Eso va a funcionar muy bien.

—*No* es un toque de queda. Una serie de conductas que se recomiendan para mejorar la seguridad personal en estos tiempos inciertos.

—Vaya, en verdad estás siguiendo el discurso oficial, ¿eh? Eso es lo que quiere, ¿sabes? El asesino. Para eso es el pentagrama. Quiere que esto salga en los periódicos, y tú se lo vas a conceder.

—No está en mis manos.

—¿Cuándo piensan tú y tus colegas hacer su trabajo y atrapar a este tipo?

Chopra la fulmina con la mirada y comprueba su reloj imaginario.

—Mira eso. Te quedan tres minutos.

Jude se da la vuelta y vuelve a registrar la escena del crimen, y al instante queda sorprendida al ver a Jones, que ahora recorre el perímetro de la habitación y...

—Lo siento, ¿en serio te estás acariciando la barbilla? —pregunta Jude.

—Me ayuda a pensar —responde Jones, desplegando los brazos para revelar un cuaderno de espiral en la otra mano—, y me distrae de vomitar.

—*Nada de vómitos* —advierte Chopra—. No quiero tu ADN en la escena.

—¿Y por qué vienes a revisar cadáveres? —pregunta Jude otra vez—. ¿Estar tan cerca de la muerte te hace sentir viva?

Jones no contesta.

—¿Cómo se llama? —le pregunta Jones a Chopra—. ¿Qué edad tiene?

—Diecinueve. Se llama... —Chopra revisa un trozo de papel en el banco de la cocina—. Rebecca Wright.

—¿Causa de la muerte? —pregunta Jones, pero es jodidamente obvio: la mujer tiene un amplio collar de moretones alrededor de la garganta.

—Asfixia, durante un largo periodo de tiempo. Le cortaron la piel justo antes de que muriera, como a las otras víctimas. La naturaleza precisa de las heridas sugiere que estaba inconsciente en ese momento, quizás al borde de la muerte.

—Cuatro víctimas ahora, Reese —dice Jude mientras empieza a revisar la habitación, buscando pruebas no de asesinato, sino de algo más: magia. Magia real—. Vaya, vaya.

—Cinco —dice Jones.

Jude frunce el ceño. Eso es información nueva.

—Sí, cinco víctimas —confirma Chopra.
—¿Cuál era su recámara? —pregunta Jones.
Chopra asiente hacia el pasillo.
—La primera a la derecha.
Jones entra en la habitación de la chica. Jude y Chopra la siguen.

Jude siente una repentina y sorprendente punzada de celos por la chica muerta, por la vida que tuvo antes de morir. Las paredes están pintadas de color verde bosque y forradas de libros y más libros. En una esquina, hay un sillón de piel, junto a una cama de metal negro que parece haber estado allí desde la época victoriana. Sobre el escritorio de madera se yergue una pila de libros de texto: *The Oxford Companion to English Literature*, *The Norton Shakespeare*.

Es una vida que Jude desea desesperadamente. Una vida que Jude podría tener en el futuro, si consigue superar el mal que la aqueja.

—Mencionaste velas de abracadabra —dice Jones—. ¿Dónde está la evidencia oculta?

Chopra se queda mirándola fijamente.

—¿Además del gran pentagrama y el hecho de que va vestida de bruja y su habitación parece la escenografía de *Buffy, la cazavampiros*?

—Sí. Por favor, señala algo específico.

Chopra frunce el ceño y se lleva a Jones de paseo por la habitación, mostrándole cristales y frascos de pétalos de rosa secos y un cojín bordado con soles y lunas. Jones sacude la cabeza ante cada objeto y dice: "No. Siguiente", antes incluso de que Chopra haya terminado. Lo único que parece interesarle es un libro: un ejemplar de *Pseudomonarchia Daemonum*, cuyo título escribe en su cuaderno. Jude sabe que es un catálogo de demonios y diablos, escrito en el siglo XVI, que se equivoca en noventa y cinco por ciento de las cosas.

Así que Jones también está buscando magia. *Mmm.* Jude se cuestiona por qué.

—¿Por qué estas mujeres? —se pregunta Chopra en voz alta.

Jude cree que es bastante obvio. *A la bruja no permitirás que viva.* O sea... eran brujas, fueron asesinadas porque eran brujas. Jude intentó explicárselo a Chopra después de los dos primeros asesinatos, pero ¿la maldita *Olivia Benson* la escucharía? La respuesta de Chopra había sido algo parecido a *No intentes meterte conmigo, delincuente juvenil, haré que te arresten*, y Jude no había vuelto a plantear la teoría.

Y allí, sobre el escritorio, a la vista de todas, Jude ve lo que ha estado buscando durante dos años. Casi se atraganta al verlo y disimula su sorpresa con un carraspeo. Chopra y Jones la miran, pero ella se aclara la garganta y les hace un gesto para que no se acerquen. Allí no hay nada que ver.

—Nada de toses —advierte Chopra, y luego se da la vuelta, lo suficiente para que Jude levante el fino rollo de plomo (no más grande que medio cigarrillo) del escritorio y se lo meta en el bolsillo sin que la detective se percate. Jones, sin embargo, lo ve todo. Las dos jóvenes se miran fijamente. Jude cree que Jones la delatará de inmediato (parece ser ese tipo de chica, una auténtica santurrona), pero se equivoca. Jones asiente una sola vez con la cabeza, en reconocimiento de su secreto, y luego vuelve a tomar notas.

—De acuerdo —dice Chopra un minuto después—. Se acabó el tiempo. Quítense el equipo de protección y lárguense de aquí.

—Tenemos que dejar de vernos así —le dice Jude a Chopra al salir.

—Adiós, Jude.

—Nos vemos, Reese. Hasta la próxima.

—Esperemos que no haya una próxima.

Jude no sabe si quiere decir que espera que no asesinen a más mujeres o que espera no volver a verla.

Jude sigue a Jones escaleras abajo y cae a su lado en la banqueta, tratando de ignorar la sensación nauseabunda de la pus que se filtra de su pierna mientras se mueve.

—¿No sería un giro salvaje si Chopra resulta ser la asesina y ha estado matando a todas estas mujeres como excusa para verme?

Jones frunce el ceño pero no dice nada. Carajo. Público exigente.

Jones camina un rato, con las manos en la espalda como si fuera Sherlock Holmes, luego se detiene frente a Chalcot Square, frente al antiguo departamento de Sylvia Plath.

—Te llevaste algo —dice.

—Así es. Gracias por no delatarme. Chopra estaba de mal humor.

—¿Qué era?

Jude sostiene el rollo de plomo.

—Parecías muy interesada en el libro demoniaco, así que asumo que sabes qué es esto.

Jones niega con la cabeza.

—No.

Raro, cada vez más raro.

—¿Qué estabas haciendo allí exactamente si no estabas buscando esto?

De nuevo, Jones no dice nada. Es como si hablara con la pared.

—¿Has estado alguna vez en Bath? —le pregunta Jude—. ¿Estás familiarizada con las antiguas tablas romanas de maldiciones?

—No, y no.

—Bueno, vamos a echar un vistazo, ¿de acuerdo?

Jude despliega el metal blando, que lleva impreso un revoltijo de letras y números, y pone los ojos en blanco. Brujas. Siempre tan astutas. Al menos está escrito en alfabeto latino. La última que encontró estaba en maldito sánscrito.

—¿Tienes un espejo? —le pregunta Jude a Jones.

—No.

—Jones, hasta ahora estás demostrando ser una asistente completamente inútil.

—Me llamo Zara, y *no* soy tu asistente.

Jude lo piensa un segundo, luego sostiene el escrito contra el espejo retrovisor de un coche y sonríe cuando se revela el mensaje secreto.

—Hola, Emer —dice Jude—. No tienes ni idea de cuánto tiempo he estado buscándote.

Emer Byrne, se lee en la escritura reflejada. *Hechicera de palabras*.

—¿Qué son esos números? —pregunta Jones.

—Si tuviera que apostar, diría que son intervalos y coordenadas.

—¿Coordenadas de qué?

—No de qué, Jones... de quién.

—¿De quién?

—Sí, de quién.

—No, quiero decir... ¿de quién?

Jude sonríe. Jones es linda cuando está desconcertada y un poco enfadada.

—Una poeta, si tengo suerte. Esto —Jude vuelve a enrollar la fina hoja de metal y la guarda en su bolsillo— es una tarjeta de presentación de una tal Emer Byrne, hechicera de palabras. Una escritora de maldiciones, una bruja, querida mía. Un tipo muy especial de hechicera —los ojos de Jones son grandes y no parpadean, pero no parece creer que Jude esté bromeando, lo que significa que sabe al menos un poco de la verdad—. ¿Te apetece cenar algo, Jones?

—Ya te lo dije: *me llamo Zara*.

—Sí, ya lo mencionaste. Sigo eligiendo llamarte Jones. *Jude y Jones, chicas detectives*. Suena bien, ¿no crees? Vamos. Tengo antojo de carbohidratos.

SIETE

Una bruja. Una bruja. Una bruja.
Jude encontró la tarjeta de presentación de una *bruja*.

Los pensamientos de Zara dan tumbos y se estrellan. Hay demasiadas piezas del rompecabezas para que las pueda retener en su mente a la vez, pero tiene la sensación de que hay una respuesta aquí, en alguna parte, y tal vez Jude pueda ayudarla a encontrarla.

En la mesa frente a ella, Jude ya pidió aceitunas y sardinas asadas y hojas de parra rellenas. La cocina estaba a punto de cerrar cuando llegaron, un inconveniente que Jude solucionó rápidamente con tres billetes de cincuenta libras, contados despreocupadamente y entregados a la recepcionista.

Zara tiene el estómago revuelto. Nunca puede comer después de ver un cadáver. No se ha hecho más fácil ver mujeres congeladas en el momento de la muerte. Ver a las mujeres congeladas como Savannah estaba congelada, con el mismo miedo grabado para siempre en sus rostros.

Jude, al parecer, no ha perdido el apetito.

—¿Piensas cerrar la boca en algún momento de esta noche? —pregunta Zara mientras Jude mastica otra sardina con la boca abierta—. ¿O tus labios se repelen entre sí?

—¿Qué? —pregunta Jude, con la boca llena a reventar.

—Comes como un animal salvaje.

—Tengo varios dientes sueltos en la parte de atrás de la boca, ¿de acuerdo? —Jude logra decir una vez que traga—. Cuanto menos mastique, mejor.

Jude es rica, eso está claro. Zara conoce a la gente de su tipo; fue a la escuela con chicas como ella cuando vivía en el campo con Pru. Jude busca una apariencia lo menos estudiada posible: ropa arrugada, columna encorvada, modales espantosos, higiene personal cuestionable. Ésa era la norma general en la antigua escuela de Zara: cuanto peor era el comportamiento y más descuidada la ropa, más rica era la familia. Sin embargo, ninguna de ellas era tan generosa como Jude, ni tan amable con los extraños. Zara no imagina a ninguna de ellas haciendo lo que hizo Jude, ofrecerse a pagar por ella sin apenas haberla visto. Pero tampoco imagina a ninguna de ellas pagando por estar en la escena de un crimen, para empezar.

Cuanto más observa a Jude, más se convence Zara de que Jude es rica más allá de su más desbocado entendimiento. Zara sabe de moda —algo necesario cuando se lleva la ropa como armadura— y Jude va finamente vestida. Su estructurado abrigo negro, que la hace ver como una Jack el Destripador de alta costura, es Valentino; Zara lo vio cuando Jude se lo entregó a la recepcionista. La camisa blanca que lleva debajo —así de arrugada como está— es de seda pura. Sus botas de cordones son las mismas que Savannah había codiciado —y de cuyo obsceno precio se había reído— cuando estaba viva.

Sé quién es tu padre, había dicho Chopra.

¿Por qué una chica con esos recursos husmea en escenas de asesinatos en busca de tarjetas de presentación de brujas?

Jude traga otro enorme bocado prácticamente sin masticar y ojea la carta de bebidas.

—¿Bollinger? ¿O eres más de Clicquot?

Están en un restaurante griego de Regent's Park Road, un lugar con techo de cristal de invernadero y una cascada de plantas suspendidas del techo. Zara nunca había visto el interior de un lugar tan lujoso, aunque Prudence la preparó para incursionar en este tipo de círculos. Se sienta erguida, con las piernas cuidadosamente acomodadas a un lado de la silla.

—Tengo diecisiete años —responde Zara.

Tampoco ha bebido nunca champán de verdad. Una vez, Savannah le permitió tomar dos copas de prosecco de Waitrose, en una de sus últimas noches juntas. La botella parecía de cristal cortado y brillaba a la luz de la luna. "Las cosas van a ser diferentes ahora", había prometido Savannah cuando chocaron sus copas. Estaban celebrando el nuevo trabajo de Savannah como administradora de recursos humanos en una empresa de medios de comunicación. Le iban a pagar más del doble de lo que ganaba como asesora de belleza en Boots. Para celebrarlo, habían reunido sus recursos y se habían gastado veinte libras en el prosecco, una extravagancia escandalosa, pero que valía la pena, porque su suerte estaba cambiando y sus vidas estaban a punto de empezar. O en eso insistía Savannah.

Jude se mete otra sardina en la boca y se la traga entera.

—Yo también, pero nunca he dejado que eso me detenga —dice—. Elije una.

Zara mira el menú y se siente doblemente enferma. Las dos botellas cuestan más de ochenta libras. Una cantidad salvaje e inconcebible de dinero para gastar en cualquier cosa... que no sea la escena de un crimen.

—Obviamente, no puedo pagar esto.

—Obviamente, ya me di cuenta. Yo invito la cena.

Zara carraspea.

—Debo aclarar que no soy... Yo no soy... Lo que quiero decir es que no me atraes de una manera romántica.

Jude pone los ojos en blanco.

—Por Dios, mujer. No estoy tratando de meterme en tus pantalones. Quiero decir, si ocurre orgánicamente, no me quejaré... pero no me debes nada por un wrap de souvlaki. Ahora, si te llevo al Araki o a Le Gavroche, puede que tengamos que renegociar —Jude mueve las cejas de arriba abajo, juguetona.

Zara se sonroja.

—Bollinger, entonces.

—Excelente elección.

Zara ha conocido a muchos chicos ricos, pero nunca a una chica como Jude, alguien que camina por el mundo exudando tanta fuerza. Jude es muy... ¿hermosa? No, no parece la palabra adecuada para describirla. Jude es impresionante. Sí, desde luego. Jude es... ¿guapa, tal vez? Eso también encaja. Jude tiene el cabello negro, la piel pálida, los ojos azul claro y las cejas como si le hubieran pegado orugas oscuras y sedosas a la cara. Jude tiene la constitución de las mujeres que Zara sólo ha visto en las revistas, plena de ángulos finos y largas extremidades. Sus hombros son anchos y afilados, al igual que su mandíbula.

Sin embargo, bajo esa apariencia, Jude no está bien. Algo... está *mal* en ella. Zara puede sentirlo, puede verlo, puede olerlo. Tiene ojeras y un leve hedor a podrido emanando de su piel. Camina despacio y a menudo parece estremecerse cuando apoya el peso en la pierna derecha.

Zara sube la mochila a su regazo, saca la laptop y desliza los lentes sobre su nariz. Después, abre la aplicación de notas de voz y coloca el teléfono sobre la mesa, entre Jude y ella.

Zara posa los dedos sobre el teclado de su laptop, preparada.

—Cuéntame todo lo que sepas sobre brujas —dice ella.

—Vaya, así que simplemente vas a meterte de lleno en el asunto, ¿eh? —Jude mira el teléfono mientras éste la graba.

—No dispongo de mucho tiempo.

—Señorita ocupada. Me gusta. Te diré algo, ¿por qué no hacemos un intercambio? Tú me das algo de información, yo te doy lo mismo. Dijiste cinco víctimas —Jude habla mientras devora otro enorme bocado, esta vez de aceitunas. Zara asiente. Jude se come otra aceituna y continúa—. ¿Cómo es que tú sabes eso y yo no?

—Mi hermana fue asesinada el año pasado —Zara no habla de la muerte de Savannah con nadie, pero de algún modo se siente cómoda contándoselo a Jude. Jude ha visto a las otras mujeres. Jude ha sido testigo de los cuerpos con la piel arrancada. Están vinculadas por ese horror—. Ella fue la primera, creo. No pude encontrar ningún artículo de prensa que mencionara crímenes como ése antes de que ella muriera... aunque es posible que esos detalles se hayan mantenido fuera de los medios, así que no lo sé con seguridad, pero Chopra no ha mencionado ninguna víctima anterior. Mi hermana se llamaba Savannah.

—Dios. Lo siento. Asumo que Chopra era...

—Una de las personas que investigaron el caso de Savannah, sí.

—¿Cómo conseguiste persuadirla?

—Fue su idea. Aunque ahora supongo que la idea se la diste tú. La segunda víctima... yo llevaba tiempo insistiéndole a Chopra para que me facilitara más información. Me preguntó si quería ir a la morgue y ver el cuerpo. Pensó que los dos casos estaban relacionados. Fui, le pagué. Ella me llamó a partir de la siguiente víctima. Supongo que tú y yo hemos estado a punto de cruzarnos por un tiempo.

—Cobrarle a la hermana de una víctima de asesinato —Jude sacude la cabeza—. Chopra es todo un personaje.

Entonces, llega la botella de Bollinger. El mesero vierte un trago en una copa de champán para Jude, quien degusta.

—Sí, gracias, está bien —dice ella.

El mesero llena las dos copas. Zara sigue atenta a la reacción de Jude, pero parece que ella está pensando, meditando algo.

—Normalmente sugeriría que brindáramos por algo, pero teniendo en cuenta lo que me acabas de contar, me parece de mal gusto —aclara Jude a Zara.

Una sonrisa se dibuja en la comisura de los labios de Zara. A Savannah le habría agradado Jude; está segura.

Savannah.

Sa-van-nah.

Zara le da vueltas al nombre en la cabeza. Ahora le suena extraño, como una palabra dicha tantas veces seguidas que pierde su significado.

Savannah, Savannah, Savannah.

Sa. Van. Nah.

La palabra se ha despegado de la chica a la que pertenecía.

Entonces, empiezan las imágenes, como siempre que Zara se permite pensar en su hermana, muerta durante demasiado tiempo: Savannah, bajo el sol del verano, con el cabello rubio cayendo por sus hombros en rizos sueltos. Son momentos dignos de recordarse. Zara ni siquiera está ya segura de que sean reales. Es como una artificial hollywoodense de dolor por la pérdida. El duelo la cubre por rápidamente. Es viscoso y oscuro, le llena los pulmones y hace que le resulte difícil respirar. Zara se sujeta del borde de la mesa con tanta fuerza que cree que la madera podría romperse. En un mundo justo, se rompería. En un mundo justo, Zara sería capaz de aprovechar el poder de su dolor. Lo usaría para romper todos los vasos y platos del restaurante. Lo usaría para gritar tan fuerte que todos en la ciudad pudieran oírla. Lo usaría para abrir el velo del mundo y retroceder en el tiempo y sacar a Savannah de las fauces del universo. El poder de su duelo la haría más fuerte, más capaz de hacer lo que hay que hacer.

Zara se truena los nudillos de la mano derecha y vuelve a posar los dedos sobre el teclado.

—Dime todo lo que sabes sobre brujas —pide otra vez.

Jude la ignora.

—Así que estás aquí creyéndote Enola Holmes. Resolviendo el crimen. Respeto eso. ¿Qué vas a hacer cuando encuentres al bastardo? ¿Vengarte?

—No estoy buscando al asesino.

—¿Qué? ¿Por qué no?

Zara ignora su pregunta.

—*Dime todo lo que sepas sobre brujas.* Por cierto, ahora me debes dos respuestas.

—Bien. Claro. ¿Qué sé yo de brujas? —Jude se echa hacia atrás—. Doble, doble trabajo y problemas; fuego ardiente y caldero...

—Quiero hechos duros, precisos, Jude.

—Eres irritantemente persistente.

—Mucha gente me ha dicho eso. Lo tomo como un cumplido.

—Estás a punto de caer en Narnia por la madriguera del conejo. Una vez que sabes, no puedes dejar de saber. ¿Crees que estás lista para eso?

—La madriguera del conejo no conducía a Narnia.

—Me da igual, nunca vi la película —Jude bebe un trago de champán y se levanta la manga para mostrar la pálida piel de su muñeca—. ¿Has visto uno de éstos antes?

Zara mira su tatuaje.

—¿Un tatuaje? Sí, Jude. He visto un tatuaje antes.

—No has visto uno como éste. Mira más de cerca.

Zara vuelve a mirar la tinta negra de la piel de Jude, pero no es tinta. Zara se inclina hacia delante, toma el antebrazo de Jude con ambas manos, se lo acerca a la cara, se ajusta los lentes en la punta de su nariz para ver mejor.

—¿Qué... *demonios*? —toma aliento.

El "tatuaje" es... bueno, parece como si letras e imágenes de metal estriado se hubieran fundido en la carne de Jude. En el centro hay una diminuta representación de Sejmet, la antigua diosa egipcia de la medicina, con sigilos en un halo a su alrededor. Luego, palabras minúsculas y apretadas en... latín, eso cree Zara. Pasa la yema del pulgar sobre las marcas. Son frías al tacto, sus contornos rojos y de aspecto irritado. Y entonces...

Zara jadea y empuja el brazo de Jude.

—Se *movió* —Sejmet, la diosa con cabeza de león, definitivamente la *miró*.

—Se llama invocación —explica Jude—. Tomas un trozo de plomo fino como un papel, grabas en él algunas cosas en latín y sigilos, te grabas a fuego las palabras y los dibujos en la piel, amarras tu alma inmortal a un demonio, taaaráaan: magia, bebé.

Zara levanta la mirada. *Amarre.*

—¿Amarras tu alma... a un demonio?

—No toda. Eso te mataría. Así que cortas un trozo. Un gran y jugoso filete viejo de alma para que le hinque el diente. Es un proceso desagradable. Cada invocación te cuesta entre cinco y diez años de tu vida natural, y duele como el infierno. *Todo el tiempo*. Quiero decir, está el mal trago inicial de sentir que años de tu vida son drenados de cada átomo de tu ser, pero la resaca nunca desaparece. Siempre te sientes como si estuvieras en el peor día de una gripa: dolores de cabeza, fiebre, dolor de huesos y músculos, malestar general, agotamiento. Una cantidad sorprendente de diarrea. La comida no sabe a nada. Masticas y masticas y masticas, y a lo mejor consigues percibir el fantasma de algún sabor, pero casi todo es como si comieras harina con agua —Jude levanta su copa de champán—. Lo mismo pasa con las bebidas. Deliciosa harina con agua espumosa. ¿Vas a escribir algo de esto?

—Oh —Zara mira su laptop. Sus dedos están congelados sobre el teclado. El documento sigue en blanco—. Lo transcribiré más tarde —dice y cierra la pantalla.

—De acuerdo, Jones. No estás buscando al asesino. ¿Por qué?

—No me importa quién mató a Savannah, me interesa más devolverla a la vida.

Jude levanta las cejas.

—Dios, Frankenstein, y lo dices como si nada, ¿eh?

—Sí —¿qué sentido tiene ocultarlo? Tal vez Jude conoce una manera de ayudarla.

—¿Por qué?

Es el turno de Jude para responder a una pregunta, pero Zara se siente generosa.

—La noche que Savannah murió... habíamos peleado.

—Ah —Jude parece entender de inmediato—. La historia de siempre.

—Yo dije algunas cosas... —Zara hace una pausa y cierra los ojos, recordando y arrepintiéndose por milésima vez—.

Necesito tener una oportunidad para retractarme. Tener una conversación más con ella. Para hacer lo correcto.

—Parece mucho esfuerzo para una riña de hermanas. Seguro que ella sabía que la querías y todo eso.

—No sabes lo que dije... Es mi turno: tu invocación... ¿qué hace?

—*Invocaciones*. Plural. Tengo tres —Jude señala la que Zara ya vio—. Ésta se supone que detiene el dolor, pero no funciona, porque soy una idiota y fui a que me la hiciera una charlatana. Pérdida de dinero y de tiempo y de espíritu, pero por desgracia no hay reseñas en Google ni devoluciones en trabajos de ocultismo. Y por eso me hice ésta —Jude se levanta la otra manga para revelar una segunda complicada serie de sigilos y símbolos e imágenes y palabras, todo aglutinado en una superficie del tamaño de dos cajitas de fósforos—. Significa que puedo noquearme a mí misma cuando el dolor se vuelve demasiado fuerte. También puedo noquear a otros. Primitivo pero útil.

—¿Qué te causa tanto dolor? —pregunta Zara.

—Es mi turno —dice Jude—. ¿Le quitaron parte de la piel a tu hermana?

Zara asiente.

—Del cuello. Acababa de hacerse un tatuaje nuevo y... —Zara se detiene al darse cuenta, casi ríe de sí misma—. No era un tatuaje.

—Nop. Eran los términos de un trato que hizo con un demonio. Una parte de su alma a cambio de poder.

Zara cierra los ojos. La razón por la que la pelea entre ellas comenzó había sido ese estúpido tatuaje.

—¿Alguna idea de lo que ella pidió? —pregunta Jude.

Zara intenta recordar.

—En las dos semanas anteriores a su muerte… Savannah constantemente *encontraba* cosas. Pensé que era extraño. Por ejemplo, cuando nos faltó dinero para la renta, se arrodilló en una alcantarilla cualquiera y sacó un billete de cincuenta libras. Luego, una mujer perdió a su hijo pequeño en un supermercado y Savannah salió, caminó directamente a los juegos infantiles de enfrente y encontró al niño allí. Parecía… sorprendente. Sucedía todos los días.

—Una habilidad útil, pero no necesariamente algo por lo que vendería parte de mi alma. ¿Conoces a alguien que haya desaparecido, tal vez? ¿Ésa podría ser la razón por la que quiso ese tipo de poder?

Zara niega con la cabeza.

—No.

—Qué raro. Prueba tu champán.

Zara lo hace.

—Rico, ¿cierto? —dice Jude.

—Está rico. ¿Quién es tu padre?

Jude, por una vez, hace una pausa. Pasa lentamente el trago de champán.

—¿Quién es *tu* padre? —le pregunta Jude a Zara.

—No conozco a mi padre.

—¿En verdad? Bueno, tienes suerte. Mi padre es Lawrence Wolf.

Zara comprende ahora.

—Oh —dice ella en voz baja. No está segura de poder distinguir a Lawrence Wolf en medio de una gran multitud (no tiene *ese* tipo de fama), pero conoce su nombre, sabe que es multimillonario y que hace unos años se emitió un documental en Netflix sobre la muerte de una de sus esposas. Zara no lo vio, pero la gente sólo hablaba de eso durante un tiempo…

hasta que unas semanas después se estrenó el siguiente documental sobre otra mujer asesinada.

—Sí.

Zara se aclara la garganta. Mejor cambiar de tema.

—¿Qué sabes acerca de la necromancia?

—Es mi turno de hacer una pregunta.

—En realidad, me debes una respuesta porque me preguntaste quién es mi padre.

—No eres una cita divertida, Jones.

—Dijiste que esto no era una cita.

—Sí, bueno, desde luego que no lo es, ahora que estamos hablando de *necromancia* —Jude se encoge de hombros—. No sé nada. No ha estado en mi radar. Puede que haya visto un libro o dos sobre el asunto, pero no los leí. Tengo compradores que adquieren bibliotecas enteras y se sumergen en la búsqueda de libros de ocultismo. Aunque, para serte sincera, no sabía nada de esto sino hasta hace un par de años. No soy una experta. Evidentemente. Pero esta persona... —Jude sostiene el trozo de plomo que robó de la escena del crimen—. Emer Byrne. Ella podría serlo.

—¿Cómo sabías que lo encontrarías en la escena del crimen? —pregunta Zara.

—Porque el asesino está matando brujas. Las hechiceras de palabras convierten a las mujeres en brujas. Ergo, una bruja, viva o muerta, debe haber tenido contacto con una hechicera de palabras en algún momento. Encuentra a una bruja muerta y puede que encuentres uno de éstos —Jude hace girar el pequeño trozo de plomo entre sus dedos—. Un camino de vuelta a la hechicera de palabras que dotó de magia a esa mujer. Son muy difíciles de localizar. Todas son mujeres solitarias que trabajan en secreto.

—Espera, creía que las brujas y las hechiceras de palabras eran lo mismo.

—Oh, lo son. *Bruja* es una especie de término comodín, ¿sabes?, para cualquiera que esté relacionado con lo oculto.

—¿Así que tú eres una bruja?

—Bingo.

—Lo que significa que mi hermana era una bruja.

—Así es —Jude la mira fijamente, con los ojos claros ligeramente entrecerrados—. No te hagas la tímida conmigo, Jones. Ya tendrías que saberlo. De otra manera, ¿por qué le seguirías pagando a Chopra para ver escenas del crimen? Estabas buscando algo, ¿cierto? Sólo que no sabías qué.

Por supuesto que Zara sabía *algo*. Sospechaba *algo*. Sabía que el ocultismo estaba relacionado con los crímenes *de algún modo*. Estaba la extraña capacidad de Savannah para encontrar lo que quisiera exactamente cuando lo necesitaba... y luego, estaba la página de la Biblia comprimida e introducida en su boca cuando murió. Una página del libro del Éxodo. El asesino no fue tan evidente entonces, no dibujó un pentagrama ni subrayó el versículo 22:18 —*A la bruja no permitirás que viva*—, pero Zara supuso que ése era el mensaje.

Ésa es la razón por la que sigue yendo a cada nueva escena del crimen: está buscando pistas que la lleven a la magia, porque: a) sospecha firmemente que Savannah estaba involucrada con lo oculto, y b) la propia Zara necesita desesperadamente que la magia sea real. Sin embargo, oírlo así —*El asesino está matando brujas*— duele de una forma que Zara no esperaba. Porque si eso es cierto —si Savannah era una bruja—, eso significa que le ocultó un gran secreto a su hermana.

¿Por qué?

Jude bosteza y se retira algo como una costra del ojo.

—Estoy agotada. ¿Quieres que te lleve a casa?

—No, gracias. No vivo lejos de aquí, al otro lado de las vías del tren. Puedo ir caminando.

—Las coordenadas son de una librería en Oxford, por cierto. Voy a ir en coche mañana. ¿Quieres venir conmigo?

—¿Para conocer a una bruja?

—Para conocer a una bruja.

—Sí —dice Zara con voz rotunda—. Quiero ir.

—¿Cuál es tu dirección? Pasaré por ti en la mañana.

Zara se queda ahí sentada, sola, durante media hora después de que Jude ya se ha marchado, bebiendo el resto del champán. En una mesa cercana, los meseros y los cocineros se sientan a comer y reír después de su turno. No le piden a Zara que se vaya, así que se resguarda en la calidez del lugar. Mientras bebe a sorbos, intenta recordar lo que Prudence le enseñó sobre la cata de vinos. Sabe por las películas que primero hay que olerlo, y así lo hace —huele a vino—, luego bebe un sorbo e intenta pensar a qué sabe, además de saber a vino. A miel, supone, y tal vez... ¿a nueces?

Todavía hay luz cuando llega a casa, así que hace lo mismo que hace cada vez que regresa tarde y Kyle sigue despierto: se sienta en un rincón junto a la entrada del edificio, con la espalda pegada a la pared de ladrillo para que nadie pueda verla, y espera hasta que la ventana se oscurezca. Algunas veces, su tío se queda despierto hasta las dos o tres de la madrugada. Algunas veces, en verano, Zara se quedaría dormida en el aire templado de la noche y despertaría de repente al amanecer, desorientada y dolorida por haber dormido tendida sobre el concreto, pero ahora hace demasiado frío para eso. Entonces se sienta y se estremece, le castañean los dientes y el frío traspasa su falda y sus calcetas.

—*Vamos* —se dice.

Un poco después, las luces del departamento de Kyle se apagan. Zara está achispada para entonces, el champán la ha dejado aturdida y soñolienta, pero espera unos minutos más para asegurarse de que realmente él se haya dormido. Algunas veces —esto ya ha ocurrido en una o dos ocasiones—, la espera en la oscuridad, la atrae como una planta carnívora y, entonces, enciende las luces y la regaña por lo que sea que ella haya hecho ese día para molestarlo.

Cuando ya no puede evitar que su cabeza se incline hacia delante y atrás, cada pocos segundos, Zara se levanta y obliga a sus pesadas piernas a llevarla escaleras arriba. Ya sabe que esta noche la pasará con Savannah. Es un capricho especial que sólo se ha permitido tres o cuatro veces en el año transcurrido desde que Sav murió, pero esa noche lo anhela, anhela el olor de su hermana, la sensación de estar cerca de ella.

Zara pasa de puntitas junto a Kyle, que está dormido en el sofá, y cierra la puerta de su recámara. Saca la maleta que guarda debajo de la cama y abre la bolsa cerrada al vacío. Brota el aroma de Sav. Su perfume favorito era Hypnotic Poison de Dior, cuyos frascos robaba de vez en cuando mientras estaba trabajando en Boots. El aroma es intenso y distintivo, embriagador: vainilla dulce con jazmín y almendra. A los hombres les encantaba el olor de Savannah. El perfume venía en un frasquito rojo como si fuera una poción, y parecía una manzana envenenada. Zara siempre sabía cuándo Savannah estaba en casa, porque una deliciosa nube de aire azucarado la seguía dondequiera que ella fuera.

Zara saca una a una las prendas y las deja en el suelo. Una minifalda de mezclilla que Sav llevaba casi todos los días, con las piernas desnudas en verano y sobre medias de lana en invierno. Un top rojo. Una chamarra larga de ante marrón con forro de lana falsa y cuello de lana falsa. Una gorra color mostaza. Savannah parecía una diosa del rock de los setenta cuando llevaba ese conjunto. Éstas son las únicas piezas de su armario que Zara no ha vendido para financiar la tarea de traer de vuelta a su hermana.

Zara se acerca cada pieza a la nariz e inhala. Se deja llevar por los recuerdos. Tiene siete años y aún no viven con Prudence.

"Creo que mamá olvidó que hoy es mi cumpleaños", le susurra Zara a su hermana cuando salen de casa para ir a la escuela.

"Mamá es muy olvidadiza", dice Savannah, "pero yo no". Saca un par de cadenas de plata, cada una con medio corazón colgando. A ambos lados del corazón se lee *Hermanas*. Zara usó la suya durante tres semanas seguidas, hasta que el metal pintó su piel de verde, entonces se la quitó; la guarda en una bolsita que todavía está debajo de su cama. La segunda mitad del corazón está enterrada con Savannah.

Cuando termina de recordar, Zara se quita su ropa y se pone cada prenda de Savannah como si fuera una vestidura sagrada. Tenían diferentes tipos de cuerpo —Savannah era aún más alta y delgada—, así que nada le queda del todo bien. La falda se siente apretada en los muslos de Zara, el top se encaja en sus axilas, el abrigo es demasiado largo... pero casi le queda bien: en la penumbra, con su melena rubia en un corte bob como el de Sav, Zara se parece mucho a su hermana mayor. Tienen los mismos ojos grises como una tormenta, del color del cielo justo antes de una granizada. Tienen los mismos labios en forma de arco. Tienen las mismas pecas en la nariz, que persisten mucho después del verano.

Zara se sienta frente al espejo de su armario y se observa. Mira al fantasma de Savannah mientras éste imita los movimientos de Zara. Sonríe. Frunce el ceño. Ríe. Entrega su cuerpo a su hermana y le permite vivir una hora más en su propia carne.

¿Qué estaría haciendo Savannah ahora, a sus veinte años? ¿Cómo sería su vida, ahora que tendría un buen trabajo y un departamento decente sin moho en las paredes, ratones en el techo, un tío espeluznante al otro lado de la puerta?

¿Y si Savannah hubiera encontrado lo que sea por lo que haya vendido un trozo de su alma?

OCHO

Cuando Emer despierta, la habitación está llena de demonios.

En la sala común, un mar de monstruos con ojos profundos como pozos sin fondo la miran, a la espera. Esto no es nuevo. Siempre se reúnen por la noche. Como una parvada de gaviotas en la orilla, se les ha alimentado lo suficiente para que lleguen a esperar más. Ahora, se reúnen en torno a ella y esperan que la próxima gota de sangre fluya hacia ellos.

A Emer le arden los ojos y le empiezan a lagrimear. El azufre que se filtra desde su piel ha envenenado el aire. Las criaturas tienen forma más o menos humana, aunque son mucho más altas, sus extremidades son más largas y delgadas. Tienen huesos y órganos de color ciruela oscuro, visibles bajo su piel translúcida. Sus bocas están llenas de dientes afilados y sus ojos son profundos cráteres negros. Se agrupan en las partes más sombrías de la sala: bajo las mesas, en las esquinas, aferrándose al techo como murciélagos.

Emer se incorpora. Su pie descalzo aterriza sobre algo húmedo y pegajoso. Hay un momento de tensión y luego se libera al estallar y chapotear entre sus dedos. Es un plátano negro, tan podrido que sus entrañas se licuaron. También hay otros desperdicios amontonados. Un ratón muerto. Un bote de yogur sabor frutos del bosque a medio comer. Una bolsa de composta. Varios corazones de manzana. Un puñado de arroz cocido esparcido por encima de todo.

Emer gime y se limpia la planta del pie en la alfombra.

—Idiotas —dice. Señala la basura y añade—: *¡Satis! ¡Nolite me purgamentum adferre!** Tráiganme un tazón de muesli o algo así.

Los demonios no reaccionan ni responden. Le trajeron una ofrenda y, por lo que a ellos respecta, es adecuada. No pueden diferenciar entre una hogaza de pan rancio, un animal muerto y algo comestible. Todo es materia orgánica para ellos. Todo el sustento humano.

Emer intenta no sentirse desagradecida por ello. Este comportamiento comienza cada año cuando se acerca el invierno y el clima empieza a volverse frío. Hubo un tiempo en que los demonios la mantuvieron con vida durante los meses más crudos. Vinieron a ella el mismo invierno en que se arrancó los dedos de los pies, congelados, como si fueran uvas magulladas. Se había refugiado en una cueva de los bosques cercanos a Lough Leane. No había comida ni calor allí. Moría de hambre. Escuálida, una tos traqueteante se había instalado en sus pulmones y le dificultaba la respiración. Estaba cansada todo el tiempo y sólo quería dormir. Tenía siete años y habría muerto, en efecto, de no haber sido por los demonios que empezó a ver que la perseguían a través del bosque.

"*Me salvate*", les susurró. *Sálvenme*. Sabía que estaba muriendo y tenía miedo.

---

* En latín en el original, significa: "¡Suficiente! ¡No me traigan basura!". *N. de la T.*

Después de eso, cada vez que despertaba, había algo muerto a su lado. Pequeñas criaturas del bosque: capturadas, sacrificadas y dejadas con el vientre abierto a su alcance. Al principio, Emer retrocedía ante estas ofrendas. La fiebre la consumía y la mantenía débil, pero todavía no estaba tan desesperada para comer ardillas crudas. Además, no existían los regalos de un demonio. Ella lo sabía. Sólo había intercambios.

La fiebre pasó. De algún modo, Emer todavía estaba viva, pero el frío ya se había metido en sus huesos.

"*Ignis*", graznó a nadie. Su dominio del latín era entonces inmaduro. Había estado aprendiendo desde que sabía hablar, pero la vieja lengua aún le resultaba difícil de pronunciar.

A los demonios no les gusta el fuego ni el calor. Prefieren los espacios fríos y sombríos. Fue la primera prueba de su endeble alianza. Emer necesitaba el calor para sobrevivir al invierno.

La siguiente vez que despertó, tenía los ingredientes para hacer fuego. Madera seca, yesca, una caja de fósforos. Habían puesto una manta sobre su pequeño cuerpo. Los demonios no encenderían las llamas. No importaba: Emer había encendido fogatas desde que podía caminar. Afuera, arreciaba la tormenta, pero pronto la cueva estuvo seca y cálida.

"*Aqua*", dijo con voz ronca. Cuando volvió a despertar, le habían traído lo que había pedido. Tenía una cubeta de agua del arroyo junto a la cabeza.

Emer era hija de una bruja y había crecido con un sano temor a las criaturas más allá del velo. Su madre le había enseñado a verlas. Emer había elegido ignorarlas. Ahora, sin embargo, quería ver lo que le traía comida, agua y calor.

Al principio, eran tres. Las criaturas eran monstruosas, con cuerpos largos y delgados como tendones. Su piel era como cristal opaco y se adhería a sus huesos como tela mojada. Caminaban a dos patas, pero se sentían igual de cómodas sobre las cuatro, como un depredador. Cuando se abre la vista a ellas, también lo hacen los demás sentidos: el olfato, el oído. Apestaban a azufre y podredumbre agria. Se llamaban unas a otras como animales, con un tono que iba de grave a agudo, como las hienas. Discutían y se golpeaban continuamente. Eran grotescas.

También eran lo más parecido que tenía a una familia.

Los demonios ayudaron a Emer a sobrevivir el invierno. Los demonios la cuidaron hasta que recuperó la salud.

En los meses siguientes, sus demonios —y de cierta manera, sí llegó a considerarlos *suyos*— siguieron alimentándola. Tiempo después, cuando ella estaba más fuerte, uno empezó a llevarle libros. Libros robados de bibliotecas y colecciones privadas. Libros sobre idiomas. Libros en sánscrito. Libros en pali. Libros en griego antiguo. Libros en hebreo, persa antiguo, avéstico, persa medio, chino, árabe. Muchos, muchos libros en latín. Todos eran dejados a sus pies mientras dormía, junto con papel y lápices para que practicara la escritura en esos idiomas.

Durante tres años, los demonios la alimentaron. Los demonios la educaron. No era tan tonta para pensar que lo hacían por caridad o compasión. Se trataba de una inversión. Emer era la hija de una hechicera de palabras, la nieta de una. Los demonios necesitaban de esa clase de hechiceras para poder consumir almas, y para entonces ellas eran una especie en extinción. Cada ardilla muerta, cada libro robado, cada noche que la mantuvieron con vida, todo eso fue una inversión en su propia supervivencia... y todos sobrevivieron. De los tres que la salvaron, ella ya había invocado el espacio del corazón para dos. Se marcharon con avidez y sin vacilar. No la amaban, y ella no se entristeció al verlos partir.

El tercer demonio que la salvó, Bael, está con ella esa mañana. Es el que le trae los libros. Ha estado con ella cada mañana desde que tenía siete años. Está esperando su turno, pero él sólo quiere un alma, una que sólo ella podría ofrecerle y que saciaría su hambre: la de Emer.

Ella mira alrededor de la habitación al resto de los demonios que han venido. Ellos han oído de otros demonios sobre lo qué es Emer, lo que puede hacer. Le traen regalos y ofrendas con la esperanza de que les dé un alma humana. Todos ellos están famélicos, demacrados. Los demonios son las baterías que proporcionan el poder a los hechizos, y ninguno de éstos es particularmente poderoso.

—No —dice ella, esta vez a Bael directamente. Ninguno es lo suficientemente bueno. Ninguno es adecuado para el trabajo de maldición. No se les permitirá merodear—. *Eos dimitte* —*Despídelos*, le ordena.

Bael se mueve lentamente. Aspira polvo de azufre por los orificios de su nariz y arrastra sus largos brazos por el suelo mientras sale de su letargo. Siempre parece poco dispuesto a seguir las órdenes de Emer delante de otros demonios.

Emer pone los ojos en blanco. Vaya *farsante*.

A regañadientes, el demonio hace lo que ella le dice. Emer cubre sus orejas. Bael comienza a hablar en voces mysticae: el lenguaje de los demonios. No hay palabras discernibles, sólo una cadena de tonos repugnantes que a ella le crispan los nervios. La bilis sube por su garganta. La habitación se tambalea. Hay silbidos cuando Bael despide a las criaturas que intentaban ganarse el favor de Emer. Están enojadas. Quieren ser alimentadas. Una cacofonía de sonidos nocivos estalla.

Emer mete su cabeza entre las rodillas y centra su atención en no vomitar.

La voz de Bael se eleva todavía más. Los otros demonios callan. Entonces, se acaba. Sólo queda Bael. Sólo ellos dos, como ha sido desde hace algunos años. Una joven bruja salvaje y el demonio que la crio, cada uno rodeado un resplandor dorado a causa de la suave luz del sol matutino que inunda la habitación.

—¿Era tan difícil? —pregunta Emer.

Ahora que están solos, la criatura se agacha ante ella y vuelve a resoplar.

—Buen trabajo, Bael —le dice Emer en latín. Pasa su mano cerca del costado de su cráneo pálido, donde estarían sus orejas si las tuviera. No sabe cómo oye. No sabe cómo ve. La criatura está mucho más caliente que un humano. Su piel se siente como brasas menguantes de un incendio.

La mañana del décimo cumpleaños de Emer, Bael le llevó un pastelillo rescatado de la basura y un puntiagudo sombrero de fiesta de papel. Emer se comió el pastelillo y le puso el sombrero a Bael. El papel no aguantó mucho contra su piel al rojo vivo. Todavía es uno de los recuerdos favoritos de Emer, la criatura infernal de cara triste con un cono a rayas con pompones atado bajo la barbilla. Nessa la encontró menos de un mes después. La llevó de los bosques de Lough Leane a Cork. La rehabilitó y pasó de ser salvaje a… bueno, una cosa un poco menos silvestre.

Empieza su día. Limpia el montón de basura que dejaron los demonios. Se lava los dedos de sus pies embarrados de plátano en el baño. Utiliza una credencial de estudiante robada para acceder al desayuno en Brasenose. Va a Linacre. Hace ejercicio hasta que le tiemblan las piernas. Toma un baño y lava la ropa. Se pone el disfraz que le permite moverse libremente en este mundo de arenisca dorada: desodorante, maquillaje, ropa sin agujeros.

Hoy, algo le dice que vaya a las coordenadas que anuncia en su tarjeta de presentación: la librería Blackwell, donde se sienta en un balcón de la sección de ocultismo. Emer sólo va una o dos veces al mes, pero cada vez que lo hace, una mujer la encuentra allí. Es una especie de intuición. Una especie de magia heredada que ya estaba en su sangre desde antes de nacer, porque su madre era bruja, y su abuela, y la madre de su abuela antes que ella.

Escribir maldiciones es un oficio lento, que sólo existe en los bajos fondos y en la periferia. Por una buena razón. Es peligroso susurrar más allá del velo y llamar a los demonios a este reino. Más peligroso aún es atar estos demonios a mujeres desesperadas, dejar que se alimenten de sus almas a cambio de un destello de poder. La mayoría de las hechiceras de palabras venden sus habilidades a empresarias ricas que buscan una ventaja en el trabajo o a amantes encaprichadas que ansían una relación con el objeto de su afecto.

El negocio de Emer atiende a una clientela diferente. Tal vez sea demasiado generoso llamarlo negocio, porque Emer se niega a cobrar por el trabajo que hace. Acuden a ella golpeadas y llorando, temerosas por su seguridad. Acuden a ella heridas e iracundas, decididas a protegerse. Emer les advierte del peligro, que ha visto de primera mano: los hombres pueden venir por ti si aceptas este poder. Ella nunca se niega a aquellas que lo buscan, si eso es lo que quieren. No es una guardia ni una institutriz. Cree que las mujeres tienen derecho a elegir.

Emer entiende la necesidad de asumir el riesgo. La capacidad de esconderse. La capacidad de escapar. La capacidad de luchar. Algunas veces, simplemente las mujeres no pueden esconderse, escapar ni luchar cuando lo necesitan. Algunas veces, necesitan ayuda. Como su vecina de Cork.

Como su propia familia lo hizo.

Había estado lloviendo cuando ellos llegaron. Cuatro hombres con oscuras chamarras impermeables. El aire olía a flores de manzano y a lluvia primaveral. El cielo más allá de la tormenta era azul genciana. Emer había estado jugando en el prado, revoloteando entre el rocío con su prima Niamh, cuando los hombres aparecieron en el límite del bosque.

Emer fue la primera que los vio. Durante años, la ha atormentado el hecho de no haber corrido de inmediato adentro para advertirle a su madre. Tal vez, si hubieran tenido unos segundos para prepararse, las mujeres del interior habrían podido defenderse. No usaban las invocaciones ofensivas o defensivas porque habían elegido una vida apartada y autónoma, lejos de las amenazas del mundo. Su magia era suave, destinada a arrancar plantas de la tierra y asegurar que en los arroyos cercanos corriera agua limpia y fresca. Eran brujas de la tierra, de los suelos y las raíces, no del fuego y la violencia.

Sólo Orlaith, la abuela de Emer, había incursionado en una magia mucho más oscura, pero ya estaba tan vieja la noche del ataque, tan débil, que tampoco pudo defenderse.

Habían sido un aquelarre. No mujeres solitarias que vivían con miedo, como la mayoría de las hechiceras de palabras, sino un *aquelarre* en toda forma. Algo raro, después de que las quemas de brujas de siglos pasados las llevaran al borde de la extinción.

Emer nunca había visto hombres en la vida real, sólo había oído hablar de ellos en cuentos y visto sus ilustraciones en libros. Eran más altos y anchos de lo que esperaba, más grandes que cualquier mujer que hubiera visto. Cada uno llevaba un rifle de caza, pero Emer tampoco había visto nunca un rifle de caza y todavía no sabía lo que eran. Así que los observó con curiosidad mientras caminaban por el campo hacia la casa. Niamh corría en círculos alrededor de ellos, riendo y haciéndoles preguntas. Emer se mantuvo atrás, recelosa. Los hombres no eran de fiar. Eso sí lo sabía. Los hombres quemaban a las mujeres como su madre y su abuela en la hoguera. Eso también lo sabía.

Emer se quedó fuera y se subió a las ramas de un árbol del huerto de manzanas. Allí, acurrucada entre las flores, observó y esperó. No pasó mucho tiempo antes de que empezaran los disparos, y no mucho más hasta que su madre, Saoirse, salió de la enorme casa, descalza y corriendo, con la falda recogida alrededor de las rodillas y un costado de su blusa salpicado de sangre: "¡Corre, Emer! ¡Corre!", gritó, aunque no podía ver a su hija. Un hombre apareció en la puerta por la que Saoirse había escapado y le apuntó con su rifle. Se oyó un fuerte crujido que reverberó por todo el claro. Saoirse cayó a medio camino, de bruces sobre la hierba, y no volvió a moverse.

Emer no huyó. No de inmediato. Congelada por el miedo, observó y escuchó cómo el resto de su familia luchaba y moría dentro de aquella casa. Al anochecer, cuando cesaron los disparos, los cuatro hombres salieron del edificio y recorrieron su perímetro en silencio, esperando a que huyeran las supervivientes ocultas. A esas alturas, sólo había una.

Emer vio cómo su prima adolescente Róisín, con un embarazo avanzado de su primera hija, descendía desde una ventana del segundo piso. Emer vio cómo caía en un macizo de flores alfombrado de pensamientos y primaveras. Emer vio cómo un hombre la agarraba por el cabello rojo y la arrojaba al suelo. "¡Andy!", gritó ella. "Andy, por favor, Andy, no, no...".

Si Róisín hubiera llevado un hechizo como los que escribe Emer...

Emer toca el pendiente de pergamino en su cuello. Es para *él*, si lo encuentra.

Cuando lo encuentre.

Andy.

—¿Emer? —pregunta una voz distante—. ¿Emer Byrne?

Emer levanta la vista de la página que está leyendo y mira por encima del barandal hacia la planta baja de la tienda. La persona que pregunta por ella, una chica de cabello corto y negro, se mueve por la tienda preguntando a las pocas personas que están mirando.

—¿Emer? —vuelve a intentar la chica de cabello oscuro—. ¿Emer? —pregunta a la siguiente persona con la que se cruza.

Emer mira con las cejas levantadas.

—Quiero que conste *de nuevo* que no me parece una buena estrategia —murmura la chica rubia que la acompaña.

—¿Ah, sí? —pregunta la chica de cabello oscuro—. Y entonces, ¿qué sugieres?

—Ve a la sección de ocultismo. Mira si está allí.

—Ésa es una idea terrible.

—En realidad —dice Emer por encima del barandal—, es una muy buena idea.

Ambas levantan la mirada. La chica morena sonríe.

—Hola, Emer Byrne —saluda—. Me llamo Jude Wolf. Creo que tú podrías ayudarme.

Emer hace un gesto con la cabeza para que suban.

Cuando Jude Wolf sube las escaleras y se planta ante ella, Emer siente un repentino chisporroteo en los dientes, un zumbido de insecto en los oídos. Dar a conocer sus servicios es un asunto peligroso. Cada tarjeta de presentación que hace con las coordenadas de esta librería es una pista que podría caer en las manos equivocadas. A veces es difícil distinguir a una amiga de una enemiga, y Jude Wolf, con su mandíbula afilada y sus ojos astutos, tiene un claro aire amenazante.

La chica rubia se adelanta para estrechar la mano de Emer.

—Mi nombre es Zara Jones —dice ella—. Es un placer conocerte.

—Siéntense, las dos —dice Emer. Las dos obedecen—. ¿En qué puedo ayudarles? —Creo que ya sabes lo que quiero —responde Jude.

Un dardo de azufre hiere la nariz de Emer, y ella entiende al instante lo que es Jude y lo que ha venido a buscar. Su mirada se posa en el muslo de la joven. Bajo la tela, puede sentir la maldad que emana de una mala invocación. Ha dejado el cuerpo de la chica dañado y su alma necrótica. La maldición la ha devorado.

—No puedo ayudarte —dice Emer, porque la magia es un pozo negro demasiado deteriorado para ser redimido—. No puedo arreglar el mal trabajo de otras personas.

—Emer. Bombón. Te pagaré *mucho* dinero.

—No acepto pagos por este trabajo.

—¿No aceptas *pagos*? —repite Jude, incrédula. Luego se levanta, se desabrocha los pantalones de su traje y los arroja al suelo.

Zara jadea.

—Estás en *público* —dice la chica, pero se encuentran en la parte trasera de la librería y no hay nadie alrededor.

Emer se acerca para ver mejor.

Todo el muslo derecho de Jude luce gangrenado. Está negro y amarillo por la podredumbre y partido por la mitad, con fisuras abiertas en la carne. Hay parches de grasa y músculo al descubierto y, en una sección cercana al centro, la carne está tan desecada que se ha arrugado hasta dejar al descubierto el fémur de Jude. Hay letras metálicas dentro de las partes más fétidas. Lo peor de todo es que se mueve. Mientras Emer observa, la herida se estremece y se contorsiona. Las letras incrustadas se desplazan por la carne como si fueran barcos navegando por un lago.

—¿Quién te hizo esto? —pregunta Emer mientras posa sus palmas sobre la pierna de Jude.

—Yo.

—¿Por qué?

—Bueno, seguramente no era mi intención. Era una niña tonta jugando con el ocultismo. No creí que fuera *real*. No pensé que funcionaría, de hecho.

—Es la peor maldición que he visto.

—Vaya, gracias —Jude se sube los pantalones—. Sé que es malo. No hay necesidad de restregármelo.

—Debería haber estado sobre un punto de pulso, para empezar. Ése es un requisito muy básico del trabajo con hechizos.

—Ahora lo sé. Hubo un error de traducción en las instrucciones.

Emer deja que su mirada viaje desde el muslo de Jude hasta el techo y luego a un rincón oscuro de la habitación, donde puede sentir una presencia malévola.

—Eres vidente —adivina Jude.

Emer no es una vidente talentosa, a diferencia de su madre y sus tías, que podían abarcar ambos mundos con la mirada sin esfuerzo. Su vista para lo sobrenatural es débil porque, a diferencia de su cuerpo, ha elegido no entrenarla. Es mucho más agradable no ver los horrores que conviven con los humanos. Por lo general, sólo ve más allá del velo por las mañanas, cuando despierta. Emer deja que sus ojos se desenfoquen. Lo que mira atado a Jude Wolf es esto: un espectro furioso, amarrado contra su voluntad al alma de Jude. No ha hecho un trato con ella. No ha sido sacado del infierno en el que vivía con la promesa de alimentarse de un espíritu humano. No se ha aferrado correctamente a ella y está rabioso de hambre.

En los pocos momentos que lo vislumbra, Emer ve al demonio trepar por el techo. Se detiene en una esquina y tira de la cuerda que lo ata a Jude, lo que provoca que ella haga una mueca de dolor. El demonio gime y echa espuma por la boca. Roe sus propias extremidades mientras intenta liberarse. Es un animal confundido y atrapado.

Hay otros dos demonios atados a Jude, unidos por las dos invocaciones en sus muñecas. Éstos son más disciplinados y dóciles. Jude les ha dado parte de su alma a cambio de algo de poder. Mientras Jude viva, estarán felices de proporcionárselo. Mientras Emer observa, succionan el espíritu de Jude, nutridos y felices, o al menos tan felices como pueden serlo dos espectros con un tercer monstruo agitándose furiosa e interminablemente a su alrededor, sin darles ni un minuto de tregua. Es decir, ni siquiera las dos invocaciones normales de Jude, realizadas por hechiceras de palabras mediocres, funcionan particularmente bien.

—Sería muy difícil de controlar —dice Emer—. Está enfadado y hambriento. Es extremadamente volátil. Se necesitarían muchas más invocaciones para contenerlo. Más de las que tu alma podría soportar.

—No quiero que lo frenes, Emer —responde Jude—. Quiero que lo amputes. ¿Oíste eso? —Jude habla hacia el techo—. *Ego te ad tollendum* —dibuja con un dedo una línea afilada sobre su garganta—. Estás acabado.

Su latín es atroz, piensa Emer, pero los demonios captan la idea. Todo queda en silencio durante un segundo y luego Jude es derribada de la silla y arrastrada por la alfombra de espaldas. Zara jadea, porque no puede ver lo que ve Emer.

No es cosa del demonio hambriento, sino de los otros dos. Se supone que el voto hecho entre ellos y Jude es inquebrantable. Si Jude se libra de uno de sus demonios, ¿qué le impide librarse de todos?

—¡Demonios! —dice Emer, pero no lo dice en inglés, sino en acadio. Su cuchillo ya está en su mano, cortando la línea familiar de dolor a lo largo de su brazo izquierdo—. ¡Aliméntense! —los demonios que arrastran a Jude la sueltan. Emer extiende su brazo ensangrentado y se estremece cuando los tres monstruos de Jude, y Bael, invisibles para los demás en la sala, se abalanzan sobre Emer y comienzan a alimentarse de su herida.

—¿Qué estás haciendo? —pregunta Zara en un susurro.

—Los estoy distrayendo —responde Emer.

—Con trucos baratos —Jude se levanta del suelo y se alisa la chamarra—. Hay dos formas de pagar la magia, Jones, porque a los demonios sólo les gustan dos cosas: las almas y la sangre. La sangre es... bueno, como la comida chatarra. Una buena carga de azúcar. Los mantiene activos durante unos cuantos minutos. Puedes usarla para pagar por pequeñas cosas. Abrir una puerta, ese tipo de cosas.

—¿Y las almas? —pregunta Zara—. ¿Cómo son?

—¿Las almas? Las almas son como... —Jude lo piensa por un momento—. Fricción nuclear.

—Creo que te refieres a la *fisión* nuclear.

—Es agotador estar cerca de ti, Jones.

Emer retira el brazo e intenta bajarse la manga.

—*Prohibete* —dice, y luego, de nuevo, más seria esta vez—: *Prohibete* —los demonios vuelven a alimentarse del alma de Jude. Bueno, dos de ellos lo hacen. Emer parpadea para recuperar su visión normal.

Jude la está mirando fijamente.

—¿Qué dices, Byrne?

Lo que Jude quiere es imposible.

Un amarre con un demonio se hace para toda la vida. Ése es el trato. Ésa es la ley. Emer ha hecho parches antes, atando un segundo demonio más poderoso a alguien para mejorar una invocación débil hecha por una hechicera de palabras inferior, pero cortar el vínculo por completo es inimaginable.

—No puedo hacer lo que me pides —dice Emer. Se dirige ahora hacia Zara—. ¿Tú por qué estás aquí?

—Creo que conocías a mi herm... —comienza Zara.

—Oh, yo *no* he terminado —dice Jude mientras pone la mano en el hombro de Zara. La chica se desmaya al instante y su cabeza cae pesadamente sobre la mesa que tiene delante. Jude voltea hacia Emer, con los ojos oscuros. Las luces de la tienda parpadean, captando la magia de Jude—. ¿Por qué no me muestras un poco de lo que realmente puedes hacer?

Y entonces, Emer lo hace. Sin dudarlo, se levanta y le da un rodillazo a Jude en la pierna lastimada, justo en el centro blando e infectado de la herida. La gente como Jude nunca espera algo así. Aquella obsesionada con la magia de lo oculto. Está preparada para serpientes enroscándose en sus tobillos o conjuros murmurados en voz baja, pero no para un dolor físico incapacitante, y ésa es la razón por la que Emer opta por llevar un cuchillo y entrenar sus músculos en lugar de grabar hechizos en su piel.

El patrón no falla aquí. Jude cae al suelo con un *uf,* lo que le da a Emer el tiempo suficiente para clavar su cuchillo una vez más. Las luces dejan de parpadear. Jude todavía está jadeando cuando Emer se sienta pesadamente sobre su pecho.

—Tú... *perra...* —consigue escupir Jude.

—Hey —dice Emer, tocando la mejilla de Jude para llamar su atención—. No me gusta esa palabra —presiona la hoja contra la garganta de Jude con la fuerza suficiente para dibujar una delgada línea de sangre. Los demonios de la sala pueden olerla, pero no pueden tomarla a menos que se les dé permiso—. Crees que eres invencible porque vendiste una parte de tu alma por un poco de magia. No lo eres. Hay otras formas de protegerte. Ahora deshaz lo que sea que hiciste a Zara y vete.

Jude deja de gemir y se queda quieta.

—Un millón de libras —dice, respirando entre dientes mientras extiende la mano hacia el tobillo de Zara.

Emer reduce la presión de su cuchillo.

—¿Qué?

—Un millón. Eso es lo que hay en mi fondo fiduciario. Eso es lo que puedo retirar ahora mismo, sin hacer preguntas. Eso es lo que te pagaré por una mísera invocación. Si puedes curarme.

—Despiértala —ordena Emer.

Las yemas de los dedos de Jude rozan el tobillo de Zara. Zara despierta con un grito ahogado y encuentra a Emer agachada sobre el pecho de Jude, con el cuchillo todavía en su garganta. Zara mira de Emer a Jude, y de nuevo a Emer.

—Creo que conocías a mi hermana, Savannah Jones —las palabras le salen a borbotones, como si no se hubiera dado cuenta de que se desmayó, como si tuviera que transmitir esta información en este mismo momento—. Creo que conociste a Rebecca Wright, y a Marcella Rossi, y a Lara Beaumont, y a Yael Mizrahi-Greenwood. ¿Estoy en lo cierto?

La oferta de Jude sigue dando vueltas en la cabeza de Emer. ¿Qué haría con tanto dinero? No es algo que se haya planteado antes. Nunca ha planeado una vida para sí misma más allá de estar en las sombras, al borde del mundo, una rata viviendo a costa de los otros para sobrevivir y poder escribir un hechizo más para una mujer desesperada más.

—¿Qué? —pregunta finalmente a Zara, confundida—. Sí, las conozco.

Todas acudieron a ella, aquí, en esta librería, y le pidieron vender un trozo de su alma al diablo.

—Emer —dice Zara, con la cara llena de alarma—. Todas están muertas. Alguien está matando a tus clientas.

NUEVE

La bruja está furiosa.
Zara puede sentirlo en su cuerpo, puede saborearlo en su lengua, puede verlo en pequeñas grietas que han aparecido de pronto en la luz del techo. La librería está en vilo, el aire se siente electrificado y quebradizo a causa de la magia. La bruja respira entrecortadamente por sus dilatadas fosas nasales. Tiene los dientes y los puños apretados.

Magia. Después de todas estas miserables semanas y meses recorriendo libros y foros, aquí está, esto es lo que Zara había estado buscando con tanto anhelo. La sintió en su interior cuando Jude la noqueó, una larga sombra que se extendía sobre su mente, arrastrándola hacia la oscuridad. Ahora la siente de nuevo, una corriente en su piel: una advertencia de peligro.

—¿Qué quieres decir con que todas están muertas? —pregunta Emer en voz baja.

Con cautela, Zara saca un legajo de su mochila y empieza a colocar artículos impresos y fotografías de las mujeres muertas cuando estaban vivas.

—Trajiste una presentación multimedia —dice Jude—. Por supuesto.

—Ha estado ocurriendo desde hace un año —dice Zara, ignorando a Jude mientras le entrega a Emer una fotografía de Savannah—. Alguien las está cazando. Cortando pedazos de sus cuerpos.

—Invocaciones —añade Jude—. *Tus* invocaciones, al parecer. Debes ser buena si se están llevando los trofeos.

—¿Un año? —Emer toma aire—. ¿Un año entero?

Zara asiente.

—Creo que fue entonces cuando empezó. Con Savannah. Mi hermana.

Emer posa sus manos sobre los rostros de las mujeres.

—¿Cuántas? ¿Cuántas han sido asesinadas?

—Cinco, hasta donde sabemos —dice Jude—, pero podría haber más.

La bruja guarda silencio. Y luego añade:

—Se los advertí.

No es más que un susurro. Zara piensa que eso será todo, que la cascada de energía que ha estado derramando la bruja se disipará ahora a causa de la pena, pero se equivoca. Emer azota la mesa con el puño y repite:

—¡SE LOS ADVERTÍ! —la voz que surge de ella ya no es humana. Es abismal y oscura, la voz de un dios enloquecido.

Alguien las hace callar desde la planta baja.

—Lo siento —se disculpa Jude.

—Se los advertí a todas —continúa Emer mientras vuelve a pasar las yemas de los dedos por las fotografías de las mujeres—. Les dije que podrían convertirse en objetivos, que había visto de primera mano la violencia que los hombres ejercen sobre las mujeres que eligen este camino, pero yo…

—Emer las mira—. Hace dos años tomé la decisión de emprender esta misión. La de dar poder a las mujeres cuando no lo tenían. He sido una tonta.

Zara sacude la cabeza.

—Tú no mataste a esas mujeres.

—Sin embargo, las marqué.

—*Tú* no mataste a esas mujeres, Emer. Alguien más lo hizo. ¿Verdad, Jude?

—Oh, sí, claro. Totalmente culpable. No, espera, ésa no es la palabra correcta. ¿Qué es lo contrario de *culpable*? ¿*No culpable*?

Cá-lla-te, le dice Zara con un movimiento de labios.

¿Qué?, responde Jude igualmente en silencio.

Emer levanta la vista y las observa a cada una con su mirada oscura y atrayente.

—Cuéntenme todo lo que sepan.

Jude cuenta su versión de los hechos y le muestra a Emer las fotos que sacó con el celular en las escenas del crimen. Jude va pasándolas y las narra tan despreocupadamente como si fueran simples imágenes de unas vacaciones recientes.

—Oh, ésta es particularmente desagradable, le cortaron tres invocaciones. ¡Tres! Mira ésta, mira con qué cuidado le quitaron la piel del espacio del corazón. ¿Es cirujano, tal vez? ¿O algún tipo de espeluznante aficionado a las manualidades que necesita manos firmes para pintar muñecos diminutos? ¿Quién puede saberlo?

—*¿Espacio del corazón?* —pregunta Zara. El término es nuevo y despierta su interés.

—Ah, sí, perdona, olvidé que eres una novata —dice Jude—. La zona sobre el corazón está reservada para las invocaciones más poderosas. Es donde el flujo sanguíneo es más fuerte. Son hechizos muy poderosos los del espacio del corazón. Es un gran poder a un gran precio. No es fácil para el cuerpo, no es fácil para el alma. Tal vez podrías perder... ¿qué opinas tú, Emer?, ¿veinte años de vida por un hechizo en el espacio del corazón?

Una vez más, Emer no responde a la pregunta de Jude.

Mientras Jude sigue hablando, Zara recurre a las notas que tomó durante el trayecto de Londres a Oxford. Había sido un viaje corto pero informativo (y bastante intenso). No había habido más intercambio de preguntas —al parecer, Jude ya había conseguido todo lo que quería de Zara la noche anterior—, así que el flujo de información había ido en una sola dirección. Zara tuvo la laptop apoyada en las rodillas todo el tiempo, tecleando en silencio, pero febrilmente, mientras Jude respondía pregunta tras pregunta sobre ocultismo.

PREGUNTA: ¿Por qué los demonios quieren almas humanas? ¿Las necesitan para sobrevivir?

RESPUESTA: Los demonios son inmateriales e inmortales. No necesitan almas humanas para sobrevivir (no necesitan nada para sobrevivir), pero viven una existencia maldecida. Siempre hambrientos. Siempre demacrados y marchitos. Criaturas de las sombras. En una especie de éxtasis torturado y miserable... a menos que estén atados a un humano. Ansían almas y sangre humanas.

Zara añade las palabras *"Sangre = comida chatarra. Almas = fisión nuclear"* a la respuesta.

PREGUNTA: *¿Qué son los demonios?*

RESPUESTA: No está claro. Más antiguos que los humanos, han tenido una influencia significativa en la civilización humana (véase: la Biblia). Jude piensa: extraterrestres de un plano astral (parece poco probable, parece que ella está bromeando).

PREGUNTA: *¿Cómo funcionan los amarres?*
RESPUESTA: ¿Cordones umbilicales? (Jude no parece saberlo, más bien vacila).

Al final del documento, Zara añade la información sobre los hechizos del espacio del corazón y sintoniza a tiempo para captar a Jude dándole a Emer los últimos detalles sobre la muerte más reciente. La hechicera de palabras permanece inmóvil, con las cejas fruncidas, la mandíbula apretada y la respiración entrecortada a través de sus fosas nasales todavía dilatadas.

—Entonces, ¿qué opinas, Byrne? —pregunta Jude, arqueando los dedos delante de ella—. Ya te lo conté todo, ¿ahora qué tal si hablamos de negocios?

—Puedes irte —dice Emer—. Ya no te necesito.

Jude mira a Zara, confundida.

—Ehh, ¿qué? No. Espera. Yo acabo de brindarte la historia completa de Jack el Maldito Destripador Mágico, y ahora, a cambio, tú me rascas la espalda y me sacas estos demonios. Por una muy buena recompensa, te recuerdo.

—No puedo ayudarte —dice Emer—. Así que puedes irte.

—No creo que lo haga, en realidad, porque me ha llevado meses (¡años!) encontrarte, y estoy real y profundamente… no-disfrutando de mi existencia en la actualidad. Me siento terrible todo el tiempo. Tengo frío, tengo hambre, tengo sed, estoy cansada. Me duele la garganta. Me gotea la nariz. Creo que no he tenido una evacuación intestinal sólida en dos años —nada de esto parece conmover particularmente a Emer, así que Jude continúa, más desesperada—. *Extraño* mi *vida*, Emer. Extraño... las resplandecientes fiestas. Extraño la sensación de la seda en mi piel y el sabor del champán. Extraño besar a chicas guapas y leer libros junto a la chimenea en las tardes lluviosas. Extraño no apestar a huevos podridos. Extraño no sentir dolor. Extraño incluso a mi desastrosa familia. Me quejo mucho de ellos, y algunos han hecho cosas en verdad terribles, pero... —Jude exhala— yo soy *una* de ellos. ¿Sabes? Soy una *Wolf*. Con ellos... es el único lugar en el que siento que pertenezco. Quiero ir a *casa*, Emer.

Zara cree saber a qué se refiere Jude, porque entiende que puedes extrañar a la gente que te ha hecho daño. Lo entiende porque a veces extraña a su madre, la mujer que la dejó en casa de Pru y nunca regresó. Extraña el olor del cabello de su madre cuando se lo lavaba (manteca de karité y aceite de coco) y extraña su cara, tan parecida a la de Savannah y la suya propia. Esa faz, de alguna manera, hacía que el rostro de Zara tuviera sentido. Nunca conoció a su padre y por eso no podía ver nada de él en sí misma, pero ¿Lydia? Zara no piensa a menudo en su madre, pero le gustaría saber cómo es ahora. Le gustaría verse a ella misma, y a Savannah, reflejadas en el mundo. Tener un vínculo con algo.

Así que Zara siente que lo entiende.

—Hay un trato que hacer aquí —continúa Jude—. Tú quieres detener los asesinatos, ¿cierto? De acuerdo. Hagamos una cosa de chicas poderosas y formemos un equipo. Yo tengo los recursos. El fondo fiduciario del que te hablé es real. Puedo financiar tu investigación, y tú puedes poner tu corazoncito a representar el papel de Poirot y atrapar al chico malo. A cambio, al menos *intenta* ayudarme. Inténtalo, ¿sabes? Puedes jugar un poco, a ver si resulta algo.

Emer responde lentamente.

—Deberías comprometer tus recursos para ayudarme a detener los asesinatos, sin importar si puedo ayudarte o no.

—Bueno, eso no es exactamente un buen trato para mí, ¿cierto?

—¿Así que si no te ayudo, no me ayudarás a encontrar al asesino?

Jude traga saliva.

—Dios, Emer, cuando lo pones de esa manera, suena bastante ruin, pero... mira: tú quieres algo, yo quiero algo. Hacemos un intercambio. Me hace parecer un monstruo, pero... —Jude se endereza, comprometida con su línea de argumentación—. Si tú no me ayudas, yo no te ayudo, y, bueno, tus clientas seguirán muriendo, supongo.

Jude mira a Zara con una mueca. Zara le responde con otra mueca y suelta un suspiro entre dientes. Esto va mal.

—Vete —ordena Emer—. Largo. Por tu propio bien.

—Ay, vamos, por favor, no puedes estar hablando en serio. ¡Tengo tanto dinero!

Emer no dice nada, sólo levanta la mano para señalar la salida allá abajo. Jude parece que quiere lanzarse con su carga de hechicería oscura completa de nuevo, pero eso no funcionó tan bien para ella la primera vez.

—Bien —dice a regañadientes, levantando las manos en señal de derrota—. Mira, voy a llevar a Jones a casa, así que me voy a quedar aquí sentada en silencio —hace un movimiento como si sellara sus labios—. Ni una palabra más.

Los ojos de Emer se dirigen a Zara.

—¿Y tú? ¿Qué quieres?

No llegué hasta aquí para llegar sólo hasta aquí.

—Quiero resucitar a mi hermana de entre los muertos —dice Zara, sin rodeos.

Emer parpadea hacia ella media docena de veces y no dice nada.

—¿Sabes cómo hacerlo? —continúa Zara.

—Cuando era niña, unos hombres vinieron a mi casa y mataron a toda mi familia. Quemaron la casa hasta los cimientos. Murieron diecinueve mujeres. Si supiera cómo traerlas de vuelta, lo habría hecho hace mucho tiempo.

—Jesucristo —susurra Jude.

—Dios mío, Emer. Eso es... Es... —Zara no puede encontrar las palabras. No hay palabras para una tragedia tan grande.

Emer asiente.

—Sí. Lo es.

—Quiero decir... ¿por qué? —Zara no puede formular más pregunta que esa.

—Cazadores de brujas —dice Jude.

Los ojos de Emer brillan con fuego.

—Cazadores de *mujeres*. Llamarlos cazadoras de brujas es demasiado indulgente. Mi familia era mucho más que brujas. Eran mujeres. Eran humanas. Eran una unidad, compleja y dinámica. No merecían morir por una faceta de su identidad.

—Voy a aventurar una simple idea... —dice Jude, interrumpiendo—. ¿Hay alguna posibilidad de que sean los mismos tipos? En tu familia eran brujas, tus clientes son brujas. Mírame, ya estoy ayudando con la investigación.

Emer lo considera, vuelve a mirar las fotografías y sacude la cabeza.

—Tu asesino se lleva trofeos, deja los cadáveres a propósito para que los encuentren. Un cazador nunca haría eso. Viven en las sombras, como nosotras. Mantener el secreto es lo más importante para ellos.

—¿También cazan hombres que usan magia? —pregunta Zara.

—Ah, justo ahí está el truco —dice Jude—. Los hombres no pueden con la magia.

—¿Qué? ¿En serio? Eso es... nuevo —después de un año de investigación, por supuesto, Zara ha llegado a saber que, históricamente, muchas más mujeres fueron acusadas y castigadas por brujería que los hombres. Quemadas, ahogadas, lapidadas... la gente ha inventado todo tipo de formas horriblemente crueles de ejecutar a las sospechosas de brujería... las víctimas solían ser mujeres, pero a veces también hombres—. ¿Por qué?

—Dios, Jones, haces demasiadas preguntas. ¿Por qué el sol sale por el este y se pone por el oeste?

—Sé que pretendes que sea una pregunta retórica, pero el sol sale por el este y se pone por el oeste debido a la rotación de la Tierra.

Emer mira a las dos y suspira.

—Ni siquiera el diablo confía en que los hombres cumplan un trato, así que no pacta con ellos. Sólo ofrece su poder a las mujeres.

—¿Y las mujeres trans? —pregunta Zara, anotando la pregunta en su documento—. ¿Cómo funciona entonces?

—Por supuesto que he escrito invocaciones para mujeres trans —dice Emer—. A los demonios no les importan los cuerpos. Sólo quieren las almas.

Zara asiente y toma nota de la respuesta.

El teléfono de Jude empieza a vibrar en su mano.

—¡Bueno, miren de quién se trata! —dice mostrándoles la pantalla. El nombre de Reese Chopra (flanqueado por corazones rojos) aparece en la pantalla. Zara levanta las cejas cuando Jude contesta y dice—: Reese, cariño, estoy tan emocionada...

Jude se calla de inmediato. Se le borra la sonrisa.

—Dios mío —dice. Y enseguida—: ¿Cuánto? —finalmente, mira a Zara y a Emer, y confirma—: Allí estaremos.

DIEZ

Una más, había dicho Chopra. *Sin cargos. Sólo vengan aquí y díganme con qué demonios estoy tratando.*

Jude sospechaba desde hacía tiempo que la motivación de Chopra para invitarla una y otra vez a las escenas del crimen no era puramente monetaria. Chopra no cree en la magia ni en lo oculto —o al menos, no quiere que sea real—, pero ha oído todo lo que Jude le ha contado sobre brujas y demonios, y tal vez, sólo tal vez, no consigue deshacerse de la sospecha de que Jude le ha estado diciendo la verdad.

Jude aprieta los dedos alrededor del volante e intenta respirar a través de una contracción de dolor en el muslo. Tiene la sensación de que algo se *mueve* ahí abajo. Dentro de ella. Algo del tamaño de un ratón, que se retuerce . Algo que se enfadó en verdad cuando Emer clavó su rodilla extremadamente afilada y nudosa en la herida de Jude.

Emer dijo que no había nada que pudiera hacer para ayudarle, para romper la maldición, pero Jude no lo acepta.

Jude *no* puede aceptarlo.

Si algo ha aprendido de su padre es que no hay tarea demasiado grande que no pueda llevarse a cabo cuando inviertes grandes sumas de dinero en ella. Incluso las brujas obstinadas pueden ser convencidas, o eso es lo que ella espera.

Pensar en Lawrence hace que a Jude se le estruje el corazón. Le enfada y entristece al mismo tiempo. La boda es ese fin de semana, y ella ni siquiera ha sido informada, mucho menos invitada. Duele... pero, de nuevo, así tiene que ser. Se supone que *debes* saber cuando Lawrence está disgustado contigo. Se *supone* que debe doler. Porque cuando algo escuece, cuando algo duele, haces lo que puedes para remediarlo. Haces lo que puedes —*lo que sea*— para recuperar la gracia de Lawrence, porque nada sienta mejor que los elogios de tu crítico más severo. Incluso ahora, Jude prácticamente saliva ante la idea de entrar, libre de maldiciones, en la boda de aquel domingo y que su padre le dedique aunque sea el atisbo de una sonrisa de aprobación.

Necesito volver a terapia, piensa Jude.

—¿Cómo vamos con esas llamadas? —dice en voz alta.

Jones está en el asiento del copiloto a su lado, Emer en la parte de atrás. Jude ha pasado de la más absoluta soledad y desesperación a tener a *dos personas* en su coche en el transcurso de un día. Dos personas muy irritantes, pero personas al fin y al cabo.

Jude mira a Emer por el espejo retrovisor y no puede evitar fruncir el ceño. La bruja parece tan seria, con la mandíbula desencajada y sus ojitos de cangrejo fijos en el cuaderno que tiene en el regazo: su grimorio, como ella lo llama. Jude quiere poner los ojos en blanco. *Brujas*. Como si un cuaderno raído de la papelería de un supermercado pudiera realmente ser llamado *grimorio*.

—Quince de dieciséis —dice Jones, y suena satisfecha consigo misma. Por supuesto. A la santurrona Jones le encantan las buenas calificaciones—. No está mal, pero quiero seguir intentándolo con la que me falta hasta que consiga hablar con ella —comprueba sus notas—. Vera Clarke.

Ya están en las afueras de Londres, rumbo a la escena del crimen que les anunció Chopra. Jones y Emer han pasado el trayecto llamando a las antiguas clientas de Emer, advirtiéndoles que hay una diana sobre sus espaldas. Se dividieron la lista, de más de treinta nombres, y empezaron a llamar a cada una de las mujeres en riesgo. Emer le dijo a Jones lo que tenía que comunicar: que están en grave peligro, y que deben intentar protegerse con un sacrificio de sangre. Jones —que hace un día no tenía ni idea de que existiera la magia más allá de sus esperanzas— ha pasado las últimas dos horas explicando los hechizos de protección a las mujeres de su lista. Cuánta sangre necesitarán, dónde colocarla, las palabras que deben decir para que los demonios consuman la sangre a cambio de protección.

—Háblame otra vez de la diferencia entre la magia de sangre y la magia del alma —dijo Jones al principio del trayecto, con la laptop en equilibrio sobre las rodillas y los lentes de lectura de nuevo en la nariz. Tan diligente ella.

Emer repasó todo: los demonios son inmortales, no necesitan almas ni sangre para sobrevivir, pero su existencia inmortal apesta y consumir almas y sangre los hace menos desgraciados, bla, bla, bla.

Jude escuchó con interés las explicaciones de Emer sobre los hechizos de protección, porque ella no sabía mucho al respecto. Emer les mostró la herida sin cicatrizar que tenía en el brazo y les habló del hechizo de sangre que conjuraba cada noche para protegerse, de lo débil que era, más un sistema de alerta que algo que mantuviera alejados a los intrusos.

Los hechizos más potentes requieren de más sangre. Alrededor de medio litro es suficiente para un poderoso hechizo de límites que puede proteger una propiedad durante una semana. La mujer debe cosechar la sangre de sí misma y luego dividirla equitativamente en cuatro pequeños viales, cada uno de los cuales debe ser enterrado o colocado en los puntos cardinales norte, sur, este y oeste fuera de la casa. También hay varios párrafos en latín que deben recitarse mientras se colocan los recipientes, para evitar que los demonios cercanos se los traguen todos a la vez como si fueran copas de tequila.

De las treinta y dos clientas de Emer que aún no han sido asesinadas, han conseguido contactar a veintisiete. Veintisiete mujeres contestaron a sus teléfonos y escucharon lo que Emer y Zara tenían que decir. Jude esperaba que la mayoría de ellas pensaran que se trataba de una horrible broma telefónica, pero ninguna de las mujeres colgó. Las llamadas fueron breves, serias, informativas.

"No, no tenemos motivos para creer que tus hijos sean un objetivo".

"Recuerda llamarme si ves algo extraño o te sientes insegura. Haremos todo lo posible por llegar a tiempo".

Ese tipo de cosas.

Jude vuelve a mirar a Emer. La bruja le devuelve la mirada a través del espejo, sus ojos castaños son duros. Jude sacude la cabeza y vuelve a mirar el camino. Es fácil para Jude Wolf agradar a la gente. Es una estrategia que ha jugado con su padre toda su vida.

De acuerdo, Emer Byrne, piensa. *¿Quieres atrapar a un asesino en serie?*

Atrapemos a un asesino en serie.

ONCE

Abby Gallagher tenía quince años cuando encontró a Emer y le pidió una invocación que permitiera que sus manos derritieran la carne. Su tío había abusado de ella, sus padres se negaban a creer en su historia y tenía una hermana pequeña a la que quería proteger, así que Abby había decidido tomar el asunto en sus manos. Literalmente.

Emer había tardado casi cuatro meses en conjurar adecuadamente el hechizo, porque había muchas maneras en que algo saliera mal. ¿Y si Abby no podía controlar el poder y sus manos quemaban todo lo que tocara? ¿Y si el demonio confundía el significado de la petición y prendía fuego a las manos de Abby o ésta acababa sufriendo un dolor constante debido a una afección cutánea que le hiciera arder las palmas de las manos, pero no podía quemar a los demás? Éstas eran las cosas que había que tener en cuenta al escribir una maldición. La traducción es un arte. Se trata de transmitir un significado más profundo, de pintar una imagen en la protomente del demonio, algo profundo y visceral que éste pueda entender.

Al final, había funcionado como Emer había esperado: Abby Gallagher podría herir a la gente con sus manos sólo cuando quisiera. Podía controlar el fuego. El hechizo había sido elegante y brutalmente eficaz: uno de los mejores trabajos de Emer.

Abby había enviado un artículo de prensa unas semanas después sobre un hombre llamado Greg Gallagher cuyos genitales se habían derretido en horribles y misteriosas circunstancias. Los periodistas teorizaron sobre una combustión humana espontánea. Poco sabían.

Eso fue hace un año. Ahora Abby Gallagher, cuyos dedos podían fundir metal y hueso, está muerta. Lleva así varios días. Su piel está turbia, moteada, del color de los huesos y la savia, y del verde de las suaves plantas que crecen en el suelo de los bosques. Su cuerpo tiene filtraciones, ha empezado a hundirse en la alfombra. Tiene los ojos en blanco, reptilianos, apagados. Yace con las cuencas muy abiertas sobre una estrella de cinco puntas pintada con su propia sangre. Alrededor del pentagrama, también con sangre, escribieron un mensaje: *A la bruja no permitirás que viva.*

Emer respira dentro de su cubrebocas quirúrgico y hace una mueca ante el hedor agrio y caliente de su propio aliento que regresa a su nariz. Se frota los dedos. Están envueltos en unos guantes de látex empolvados que le impiden sentir el mundo. Lo que sí siente son náuseas, pero Reese Chopra se lo advirtió: está prohibido vomitar.

—Esto no es obra de un cazador —dice Emer lentamente, respirando por la boca. Ahora está segura.

Los hombres que cazan brujas no son ostentosos. Al menos, ya no. La quema de brujas hace tiempo que cayó en desuso, por lo que la espeluznante tarea de matar mujeres se lleva a cabo en secreto. No quieren que el mundo sepa que existe la magia. No quieren que las niñas y las mujeres vayan a buscarla. Incluso los hombres que mataron a la familia de Emer las enterraron en el propio manzanar de las tierras de su familia. Ésa era la estropeada lógica de los cazadores: "limpiar" el alma de una mujer, y luego darle entierro una vez que es "digna".

—Si fuera un cazador de brujas, ella simplemente habría desaparecido. No habría escena del crimen. Esto es algo diferente —añade Emer y se arrodilla junto al cuerpo.

—No la toques —advierte la detective. A Reese Chopra le disgusta profundamente que Emer esté ahí también, y ha estado haciendo evidentes sus sentimientos desde el momento en que las tres llegaron a la escena del crimen—. No toques nada.

Están en la recámara de Abby, en el departamento que ella compartía con sus padres y su hermana. Había habido discusiones y peleas entre la familia Gallagher, les cuenta Reese. Abby había abandonado los estudios, no podía mantener un trabajo, bebía a escondidas al principio, pero luego ya ni siquiera se molestaba en ocultarlo. La familia había salido de la ciudad por una semana, para visitar a unos parientes. Dejaron a su hija mayor sola en casa porque se había negado a acompañarlos. Decían que su depresión le impedía salir mucho de casa. Emer está doblemente triste por eso. Que el poder que le dio a Abby no fuera suficiente para cambiar lo que ya había sucedido. Que convertirte en la heroína de tu propia historia no siempre significa que tengas un final feliz.

Falta un rectángulo de piel en el pecho de Abby, del tamaño de la palma de la mano de Emer. Su espacio del corazón. La culpa aprieta la garganta de Emer y le hace difícil pasar saliva. No le gustan los hechizos de espacio del corazón y rara vez cree que valgan la pena. ¿Por qué escindir la mitad de tu alma por la capacidad de derretir un autobús de dos pisos cuando podrías poner la misma invocación en tu muñeca y quemar la piel de alguien por un precio mucho menor?

Abby no se dejó disuadir. A la mayoría de las mujeres, cuando se deciden por los hechizos del espacio del corazón, no se les puede regatear. Quieren poder. Están furiosas. Están dispuestas hasta a inmolarse para tener lo que de otra forma nunca han conocido.

Emer le hizo esto. Emer la convirtió en un objetivo.

—Luchó mucho —dice Reese Chopra—. Miren sus uñas. Le hizo pasar un infierno.

Las uñas de Abby Gallagher están llenas de la carne de quien la mató. Estaba profundamente triste, devastada por los abusos que su tío le había infligido, pero no quería morir. Quería vivir.

Había *luchado* por vivir.

Afuera, Reese Chopra habla mientras se quitan la ropa protectora.

—¿Y bien? —le pregunta Chopra a Jude—. ¿Qué opina tu siempre creciente pandilla de detectives?

—Vaya, Reese, no lo sé —dice Jude—. A mí me parece un asesinato.

—Muy graciosa.

—Monstruo —Jude finge indignación—. Una mujer está muerta. ¡Muerta! No me parece que sea gracioso.

Reese Chopra deja escapar un largo suspiro por la nariz, su mandíbula permanece firme.

—¿Todavía no encuentran evidencias? —pregunta Zara.

—La piel bajo las uñas... y algo más.

—Adelante, entonces, bromista —dice Jude—. ¿Qué es?

—Las imágenes de la cámara de seguridad del edificio.

—Alto ahí. ¿Tienes imágenes?

Reese Chopra asiente.

—Ya las revisé. Tienen algunas fallas, y no se logra ver la cara del asesino, pero… podríamos tener algo.

—Déjame ver —dice Jude con avidez.

—Tendré que ser compensada, naturalmente. ¿Qué tal quinientas libras por los viejos tiempos y no vuelves a ligar conmigo?

La sonrisa de Jude se desvanece hasta que su expresión se convierte en un ceño fruncido. Parece estar sopesando seriamente el trato.

—Bien —dice mientras vuelve a sacar la cartera—. En verdad pensé que teníamos algo especial, pero…

—Eh-eh-eh —dice Reese Chopra al doblar el dinero y lo guarda en la parte delantera de su overol—. Se acabó.

Jude se cruza de brazos. Reese Chopra saca su teléfono y las tres se agolpan alrededor para mirar. Se trata de una grabación granulada en blanco y negro, pero lo bastante nítida como para ver a una aterrorizada chica que entra en escena. Abby Gallagher se estrella con la puerta de cristal del vestíbulo, tantea con las llaves, entra rápidamente y cierra la puerta tras de sí. Va vestida con una sudadera con capucha y unos holgados pantalones deportivos, y lleva una bolsa de plástico colgando de la muñeca. Se queda un momento mirando a la calle. Entonces, lo ve. Emer también lo ve. La sombra que oculta la figura es tan oscura que parece como si se hubiera abierto un agujero en la realidad. Abby se lleva el teléfono a la oreja.

—¿A quién llama? —pregunta Emer.

—Nueve-nueve-nueve —responde Reese Chopra—. Les dijo que la estaba persiguiendo un demonio. Vamos a hacer un análisis toxicológico para ver si había consumido alguna sustancia.

Abby Gallagher corre fuera de cuadro, al interior del edificio. Debería estar a salvo. Está dentro. La figura está fuera. ¿Cómo entró?

Reese Chopra responde a la pregunta no formulada de Emer.

—Aquí hay un momento extraño en el que el video hace algo raro. ¿Ven eso? —Emer mira. La figura desaparece de un lado de la calle y reaparece en el otro una fracción de segundo después—. Sucede de nuevo cuando el asesino está tratando de entrar. Mira —la figura está fuera de la puerta acristalada del vestíbulo y luego, de repente, la figura está dentro del vestíbulo. Un parpadeo, algunos podrían llamarlo. La puerta no parece haberse movido.

Emer y Jude levantan la vista al mismo tiempo y se miran. Ambas lo saben.

—Debo de haberlo visto cien veces —dice Reese Chopra mientras vuelve a guardar su teléfono en el bolsillo—. Nunca se le ve la cara.

Emer quiere volver a ver la grabación. Siente una piedra en el estómago. Lo que ha visto no puede ser cierto.

—Pensé, ya saben, dado que ustedes están metidas en esas tonterías raras del ocultismo... —Reese Chopra cierra los ojos e inclina la cabeza hacia el cielo—. No puedo creer que esté a punto de preguntar esto: ¿cuáles son las posibilidades de que Abby Gallagher haya sido, en efecto, asesinada por un demonio?

Jude abre la boca para hablar, pero es Emer quien responde:

—En raras ocasiones, las mujeres vinculadas a demonios han sido poseídas por ellos —dice en voz baja.

—¿Perdón? —pregunta Reese Chopra, mirando a Emer por primera vez. La pregunta inicial iba dirigida a Jude y Zara, no a ella.

—Le pasó a la condesa Erzsébet Báthory —continúa Emer.

—Mira, en realidad sólo estoy buscando un sí o un no por respuesta aquí. La figura sombría, ¿es un demonio? Sí o no.

—No —dice Emer.

Reese Chopra asiente.

—Porque los demonios no son reales. Estupendo. Eso es exactamente lo que necesitaba escuchar.

—Nunca dije…

—Eso es *exactamente* lo que necesitaba escuchar —repite para sí Reese Chopra.

Jude le entrega a la mujer un papel con todos los nombres de las clientas de Emer.

—No puedo decirte cómo lo sé, pero su próxima víctima probablemente esté en esta lista.

Reese Chopra mira la lista.

—¿Qué quieres que haga con esto? —pregunta la detective.

Jude se encoge de hombros.

—No lo sé. ¿Tu trabajo, tal vez? Vigilarlas. Protegerlas.

—Aquí hay como treinta nombres. ¿Quieres que vaya con mis superiores y les diga: "Oh, una banda de jóvenes delincuentes me ha dicho que la próxima víctima podría ser uno de estos nombres"? Por favor.

—Hey, yo *no* soy una delincuente —reclama Zara.

La oficial de policía dobla el papel.

—Hora de irse, pandilla de Scooby. No me llamen, yo les llamaré.

—Dame tu teléfono —le ordena Emer—. Quiero ver las imágenes de nuevo.

Reese Chopra se sorprende.

—Uhhh. Qué tal que no.
—*Dame tu teléfono.*
Jude la empuja fuera de la habitación.
—Dios, Emer, relájate. Queremos que se mantenga en su lado amable. No es que tengas un lado malo, Reese, pícara…
—Fuera, las tres. *Ahora.*

—BUENO, ¿QUÉ LES PARECE? —dice Jude cuando están en la calle—. El asesino es una mujer. Tiene que serlo. No un cazador de brujas, sino una bruja. ¡Qué giro argumental!
—Espera, *¿qué?* ¿Cómo lo sabes? —pregunta Zara.
La piedra en el estómago de Emer da un vuelco y ahora se aprieta contra su garganta.
—No fue una falla en la grabación —dice Emer—. Fue una invocación. Magia. Sé quién es la asesina.
—¿Qué? —dice Jude—. Espera, ¿cómo? Vaya, lo resolvimos tan rápido. Maldición, realmente quería hacer un tablero de asesinatos con fotografías e hilos rojos clavados en un mapa.
Emer no responde. Está pensando, intentando encajar todas las piezas en su cabeza. ¿Por qué? ¿Por qué *ella* haría algo así? No se le ocurre ninguna buena razón.
—Emer, bombón. ¿Quieres compartir con el resto de la clase lo que está pasando aquí? —dice Jude mientras golpea la sien de Emer.
—Yo escribí ese hechizo. Era una invocación para una mujer que quería poder apartarse de las manos de su marido cuando él se embriagaba. Le permitía pasar a la habitación contigua en un parpadeo.

—Dios —exclama Jude—, uno pensaría que un divorcio sería *más fácil*.

—Se podría pensar eso —al principio, a menudo Emer trataba de apoyar a las mujeres que acudían a ella para que se alejaran de los hombres que las asustaban. No merecía la pena pactar con el diablo cuando se podían elegir otras opciones. Con el tiempo, dejó de intentar convencerlas. Todas ellas se habrían alejado, si hubieran sentido que eso era una opción. Nunca era tan sencillo como hacer la maleta y conducir hacia la puesta de sol.

Pero —por un precio— Emer podía ayudarlas. Emer podría concederles poder para que, a su vez, ellas pudieran encontrar su propia fuerza.

—Conozco mi magia —dice Emer—. Es como reconocer una composición musical. Yo escribí esa invocación. No puede ser otra que ella.

—¿Quién es *ella*? —pregunta Zara—. ¿Dónde está?

—Su nombre es Vera. Vera Clarke. Déjame comprobar el hechizo exacto —Emer se sienta en una banca cercana y abre su mochila. En su interior se encuentra todo lo que posee en este mundo: un par de calcetines, un sobre con cuarenta y cinco libras en efectivo, un desodorante robado, una pluma, una caja de fósforos y su grimorio. El grimorio contiene los datos de las clientas con los que Emer ha trabajado a lo largo de los años. Registra sus nombres, sus números de teléfono, los detalles de la maldición que buscaban se les concediera, todo codificado en lenguas muertas, de modo que si un cazador lo encontrara, tardaría una docena de eruditos años en descifrarlo y traducirlo.

Emer escanea la invocación que escribió para Vera. Tiene catorce líneas en bucle y es complicada, como todas sus maldiciones. La mayoría está escrita en latín. Sin embargo, Emer también escribió su hechizo con algo de tamil y algo de sánscrito, para reforzarlo.

Escribir para demonios es más un arte que una ciencia. No hay un libro de reglas sobre lo que funciona y lo que no. Cada hechicera de palabras de su familia lo había abordado de diferente manera. Una de sus tías escribía las maldiciones exclusivamente con ideogramas tomados de los jeroglíficos egipcios y los cuneiformes sumerios. Esto, según ella, atraía sólo a demonios muy antiguos y poderosos, aunque sus hechizos no tenían la plasticidad de un lenguaje más moderno como el latín, y la magia que producían era rígida, como lo había sido la propia mujer. La madre de Emer, por otro lado, favorecía el latín y lo utilizaba excluyendo casi todos los demás idiomas, excepto el inglés, que de vez en cuando intentaba incluir en sus invocaciones, con mayor o menor éxito.

Los demonios no entienden de gramática. No leen de izquierda a derecha ni de derecha a izquierda. No tienen noción de la estructura de las frases. El orden de las palabras en un hechizo no importa, ni el tiempo, ni el género, ni casi nada de lo que da estructura al lenguaje.

El lenguaje que los demonios hablan entre sí —voces mysticae— no tiene sistema de escritura. Ningún ser humano lo ha aprendido jamás, porque hablarlo daña irreparablemente el alma de quien lo conoce. ¿Cómo es posible comunicarse con ellos? ¿Cómo se pueden establecer las condiciones de un trato?

Emer entiende que tiene que ver más con la intención que con otra cosa. Ayuda si se vincula esa intención a una palabra que los demonios conozcan. A ella le gusta construir sus maldiciones de fuera hacia dentro. Comienza con las palabras más antiguas: palabras acadias para *alma*, para *amarre*, y finalmente, el símbolo de ocho puntas para *deidad*. Emer sospecha que esta marca es la razón por la que sus invocaciones funcionan tan bien. La mayoría de las hechiceras de palabras se dirigen a los demonios como alguna variación de *monstruo* o *espectro* o *bestia*. Emer se dirige a ellos como *dioses*. Luego, viene el latín. Esto hace la mayor parte del trabajo pesado. Es en latín donde Emer establece los términos del trato: una pequeña parte del alma de su portadora a cambio de alguna habilidad en particular. El tamil, el sánscrito, el hebreo y el euskera son florituras. Pero no son meros adornos. Ésa no es la forma correcta de considerarlos, aunque sin duda aportan belleza a la obra de Emer.

—Vera Clarke. Sí... —un parpadeo.

Zara pulsa la pantalla de su teléfono. Encuentra una foto de Vera, un retrato corporativo en LinkedIn. Vera es como Emer la recuerda. En la fotografía, viste un fino traje gris. Unos rizos negros caen sobre sus hombros, perfilando un rostro de cálidos ojos castaños y piel morena. Sonríe. Está radiante.

Emer se pregunta si ya estaba casada cuando se tomó la fotografía. Si su marido ya la había golpeado por primera vez.

Zara se queda mirando la foto.

—¿Por qué esta mujer mataría a mi hermana? —pregunta ella.

Emer no responde a esa pregunta, porque no hay respuesta. No tiene sentido. Una mujer asustada no tomaría su nuevo poder y lo usaría para acabar con la vida de otras mujeres asustadas.

—No puede ser ella —Emer es inflexible al respecto. Vera Clarke era bajita, más o menos de la misma altura que ella:

un metro sesenta cuando mucho. La figura sombría del video era mucho más alta—. El asesino... no puede ser ella.

Zara parece confundida.

—Quienquiera que estuviera en pantalla usó la magia de Vera, ¿cierto? Así que tiene que ser ella. ¿Por qué les haría daño a estas mujeres?

Una vez más, Emer no responde. Está pensando, tratando de entender, pero no consigue hacer que algo tenga sentido.

—Tenemos que encontrarla —dice Emer finalmente.

Jude intenta llamar a Vera al número de teléfono que Emer tiene anotado en su grimorio.

—La línea está fuera de servicio —dice Jude, quien cuelga y llama de inmediato a otra persona—. No importa. Tengo justo al incompetente investigador privado ideal para este trabajo.

DOCE

La casa de Jude es un edificio cuatro veces más alto que ancho. Por dentro, se está descomponiendo. Las alfombras persas rechinan bajo los zapatos de Zara, mojados con un líquido gelatinoso inidentificable que se cuela por los agujeros de sus suelas.

—Lamento que... Bueno, lamento todo —dice Jude mientras las guía a través de la oscuridad.

Saul, el investigador privado de Jude, dijo que tardaría unas horas en encontrar la dirección de Vera Clarke, así que Jude las invitó a su casa a esperar, con la advertencia de que "no era agradable". Zara pensó que estaba exagerando, como hace la gente en exceso escrupulosa al decir que su habitación está "muy desordenada" cuando en realidad no lo está, pero la casa sí es repulsiva. Toda la vajilla de la cocina está agrietada con líneas de telaraña; el agua que gotea del grifo es del color del óxido. Hay moho y humedad por todas partes, las paredes son blandas al tacto, los muebles están húmedos y las tablas del suelo se hunden bajo sus pies. El hedor del lugar es muy fuerte, pesado.

Jude enciende un fuego —la mayoría de los focos no funcionan, y tampoco la calefacción— y las tres se acurrucan a su alrededor, calentándose las manos mientras las llamas crecen. La parpadeante luz del fuego revela una biblioteca, cuyos libreros de madera se extienden hasta el oscuro techo y están repletas de libros antiguos y hojas sueltas de papel amarillento. En la cuarta pared hay un mapa gigante de Londres.

Cuando consigue volver a doblar los dedos, Zara se sienta junto a una de las ventanas en un sillón empapado, con los pies recogidos bajo los hombros y las manos metidas en las mangas del suéter, porque ni siquiera el calor del fuego puede con el frío que se acumula en el lugar. Afuera, la luna está aletargada, cabeceando entre las nubes. De vez en cuando lanza un rayo plateado a través del vidrio, que se encharca un momento en el suelo de madera y luego se vuelve a retirar. Jude se ha recostado boca abajo frente a la chimenea. Emer se sienta con las piernas cruzadas aún más cerca del fuego, al parecer en trance por él.

Zara abre la aplicación de notas de voz de su teléfono y empieza a grabar.

—Le dijiste a Chopra... —comienza, hablando con Emer—. Mencionaste algo sobre la condesa Erzsébet Báthory.

—Sí —dice la bruja, mirando fijamente las llamas—. Se me ocurrió porque... ha habido raras ocasiones en que mujeres con amarres a demonios son poseídas por ellos.

—¿Un amarre y una posesión son cosas diferentes, entonces? —pregunta Zara.

—Por completo distintas. Cuando un demonio se *amarra* o *vincula* a un alma, intercambia parte de su poder a cambio de una cuota. Cuando un demonio *posee* un cuerpo, toma el control de él. Eso es lo que le pasó a Báthory.

—¿Por qué me suena ese nombre? —se pregunta Jude en voz alta.

—Es la mujer vampiro, ¿cierto? —pregunta Zara—. ¿La asesina en serie?

—Mujer vampiro, no —dice Emer—. Asesina en serie, sí. Báthory era una noble húngara nacida en el siglo dieciséis. De niña sufría convulsiones. La familia estaba muy involucrada en el ocultismo, y se escribió una maldición para ella cuando era adolescente. Funcionó durante un tiempo, pero Báthory tuvo la desgracia de ser vinculada a un demonio especialmente poderoso y hambriento que... —Emer se muerde el labio—. Que consumió toda su alma en cuestión de años y luego, en lugar de dejarla morir, se metió dentro de su cuerpo y lo utilizó como caparazón. Fue entonces cuando empezaron los asesinatos.

Jude se rasca las muñecas.

—Jesucristo —dice.

¿Los demonios de Jude la dejarían morir, llegado el momento? se pregunta Zara. ¿O tratarían de usarla como un traje humano?

—Báthory (o, al menos, cualquier cosa sanguinaria que haya estado viviendo dentro de ella) asesinó a muchas, muchas jovencitas. A cientos de ellas. Tal vez incluso seiscientas. Fueron golpeadas, mutiladas. Báthory... —Emer se detiene para aclararse la garganta—. Báthory *comió* partes de ellas. Bebió su sangre. Los demonios tienen muy poco poder para afectar al mundo físico, pero ése tenía pleno control de un cuerpo humano, y lo utilizó para infligir una crueldad inimaginable durante años.

—¿Crees que esto podría estar pasando de nuevo? —pregunta Zara—. ¿Crees que el demonio de Vera Clarke se apoderó de su cuerpo, mató a mi hermana y... se comió parte de ella?

—Es excepcionalmente raro. Sabemos de sólo un puñado de casos a lo largo de los siglos. Unir el alma a un demonio conlleva muchos riesgos, pero... Báthory se aprovechó de las sirvientas y más tarde de las hijas de otros nobles. Las mujeres que están siendo asesinadas ahora son diferentes. Son brujas. Son poderosas. Báthory mutiló a sus víctimas, sí, pero esto no se siente igual. Aun así, podría ser algo similar. Vera Clarke podría estar poseída.

—A ver si lo entendí bien: Báthory, en teoría, estaba muerta —continúa Zara, intentando resolver el acertijo—. ¿Eso es cierto?

—Sí. El alma fue arrancada, desapareció.

—Sin embargo, su cuerpo estaba animado. Funcional.

—Sí.

—No estamos hablando de un animal incontrolable aquí. Hablamos de un titiritero calculador, alguien en control...

—¿Qué cosa hay en matar a seiscientas chicas que te parezca "en control"?

—El hecho de que se hizo metódicamente, durante un periodo de muchos años.

Emer entrecierra los ojos.

—¿Adónde quieres ir con todo esto, exactamente?

—Bueno, me parece que estás diciendo que Báthory demuestra que un cuerpo (un cadáver) puede seguir funcionando después de la muerte. Se puede animar. Puede pensar, razonar, incluso hablar.

—Sí, y también puede *asesinar a gran escala* —señala Jude.

—Sólo estoy haciendo conjeturas —dice Zara encogiéndose de hombros con el corazón acelerado.

Emer no se apacigua.

—Quizá deberías gastar tu saliva en la resolución de estos asesinatos —dice con tono ácido.

Suficiente sondeo por una noche, piensa Zara. Lo que pasa con los rompecabezas de caja es que no se pueden abrir a la fuerza. Debes mover las piezas suavemente, sintiendo cada paso del camino. Zara deja de grabar y busca a Erzsébet Báthory en internet. Los demonios pueden alimentarse de carne muerta, eso está claro, pero seguramente *algo* de Báthory tuvo que sobrevivir para que pudiera pasar por humana durante tantos años. La mujer vestía ropas finas, posaba para retratos, dirigía una finca. ¿Y si hubiera una forma de *equilibrar* la posesión de alguna manera? ¿Y si un demonio pudiera reanimar un cuerpo humano mucho después de su muerte? ¿Y si un hechizo de sangre, destinado a mantener a los intrusos fuera de un espacio designado, pudiera utilizarse *dentro* de una persona? ¿Dentro de un cráneo, por ejemplo, para proteger un cerebro de la posesión el tiempo suficiente para mantener una conversación?

Zara anota estas preguntas, acariciándose la barbilla mientras lo hace, luego se levanta y se estira, sube la escalera y lee los lomos de los libros que se alinean en las paredes.

Allí, justo delante de su cara, hay un pequeño libro negro con la palabra *Nekromanteía* impresa en el lomo.

—Dios mío —dice al bajarlo. Al tocarlo le escuecen los dedos, como si estuviera sujetando algo cubierto de finos pelos de cactus—. Dios mío, Dios mío, Dios mío.

Esto es lo que ha estado esperando.

—No te emociones demasiado —dice Jude—. Eso es piel de demonio, por cierto. No lo sostengas mucho tiempo, te saldrán ampollas.

A Zara no le importan las ampollas. Está encantada, su corazón se acelera, hasta que abre el libro y descubre que el papel se ha ablandado y se ha humedecido con moho negro. Intenta pasar una página, pero se rompe, tan delicada como el papel de seda mojado. Gran parte de la tinta se ha corrido. Quedan muy pocas palabras legibles.

—No —susurra.

El siguiente libro que saca está en mejores condiciones, pero sigue colonizado por agujeritos de moho que lanzan esporas en espiral al aire con cada vuelta de página. Lo intenta libro tras libro. Todos están igual: cada uno de ellos, en un estado miserable. Todos humedecidos, en descomposición, corrompidos por la maldición de Jude.

—¿Qué les *pasó*? —pregunta Zara en voz baja. Un tesoro de conocimientos y secretos. Cientos de años, pudriéndose en la oscuridad. Zara no quiere que Jude escuche, pero la oye.

—Oh, sí, lástima por eso —dice Jude, todavía acostada sobre su vientre frente al fuego—. Algunos de ellos todavía se pueden salvar, pero tendrás que rebuscar. Suele pasar a mi alrededor. No entres en el sótano. Está absolutamente inundado de algún tipo de líquido viscoso que se parece mucho al pus.

—¿Tu sótano está inundado de... pus? —pregunta Zara.

—Bueno, claro que suena raro cuando lo dices *así*.

—¿Cómo quieres que lo diga para que no suene raro? —Jude frunce el ceño—. Voy a pedir algo de comer y a darme un baño. Emer, ¿quieres venir? —transcurre una pulsación en lo que Jude se da cuenta de lo que ha dicho—. Quiero decir, no en el mismo baño que yo, obviamente. Tengo más de una regadera. Otra regadera para que puedas usarla. En la que puedas estar. No es la misma regadera en la que estaré yo.

Las mejillas de Jude brillan como lámparas. Es la primera vez que Zara la ve avergonzada. Empezaba a pensar que Jude era totalmente incapaz de avergonzarse.

Zara aprieta los labios. Tal vez Jude Wolf esté un poco enamorada.

—No —dice Emer.

—De acuerdo —contesta Jude—. Bien. Sí. Quédate aquí en tanto me doy una ducha.

—A lo mejor *yo* sí quiero ducharme —se burla Zara.

Jude la fulmina con la mirada y pide sushi a Deliveroo. Mientras está arriba, Zara intenta —sin éxito— despegar las páginas de *Nekromanteía*. Las únicas marcas legibles que consigue distinguir son unos números en la primera página: 4/5. Una fecha, es lo primero que piensa, pero tal vez no: cuatro de cinco, ¿quizá? Lo que significa que podría haber cuatro ejemplares más del libro en alguna parte. Una búsqueda en internet es totalmente inútil. *Tu búsqueda —libro Nekromanteía— no coincide con ningún resultado de compra*, le informa la pestaña de compras de Google. Jude menciona que tiene compradores que buscan en ventas inmobiliarias, así que Zara lo intenta a continuación, recorriendo lote tras lote sin suerte.

Jude aparece media hora más tarde vestida con un pijama de seda y unas mullidas pantuflas. Suena el timbre. Zara baja las escaleras, recoge las dos bolsas del repartidor y se las entrega a Jude, que empieza a colocar los pequeños platos en la mesa de café frente al fuego.

—¿Qué es esto? —Emer pregunta, señalando uno.

—¿Esto? —Jude señala el mismo plato—. Sashimi de atún.

—¿Qué es eso?

—¿Qué es qué? ¿Sashimi? Emer, ¿nunca has comido sushi antes?

—No.

—Bueno, es pescado crudo.

—¿Lo tienes que cocinar tú misma?

—No, se come así. Se come crudo —Jude moja con los palillos un trozo de sashimi en salsa de soya y se lo come—. Delicioso.

Emer se gira hacia Zara.

—¿Se está burlando de mí?

—Sorprendentemente, no —dice Zara—. El sushi es pescado crudo. Es un manjar.

Emer toma un trozo del sashimi de atún con los dedos.

—Una vez pasé todo un otoño escondida en el bosque de Dean. Cuando no podía encender un fuego, tenía que comer pescado crudo que pescaba con mis propias manos. No lo considero un manjar.

Jude gime.

—De acuerdo, Mowgli, bueno, puedes husmear por la cocina a ver si encuentras una lata de alubias o algo para calentar, porque esto está delicioso y me lo voy a comer.

Zara no menciona que ella tampoco ha comido nunca sushi. Claro que ha oído hablar del sushi, pero nunca lo ha probado, al menos no el verdadero. Prudence era una mujer de carne y tres tipos de verduras, incluso la pimienta era demasiado exótica para su gusto. Hay un Sainsbury's cerca del departamento de Kyle que vende pollo, aguacate y salsa de chile dulce envueltos en arroz y algas, pero Zara está segura de que eso no cuenta como sushi. El plato que pidió Jude parece un arcoíris de pescados y texturas. Jude le nombra todos los platillos:

—Sashimi de pescado de cola amarilla. Tartar de toro con caviar. Tiradito de pescado blanco. Ceviche. Calamar. Camarones dulces. Anguila. Nigiri de carne wagyu —y Zara olvida rápidamente cuál es cuál.

Emer sale de la cocina un minuto después con una barra de pan duro, un trozo de queso apestoso y una cabeza entera de brócoli crudo de aspecto muy triste.

A Jude le repugna.

—Oh, así que no comerás pescado crudo, pero sí brócoli crudo, no hay problema.

—Las verduras tienen nutrientes esenciales. Las como siempre que puedo para evitar el escorbuto.

—Vaya. Y yo que pensaba que mi vida era sombría. Por cierto, ese queso no tenía moho cuando llegó —Jude se mete un gran trozo de sushi en la boca y habla mientras come—. De acuerdo. Investigación de asesinato. ¿Cómo lo hacemos? —hace una pausa—. Sé que Vera es nuestra principal sospechosa, pero eso es sólo una pista. En verdad quiero hacer un tablero de asesinato. Ya saben, un gran tablero de corcho con fotos de las víctimas y cuerdas conectando todas las pistas. ¿Les parece de mal gusto? Me preocupa que parezca de mal gusto.

Las tres se miran y luego Zara señala el mapa de Londres en la pared de Jude.

—Podríamos usar ése.

En cuestión de segundos, abandonan el sushi (y el brócoli) y empiezan a pegar fotos de las mujeres que han muerto.

Cuando terminan de pegar una foto de cada víctima en el mapa, regresan a la cena y empiezan a comer de nuevo, cada una mirando en silencio la red de mujeres muertas que tienen frente a ellas. La mirada de Zara se detiene en la imagen de Savannah. Emer sostiene su grimorio en la mano y pasa de una imagen a otra, escribiendo cosas bajo los rostros de las mujeres. Cosas como *Habilidad para moverse a través de las sombras como si fueran portales* y *Habilidad para fundir el metal con las manos desnudas.*

Debajo del rostro de Savannah, Emer escribe: *Habilidad para encontrar lo que ella quiera.*

¿Por qué querría Savannah ese poder? ¿Qué había perdido que estaba tan desesperada como para vender un trozo de su alma para encontrarlo? ¿A su madre? ¿A su padre? Zara no tiene ni idea.

De repente cobran conciencia de la solemnidad de lo que están haciendo. Hasta ahora, Zara se había centrado exclusivamente en Savannah, pero todas las mujeres de este muro son hermanas de alguien. Hijas de alguien. Madres de alguien.

Alguien.

Todas las mujeres son echadas de menos con las mismas lágrimas violentas con las que Zara llora la pérdida de Sav. Incluso Jude, que parece motivada únicamente por su propio interés, parece recién infundida de furia.

—¿Por dónde empezamos? —aventura Jude—. ¿Si asumimos que Vera Clarke es la asesina?

—Bueno, sabemos dos cosas que la policía no —ofrece Zara—. La primera cosa es Vera, obviamente.

—¿Cuál es la segunda? —pregunta Jude.

—Que estas mujeres están conectadas. Para Chopra y la Policía Metropolitana, los asesinatos son confusos. Estas mujeres viven en diferentes partes de Londres, provienen de diferentes entornos socioeconómicos, son de diferentes edades, distintas razas, pero nosotras sabemos lo que las une: Emer.

—Nada de esto es información nueva para mí, Jones.

Zara se queda mirando el tablero un rato más.

—¿Cómo las encuentra? —se pregunta en voz alta—. ¿Cómo las elige? ¿Por qué estas mujeres y no otras?

Nadie contesta. Se comen todo el sushi y se sientan junto al fuego en silencio, esperando a que Saul llame. Cuando pasa otra hora, Jude hace ademán de estirarse y bostezar.

—Bueno. Ha sido divertido, pero creo que tengo que irme

a la cama. Buenas noches. Les avisaré cuando Saul se ponga en contacto.

—Buenas noches —dice Emer, sin apartar los ojos del tablero.

Jude se aclara la garganta.

—Sé que eres terrible con las gracias sociales porque creciste en un entorno silvestre, pero... mmm... ésa fue la señal para que te retires.

—Oh. No me iré.

—¿Qué?

—Me quedaré aquí y esperaré.

—Yo también —dice Zara rápidamente, porque ¿por qué demonios no?

—¿Están bromeando? ¿Esto parece un albergue? No pueden mudarse las dos aquí.

—No tengo adónde ir —dice Emer.

—Yo tampoco —añade Zara.

Jude estrecha los ojos.

—¿No tendrías que estar en la escuela, niñita? —le pregunta Jude a Zara.

—¿Y tú? Tenemos la misma edad. Además, creo que todas estamos de acuerdo en que esto es más urgente que la escuela —Zara piensa en lo decepcionada que estará la directora Gardner cuando no aparezca en clases, *otra vez*. Pero podrá repetir el curso cuando Savannah esté viva otra vez.

—En cuanto atrapemos a quien está haciendo esto, podrás volver a ser miserable por tu cuenta —dice Zara—. Hasta entonces, tienes habitaciones libres con camas.

—*Bien* —Jude le dice a Emer—: Si te vas a quedar, ¿puedes al menos hacer algo útil y proteger la casa?

—Sí puedo.

—Bien. Buenas noches.

—Deberías saber que los hechizos de protección son sólo disuasorios. Advertencias. Si alguien está decidido a entrar aquí, no puedo mantenerlo fuera para siempre.

—Vaya, gracias, Emer. Dormiré mucho mejor esta noche sabiendo eso. Síganme —Jude las conduce por otras escaleras hasta una puerta que da a un pasillo estrecho—. Jones, tú puedes dormir aquí. Es igual que la habitación de enfrente. Nunca he tenido invitados, así que las sábanas podrían estar apolilladas, no lo sé. La suite está por esa puerta. Nos vemos por la mañana.

—Jude, ¿por qué hay una bañera en la recámara? —pregunta Zara.

Jude se encoge de hombros.

—Hay bañeras en todas las recámaras.

Agotada, Zara se mete en la cama. El colchón es demasiado blando y las sábanas se deslizan suavemente sobre su piel y se agitan ligeramente cuando se da la vuelta. Hay un arco en el techo, justo encima de la cama, que parece una red de pesca suspirando por su pesada carga. Zara imagina que le caerá encima durante la noche. ¿Qué hay ahí arriba, gimiendo a través del yeso? ¿Qué cosa húmeda y espantosa caerá sobre ella?

Zara se duerme, como siempre, pensando en Savannah. Es una meditación, un castigo nocturno. Se obliga a pensar en el cadáver de su hermana, que yace bajo tierra. Al principio, leyó extensamente sobre las distintas fases de descomposición para saber qué le ocurriría a Savannah a medida que ésta se producía. Había una página web médica que mostraba imágenes gráficas de un pequeño cerdo después de muerto. Su cuerpecito rosado en la primera foto, su pelaje blanco de bebé. Según el sitio web, las bacterias que vivían en el intestino del lechón ya habían empezado a digerir sus entrañas. La siguiente etapa era la putrefacción. Zara se quedó mirando largo rato la foto del lechón en esa fase, viendo lo hinchado y magullado que estaba su cuerpo, la bolsa de gusanos que crecía bajo una fina membrana de piel estirada sobre las costillas. A continuación, venía la putrefacción negra. Era la peor etapa. El cerdito parecía una cosa cocida saliendo de un saco de piel escamosa. Su carne estaba hinchada, cremosa. Se veía terrible, todo su cuerpo era una ampolla quemada por el sol. Las dos etapas siguientes —fermentación butírica y descomposición seca— eran más fáciles de ver, porque el lechón ya no habitaba en el extraño valle entre la vida y la muerte. Cuando todos los gases y la carne roja ardiente empezaban a calmarse, por fin la criatura lucía el rostro de la muerte que ella conocía, el rostro de la muerte que tenía sentido para ella. Hacía tiempo que todas las partes blandas del lechón se habían convertido en líquido y habían sido devoradas por gusanos y escarabajos. Sólo quedaba un esqueleto seco, cubierto de carne disecada.

En algún momento, Zara pasa de la vigilia al sueño, pero la imagen del cuerpo en descomposición de Savannah la acosa entre sueños. A veces, Zara sueña con Savannah entera y hermosa, pero la mayoría de las veces tiene pesadillas. Esta noche está en el ataúd de Sav, con ella, bajo tierra. Observa a su hermana abultada mientras levanta los brazos magullados e hinchados y empieza a rasguñar la madera.

—Déjame salir —pide Savannah.

Zara parpadea lentamente y recupera la conciencia. El sueño termina, pero los arañazos no.

Hay algo en la habitación con ella.

Los ojos de Zara recorren la penumbra. El sonido procede de la bañera de cobre a los pies de la cama. Uñas contra metal, tal vez. Rozando. Arañando.

Espera de nuevo para asegurarse de que no sigue soñando.

Ahí está. Un rasguño definido. No es un ratón o un gato. Es algo más grande. Algo más pesado, con extremidades más largas.

Zara entrecierra los ojos y observa. Una forma se mueve lentamente por encima del borde de la bañera.

Zara deja de respirar.

Una cabeza. Un cráneo con el cabello rubio desordenado colgando en largas cortinas. Una chica con cuevas por ojos y una oscura ciruela fruncida por boca. Zara parpadea se esfuerza porque no sea real, pero la forma de la chica muerta permanece. La mira fijamente. Las lágrimas resbalan por las mejillas de Zara. No puede moverse.

La criatura se despliega. Pone una mano húmeda y resbaladiza en el extremo de la cama y luego otra. Sale de la bañera. Sube por el cuerpo de Zara hasta sentarse sobre su pecho. Zara siente su peso, huele su carne en descomposición.

—Me dejaste para que me pudriera —dice Savannah. Su voz es un resuello, un gruñido de cosa muerta.

Zara siente que su cuerpo vuelve a ella de repente. Se apresura a encender la lámpara. La luz entra de golpe en la habitación y los restos descompuestos de su hermana se disuelven al instante en el mundo de los sueños del que proceden.

Savannah no está allí. Savannah está en un ataúd, en un cementerio, bajo tierra.

Parálisis del sueño, se da cuenta Zara. Una pesadilla viviente.

—Ya voy por ti —jadea Zara.

Las lágrimas corren por su rostro.
Es entonces cuando Jude empieza a gritar.

TRECE

Jude despierta gritando. No es algo nuevo. A menudo, Jude es arrancada del sueño por la vil bestia infernal unida a su muslo putrefacto. Lo único que puede hacer es gruñir, llorar, gritar y esperar a que acabe, o quedarse inconsciente durante medio día y esperar que todo esté un poco mejor cuando despierte.

La novedad es que esa noche han venido otros. Jude está en el suelo, gimiendo y, en general, compadeciéndose mucho de sí misma, cuando su puerta se abre de golpe y Emer y Jones entran corriendo.

—Váyanse —espeta Jude.

Jude no quiere que la gente la vea así, sudorosa, retorciéndose y débil. A Jude le gusta que la vean limpia y sexy, algo que todavía consigue ser algunas veces, incluso con el alma medio rancia. Esos episodios, cuando el dolor se vuelve tan intenso y agudo que le gustaría morir, prefiere guardárselos para sí misma.

Emer se acerca a Jude y le aparta los dedos de la herida. La chica huele a azufre y a humo de leña del fuego, una mezcla que Jude no describiría de inmediato como *placentera*, pero en Emer, con esos ojos oscuros y ese cabello rojo, se acoplan de algún modo. Ella es la encarnación del otoño con un toque infernal lanzada ahí para dar un poco de emoción a su vida. La propia Jude huele a huevos podridos y a la humedad de viejas lágrimas y heridas.

Juntas forman un *encantador* aroma.

—Zara, por favor, hierve agua —le pide Emer a Jones, que permanece en la puerta—. Búscame una toalla, también.

—Estoy bien —dice Jude con la mandíbula tensa—. He hecho esto antes.

—Oh, claro, parece que tienes todo bajo control, por supuesto —Emer se levanta—. Espera aquí.

—Estaba pensando en salir a una discoteca para tomarme un trago, pero claro, si insistes, me quedaré aquí tirada en el suelo.

Emer regresa un rato después con su mochila y dos cuencos, uno de ellos lleno de agua humeante, y una toalla colgada del hombro.

—¿Dónde está Jones? —pregunta Jude.

—La envié de vuelta a la cama. Dame tu brazo.

—¿Por qué? ¿Para que puedas abrirme en canal? Odio la magia de sangre. Me parece tan... brutal. Todos esos cortes de piel y salpicaduras de sangre.

—Porque la magia del alma te funciona mucho mejor. Te daría mi propia sangre, pero tu demonio no se calmará con eso por mucho tiempo. Quiere algo de *ti*. Ahora, dame tu brazo y quítate los pantalones.

—Pensé que nunca lo pedirías.

Emer resopla, pero sus mejillas se iluminan como adornos navideños, lo que hace que Jude sonría incluso en medio del dolor. Emer no es su tipo habitual. El tipo habitual de Jude es tan cliché que casi se avergüenza de las mujeres que más la atraen:

rubias, con busto grande, abiertamente femeninas, como Zara Jones. Emer es bajita, correosa, masculina. Su frente está constantemente fruncida y su cara de perra en reposo está en un 9.9 sobre 10. Sin embargo, cuando Jude se quita el pijama, fija su mirada en los ojos de Emer. Tal vez no sean tan pequeños, redondos y parecidos a los de un cangrejo como pensó en un principio.

Emer enciende la lámpara de la mesita de noche de Jude y su rostro pecoso queda a la vista, al igual que la herida de la pierna de Jude. Es un abismo desde la cadera hasta la rodilla, una larga grieta que atraviesa la carne muerta y deja al descubierto la grasa hedionda y el músculo necroso y —Jude se atraganta al mirarlo— el hueso podrido que hay debajo. La extensión de la infección es catastrófica.

Jude puede decir por la expresión de Emer que es muy malo.

—Sé que es asqueroso y huelo a rancio...

—No me importa cómo hueles —dice Emer.

—¿Tú... no?

—Crecí en una casa llena de brujas y demonios, durante un tiempo. Todo estaba impregnado de azufre. Así que, en cierto modo... supongo que hueles como estar en casa.

Jude se da cuenta de que no puede hablar. Algo se le ha atascado en la garganta. Emer sumerge la toalla en el agua humeante y empieza a frotarla contra la piel de Jude, lo que le duele muchísimo, pero también le quita algo de vitalidad al dolor más agudo.

Emer abre su mochila y saca su cuchillo. El mismo que apretó contra la garganta de Jude en la librería de Oxford.

—Debemos aplacar al demonio —dice.

—No, está bien, me noquearé sola —dice Jude, no particularmente emocionada con la idea de que Emer la abra en canal.

—Déjame intentarlo. Por favor. Puede darte unos días de paz. Paz *consciente*. Dame tu muñeca.

Tener paz suena bien. Jude hace lo que Emer le pide.

—Quiere alimentarse de tu alma, y te está castigando porque no puede —Emer pasa su pulgar sobre las venas de Jude—. Quiere verte sufrir. Dale tu sangre. Dale tu dolor.

Jude no dice nada. Si lo que quiere el demonio es su dolor, seguro que está consiguiendo mucho.

Emer sostiene el cuchillo contra la piel de Jude, pero no ejerce presión.

—¿Puedo? —pregunta Emer—. Será profundo. Quizá te sientas mareada.

De nuevo, Jude asiente.

—Cierra los ojos. No te muevas. Exhala mientras hago la incisión.

Jude cierra los ojos. Exhala. Comienza como una exhalación normal y se convierte en un jadeo cuando el cuchillo de Emer se desliza en su carne, abriéndola. El corte termina rápido, pero el dolor permanece. Es brillante y fresco, tan diferente a la negra y putrefacta agonía de su muslo.

Emer da la vuelta a la muñeca de Jude y la sostiene sobre el segundo cuenco vacío.

—Aprieta y libera tus puños —dice Emer—. Así —le muestra el movimiento.

Jude sigue sus indicaciones y observa cómo su propia sangre gotea.

—Es mucha —dice Jude después de unos minutos. Es una taza de sangre, tal vez un poco más. Nunca había sangrado tanto—. Me siento como si fuera una vaca a la que están ordeñando.

Emer da la vuelta a la muñeca de Jude y le pone un paño seco en la herida. Luego, sujeta el cuenco con ambas manos y habla al techo en latín. La sangre es tomada con prontitud. El cuenco cae al suelo de madera, ya está limpio. Para sorpresa de Jude, el dolor en su pierna disminuye al momento. Se convierte en un latido sordo, un segundo latido del corazón.

—¿Qué le dijiste? —pregunta Jude.

—Le ordené que se quedara cerca de ti. Está constantemente tirando de su yugo. Se asentará, por un tiempo.

—Gracias, Emer.

Jude cierra el ojo izquierdo y entrecierra el otro. En el asomo que aparece entre su vista agrietada, vislumbra la forma sombría del demonio que tanto dolor le causa. No es su agitado e imbécil ser habitual, sino una cosa ronroneante ahora, acurrucada cerca de Emer en la oscuridad. Jude parpadea. También hay otra sombra cerca de Emer, enorme y monstruosa. Jude levanta la mirada y se encuentra con el rostro translúcido y ojeroso de una pesadilla viviente.

Jude da un grito ahogado y se revuelve contra la cama, contenta de que su segunda visión desaparece cuando abre el ojo izquierdo por completo.

—¿Qué diablos es eso?

—Bael —dice Emer—. Es Bael.

—¿Qué diablos es un *Bael*?

—¿Eres parcialmente vidente? —le pregunta Emer.

—Por accidente, y no por gusto —responde Jude—. De nuevo, ¿qué es un Bael?

—No qué, *quién*. Bael es un demonio. Mi demonio. Mi guardián.

—Vas a tener que explicarme eso con un poco más de detalle.

Así lo hace Emer. Empieza por el principio, con el asesinato de su familia. Bael, le dice a Jude, y otros dos demonios siguieron a Emer, que entonces era sólo una niña, y la alimentaron con una dieta de latín, sigilos y lenguas muertas.

—Tenemos un vínculo que no se parece a ninguno de los que he leído antes entre bruja y demonio —dice Emer en voz baja.

—¿Cómo es eso?

—Hace... Cuando era más joven, viví un tiempo en Cork con una mujer, Nessa. Era... es... mi prima. Dejó nuestra familia, nuestro aquelarre, cuando era adolescente, antes de que yo naciera. Algunas chicas lo hacen. Esa vida no les sienta bien. Nessa odiaba la magia. Le tenía miedo. Miedo de las viejas historias de mujeres quemadas en la hoguera. No quería vivir en un aquelarre, pensaba que nos convertía en un objetivo, un blanco. Así que se fue a Cork y trató de vivir una vida normal. No sé qué la atrajo de vuelta a Lough Leane. Tal vez sólo estaba reportándose con la familia. Me encontró cuando tenía diez años, yo vagaba por el bosque cerca de donde había estado la casa de mi familia. Viví tres años allí por mi cuenta. Como una Mowgli, tú misma lo dijiste.

Emer continúa su historia y le cuenta a Jude que podría haberse quedado allí para siempre, a la deriva y salvaje, en la vida silvestre, de no ser por un encuentro fortuito una tarde de primavera. Tenía diez años y hacía tres que no hablaba con humanos. Vagaba entre los árboles, recolectando flores de espino y ajos silvestres cuando había sol. Tenía las plantas de los pies gruesas como la piel de un animal, las extremidades delgadas como huesos y la barriga llena de bayas ácidas de primavera tras otro duro invierno. Se movía por el bosque como un espectro, ligera como un depredador nocturno, cada una de sus pisadas era silenciosa.

Entonces: un destello rojo entre los árboles. Cabello, se dio cuenta Emer. Una mujer pelirroja con un abrigo oscuro, caminaba por el bosque. Hacia el prado. Hacia la casa.

La mujer, dice Emer, tenía el mismo aspecto que su madre.

En el borde del prado, la mujer se detuvo y miró hacia atrás, sus ojos encontraron los de Emer al instante.

La pequeña Emer se sobresaltó pero le sostuvo la mirada, sin respirar, tratando de dar sentido a la imagen que tenía ante sí. ¿No había muerto su madre? ¿Se había levantado después de que Emer se fuera y había estado buscándola todo este tiempo? Pero no, se dio cuenta. Había diferencias. Esta mujer tenía los pómulos más marcados, era más alta y delgada que su madre, su cabello era de un rojo más oscuro.

—Nessa —dice Emer, girándose para sentarse junto a Jude, con la espalda apoyada en el marco de la cama. Estira las piernas y mueve los dedos de los pies. Jude se da cuenta de que ha vuelto a la edad de ocho años.

Jude escucha atentamente lo que Emer cuenta. Cómo vivió con Nessa durante cinco años en Cork. Cómo Nessa le prohibió practicar o leer sobre magia, y cómo Bael continuó llevándole libros en secreto. Cómo pasaba los días encerrada en casa, escondida, porque Nessa temía que los hombres que habían matado a su familia vinieran a buscarlas a las dos. Cómo un hombre y una mujer se mudaron al departamento de al lado cuando Emer tenía quince años. Cómo la recámara de Emer colindaba con la sala de los nuevos vecinos, por lo que oyó las peleas desde la primera noche. Los gritos, la vajilla rota, los puñetazos contra las paredes y, finalmente, contra la piel. El sonido inconfundible de ese suave horror, de la piel y los huesos cediendo ante otra piel y otros huesos, los gritos de pánico de una mujer suplicándole a un hombre que parara, que se detuviera.

Escuchó cómo, aquella primera noche, Emer salió de su cama y fue a buscar a Nessa para que ella, la adulta, hiciera algo al respecto. Que llamara a la policía. Que salvara a la mujer. Escuchó el relato de cómo Nessa se acercó y escuchó un rato en persona, con las manos en las caderas.

Al final, sólo le dijo: "Hay tapones para los oídos en el baño", se dio la vuelta y volvió al pasillo.

"¿No vas a hacer nada?", Emer le había preguntado.

"¿Qué quieres que haga?".

"Algo, lo que sea. Llama a la policía".

"Si llamo a la policía, él sabrá que fui yo quien llamó a la policía... y luego llamara a nuestra puerta a continuación. No sé tú, pero yo no quiero que golpee nuestra puerta".

Jude deja escapar una larga exhalación.

—Supongo que no puedo culpar a Nessa —dice Emer—. Vivió toda su vida con miedo.

—¿Qué pasó? —pregunta Jude.

—Duró meses. Cada noche, durante meses, hasta *esa* noche. Algo estaba muy mal. Pensé que iba a matarla. Sonaba como si la *estuviera* matando. No podía... ¿cómo podía Nessa pedirme que me quedara sentada y no hiciera nada? ¿Que me quedara sentada para escuchar a otra mujer morir? ¿Cómo podía esperar que yo...? —Emer sacude la cabeza—. Yo tenía siete años cuando mi familia murió. Era una niña impotente. A los quince sentí... —Emer hace una pausa, se mira las manos, estira los dedos—. Fui a la puerta de su casa. Me enfrenté a él, al hombre. Me respondió con rabia en los ojos y saliva en la boca. La mujer estaba encogida en el fondo. Cubierta de sangre por una herida en la cabeza. Me mantuve firme. Le dije que parara. Él me golpeó.

Jude traga saliva y no dice nada. Tiene los labios y la garganta secos. Ya ha estado en presencia de hombres enfadados. Ha sentido miedo de los hombres, pero nunca nadie le ha puesto un dedo encima.

Emer mira fijamente hacia el frente.

—Le ordené a Bael... le dije a Bael en latín que *matara*. Lo hice sin pensar. Sucedió muy rápido. El hombre... —la voz de Emer es apenas más que un susurro ahora—. Bael lo destripó y lo consumió, carne y cartílago y hueso, con tal velocidad y violencia que todavía seguía vivo, parpadeando hacia mí, durante todo el tiempo que estuvo siendo devorado.

—*Mierda*.

—La mujer lo vio todo. Me gritó y llamó a la policía. Me quedé paralizada. Todas esas noches había soportado su violencia, y ésa fue la noche que decidió ponerse en contacto con las autoridades.

—Seguramente la policía no habría creído su historia.

—Eso es exactamente lo que le dije a Nessa. Pero no era la policía lo que le preocupaba a Nessa. Una historia como ésa (un hombre destripado y devorado ahí donde estaba parado, destrozado por el poder de una adolescente enfadada) era tan increíble que la policía la compartiría, se reiría de ella. Con el tiempo, alguien lo escucharía. Alguien que creyera que sí era posible. Alguien que vendría a buscarme.

—Oh.

Emer asiente.

—No he vuelto a ver a Nessa desde aquella noche. Hicimos las maletas y tomamos caminos distintos. Ella se escondió y yo me fui a Oxford. Para aprender más sobre las lenguas antiguas y cómo hablarlas. Para convertirme en una hechicera de palabras, como lo habían sido mis antepasadas. Nessa me había inculcado que lo oculto era malo, algo que debía temer, pero esa noche llegué a verlo como la única arma que tenía para luchar *contra* el mal. Bael ha estado conmigo todo el tiempo. Mi familia no podía controlar a los demonios como yo puedo hacerlo con Bael. No podían usarlos como armas. O tal vez nunca lo intentaron. No lo sé.

Emer tiene razón. Jude no ha oído hablar de ese tipo de conexión entre una bruja y un demonio antes. Los demonios no siguen a las mujeres durante años, sin un amarre, protegiéndolas sin un trozo de su alma a cambio.

—¿Por qué crees que se queda contigo? —pregunta Jude.

Emer se desabrocha el collar, despliega la invocación que lleva enrollada en la cadena y se la entrega a Jude. Es una cosa delicada, el plomo blando y fino tras años de manipulación. Jude lo sujeta como si fuera un pajarillo, temerosa incluso de pasar los dedos por encima, no vaya a ser que se enganche y se rompa.

—Esto es para Bael, un día. Cuando encuentre a los hombres que mataron a mi familia. Pondré esto sobre el espacio de mi corazón y me uniré a Bael. Es... un poder catastrófico. Imagino que tendrá un precio catastrófico.

—¿Qué hace? —se pregunta Jude en voz alta.

—¿Qué *no* hace? Me permitirá aplastar cuerpos con sólo mi mente. Me permitirá destrozar objetos átomo por átomo hasta convertirlos en polvo. Es un arma nuclear —Emer toma la invocación, la enrolla y la vuelve a guardar dentro del medallón que lleva alrededor del cuello—. Debería dejarte descansar.

—Emer —dice Jude cuando ella se levanta.

—¿Sí?

—¿Te... quedarías?

Emer no contesta. Jude cree que va a decir que no, y ¿por qué sería distinto? No han tenido precisamente la más amistosa de las presentaciones.

—No te preocupes, es… —añade Jude.
—Me quedaré —dice Emer—. Podré vigilarte, si quieres.
—Sí. Por favor. Me gustaría —acepta Jude.

Emer asiente.

—Trata de descansar un poco —replica ella.

Jude vuelve a meterse en su cama. Las sábanas están agrias y húmedas de sudor, infestadas de pequeñas cosas muertas que vienen a ella por la noche. Emer se acuesta a su lado. El viento gime contra las paredes. La habitación apesta a monedas a causa de la sangre y a huevos podridos debido a su maldición. La sangre de Jude se siente cálida y acre mientras late en su pierna. Se siente fatal, con la piel resbaladiza y el estómago revuelto por las náuseas. Pero también se siente… ¿Qué siente?

¿Qué es lo contrario de la soledad, cuando se ha estado sola desde que se tiene memoria?

Jude extiende la mano en la oscuridad, buscando a Emer. La encuentra. Piel contra piel, las yemas de sus dedos se encuentran. Es la más leve de las caricias, algo tan sutil que podría pasar fácilmente por un accidente, pero Emer no se aparta. Por un momento, estas dos chicas solitarias están conectadas, y luego el momento se prolonga, un segundo que se convierte en minutos.

Cuando Jude por fin se queda dormida, las yemas de sus dedos siguen rozando las de Emer en la oscuridad.

Jude despierta por la mañana no con un sobresalto, ni con un grito ahogado, ni arañando el dolor de su muslo, sino tranquilamente. Emer sigue en la cama, de espaldas a ella, con sus rizos rojos esparcidos por las almohadas de Jude. La luz del sol de principios de noviembre se filtra por las ventanas, tiñendo el pelo de Emer de una prismática gama de tonos: cobre, rosa, sangre. Jude toca las puntas del cabello de la bruja, retuerce un rizo con la punta de los dedos y sonríe. Así que no era un sueño.

Se oyen pasos rápidos en las escaleras y entonces Jones irrumpe por la puerta.

—Jude —dice. Se ve pálida, nerviosa—. Tu padre está aquí.

Jude se levanta y se tambalea por la habitación, jadeando ante el dolor crepitante al abrirse la costra de la herida de su pierna. Lawrence está allí. ¿Por qué está Lawrence allí? Nunca la había visitado, y menos sin avisar; por lo general, una reunión con Lawrence Wolf requería de varias negociaciones y confirmaciones con su asistente personal. ¿Cómo consiguió entrar? Es su casa, supone Jude. Debe tener una llave.

—Quédate aquí —le dice a Zara mientras se pone una bata—. Quédense aquí las dos.

Abajo, encuentra a su padre junto a una ventana agrietada. Jude observa el estado de la habitación, intenta verla a través de los ojos de su padre. Ni siquiera ha invitado a Elijah allí porque la casa está tan evidentemente... *mal*.

—Judith —le dice Lawrence Wolf. Está mirando la ciudad a lo lejos. Jude no puede verle la cara, pero su voz es fina, con un tono ácido.

Lawrence nunca ha sido un padre especialmente cariñoso, pero *es* su padre. A pesar de su distancia, Jude no puede negar que la vida que le ha proporcionado ha sido buena. Las mejores escuelas, los mejores tutores, las mejores nanas. Chefs privados, yates privados, aviones privados. Pasteles de cumpleaños enviados en avión por maestros pasteleros de Francia, una cuenta de gastos ilimitados en Net-a-Porter. Jude nunca había sido una de esas niñas ricas deprimidas que se sentían vacías porque tenían demasiado. Le *encantaba* su vida. Le *encantaba* asistir a la semana de la moda, volar en helicóptero, pasar los veranos en el Mediterráneo a bordo del súper yate de su padre y los inviernos acurrucada junto a la chimenea de su castillo escocés.

Luego, habían llegado las fotografías. Jude tenía entonces quince años y estaba en casa de una amiga en una fiesta de Halloween. La amiga vivía cerca del cementerio de Highgate. Naturalmente, veinte adolescentes borrachas disfrazadas de diversas interpretaciones sexys de cosas terroríficas —zombi sexy, vampiresa sexy, bruja sexy— tuvieron la brillante idea de ir al viejo cementerio con velas e intentar hacer una sesión de espiritismo. Irrumpieron en el lugar y grabaron videos tontos y subidos de tono —bailando y frotándose contra lápidas, besándose con estatuas— e intentaron comunicarse con el alma no-muerta de George Michael mientras escuchaban "Careless Whisper" (por desgracia, George no despertó de su sueño eterno).

La amiga de Jude lo subió todo a su TikTok privado. Dos días después, las capturas de pantalla de los videos aparecían en la portada de varios tabloides londinenses. Jude aparecía en segundo plano en la mayoría de los reportajes (una de sus amigas era la hija de un ministro y, al parecer, su baile ante el mausoleo de un político conservador fallecido tiempo atrás demostraba que su padre era "depravado e incompetente"), pero había una foto de Jude vestida de gótica sexy, con los labios pintados de negro y una camiseta con el sello de Baphomet, la insignia oficial de la Iglesia de Satán.

HEREDERA WOLF: ¿NIÑA DIABÓLICA?, cuestionaba un titular.

A Jude le pareció divertidísimo. A Lawrence, por lo visto, no. Aquella tarde él la citó en su despacho y le puso la primera página sobre la mesa.

"Eres una Wolf", dijo él, su saliva le salpicaba los ojos mientras hablaba. "Espero más decoro de ti".

"¿Yo... lo siento?", respondió Jude. Obviamente, era una broma, un tonto disfraz de Halloween: Jude no era miembro de la Iglesia de Satán (aunque había visto un documental sobre ellos y pensaba que tenían muchas ideas inteligentes; en realidad, no creían en el Diablo ni le rendían culto).

Los periódicos rivales decían todo tipo de cosas falsas sobre la familia Wolf todo el tiempo. Jude sabía, por ejemplo, que su padre probablemente *no* era el asesino del Zodiaco, a pesar de un rumor que había empezado en Twitter y saltado a la prensa sensacionalista unos años antes.

"No quiero volver a ver esto", él señaló la fotografía de Jude lamiendo una lápida, "nunca más".

"Yo... no sé qué decir", Jude rara vez se quedaba sin palabras.

"No se te ha pedido que *hables*. Sólo estás aquí para *escuchar*. *No* vuelvas a llamar la atención".

"Pero... los chicos están en los medios todo el tiempo".

"Tú no eres como tus hermanos. Tú debes ser vista y no oída. De hecho, sería mejor para ti que tampoco fueras vista. ¿Comprendes? Vas a ser un alhelí. Vas a ser una maldita violeta de florero. ¿Me entiendes?", Lawrence temblaba. Golpeó el escritorio con la mano. "¡Contéstame cuando te haga una pregunta!".

"Sí", susurró ella.

Jude había sabido durante la mayor parte de su vida que Lawrence era un misógino; después de todo, era un hecho asombrosamente difícil de pasar por alto. Pero oír cómo lo decía en voz alta —esa mierda de "vista y no oída"— era algo totalmente distinto.

Cuando ella le contó a Elijah lo que había pasado, su hermano rio.

"Bueno, ¿qué esperabas? No eres muy amable con él.

Jude se quedó de piedra. "¿Qué significa eso?".

"No le rindes lealtad al señor, Jude". Los Jinetes, el nombre que les dan a sus hermanos mayores, "prácticamente se arrodillan ante él, y luego entras tú y te comes su comida y desenvuelves sus regalos de Navidad y tienes la osadía de no caer a sus pies llorando de gratitud. Eso no ha pasado desapercibido".

"Tú no pagas lealtad", protestó Jude.

"Ah, pero yo *sí* pago. Pago con el odio de nuestros hermanos. Llevo la peor parte de su acoso sin quejarme. Ya sabes lo de la estúpida serpiente, pero ha pasado mucho más. ¿Sabes que una vez me sujetaron y me arrancaron un diente de leche antes de que se soltara? Estos hombres adultos, torturando a un niño. Fui llorando con Lawrence, ¿y sabes qué me dijo? *Sé un hombre, Elijah. Deja de llorar y sé un hombre.* Así que eso fue lo que hice. Mantuve la boca cerrada. Cada vez que esos monstruos venían por mí, lo aceptaba sin quejarme. No los acusaba. Lawrence veía lo que me hacían y le agradaba que lo afrontara como un hombre".

"Dios". Jude no tenía idea de lo malo que la pasaba Elijah. Sí, los Jinetes siempre habían sido unos imbéciles con personalidad limítrofe, pero esto era otra cosa. La idea de que le hicieran daño a Elijah hizo que su estómago burbujeara de rabia. "¿Por qué nos importa?".

"Tú sabes por qué. Porque es el rey, y cuando la luz del rey se posa sobre ti, eres invencible".

Jude sí lo sabía, porque ella también participaba en los sórdidos favores que hacían vibrar la casa de los Wolf.

Mientras mira fijamente a su padre parado en su casa, se da cuenta de que no será suficiente con tan sólo librarse de sus maldiciones (¡*Tan sólo!*, piensa Jude. ¡*Ja!*). Lawrence está decepcionado de ella, le ha perdido todo el respeto. Para recuperar por completo su antigua vida —a Jude se le hace la boca agua al pensar en el caviar recién traído del Mar Caspio—, también debe ganarse la aprobación de su padre.

—¿A qué debo el placer? —termina por preguntar Jude.

—Me caso el domingo en la casa de Holland Park.

—Ah —Jude intenta actuar como si fuera información nueva—. ¡Felicidades!

—Despertaría sospechas si no asistieras.

A Jude le da un vuelco el corazón.

—¿Me estás invitando a tu boda?

—Habrá fotógrafos del periódico —cuando dice *el periódico*, en realidad se refiere a *mi periódico*— y la gente ha empezado a hacer preguntas sobre tus ausencias.

—Eres el dueño del periódico. ¿No puedes evitar que la gente haga preguntas?

—Los periódicos no son los que preguntan.

—Entonces, ¿quiénes?

Lawrence guarda silencio por un breve instante.

—Tu aspecto limpio, bien vestido y sonriente contribuirá en gran medida a disipar los rumores de que estás muerta —dice Lawrence, finalmente.

—Los rumores sobre mi muerte han sido muy exagerados —bromea Jude.

Su padre permanece severo, pero en su mente Jude ya está allí, en la casa de Holland Park. Su corazón lo anhela. Una *fiesta*. Con champán, música, gente bonita y buena comida. El salón de baile repleto de flores, el olor de los manjares saliendo de las cocinas. Seda en su piel. Perfume en sus muñecas. Elijah estará allí, su cómplice asiduo. Susurrarán sobre el resto de la familia, bromeando. Todo será limpio y brillante. Jude se aclara la garganta.

—Sabes que nunca dejo pasar la promesa de aperitivos gratis.

—Aséate. Habrá prensa allí. Ponte un vestido. Tendré algo organizado para ti.

—De acuerdo. Gracias.

Lawrence asiente y se dispone a marcharse. Jude se pregunta por qué no ha dicho nada de la casa, de las paredes putrefactas o de las cosas muertas que se han acumulado durante la noche en el suelo. Cuando está a su lado, se detiene y habla en voz baja.

—A pesar de lo que puedas pensar, sólo he actuado por el deseo de protegerte.

—El exilio es una forma divertida de demostrar tu amor.

—Ten cuidado, Jude.

—¿De qué?

Lawrence no continúa hablando. Luego de una última mirada a la fotografía de su esposa muerta sobre la pared, se marcha.

CATORCE

Es viernes por la mañana y Zara aún está nerviosa por su encuentro con Lawrence Wolf. Cuando despertó de su sueño intranquilo, bajó las escaleras de la fría casa de Jude en busca de un té negro concentrado —un hábito matutino adquirido de Pru— y no se dio cuenta de la presencia del hombre, inmóvil y con la mirada fija en el horizonte de la ciudad, hasta que él dijo: "Trae a mi hija", en voz baja. Zara, de pie junto al fregadero, dio un grito y se salpicó la mano izquierda con agua caliente. El hombre, Lawrence, ni siquiera se inmutó.

Saul llama poco después de que Lawrence se ha marchado. Por el altavoz, el investigador privado le da la dirección de Vera Clarke con un tono aburrido y luego le recuerda a Jude que le enviará una factura por correo electrónico que debe cubrir de inmediato.

Las tres se adentran en la lúgubre mañana. El sol sale despacio, como una perezosa gelatina a la deriva en un mar gris. Emer lleva consigo un viejo y enorme libro de mapas que tomó de la casa de Jude, con las páginas húmedas y llenas de moho. Es parte de su plan B. Si Vera no está en casa, Emer puede intentar buscarla, pero primero necesitarán algo de su posesión, algo que ella haya tocado, un objeto personal que sólo Vera haya utilizado.

De camino a casa de Vera, Jude entra en el autoservicio de un McDonald's y compra para todas McMuffin de huevo y jugo de naranja para desayunar. Al principio, Zara tiene miedo de abrir su bolsa. El coche de Jude no parece el tipo de lugar en el que esté permitido comer. En las raras ocasiones en que Zara no tenía más remedio que subir al coche de Kyle, él siempre encontraba alguna razón para regañarla. Sus zapatos estaban sucios y arruinaban el tapete. Su sudor se filtraba en el aire acondicionado y el coche olía a sudor durante semanas. Zara no ha vuelto a subirse al coche con él desde la vez que le puso la mano en la rodilla y le dijo, aparentemente como una especie de broma: "Al menos no soy esta clase de tío".

Entonces, Zara observa a Jude mientras desenvuelve su propio sándwich y se mete la mitad en la boca de una vez. Las migajas se acumulan en su regazo. Un trozo de huevo se desliza hasta el asiento entre las piernas de Jude, y ella lo arroja al espacio entre sus pies sin pensarlo dos veces. Porque Jude es un animal salvaje.

Zara se come el suyo llevándose el envoltorio a la barbilla como si fuera un cuenco. Se sientan en el estacionamiento con las ventanas abiertas, un poco de aire fresco impide que el coche se empañe. Zara hace otra búsqueda en su teléfono mientras come.

—Vera Clarke —dice Zara, desplazándose por el perfil en LinkedIn de la mujer—. Es abogada corporativa. Dejó su trabajo hace un mes y aún no ha declarado uno nuevo.

—Así que deja su trabajo como abogada para empezar a... ¿qué?, ¿para empezar a asesinar de tiempo completo? —añade Jude—. ¿Fue entonces cuando el demonio tomó posesión, tal vez?

Un demonio con la suficiente vigilancia como para presentar una carta de dimisión y actualizar su perfil de LinkedIn es una señal positiva, piensa Zara. Eso significa que algo de Vera Clarke —quizá *mucho* de Vera Clarke— sigue intacto para funcionar a un nivel tan alto. Dos mentes dentro de un cuerpo, el demonio con más control que la mujer... pero ¿y si hubiera una forma de darle la vuelta a eso?

Zara sale de LinkedIn y busca a Vera Clarke en las imágenes de Google. Hay una foto de ella el día de su boda en alguna playa. Vera y su nuevo marido parecen felices. La fotografía eriza la piel de Zara. Cuanta miseria se puede esconder detrás de una sonrisa.

Cinco minutos más tarde, Jude estaciona el coche delante de un edificio de ladrillo de tres pisos situado frente a una escuela. Emer se queda afuera para vigilar, por si una Vera Clarke poseída intenta huir. Cuando Zara y Jude llegan a la puerta principal del edificio y encuentran un timbre con cámara, Jude le da un codazo en las costillas a Zara y le dice:

—Jones, llama tú.

—¿Por qué yo? —pregunta Zara.

—Porque si el marido responde, bueno, los hombres heterosexuales se sienten amenazados por mi energía. Con justa razón se sienten inferiores a mí, y eso les molesta. Además, pareces una buena chica con tu faldita de volantes.

—No soy una buena chica.

—Oh, eso ya lo sé. Sólo dije que *pareces* una buena chica. Sé que eres, de hecho, insufrible, pero el marido no lo sabe. Al menos, todavía no.

Zara suspira.

—Bien —contesta ella.
Zara llama y espera una respuesta. Fuera de la pantalla, Jude hace un gesto hacia ella como si se bajara el top y juntara los pechos.
—*Enséñale los pechos* —dice sólo moviendo los labios.
—*Basta* —responde Zara de igual manera. ¿Todo es una broma para Jude?
Se oye la estática del interfón, luego la voz de un hombre:
—¿Sí?
—Ah, hola, estoy buscando a Vera. Vera Clarke.
No hay respuesta. Pasa un segundo, lo suficiente para que Jude intervenga:
—*¡Pechos!* —dice otra vez con los labios… y entonces la puerta se abre.
—No está mal, Jones —añade Jude mientras la empuja dentro.
—Ni siquiera tuve que sacarme los pechos.
—Qué pena. Siempre habrá una próxima vez.
Zara sacude la cabeza mientras sigue a Jude.
—¿Cómo te sales con la tuya siendo así?
—Es mi encanto natural. Es imposible resistirse.
—Eres una pervertida.
—Una pervertida *con actitud*. Vamos.
Arriba, Zara llama a la puerta del piso de Vera. Se oyen pasos del otro lado de la puerta y, luego, les abre un hombre. Es bajo, blanco y desaliñado. Las mira a las dos.
—Parecen demasiado jóvenes para ser policías.
—No somos policías —dice Zara.
—¿Está esperando que venga la policía? —pregunta Jude.
—¿Conocen a mi mujer? —cuestiona el hombre.
—¿Está Vera? —pregunta Zara—. ¿Podemos hablar con ella?

—¿Y ustedes quiénes son?

—Lo siento mucho —Zara sonríe—. Qué maleducadas, no nos hemos presentado. Somos... estudiantes de derecho. Somos estudiantes de Vera.

—No sabía que tenía alumnas.

—Somos... mmm... pasantes, ¿sabe? —dice Jude—. Abogadas novatas.

—No he visto a Vera en un par de semanas. Ella no está aquí.

—Disculpe —exclama Jude—. ¿Su mujer *desapareció*?

El hombre se eriza de inmediato.

—No, no *desapareció*; sólo *se fue*.

—¿Presentó una denuncia ante la policía? —pregunta Zara.

—¿Por qué haría algo así? —responde el hombre.

Jude arquea una ceja.

—No ha visto a su mujer en semanas, ¿y no se le ocurrió pensar en que quizá se trataba de algo por lo que debía informar a las autoridades?

—Se están haciendo una idea equivocada. Ella me dejó. Siempre estaba amenazando con irse. Supongo que finalmente lo hizo. Encontré su anillo de compromiso en la mesita de noche. Ni siquiera dejó una nota. Zorra.

Se produce un momento de silencio tras la última palabra de su frase. El insulto misógino carga el aire con algo nocivo. Zara siente que Jude se pone rígida a su lado.

Zara esboza una sonrisa. Plan B, entonces.

—*Mujeres* —dice Zara, en detrimento de ella misma, pero necesitan algo de Vera si quieren tener alguna esperanza de encontrarla ahora. Tienen que entrar—. Y hablando del sexo débil, lo siento mucho, pero tengo *muchas* ganas de orinar. ¿Puedo usar su baño?

El marido la mira de arriba abajo, aparentemente considera que no es amenazadora.

—Bien —dice por fin—. Por el pasillo. La última puerta a la derecha. No toques nada.

A Zara se le acelera el corazón al pasar junto a él. Cuando mira hacia atrás, Jude le guiña un ojo, luego se inclina en la puerta, con los brazos cruzados, y empieza a hablar de deportes con el hombre. Zara se dirige al baño y cierra la puerta tras de sí. La habitación huele a cloro y parece haber sido desvalijada recientemente. No tiene un buen aspecto para cuando, inevitablemente, llegue la policía a investigar. Sólo hay un cepillo de dientes en el lavabo y un frasco de colonia en el gabinete. Toda la ropa sucia del cesto es de hombre. Zara abre el cajón bajo el lavabo. De nuevo, no hay señales de que una mujer haya vivido ahí recientemente. Ni cepillo para el cabello, ni tampones, ni maquillaje. Es como si todo hubiera sido recogido y desechado.

—Maldita sea —susurra Zara. Se acerca a la puerta y la abre un poco. Jude sigue parloteando:

—¿Qué le parece el Arsenal este año? —le pregunta Jude al hombre para ganar tiempo.

Zara sale del baño y gira en silencio la perilla de la puerta del otro lado del pasillo. Entra en la habitación y camina de puntitas, buscando algo, cualquier cosa, que le hubiera podido pertenecer a Vera Clarke. El espacio está limpio y ordenado, como el resto del departamento. Zara abre con cuidado el armario. No hay ropa de mujer, ni joyas, ni tacones altos. Zara se adentra más en la habitación, hasta una de las mesitas de noche, pero pertenece claramente al marido: hay ropa interior masculina, vaselina, pañuelos.

En el segundo cajón, por fin, encuentra algunas cosas de Vera: un bote de bálsamo labial de fresa, un antifaz morado para dormir, unos auriculares enredados. ¿Algo de esto será lo suficientemente personal para encontrarla? Y allí, encajada en una esquina del cajón, una caja de anillos de fieltro. Bingo. Zara la toma...

—Jones, él está...

—¿Qué demonios estás haciendo?

Zara se da la vuelta, con la caja de fieltro sujeta detrás de la espalda.

—Lo siento. Lo siento, me perdí. Me perdí.

—No, no te perdiste —el marido tira de la muñeca de la mano libre de Zara. Ella está totalmente sorprendida por la fuerza de él. El hombre no es alto ni especialmente musculoso. Al mirarlo, Zara habría pensado que estaban bastante equilibrados físicamente, pero los dedos alrededor del brazo de Zara parecen de concreto. La arroja bruscamente contra la pared, le pasa el otro brazo por la clavícula y le acerca tanto la cara que Zara puede oler su aliento a café rancio.

Zara empuja contra él con todas sus fuerzas, pero él no se mueve, ni siquiera parece notar su esfuerzo. Es una serpiente que le oprime el pecho, y ella está llena de veneno por esa criatura pequeña, engreída y peluda con tanto injusto poder.

—*Sal* de mi departamento —dice él. Apoya todo su peso en Zara durante un segundo, clavando el codo tan profundamente en la suave carne de la parte superior de su pecho que ella siente que los capilares estallan bajo la piel. Luego, él se retira y ella puede respirar. Se encoge al pasar junto al hombre, segura de que la agarrará y le arrancará la caja robada de las yemas de los dedos, pero no lo hace. Cuando se tambalea hacia el vestíbulo, empieza a correr, segura de que él está detrás de ella, pero no es así.

—Jones, ¿qué pasó? —dice Jude cuando Zara tropieza con ella.

—Vámonos —Zara toma la mano de Jude y tira de ella—. Sólo vámonos.

Cuando están abajo en la seguridad del coche de Jude, Zara empieza a llorar. Estalla en sollozos incontrolables que le oprimen tanto los pulmones que le cuesta respirar. Por lo general, se avergonzaría de semejante desbordamiento incontrolado de emociones —Zara sobrevive cerca de Kyle empleando un tono enérgico, para no permitir que él la vea como alguien débil—, pero ahora no puede evitarlo.

¿Es eso lo que sintió Savannah? ¿Es así como se sentía en el suelo de la cocina mientras le arrancaban la vida?

Una parte de Zara siempre ha culpado a Savannah por no haber luchado más. *¿Cómo pudiste dejarte morir?* Si realmente quisieras vivir, ¿no te pondrías rabiosa y dejarías que tus miembros se llenaran de adrenalina y lucharías y lucharías y lucharías hasta el último momento?

Zara se da cuenta ahora de que Savannah luchó todo lo que pudo. Tenía heridas defensivas en las manos y los brazos. Tenía moretones en los pies y las piernas, porque había pataleado y forcejeado contra su agresor. Había pequeñas lunas de piel ensangrentada bajo sus uñas, porque se las había clavado a su atacante; las muestras de ADN que extrajeron de ellas estaban tan extrañamente degradadas que la policía ni siquiera pudo confirmar si eran humanas.

Por primera vez, Zara había sentido una fuerza terrible e inquebrantable como la que decidió matar a su hermana. Se da cuenta de que, una vez tomada la decisión, no había nada que Savannah pudiera haber hecho para protegerse.

¿Cómo se atreven?

¿Cómo se atreven?

Zara llora. Las otras dos chicas en el coche la consuelan y ella se deja consolar. Permite que Emer le frote la espalda y que Jude le acaricie la rodilla mientras el dolor y la rabia se apoderan de ella. Los sollozos se apaciguan tan rápido como empezaron. Cuando termina, Zara se siente limpia, como un día fresco y claro después de una tormenta. Se enjuga las lágrimas y se suena la nariz.

—¿Servirá? —le pregunta a Emer mientras saca la caja de anillos del bolsillo de su falda y la sostiene en alto.

Emer toma la caja y la abre. Dentro, hay un anillo de oro con un diamante solitario.

—Sí —dice la bruja—. Esto servirá muy bien.

QUINCE

Para encontrar a alguien se necesitan tres cosas: un objeto personal de la persona desaparecida, un mapa y sangre.

Emer deja el libro de mapas abierto en el asiento trasero del coche de Jude y presiona la punta de su dedo meñique contra la afilada punta de su cuchillo. Zara le entrega el anillo de compromiso de Vera para que Emer exprima varias gotas de sangre sobre el diamante.

—Ahora tú —dice Emer, entregándole el cuchillo a Zara.

Zara hace un puchero, saca su desinfectante de manos y lo utiliza para limpiar la punta de la hoja antes de pincharse ella también el dedo, y exprime sangre sobre la joya. Jude también repite la operación en sí misma. Cuando acaban, la joya está manchada de rojo.

Emer le habla a Bael en latín, su voz baja mientras le dice a quién quieren encontrar, luego comienza a hojear las páginas con una mano mientras sostiene el anillo en alto con la otra. Pasan treinta segundos. No ocurre nada.

—¿Bael está descompuesto? —pregunta Jude.

—¿Qué significa eso? —pregunta Zara.

Emer no tiene tiempo de responder. Le da vuelta a la siguiente página del libro y su brazo cae con tal fuerza que grita. Suelta el anillo y se sacude el dolor de la mano.

—Demasiado brusco —le dice Emer a Bael, malhumorada.

Los demonios se olvidan de ser delicados con los cuerpos de los mortales.

El anillo se levanta solo, con el diamante hacia abajo, y gira lentamente sobre el mapa, la joya rechina tan profundamente que el papel empieza a rasgarse.

—Hampstead Heath —dice Zara—. El Estanque del Bosque, parece. No estamos muy lejos.

—Vamos —dice Jude, que ya incorpora el auto a la carretera.

Para cuando Jude se estaciona al borde de Hampstead Heath, el cielo se ha vuelto aún más sombrío, las nubes de tormenta ahogan el sol. Las calles están cubiertas de neblina. Los faros de los coches penetran suavemente en la bruma cuando las tres se adentran en el antiguo parque lleno de praderas, estanques y arboledas. Emer sabe que aquí hay magia, como en todas las zonas antiguas de Londres. Magia antigua, de la que está ligada a la tierra y a las sombras, y no a los demonios. Del tipo que simplemente existe muy independiente de los humanos.

Jude las guía mirando la pantalla de su teléfono, navegan hasta la zona aproximada donde Bael indicó que estaba Vera Clarke. Jude y Zara desconfían de las sombras, de la tormenta. No conocen la oscuridad como Emer. Nunca la han usado como un manto. Nunca la han acogido como una herramienta. En cambio, llevan sus teléfonos en las manos y disparan haces de luz a sus pies para no tropezar.

—Apaguen sus lámparas —les dice Emer mientras el brezal las engulle.

—¿Quieres que acabe de cara en el fango? —pregunta Jude.

—Un demonio brutalmente violento y asesino en serie puede estar al acecho entre los árboles. ¿Quieren que sepa que venimos? Apaguen las luces.

—Bien —refunfuña Jude.

Los haces de luz se apagan.

Tienen que quedarse quietas un minuto mientras sus ojos se adaptan a la oscuridad, pero pronto el paisaje en la penumbra empieza a revelarse ante ellas. Un campo de hierba larga se agita hacia abajo, hacia unos estanques y una zona boscosa más allá. Suena un trueno y el cielo se abre, comienza de nuevo a llover.

—El GPS del demonio dijo que estaba cerca del agua —habla Jude mientras revisan la orilla del estanque—. De repente me doy cuenta de que estamos lamentablemente mal preparadas para encontrarnos con un demonio.

—Yo no estoy mal preparada —dice Emer al sacar su cuchillo y avanza hacia la tormenta.

Jude permanece cerca de ella, en tanto Emer camina cuesta abajo. Se presiona contra ella. Los oídos de Emer zumban, y la presión se acumula detrás de sus ojos. Estar cerca de Jude es una tortura. Sin embargo, también hay algo más allí: una dulzura. Un rocío de algo químico por encima de todo lo demás. Emer se da cuenta de que Jude lleva perfume. Perfume para enmascarar el olor de su cuerpo marchito y su alma rancia.

Es entonces cuando Emer recuerda lo que a menudo es fácil de olvidar: que Jude es una chica. Que aunque sea dominante, egocéntrica y por completo falta de tacto, es una chica de aproximadamente la misma edad que ellas, y está asustada.

Emer alarga su mano libre hacia Jude. Jude enhebra sus dedos entre los suyos con facilidad, rápido y sin vacilar, como si la hubiera estado esperando. Se enganchan como imanes en la oscuridad y empiezan a moverse como una sola criatura.

Emer nunca ha defendido a nadie antes. Sólo ha tenido que pensar en ella misma. Ahora, con estas dos chicas ahí y la mano de Jude en la suya, se siente a la vez más poderosa y más débil que nunca.

Las tres recorren la orilla cercada del agua negra como el aceite de motor, esperando una señal de movimiento que no llega.

—Obviamente, hace tiempo que se fue —dice Jude.

Emer no está tan segura.

—¿Qué estás haciendo? —pregunta Jude cuando Emer le suelta la mano y trepa por la baja valla metálica que rodea el estanque.

Los árboles que crecen en su borde se están desprendiendo de su follaje estival. Una tormenta de hojas rojas y amarillas flota sobre la superficie. El viento arrecia y algunas hojas más se desprenden. Emer camina por el lodo que le llega hasta sus tobillos a lo largo de la orilla, pisando las huellas que han dejado los perros al venir a jugar al agua.

—Tierra llamando a Emer... Emer, ven acá —habla Jude otra vez.

—Tenemos que estar seguras —dice Emer.

—¿Seguras de qué? —pregunta Jude.

Emer se agacha junto al agua y apoya la palma de la mano en la tensión de su superficie. No hay un gran momento revelador, sino un pequeño e insistente impulso: *Debes entrar. Debes mirar con más atención. Aquí hay algo.* Es la misma fuerza que le indica los días adecuados para ir a la librería de Oxford.

Emer se levanta y empieza a desnudarse. Zara mira hacia otro lado. Jude no. En cambio, cuando Emer se desabrocha la camisa, Jude salta también sobre la valla.

—Cuidaré tu ropa —dice Jude. Toma el abrigo y la camisa de Emer.

—Gracias —Emer se desabrocha la falda e intenta quitársela sin mancharla en el lodo. Se tambalea. Se mueve, inestable, en el suelo resbaladizo. Jude se estira para sostenerla, su palma caliente contra las costillas desnudas de Emer.

Cuando se ha quedado en ropa interior, Emer espera que Jude diga alguna ocurrencia para aligerar el momento, porque ése es el mecanismo de defensa de Jude, pero ella no dice nada.

—¿Alguna de ustedes tiene algo con lo que pueda mantener mi cabello atrás? —pregunta Emer.

Jude niega con la cabeza. Zara se adelanta para ofrecerle una liga para cabello, con cuidado de mantener la mirada fija en sus pies.

El agua está tan fría que, en cuanto Emer entra en ella pierde la sensibilidad en los pies. Es como una prensa que la aprieta. Se estabiliza y respira antes de sumergirse. Su cuerpo le grita que salga del agua helada. El frío no es un enemigo nuevo. Lo conoce bien, por dentro y por fuera. La forma en que se filtra bajo la ropa y cala hasta los huesos. La forma en que corroe los dedos de manos y pies. El frío es un enemigo más feroz que el hambre, la sed, el miedo o la oscuridad. El frío la ha llevado a hacer cosas realmente estúpidas e imprudentes.

Hoy, al menos, hay una casa cálida a la cual volver: la de Jude. Es un lujo que Emer ha deseado muchas, muchas veces. Así que soporta el frío por ahora y se adentra más en el lago, aunque sigue jadeando con cada respiración.

—¿Y bien? —la llama Jude desde la orilla—. ¿Encontraste algo, Aquawoman?

—No —dice Emer.

¿Por qué su intuición la llevó al agua?

Respira hondo y hunde la cabeza bajo la superficie. Allí abajo está oscuro como la noche y frío como la muerte.

Más profundo.

Emer se sumerge más, y entonces sus dedos rozan algo que parece fuera de lugar. No es limo, roca o hierba, sino piel. Carne. Emer sale a la superficie para respirar y vuelve a hundirse en las profundidades. No teme a los muertos, sólo a los vivos. Esta vez sus dedos se cierran alrededor de algo que se parece mucho a un antebrazo.

—¡Encontré algo! —grita Emer al salir a la superficie—. ¡Necesito ayuda!

En la orilla del estanque, es Jude la primera en quitarse los zapatos y meterse en el agua, completamente vestida. El estanque se convierte al instante en tinta. La horrible fuerza del hechizo golpea a Emer como una ola.

—¡Carajo! —grita Jude al caer dentro. Cuando vuelve a salir, continúa—: ¡Carajo, carajo! ¡Está helada!

Cuando llega a Emer y ve la negrura lamiéndole las clavículas, Jude dice:

—Lamento lo del agua.

—Hay un cuerpo en el estanque —dice Emer.

—¿Otra víctima? —pregunta Jude.

—No lo sé. Creo que trae algo de peso. Tenemos que tirar de él hasta el borde. ¿Tienes un estómago fuerte?

—Mi propia pierna está medio podrida, y me las arreglo para no tener arcadas a diario. Mi estómago es más fuerte que el de la mayoría.

—De acuerdo. Toma mi mano. Te lo mostraré.

Jude le da la mano a Emer. Emer no puede verla a través del agua oscura, pero puede sentirla. Se sumergen juntas. Emer tira de Jude y la guía hasta el cadáver. Luego, presiona la mano de Jude contra el cuerpo y cierra sus dedos alrededor de la muñeca del cuerpo.

Emer toma la otra muñeca. Juntas, con algo de esfuerzo, consiguen levantar el cuerpo.

Emer puede ver a Zara en la orilla, sosteniendo una luz blanca brillante que las guía a través de la lluvia, ahora torrencial.

—Oh, Dios —exclama Zara cuando ve lo que llevan en sus manos. La arrastran, boca arriba, hasta la orilla, a través de las hojas y el sofocante fango, agitadas por el esfuerzo.

—Es ella —dice Jude, pero Emer ya lo sabe—. Es ella.

El agua fría ha ralentizado su descomposición, así que el cuerpo de Vera Clarke aún es reconocible. Su cabello negro. Su piel morena. Su chamarra deportiva blanca manchada de color té por el agua del estanque, con una infestación de algas verdes creciendo en el cuello. Un zapato para correr todavía atado a su pie, el otro pie desnudo, las uñas pintadas de rosa, la piel fruncida en valles. Emer se arrodilla en el lodo junto a ella, posa las manos sobre el cuerpo de Vera, apenas capaz de respirar. La mujer que acudió a ella hace dos años en busca de un hechizo que la mantuviera fuera de peligro.

Y ahora está muerta.

Es demasiado. La muerte es demasiado real para soportarla.

Zara cubre los hombros desnudos de Emer con su abrigo, aunque el frío es tan amargo sobre el cuerpo desnudo de la bruja, la lluvia tan persistente, el horror tan profundo, que ella apenas siente alguna diferencia.

Jude está temblando al caminar por el fango, con una mueca de dolor a cada paso.

—El marido dice que lleva desaparecida, ¿cuánto, un par de semanas? —dice Jude.

—Sí —consigue responder Emer.

—¿Cuánto tiempo crees que ha estado aquí? —pregunta Zara.

—Todo ese tiempo —furiosas lágrimas cortan caminos por las mejillas de Emer—. No hay forma de que Vera haya podido matar a Abby.

—Entonces, ella *no* está poseída por un demonio —dice Zara, con un dejo de decepción en la voz.

—No, a menos que su cadáver haya estado deambulando por ahí anoche —ofrece Jude.

—Sin embargo, ella estaba allí —Emer está confundida, tratando de unir las piezas—. O al menos, su magia estaba allí. Quien mató a Abby lo hizo usando la invocación que escribí para Vera.

—Lo sabemos —dice Jude—. Lo vimos en las imágenes de la cámara de seguridad.

—Es imposible que alguien utilice la magia de otra persona. No se puede usar aquello por lo que no se ha pagado. En el momento en que una persona muere, el amarre entre el alma y el demonio se rompe y el trato expira. La magia deja de existir. Ésa es la *única manera* de romper un pacto: morir. Es la misma razón por la que no puedo ayudarte, Jude. Entonces, ¿cómo pudo usarse la magia de Vera Clarke anoche si Vera Clarke lleva muerta dos semanas?

Jude consigue encogerse de hombros a pesar de sus temblores.

—Quizá te equivocas. Quizá la invocación del video no era la que tú escribiste.

—Lo era —la mirada de Emer viaja hasta el pecho de Vera Clarke. Con cuidado, desabrocha la chamarra mojada de la mujer muerta y baja la tela de su camisa. Debajo, hay un rectángulo con la piel arrancada.

Emer mira fijamente el espacio donde debería estar su hechizo.

—Alguien está robando tus maldiciones —dice Zara en voz baja—, y tomándolas para sí.

—Eso no puede ser posible —susurra Emer.

—Ahora es obvio —continúa Zara—. El asesino corta la invocación de la víctima y luego (de alguna manera) es capaz de usarla él mismo. Tus clientas son cazadas y asesinadas por su poder, Emer. No se trata de un cazador de brujas o un cuerpo poseído, sino de… un recolector de hechizos.

Emer sacude la cabeza.

—Eso no tiene sentido. ¿Por qué no ir directamente con una hechicera de palabras? Si pudieron encontrar a mis clientas, podrían haberme encontrado a mí. ¿Por qué matar a estas mujeres por su magia cuando podrían blandir magia propia?

—Porque el asesino es un hombre —responde Zara, como si fuera evidente.

—Los hombres no pueden usar magia, bombón —le recuerda Jude—. Así son las cosas.

—Lo *sé* —aclara Zara—. Y ésa es la razón por la que él está asesinando a estas mujeres. Por eso mató a mi hermana. Sé que piensas que es imposible, pero para mí tiene sentido. Los hombres no pueden usar este poder por sí mismos. La única forma en que pueden acceder a él es robándoselo a las mujeres. Tomándolo de su cuerpo.

—Simplemente no funciona así —insiste Emer—. El poder no se puede transferir.

—No me importa cómo funciona. Mira más allá de tu propia comprensión de esto por un minuto. Mira lo que tienes delante de tus narices —dice Zara.

Jude hace una llamada a Reese Chopra para informar del cuerpo en tanto Emer se viste.

Esperan en un bosquecillo al otro lado del lago, las tres muy juntas bajo la lluvia para darse calor. A Emer le tiemblan las costillas y le castañean los dientes mientras observa. Finalmente, media docena de haces de luz aparecen cerca de Kenwood House y comienzan a descender por la ladera hacia el lago. Las luces se apagan en abanico al llegar a la orilla. No pasa mucho tiempo antes de que una voz de mujer resuene en la noche:

—¡Tengo algo aquí!

—Mis pechos están oficialmente congelados —anuncia Jude—. Vamos a mi casa a calentarnos.

DIECISÉIS

Jude podría acostumbrarse a esto. A Emer Byrne en su casa todos los días, atizando el fuego, cuidándolo hasta que las llamas son tan brillantes y salvajes como su cabello. El fuego no tarda en rugir, pero Emer sigue temblando de frío. Jude se ofrece a prepararle un baño caliente. Emer acepta. Jude también le ofrece un baño a Jones, pero ella no puede apartarse de la biblioteca, donde, ya en lo alto de la escalera, está metida hasta las narices en un libro medio podrido sobre hechizos de protección.

Una vez que el baño de Emer está listo, Jude se dirige a la cocina, donde la fotografía de su madre, que ocupa del suelo al techo, vigila el espacio. Jude sirve dos pequeñas copas de Becherovka, un licor de hierbas especiado con clavo, canela y jengibre el cual, según los artículos de prensa, Judita solía beber con cada comida como "digestivo". Desde que lo supo, Jude guarda al menos una botella en su casa. Cree que sabe como la Navidad.

—Una para ti, una para mí —le dice a la fotografía mientras coloca una de las copas, como una ofrenda, delante del retrato de su madre.

Jude bebe de la suya, limpia y cálida, y luego se limpia la boca con el dorso de la mano. Judita la mira, siempre inescrutable, sosteniendo en brazos a una bebé, la propia Jude, mientras al descender una escalera con un vestido de gala. Fue la primera (y única) aparición de Jude en una revista de moda. Jude sólo conoce a su madre a través de las sesiones fotográficas y las editoriales de moda, que son muchas menos de las que a ella le habría gustado, porque Judita prácticamente dejó de trabajar poco después de conocer a Lawrence, como se alienta a hacer a todas las esposas y novias de Lawrence. Las misteriosas circunstancias que rodearon su muerte han hecho que su legado haya sido duradero a pesar de su efímera carrera.

Jude estaba allí cuando murió su madre, durmiendo bajo cubierta con su nana, pero entonces era una niña pequeña y no tiene recuerdos reales del suceso. Lo que sabe lo ha reconstruido a partir de artículos de prensa e información tomada de Wikipedia. Judita, que no era una gran nadadora, había decidido, según su marido, darse un chapuzón nocturno mientras la fiesta se prolongaba hasta altas horas de la madrugada. Nadie la vio meterse en el agua. Nadie volvió a verla con vida. Lawrence colapsó y no se dio cuenta hasta que la tripulación estaba sirviendo el desayuno de que Judita había desaparecido. Cuando encontraron su cuerpo, semanas después, estaba tan dañado por el agua y el curso natural de la vida marina que fue imposible determinar la causa de su muerte.

Lo que no se decía en las noticias era que Lawrence Wolf había asesinado a su mujer. Había un documental de Netflix que lo insinuaba y que Jude nunca se ha atrevido a ver. Es una historia tan antigua como el tiempo: un viejo blanco y rico se cansa de su mujer pero, para proteger su fortuna, decide matarla en lugar de divorciarse. Véase: Enrique VIII. Jude no puede aceptarlo. Ha visto las fotos del día de su boda. Ha visto la sonrisa de su padre, luminosa y sencilla, tan distinta de la versión de él que ella ha conocido hasta entonces. La muerte de Judita fue un accidente. Un terrible y trágico accidente.

Aun así, Lawrence no paraba de decirle a Jude —cuando aún le hablaba, claro— que era "demasiado parecida a tu madre". Sabiendo lo que la gente sospechaba que le había hecho a Judita, a veces parecía una amenaza apenas velada.

Jude lleva su segundo trago de Becherovka a la biblioteca y se sienta junto al fuego. Mientras bebe, se fija en la mochila de piel de Emer que descansa sobre el sofá. Jude la abre, saca el grimorio de la bruja y empieza a hojearlo.

—¿Preguntaste si podías tocar eso? —inquiere Jones desde su posición en la escalera, con los lentes para leer sobre la nariz y un grueso libro abierto delante de ella.

—¿Tú preguntaste si podías tocar *eso*? —replica Jude, señalando el libro con la cabeza.

Jones frunce el ceño, pero vuelve a ocuparse de sus asuntos.

Jude sigue hojeando el grimorio. Un trozo de plomo delgado como el papel cae sobre su regazo. Es una invocación, y uno de los conjuros más complejos que ha visto nunca, sólo superado por el hechizo bestial que Emer está guardando para Bael. Toda la pieza está llena de símbolos e iconos de mujeres y diminutas escrituras en media docena de alfabetos.

¿Un trabajo en progreso, tal vez? Diablos, podría ser la lista de las compras de Emer.

Jude piensa en la primera vez que se maldijo a sí misma, cuando era joven y su alma estaba entera y el mayor problema de su vida era que su padre parecía no quererla mucho.

A los quince años, le encantaban las películas de terror, organizar noches de Ouija con sus amigas y, sí, llevar el sello de Baphomet porque le parecía divertido. Le interesaba la magia como a la mayoría de las chicas de quince años. Era seductor, y un poco peligroso, coquetear con lo oculto.

Fue entonces cuando encontró el libro. Una cosa pequeña, del tamaño de su palma, cuyas páginas de vitela estaban escritas a mano en lo que resultó ser una variante del checo lo bastante antigua como para ser considerada bohemia por el académico al que Jude pagó por su traducción. Una vez descifrado, parecía ser un grimorio. Alguien lo había escondido en las paredes de su recámara, detrás de un ladrillo que se movía como un diente. No era necesariamente algo extraño; Jude creció en la torre de una iglesia reconvertida, una de las muchas propiedades de lujo que Lawrence había adquirido en Londres. A ella le pareció correcto que un cura hubiera escondido algo que consideraba peligroso en un lugar sagrado.

Jude se había quedado extasiada. No era ninguna tontería folclórica eso de frotar estiércol y melaza en las sienes para curar el dolor de cabeza. Hablaba de magia y demonios de una forma sencilla y directa que lo hacía parecer, bueno... real.

Así que Jude había decidido intentarlo (a pesar de las extensas advertencias de que las maldiciones sólo debían ser escritas por "hechiceras de palabras", fueran lo que ellas fueran, y nunca debían redactarse en la "lengua común", lo que eso significara). Los insumos necesarios no resultaron difíciles de conseguir: un trozo de plomo delgado como el papel en el que grabar la invocación, algo para grabar las palabras en el metal, unas gotas de sangre para guiar a un demonio hasta el punto de amarre.

El grimorio era cuidadoso al señalar que las invocaciones sólo debían utilizarse para grandes necesidades o en caso de grandes deseos. En cambio, para cualquier cosa el libro recomendaba recurrir a la magia de sangre.

Los hechizos de alma sólo deben usarse para los asuntos de grave importancia.

Debido a una peculiaridad en la adaptación del bohemio al inglés, el traductor no había entendido que la maldición tenía que ir directamente sobre un punto de pulso, así que Jude decidió grabarla en la parte superior del muslo, para que nadie pudiera verla si algo salía mal. (A Jude le preocupaba más, en aquel momento, que sus preciosas piernas se vieran estropeadas por una cicatriz a que su alma fuera desecada por un demonio).

Aunque el hechizo *parecía* auténtico, también *sabía* que no lo era, obviamente. Que no *podía* serlo. No era diferente de los conjuros de manifestación que hacía con sus amigas, en los que metían caracolas, pétalos de rosa y gotas de sangre roja brillante en frascos de cristal y los enterraban en la tierra blanda de los amplios jardines de sus padres. Todo el mundo en la Europa medieval había creído en la magia hasta cierto punto. Incluso el rey Jaime I había escrito una disertación sobre la necromancia y la magia negra que se publicó en 1597. El grimorio se sentía igual: como algo escrito por alguien que en verdad había *creído* en la magia porque había sido real para él, había sido una parte genuina de su mundo y de su vida. Pero, para Jude, no había ninguna razón para creer que fuera más legítimo que la "¡muy auténtica!" Ouija que había comprado en Amazon por 25.95 libras, con el envío Prime incluido.

Así que Jude se encerró con el grimorio en su baño y grabó el estúpido hechizo que quería probar en el papel que había pedido por internet:

Haz que mi padre me quiera.
Y, como una especie de idea tardía:
Hazme su hija favorita.

Encendió velas rojas y puso un video de YouTube con cantos de druidas como fondo. Como una idiota.

Jude se había reído de sí misma, de lo infantil de su petición... pero, pensó, ¿qué había de malo en lanzar ese deseo al universo? ¿No era eso lo que significaba *manifestarse*?

En manos de una talentosa hechicera de palabras como Emer, alguien que dominaba el latín y una serie de otras lenguas antiguas y protolenguas que los demonios entendían, tal vez la invocación podría haber funcionado. Había una forma de ganarse el favor de un pariente, de ablandar la dureza de su corazón, aunque Jude aprendería más tarde que los hechizos de amor resultaban notoriamente fallidos en casi todas las circunstancias.

Un demonio no podía hacer que su padre la amara. Un demonio no podía alcanzar el corazón de un hombre para infundir en él ternura. Así que, aunque Jude hubiera hecho bien todo lo demás —aunque el hechizo hubiera estado escrito en latín o en protobaltoeslavo o con símbolos sangrientos, aunque lo hubiera colocado correctamente sobre un punto de pulso en la muñeca, el cuello, la ingle o el corazón—, no habría merecido la pena el sacrificio que acabó pagando en dolor, enfermedad, en vida y alma.

Jude se acaricia la barbilla imitando a Jones y comprueba que, en efecto, eso le ayuda a pensar.

Lo que Jude sabe es esto: Vera Clarke ha muerto. Y el poder de Vera Clarke está siendo usado por la persona que la mató. Ergo, el poder *puede* ser transferido de un alma a otra. El vínculo entre un humano y un demonio puede romperse y luego transferirse. De alguna manera. Lo que Emer cree imposible parece posible después de todo, y un asesino sabe cómo hacerlo.

—Podría —dice Jude mientras mira fijamente el trozo de plomo que tiene en la mano. Después de todo, no tienen más pistas. Están en un callejón sin salida. ¿Por qué no intentarlo?—. Sería una locura, pero podría.

—¿Estás hablando sola? —pregunta Jones.

—¿Qué estás haciendo? —pregunta Emer al salir, con el cabello envuelto en una toalla y sus mejillas rosadas como pétalos por el agua caliente.

Jude sonríe, retorciendo el plomo en la punta de sus dedos.

—Señoritas, tengo una *muy* mala idea.

Ambas la odian, por supuesto. Emer la veta de inmediato. Jones le dice a Jude todo tipo de sinónimos de *tonta*. Cuando se calman lo suficiente para en verdad escuchar, Jude vuelve a intentarlo.

—El asesino se dedica exclusivamente a cazar mujeres con maldiciones escritas por Emer —les dice, explicando como si sus interlocutoras tuvieran cinco años—. Nosotras queremos encontrar al asesino. Por lo tanto, tiene mucho sentido tenderle una trampa para atraerlo... conmigo como cebo.

—¿Qué pretendes hacer con un asesino en serie con poderes sobrenaturales una vez que aparezca para asesinarte? —pregunta Jones.

Jude levanta las manos.

—Noquearlo con estos chicos malos.

—Gran plan —dice Jones—. Todas las demás víctimas también tenían poder, recuerda, y no hubo diferencia.

—Bueno, entonces, tenemos a Bael como plan de respaldo.

Para sorpresa de Jude, Emer no protesta. Simplemente exclama:

—Ah.

Jones parece confundida.

—Lo siento, es la segunda vez que dices esa palabra. ¿Qué es un *Bael*?

—Resulta que Emer tiene un demonio guardián grande y malo a sus órdenes —explica Jude—. Sabemos que Bael puede destripar a un tipo en... ¿cuánto?, ¿cinco segundos? Así que esto es lo que pasa: me maldigo a mí misma, aparece el asesino, mantengo una conversación con él, porque cree que estoy a punto de morir, lanza un monólogo siniestro explicando *exactamente* cómo transfirió un poder intransferible de un alma a otra. Noqueo al asesino cuando me ataca y entonces Bael se come al asesino empezando por su columna vertebral; luego consigo *desmaldecirme* con nuestros nuevos conocimientos, y todas vivimos felices para siempre. Excepto el asesino, que estará muerto. Podríamos acabar con todo esta *misma noche*.

—Perdiste el juicio —susurra Jones.

—¿Cómo te encontraría el asesino? —pregunta Emer.

—De la misma manera que ha encontrado a todas las otras chicas... —Jude chasquea los dedos y señala a Jones—. Con el poder de Savannah.

Jones se quita los lentes y baja la escalera.

—Me he estado preguntando si es así como las ha estado rastreando.

—El asesino cortó una invocación de Savannah Jones y la ha usado desde entonces para cazar a sus víctimas.

—Sigo sin entender por qué ella quería *ese* poder —dice Jones en voz baja, más para ella que para nadie.

—Todas tus otras clientas están protegidas —continúa Jude—. Al menos, todas las que pudimos localizar. Seré un regalo fácil y tentador: una chica, sola, por la noche. ¿Qué es este hechizo?

—Inconcluso, eso es lo que es —responde Emer.

—Ya sabes de qué estoy hablando —dice Jude.

—La mujer que lo encargó quería poder. Literalmente. Es electricidad. Que surge de las manos.

Jude considera el trozo de plomo con nuevo asombro.

—*Qué perverso* —dice.

—Está *inconcluso* —insiste Emer—. Es un *borrador*, Jude. La energía será inestable, incluso potencialmente inutilizable.

—¿Cuánto tiempo, teóricamente, tardarías en perfeccionarlo? —pregunta Jude.

—Semanas. Meses.

—No tenemos semanas. ¿Me matará? ¿Si lo hago hoy?

—Hablas tan despreocupadamente de cortar más de tu alma. Perder más años de tu vida —dice Emer.

—Emer. *¿Me matará?* —insiste Jude.

Emer suspira.

—No. No creo que te mate —responde.

Jude sonríe de nuevo.

—Hagámoslo, entonces —sentencia la primera.

Jude se tranquiliza con unas cuantas respiraciones profundas porque sabe lo que está por venir. Hay un sacrificio cada vez que le das a uno de estos bastardos un poco de tu alma para roer. No es bonito. Las hechiceras de palabras que encontró antes de Emer le dijeron que tendría que pagar un precio físico por el poder que quería. Jude lo sabía, pero pensó que sería algo mucho más... sexy. Un hechizo de desmayo o fiebre, tal vez.

La hechicera de palabras a la que le encargó su segunda maldición, una médica jubilada, estaba especializada en el alivio del dolor crónico. No estaba claro si se podía utilizar la magia para combatir el dolor mágico, algo que la propia hechicera se apresuró a señalar. Nadie había acudido a ella con un problema como éste. Por lo general, ayudaba a mujeres con endometriosis y a recuperarse tras el parto, no a almas necróticas. Jude le había pagado diez mil libras por una invocación que aliviara su sufrimiento. Un segundo demonio se adhirió al alma de Jude y no pareció hacer absolutamente nada, más allá de agrietarle la vista. Un divertido efecto secundario del ocultismo.

La tercera vez que se grabó a fuego con magia, ella ya debería haberlo sabido, pero la compositora que encontró en internet —nada menos que en un foro de Reddit— afirmó saber lo que hacía. Nunca encargues hechizos a una compositora. Tal vez Bob Dylan haya ganado el Premio Nobel de Literatura, pero no era un hechicero de palabras. Después de que aquel demonio empezara a mamar de su alma, otorgándole la capacidad de noquearse a sí misma, Jude estuvo enferma durante semanas con lo que sus nanas podrían haber llamado "malestar estomacal", pero que en realidad consistía en que Jude no expulsaba más que líquido y mucosidad. La comida entraba y se convertía en fuego dentro de ella, así que dejó de comer, lo que hizo que su estómago se acalambrara y que sus músculos empezaran a devorarse a sí mismos.

Finalmente, fue hospitalizada de nuevo. Los periódicos informaron que sufría un trastorno alimentario y publicaron fotos suyas con aspecto demacrado. Otra socialité muerta de hambre. Como si eso fuera interesante. Después de que una colonoscopia (ya para entonces había perdido toda su dignidad, de cualquier forma) no revelara ninguna razón para el fenómeno, los médicos le diagnosticaron síndrome del intestino irritable y la sometieron a una dieta especial para controlar los síntomas. Jude sólo comió avena durante un mes, y poco a poco la disentería cesó (la mucosidad, sin embargo, permaneció durante mucho más tiempo).

Todo esto es para dejar en claro que Jude reconoce las potenciales consecuencias terribles cuando lleva el rollo de plomo al baño y observa en el espejo cómo Emer encuentra con la punta de los dedos el lugar del cuello donde su pulso es más fuerte. Entonces, antes de que pueda reconsiderarlo, deja que Emer le corte la carne en ese punto y observa cómo la sangre aflora a la superficie. No es la gran cosa. Sólo un rasguño. Eso es lo único que se necesita.

La sangre los traerá. Todos los espectros en un radio de cuatrocientos metros se agolparán en este baño en unos instantes, tal es su sed por el jugo rojo.

Jude espera. No puede verlos, oírlos ni sentirlos, pero sabe que deben estar allí.

—No puedo creer que esté haciendo esto —dice Jude con el plomo apretado contra su piel ensangrentada.

—Debes pronunciar las palabras —la instruye Emer.

—*Hanc potentiam volo* —susurra Jude. *Quiero este poder*. El diablo nunca aprendió inglés, pero parece que entiende latín. Jude pone los ojos en blanco. La magia es un trágico cliché—. *Animam meam offero* —*Ofrezco mi alma*.

Jude retira la mano, pero el plomo permanece contra su cuello. Ya fue tomado. Ella siente la magia mordiéndola, mil pequeños dientes de sanguijuela clavándose en su piel. En algún lugar, más allá del velo a través del cual puede ver de vez en cuando, una oleada de demonios hambrientos compite por la oportunidad de unirse a su alma durante el resto de su vida natural. Jude imagina la escena como una especie de subasta, con un podio y un mazo y demonios en trajes de negocios gritando ofertas por su alma inmortal. Lo imagina así porque lo que ocurre en realidad más allá del velo es oscuro y aterrador. El demonio más grande y más malo se abre paso entre los demás para llegar hasta ella. Primero, lo siente en la nuca, una punzada caliente que se extiende por todo su cuero cabelludo, y luego algo invisible se abalanza sobre ella y sabe que ya comenzó.

¿Qué se siente cuando atas tu alma a un demonio por cuarta vez? El alma no es una entidad separada de la carne. Habita cada célula, cada fibra del cuerpo. Por eso, cuando el alma se abre y algo extraño se cuela en su interior, se siente en todas partes al mismo tiempo.

Jude se quita la ropa y se dirige tambaleándose a la regadera. No le importa que Emer y Jones la vean desnuda. Ya está en el reino del dolor.

Al principio, el cuerpo piensa que el invasor podría estar en las entrañas, por lo que purga violentamente el contenido del estómago y los intestinos. A esas alturas, Jude ya está acostumbrada a cagarse encima, así que no se amilana. A continuación, el sistema inmunitario reacciona de forma rápida y contundente. Jude se sienta en el suelo de azulejos bajo el chorro de agua fría mientras siente cómo su temperatura pasa de normal a febril en cuestión de minutos.

El cuerpo de Jude sigue purgando lo que no es necesario: varias de las uñas de sus manos se desprenden con el rocío, un par de uñas de los pies siguen poco después. Se le afloja un diente en la boca, aunque ha aprendido a mantener la mandíbula cerrada para soportar la oleada de pérdidas.

Cuando el dolor se hace demasiado intenso y su cerebro se calienta demasiado, se desmaya.

Cuando vuelve en sí, temblorosa y desnuda, Emer y Jones la observan con expresión preocupada.

Es evidente de inmediato que Emer es una hechicera de palabras muy superior a las que había recurrido antes. La atadura es limpia y fuerte. Hay un nuevo peso en su cuerpo: el demonio que la invocación llamó debe ser un gran bastardo. Bajo el horror de lo que acaba de hacer, hay algo más. Algo con lo que Jude no está familiarizada. Cosquillea a través de ella como un dulce efervescente en polvo, iluminándola por dentro y por fuera. Es poder. Poder que baila en las yemas de sus dedos, que chispea en sus músculos. El poder por el que cambió una buena parte de su alma.

Extrañamente, a diferencia de sus tres maldiciones anteriores, la maldición de Emer la deja sintiéndose de alguna manera... más fuerte.

—Emer —susurra Jude mientras recorre con la punta de los dedos las pulcras líneas de letras plomizas que se han fundido en su cuello—. Eres una maldita Walter White.

La bruja es buena. Muy buena. Con la ayuda de Emer y Jones, Jude se pone de pie. Puede sentir su nuevo poder recorriendo sus músculos, electrizándolos. Le gusta sentirlo. Cuando extiende los dedos, pequeñas serpientes de estática bailan entre ellos.

Ella es eléctrica.

Es un relámpago.

—Vamos a llevarte a dar una vuelta.

ENTREACTO

Una chica camina sola por la noche.
Aunque su alma está resquebrajada, un nuevo poder hierve bajo la punta de sus dedos. Le confiere una falsa sensación de seguridad, de invencibilidad.

Electricidad. No hay parte de ella que no esté iluminada por la electricidad. Es una anguila eléctrica, ágil al ocupar los espacios nocturnos que le han sido vedados toda su vida por ser una chica.

Por primera vez, la chica no se queda al borde de la oscuridad, sino que se sumerge en ella, es devorada por ella. La herencia del miedo se la dieron las mujeres con las que creció: nanas, profesoras, amigas, amantes. De todas ellas aprendió a llevar las llaves entre los dedos como si fueran una manopla. Aprendió a servirse sus propias copas en las fiestas y a mantenerlas cerca, siempre a la vista, nunca fuera de vigilancia. Aprendió a caminar por zonas concurridas y bien iluminadas por la noche, y a llevar ropa brillante y memorable para que, si desaparecía —cuando desapareciera—, su imagen quedara grabada en la mente de quienes habían presenciado sus últimas horas.

La chica entra al Canal Regent por una rampa cercana a su casa en Hoxton. Ya ha anochecido y el camino de sirga está desierto. Un viejo temor, arraigado en ella desde su infancia, le dice que regrese a la luz, pero la chica desafía el miedo y sigue adelante, pasa frente a un restaurante cerrado y otro más en las últimas fases de limpieza por un solitario empleado que apila sillas en el interior. Aquella noche ella es una exploradora que se adentra en territorio desconocido, eufórica por la bienvenida que le da la oscuridad. Allí, en la oscuridad, hay todo un mundo por descubrir.

Sus ojos tardan unos minutos en adaptarse. Cuando puede ver mejor, se inclina en la orilla del canal y ve hinchados peces de ciudad a la deriva en la corriente, con sus casas hechas entre neumáticos desechados y bicicletas anegadas cubiertas de lodo verde. Apoya la palma de la mano en el cuerpo de agua y...

Un rayo la atraviesa. Comienza como un amasijo de dolor brillante bajo el flanco derecho de su cráneo y secuestra su sistema nervioso para dominar su brazo y salir por la punta de sus dedos. Durante un segundo, todo el canal brilla con luminol, el azul eléctrico culpable de la bioluminiscencia, como el de las anguilas. El agua hierve, burbujea. Las puntas de los dedos de la chica se ampollan, con la piel chamuscada por la fuerza de la electricidad. Sale disparada hacia atrás como golpeada por una bola de demolición y se estrella contra la pared a sus espaldas. El vapor surge de la superficie del agua iluminada por el rayo. Los peces, que sólo se ocupaban de sus asuntos, ahora flotan hacia la superficie, cocidos, ardiendo.

Cuando la chica vuelve en sí, temblorosa y demacrada, traga saliva y se lleva la mano ardiente al pecho. No era eso lo que quería hacer.

—Lo siento mucho —les dice en un susurro a los peces—. Oh, Dios. Esto es tan desafortunado.

—¿*Qué* estás *haciendo*? —le pregunta una figura que se cierne sobre ella. Jones, la chica se da cuenta. Sí, Jones y Emer la están siguiendo. La están vigilando. Atentas a la aparición del asesino.

—Fuera de mi vista —murmura la chica.

—Deja de matar peces y sigue por el maldito camino de sirga como habíamos quedado —dice Jones, antes de desaparecer de nuevo en la oscuridad bajo un puente cercano.

La chica tarda algún tiempo en recomponerse, en mantenerse en pie, en seguir siendo cebo. Transcurren varias horas. La noche es fría mientras ella camina de un lado a otro en la oscuridad, a la espera.

Una chica camina sola, pero no está sola.

Lo siente antes de verlo, como hacen las mujeres.

Sus ojos encuentran de inmediato la figura, inmóvil en el camino de sirga. Es un asomo de sombra, nada más. Sin rostro, sin armas, nada que indique que pudiera hacerle daño. Sólo un hombre.

La chica pone los ojos en blanco y sigue su camino. Está profundamente desinteresada por los hombres, no sólo en el plano sexual, sino también en el intelectual. No es que los desprecie exactamente, es sólo que no les encuentra propósito. Son violentos, brutos y arrogantes. Se pasean por los espacios como si éstos les pertenecieran. ¿Por qué? Para ella, son inferiores a las mujeres en casi todos los aspectos: las mujeres son mejores amantes, mejores líderes, mejores inversoras, mejores comunicadoras. Sin embargo, ha visto de primera mano el poder que reúnen y ejercen los hombres. Sabe que no es culpa de ellos: el patriarcado los ha dañado, pero aun así.

La chica levanta la vista y ahoga un grito con la mano.

La figura la ha seguido y está de pie en la acera, justo en su camino. Ahora está más cerca de lo que estaba la primera vez.

La chica se detiene de nuevo. Mira fijamente. ¿Cómo pudo seguirla? ¿Cómo pudo alcanzarla sin que se diera cuenta? ¿Cómo pudo moverse tan rápido?

Un parpadeo, se da cuenta.

Es él.

Es *él*.

—De acuerdo —dice, su voz tiembla más de lo que le gustaría—. Me tienes justo donde me quieres.

El hombre no reacciona, no se mueve. Eso es, de alguna manera, más amenazante.

—¿Cómo lo estás haciendo? —vuelve a intentarlo—. ¿Cómo les robas su poder?

De nuevo, la figura no se inmuta.

La respuesta inmediata de la chica es una embriagadora inyección de rabia impregnada de miedo. Rabia porque un hombre pueda infundirle miedo. Durante media docena de latidos, siente miedo... y luego, baja la mirada hacia su mano herida, hacia la electricidad que baila entre las yemas de sus dedos, y el miedo se reduce a una sonrisa astuta. Oh, ¿él quiere asustarla?

Pruébame, amigo.

La chica levanta el brazo derecho y deja que su nuevo poder la atraviese de nuevo. Sale del fondo de su cerebro, aúlla por su brazo y explota partiendo por la mitad cada una de las uñas que le quedan. Grita mientras la electricidad se arquea por el aire, contundente y retorcida como un seto, y se estrella contra la figura con toda la fuerza del odio de la chica. Entonces, una fracción de segundo después de haber empezado, se detiene. El poder se extingue. Ella lo envía una y otra vez, pero es como un motor que sigue girando, pero no arranca.

La figura es ahora un bulto humeante en el suelo. Se estremece. Luego se incorpora, da un paso hacia ella y, enseguida, otro.

—Santa Madre de Dios —exclama la chica. Piensa en todas las mujeres muertas que ha visto, con la garganta aplastada y llena de moretones.

Ni siquiera así de cerca consigue verle la cara. Está enmascarada por el humo y la sombra, como si hubiera conjurado la oscuridad para ocultar sus rasgos. Entonces, ella comprende que no es humano. Comprende que ha venido a matarla y que, a pesar del nuevo poder que recorre sus sinapsis, no tiene forma real de defenderse. Al menos, no sola.

Ahora tiene miedo de verdad.

Ahora se da la vuelta para huir.

DIECISIETE

Jude corre. El espectro de sombra la sigue, desapareciendo de la vista de Emer en un parpadeo.

Emer maldice en latín y empieza a perseguirlos. Esto no era parte del plan. Jude se suponía que debía esperar hasta que Emer pusiera a Bael tras el asesino, pero es difícil no hacer nada cuando estás aterrorizada. Jude sube por unas escaleras de piedra hasta la calle. Para cuando Emer llega al nivel de la calzada, unos segundos después, tanto Jude como el asesino han desaparecido.

—¿Dónde están? —Zara le pisa los talones a Emer, su respiración es pesada.

Emer se gira frenéticamente en su sitio.

De pronto, un rayo parte el cielo. Sale *disparado* del suelo, tan denso como un tornado, y se eleva en espiral hacia la atmósfera. Un segundo después desaparece, consumido.

—Santo Cielo —Zara toma aliento.

—Ahí están —dice Emer al mismo tiempo.

Ambas corren hacia el origen del destello. Los músculos de Emer responden con alegría al ser liberados. Su cuerpo es pequeño, firme y muy rápido. Cuando dan vuelta a la esquina, saben al instante dónde se produjo el rayo: la casa de

Jude. La energía que utilizó abrió el edificio y lo dejó carbonizado y en llamas. Emer no ve cómo la chica podría sobrevivir a una explosión de voltaje tan catastrófica. Seguramente, su cuerpo no lo habrá soportado. Seguramente, su corazón se habrá calcinado.

—Espera aquí —dice Emer, presionando su cuchillo en las manos de Zara—. Si viene hacia acá, apuñálalo.

—¿Quieres que *yo* lo apuñale a *él*? —pregunta Zara.

Emer no responde. Pronto está dentro de la casa, dando tumbos entre el humo y el calor sofocantes.

—¡Jude! —grita ella—. ¡Jude!

No hay respuesta. Emer sube al siguiente piso y allí es donde la encuentra. Un bulto humeante en el suelo.

—Jude —exclama Emer frenéticamente, dándole la vuelta. Hay un anillo de piel roja e inflamada alrededor del cuello de Jude, una telaraña de vasos sanguíneos rotos en sus ojos. El asesino intentó estrangularla—. Jude, ¿puedes oírme?

Jude gime. —¿Estoy muerta? —pregunta.

Emer se siente aliviada.

—No —responde. Podría llorar. Podría reír—. No, no estás muerta.

—Eso es lamentable —la voz ronca de Jude se oye forzada a través de su tráquea inflamada.

—Levántate —Emer intenta ayudarla a levantarse—. Vamos, salgamos de aquí.

—Emer —dice Jude—. *Mira*.

Jude señala a través del humo. Cerca de ellas, una pared está destruida por un canal de carbón negro donde el poder de Jude la atravesó. En la habitación contigua, hay un segundo cuerpo desplomado en el suelo.

—¿Está muerto? —pregunta Jude en un susurro.

—Silencio —ordena Emer.

—Pregúntale. Pregúntale cómo...

—*Cállate* —Emer atraviesa el muro derretido y se acerca a él con cautela. De cerca, no parece tan alto ni ancho como en el canal, cuando estaba envuelto en sombras. Sus hombros y caderas son estrechos, su altura disminuida de la forma imponente en que se convierte cuando está cubierto por la magia robada de Emer. La tela de su chamarra oscura está crujiente, quemada por el inmenso poder de Jude. Es imposible distinguir el color de su cabello bajo la capa de polvo y ceniza que lo cubre.

Emer estira la mano para tocarle el hombro. Para girarlo y ver su cara, este asesino de mujeres. Es pesado. No se mueve con facilidad. Emer tiene que empujar el hombro del asesino hacia atrás con todo su peso, aunque él no es mucho más grande que ella.

Emer le da la vuelta. El hombre gime. Está vivo, entonces.

Sin embargo... ¿es un hombre? El rostro bajo la sangre y la ceniza que cae sobre ellos parece joven.

Un chico, ahora Emer puede verlo. Se trata de un chico. De su edad. Tal vez un poco mayor, pero no mucho.

Sus ojos empiezan a abrirse. Son azules, sobre un fondo blanco inyectado de sangre.

Emer frunce el ceño. No puede comprenderlo. No puede entender.

Por un segundo, hay paz entre ellos mientras se observan mutuamente. La bruja y el asesino de brujas, cada uno al alcance de la mano del otro.

Entonces, una sombra cae al instante sobre las facciones del asesino, ocultando su rostro en una negrura total. Con una velocidad pasmosa, empuja a Emer con fuerza por la habitación. Todo lo que ella puede hacer es mantenerse en pie. Es una suerte que no caiga, porque él ya está de rodillas.

—Corre —le grita a Jude.

No hace falta que se lo diga. Jude ya se está moviendo, bajando inestablemente las escaleras hacia la humeante casa allá abajo. Emer la sigue y la pierde casi de inmediato en la bruma. El humo ahí es espeso, pequeñas fogatas arden por todas partes. La fuerza de la magia de Jude perforó paredes, techos. Ha dejado cicatrices de fuego ardiendo a su paso.

Emer podría huir de él, está segura, pero no es por ella por quien teme. Es a Jude a quien quiere. Es la magia de Jude la que lo atrajo a ese lugar.

—Bael —dice Emer mientras se mueve. No hay necesidad de susurrar. El hombre estará muerto antes de que pueda atraparla. Ella lleva su muñeca a la boca y muerde la piel allí, rasga un pequeño agujero en ella con sus incisivos para alimentar a su demonio: su ofrenda—. *Occide*.

Emer se escabulle alrededor de una esquina y recarga la espalda contra la pared, su corazón late desbocado. Se arriesga a echar un vistazo, para comprobar si Bael ya cumplió con el trabajo. El pasillo está en la penumbra, pero no totalmente desprovisto de luz. El hombre todavía está allí. El hombre todavía la está siguiendo. Puede distinguir su contorno, parado en la bruma. Parece ocupar todo el pasillo con su altura y su anchura, mucho más grande ahora que cuando era un chico herido en el suelo hace unos momentos.

Emer toma pequeños sorbos de aire y deja que sus ojos se desenfoquen. El mundo detrás del mundo la golpea como una inundación, su hedor y su poder la arrasan, le arrancan la piel y le queman el cabello. La bilis amarilla de azufre, el escozor en sus ojos y fosas nasales, tan potente que tiene que levantar la mano ante su cara y mirar a través de sus dedos el poder hirviente que está ante ella.

Bael está de pie frente a ella en postura protectora, salvaje y echando humo. Su pecho y sus hombros están cubiertos de fino pelaje. Sus órganos oscuros como el alquitrán laten salvajemente dentro de su cuerpo translúcido. Le grita al chico con voces mysticae, su tono es tan vil y sonoro que el cerebro de Emer se apresura al instante a la vera de sufrir una migraña.

—Bael —dice Emer de nuevo, con más fuerza esta vez—. ¡*Occide*!

Bael no se mueve. Bael no hace nada.

Tiene miedo, Emer se da cuenta.

Bael tiene *miedo*.

El chico sombra se da la vuelta y mira a Emer. O al menos Emer cree que la está mirando.

—Oh —susurra ella, porque no puede entender lo que está viendo.

Ahí está el chico, y sobre él está lo que ha tomado de las mujeres que ha matado.

Un nido hinchado de demonios está atado a él. Hay docenas. Demasiados para contarlos. Un inmenso globo hinchado de criaturas de cuerpo pálido se balancea sobre su cabeza, cada una atada a su alma por un hilo filamentoso. Están adheridas como ratones en una trampa de pegamento.

Emer encontró una vez trampas de pegamento en una granja de las afueras de Killarney, la cual buscaba asaltar en pos de huevos. Cuadrados de papel amarillo pegajoso colocados junto a la puerta, siete pequeños cuerpos pegados a ellos, y pegados entre sí. Dos ya estaban muertos. Los otros seguían luchando por liberarse. Roían su propia carne hasta los huesos.

Los demonios no son distintos. Se mueven donde él se mueve, atados a él. No son dóciles, como deberían ser. Están hambrientos, furiosos. Chasquean y se desgarran unos a otros. Hay tantos amarres que todos se han retorcido y enganchado entre sí hasta formar un espantoso rey rata. Se rompen los huesos unos a otros. Se comen sus miembros. Se desgarran las entrañas unos a otros. Es un frenesí alimenticio, y como son inmortales, sigue y sigue y... nunca parará.

La realidad del inframundo se dobla alrededor del muchacho. El peso de tantas maldiciones.

Es una abominación. Ningún alma humana podría soportar tantas maldiciones. No cuando cada maldición cuesta tanta vida. La única persona a la que Emer ha visto con tantos demonios fue a su abuela, Orlaith, que tenía seis; aunque vivió hasta los ochenta años, para entonces ya era una mujer marchita.

Es imposible.

Debería ser imposible.

Sin embargo, allí está él. Caminando hacia ella.

Emer parpadea y respira entre las manos para no vomitar.

Un rostro aparece en la puerta. Jude. Jude, que debería haberse ido, que debería haber huido. Jude, su brazo sangrante acunado contra su pecho, sus ojos grandes como los de un búho. Jude está ahí, haciéndole señas a Emer hacia las escaleras. Emer la sigue tan silenciosamente como puede. Bajan, bajan, cayendo juntas en espiral hacia las profundidades del edificio en ruinas. Hay pasos por encima de ellas. No apresurados, sino fuertes, seguros.

Ya viene. Quiere que lo *oigan* llegar.

Emer y Jude se deslizan a través de una puerta. La habitación de más allá está desordenada, es una especie de sótano.

Como dice Jude, está inundado por medio metro de un viscoso líquido amarillo. Emer toma a Jude de la mano, la lleva a un armario lleno de trapeadores y cubetas, y cierra la puerta tras ellas.

Esperan.

—¿Dónde está Zara? —Emer toma una respiración.

—Afuera —susurra Jude con voz rasposa—. Salí antes... antes de regresar por ti.

—*No* deberías haber regresado.

—Créeme, ya me arrepiento.

Están enlazadas en la oscuridad, se abrazan, sus corazones laten locamente al unísono.

—Ya viene —susurra Emer.

Hay pasos. Se acercan más y más, como si pudiera verlas como un faro. Emer piensa en todas las mujeres que él ha matado. Lo asustadas que debieron haber estado mientras se escondían y huían igual que ella ahora. Emer había tocado a cada una de ellas cuando estaban vivas. Había presionado las yemas de sus dedos en sus muñecas y cuellos para buscar el punto donde su pulso saltaba bajo su piel. Toda esa vida. Todo ese poder.

Todo apagado por este hombre.

Este *chico*.

Hay una rendija en la puerta a través de la cual Emer puede ver la habitación. Él se mueve como una bestia lenta en la oscuridad. Emer puede oír su respiración. Las está buscando. Ella lleva sus manos a la boca de Jude para amortiguar sus sonidos vitales.

Emer arde de furia y miedo. Hay llamas y truenos en su interior. Es demasiado brillante. Es demasiado ruidosa. Él las encontrará donde sea que se escondan, y las aplastará.

No pueden esconderse. No pueden esconderse porque él puede encontrar lo que quiera, como podía Savannah Jones.

Jude hunde su cabeza en el cuello de Emer. Emer puede sentir el corazón acelerado de la chica latir en su propio cuerpo. Su mejilla en su garganta, las dos forman una sola criatura temblorosa. Es fácil, en estos momentos, recordar que Jude es una chica. Una chica que tiene miedo, que quiere regresar con su familia.

El hombre sombra camina hacia ellas. Sabe dónde están.

El poder de Jude no puede luchar contra él. Bael no puede destruirlo. Emer ni siquiera tiene su cuchillo.

¿Qué van a hacer?

La figura alarga la mano en la oscuridad, sus dedos rozan la manija del armario. A lo lejos, se oye el aullido de las sirenas, que se dirigen a la casa humeante. Llegarán demasiado tarde. Cuando la policía entre, ellas ya estarán muertas. Y entonces, de pronto… un segundo espectro en la oscuridad.

Ningún sonido o respiración escapa de los labios de Zara cuando levanta el cuchillo de Emer y hunde la hoja en la espalda de la figura. El arma se clava hasta la empuñadura. El atacante jadea y se aparta de ella. Emer jura que puede oír el rechinar del cuchillo contra las costillas del hombre cuando la hoja sale de su cuerpo. Él se tambalea hacia atrás, jadeando, y luego parece parpadear, y desaparece.

Emer y Jude se sueltan, pero no se separan. Jude había estado abrazando a Emer con tanta fuerza que probablemente tendrá moretones en las costillas. Siguen muy cerca. Jude la mira intensamente. Su aliento es cálido contra los labios de Emer. Emer quiere estirar la mano y tocar la cara de Jude. Emer quiere posar sus labios contra los labios de Jude. Ella nunca ha deseado a nadie de esa manera antes, pero en ese momento, desea a Jude.

Zara abre la puerta del armario, jadeante, con el cuchillo ensangrentado todavía en la mano.

—Bueno, eso —dice, y luego hace una pausa para aspirar aire— *no* salió como estaba previsto.

—¿Y ahora qué hacemos? —pregunta Jude una hora después, con la voz aún ronca.

Es viernes por la noche, y las tres están arrellanadas en la parte trasera de un bar cercano a la casa de Jude, ninguna de ellas bebe las cervezas que pidieron. Todas huelen a quemado, a azufre, a infierno. Jude parece que ha sido electrocutada, con el cabello erizado, la piel carbonizada y las puntas de los dedos en carne viva. El anillo rojo que rodea su garganta se oscurece por momentos, y bajo su piel aparecen manchas azules. A lo lejos, Emer aún puede ver las luces intermitentes de los camiones de bomberos.

—No lo sé —responde ella. Piensa en el asesino con sus manos alrededor del hermoso cuello de Jude. Emer aprieta los dientes, sus fosas nasales se dilatan. No debería haber ocurrido. No bajo su vigilancia.

Zara tiene la laptop abierta frente a ella, busca incesantemente en internet información que no encuentra. Emer la observa mientras teclea docenas de términos de búsqueda que no devuelven más que sitios web bíblicos que intentan salvar las almas de los descarriados.

Finalmente, Zara cierra la computadora portátil y se frota las sienes.

—¿A qué nos estamos enfrentando *exactamente*, Emer?

—*No lo sé* —vuelve a decir Emer, quizá por décima vez. Porque realmente no lo sabe. El asesino... *él* era una abominación. Una imposibilidad.

—Explícame otra vez lo que viste —dice Zara, como si eso fuera a cambiar algo.

—Docenas de demonios han sido robados y atados a un mismo hombre joven. Tantas de las invocaciones que he escrito para las mujeres, ahora alimentan el poder de... alguien más. Bael sólo se retrajo, temeroso de él.

Un demonio inmortal, temeroso de un *chico*.

Jude mira una foto en su teléfono. Es del tablero de asesinatos que construyeron en su casa. Enfoca cada uno de los diferentes poderes robados.

—Es un arsenal impresionante —dice—. Un hombre coleccionando todos esos conjuros, usando todas esas maldiciones. Dios.

—¿Cómo serías capaz de detenerlo? —pregunta Zara.

Es una buena pregunta.

—El cuchillo que le clavaste en la espalda pareció frenarlo —ofrece Emer. Había dolor y miedo mortal en la forma en que jadeó y retrocedió tras la herida. Volver a tomarlo desprevenido podría no ser tan fácil, pero era bueno saber que podían herirlo. Que no era totalmente inmune al daño.

—¿Hay alguien a quien podamos acudir para obtener información sobre esta clase de ocultismo? —pregunta Jude.

Emer piensa en Nessa. Se pregunta, por millonésima vez, dónde está ahora su prima, si se encuentra a salvo y en paz en un solo sitio, o si continúa en movimiento por lo que hizo Emer. ¿Cuánto podría saber ella del mundo que rechazó?

—Cualquiera que esté... no lo sé, en cosas realmente oscuras —continúa Jude—. ¿Quién podría arrojar algo de luz sobre qué diablos estamos enfrentando? ¿Quizás algún tipo de enciclopedia de brujas o algo así? Tiene que haber *algún* recurso en *alguna* parte.

—Lough Leane —susurra Emer. Ha estado pensando en ello desde que encontraron a Vera Clarke. Desde que se hizo evidente que se había producido una transferencia de poder. Un hechizo tomado de un alma y vinculado a otra.

—¿Qué dices? —pregunta Jude.

—Podríamos ir a Lough Leane —dice Emer—. El hogar de mi familia. En Irlanda. La casa sigue en pie.

—No quiero ser insensible, pero... mmm... ¿hay alguien... ahí?

—Aquí está pasando algo que no entiendo —dice Emer en voz baja—. Que nunca había visto —Emer asiente en dirección a Jude—. Que *ustedes* nunca habían visto. Tú ya leíste todos los libros de tu biblioteca, ¿cierto? ¿Buscabas una manera de quitarte las maldiciones?

—Así es —afirma Jude sombríamente.

—¿Habías visto o leído de algo así antes?

—No, pero para ser justa, el noventa y nueve por ciento de esos libros no son verdaderos libros de brujas. Son especulaciones basura escritas por gente que no tiene ni idea de lo que habla. Necesitamos fuentes *fidedignas*.

—Hay (o había) una biblioteca en la casa de Lough Leane —la voz de Emer es un hilo delgado. Ese lugar es una tumba. Es un sitio al que jamás pensó que volvería después de que Nessa se la llevara, y ahora aquí está, sugiriendo volver—. Mi abuela, Orlaith, era de otra época. No la conocí bien, ya era un cascarón cuando yo nací, pero mis primos me susurraban historias. Decían que era una bruja oscura que practicaba magia oscura. La biblioteca tenía grimorios, diarios y libros que se remontaban a cientos de años atrás. Todo el conocimiento de mi familia estaba ahí, incluido el de Orlaith —Emer levanta la vista—. Si existe en algún sitio información que pueda ayudarnos, es ahí donde estará.

DIECIOCHO

Zara nunca había estado en un avión, y mucho menos en uno privado.

Las "vacaciones" familiares de su primera infancia habían consistido en "visitar" a parientes enfermos en pequeños y húmedos pueblos de las afueras de Londres. Zara y Savannah se quedaban en esas casas durante periodos cada vez más largos mientras las diversas adicciones de su madre se abatían sobre ella como olas, hasta que, inevitablemente, las dejó en casa de Pru y luego simplemente no regresó. Si su madre hubiera elegido dejarlas con cualquiera de los otros cinco parientes lejanos con los que Zara pasó gran parte de su infancia, su vida podría haber sido muy distinta.

—No puedo creer que mi primer viaje en avión sea en un jet privado —dice Zara mientras pasa las manos por la brillante mesa de madera jaspeada que tiene delante.

—Lamento que sea de tan mal gusto —dice Jude, golpeando la madera con las uñas—. Nunca sabré por qué mi familia insiste en que nuestros aviones luzcan tan vulgares.

—¿Tu familia es dueña de este avión? —pregunta Zara.

—Mi familia es dueña de muchos aviones.

Es en Prudence en quien piensa Zara mientras los motores del avión empiezan a aumentar su calor y sonido. Pru, que quería pasar sus últimos años de vida en algún lugar cálido, como España, pero que en lugar de eso los había pasado criando a dos niñas enojadas y heridas para que estuvieran un poco menos enojadas y heridas. Zara siente un impulso, una sensación de optimismo en el interior, una presión en el pecho y la cabeza a medida que la máquina voladora asciende.

El ala sigue un amplio arco, y durante un minuto Zara queda suspendida sobre Londres, con la cara apretada contra el cristal de la ventana. La luz cambia. La forma en la que el sol naciente penetra el Támesis le confiere una cualidad dura, lo fija de alguna manera, lo convierte en una vasta serpiente de piedra gris. Ya no tiene nada de blando y, por primera vez, Zara comprende cómo la gente que salta de los puentes puede morir al golpear el agua a gran velocidad. Los ríos de la ciudad parecen senderos de lava negra casi fraguada, lisa y plana. Todo es sólido desde esta altura.

Emer no sobrelleva bien el vuelo. También es la primera vez que viaja en avión, aunque a ella no parece sorprenderle ni entusiasmarle. Respira con dificultad y tiene los dedos apretados contra los reposabrazos del asiento.

Zara está a punto de decir algo para ayudar a la asustada bruja —quizás algo sobre las estadísticas de accidentes aéreos y lo improbables que son—, pero Jude se le adelanta. Jude, que puede parecer tan fría y distante, desliza su mano por debajo de la de Emer y la levanta del reposabrazos. Es un gesto de una calidez inesperada. Se sientan así durante el resto del corto vuelo, Jude pasa la yema del pulgar en pequeños círculos por el dorso de la mano de Emer.

Tras el despegue, Zara abre su laptop y vuelve a sus notas sobre Erzsébet Báthory, a la pregunta que anotó hace dos noches: ¿Y si hubiera una forma de que un demonio reanimara un cuerpo humano, pero la mente siguiera teniendo el control total? ¿Y si se pudiera utilizar un hechizo de protección de sangre *dentro* de una persona, para salvaguardar el cerebro de la posesión?

Zara da golpecitos con las uñas en la laptop y se muerde el labio inferior mientras piensa. *Hay una biblioteca en la casa de Lough Leane*. Las palabras de Emer giran una y otra vez en su mente. *Grimorios, diarios y libros que se remontaban a cientos de años atrás. Todo el conocimiento de mi familia.*

Una bruja oscura que practicaba magia oscura, dijo Emer de su abuela. Es una posibilidad remota, pero ¿y si hay otra copia de *Nekromanteía* en alguna parte? Van a Lough Leane con un objetivo —averiguar qué demonios pasa con el asesino, cómo ha aprendido a hacer lo imposible—, pero no le hará daño a nadie si ella emprende un poco de investigación por su cuenta.

Jude responde a una llamada de su padre, hace una actuación pésima fingiendo que no tiene *ni idea* de lo que sucedió con la casa que partió por la mitad con su magia. Cuando empiezan a descender, Jude tiene un gesto sombrío y murmura desplazándose en su teléfono por las fotos de una mujer en Instagram.

—¿Quién es? —pregunta Zara.

Jude levanta la vista.

—Ah. ¿El bombón de piernas largas? Sólo mi nueva madrastra, a partir de mañana —le muestra la pantalla a Zara.

—Oh, cielos —dice Zara, observando las fotos de la mujer. Es muy hermosa. En la parte superior de su perfil, su semblanza revela que tiene veintitrés años, procedente de España—.

¿En serio quieres ir a la boda y ver cómo sucede esto? No te ofendas. Quiero decir, estoy segura de que, bajo su exterior totalmente aterrador, tu padre es un buen...

—Oh, no lo es. No es un buen hombre.

—¿Por qué molestarse, entonces? ¿No tienes cosas mejores que hacer? Cuando alguien te muestre quién es, créele a la primera. Es una cita de Maya Angelou. Cuando la oí, supe que debía olvidarme de mi madre. Ella me mostró quién era cuando nos abandonó a Savannah y a mí. Si tu padre no es amable...

—¿Por qué crees que tu madre es como es?

—Supongo que... No lo sé, en realidad. ¿El alcoholismo?

—Pero antes de eso. O sea, ¿por qué *empezó* a beber? Mi abuelo era un mal tipo. O sea, un sujeto realmente ruin. Nunca lo conocí, murió antes de que yo naciera, pero Lawrence tiene quemaduras de cigarro en los brazos gracias a su padre. Así que... no lo sé. Lawrence es frío y puede ser un poco idiota, pero...

—¿Podría ser peor?

Jude se encoge de hombros.

—Siempre he estado dispuesta a concederle el beneficio de la duda. Intento pensar en él como en un niño asustado. No sé, siento... como si me cuidara. No lo entendí durante mucho tiempo (si lo hubiera entendido, no me habría buscado estas maldiciones, no habría anhelado tanto de él), pero creo que me ama de la mejor manera que conoce.

Zara le devuelve el teléfono a Jude.

—Eres más sabia que yo.

—Mucha gente me lo dice —concede Jude, reclinándose en la silla y apoyando los pies en la madera jaspeada de la mesa que tiene delante—. Una bodhisattva andante y parlanchina, ésa soy yo.

DIECINUEVE

El trayecto de Cork a Lough Leane demora alrededor de dos horas. La carretera es estrecha y está bordeada de setos, más allá de los cuales se extienden los campos y bosques en los que Emer creció sola. Cuando llegan al extremo sur de Lough Leane, su conductor estaciona el vehículo todoterreno negro que las recogió cuando bajaron del avión y les dice que esperará todo el tiempo que necesiten.

Las tres se adentran en el bosque a pie. El sol se posa sobre los árboles. Emer disfruta del doloroso placer del sol dorado y brillante, y del aire frío en la cara. El rocío revela un vasto reino de telarañas tendidas como redes sobre cada arbusto y árbol. Guirnaldas de enredaderas de color rojo carmín se balancean entre las ramas como adornos. Todas las piedras y raíces están cubiertas de una alfombra de musgo. Los cuervos, de pico grueso y lustroso, las siguen con curiosidad. Da la sensación de que el mundo se está cerrando en una exhalación, preparándose para el sueño. Se acerca el invierno.

Emer no recuerda la ubicación exacta de la casa, pero sabe que van en la dirección correcta. Cuanto más se acercan, más altos y espesos se vuelven los árboles hasta que se extienden por encima del trío como arcos de catedral. Los árboles se han hecho antinaturalmente altos a causa de la magia de las mujeres que vivían en estos bosques.

—Ya no está lejos —les dice Emer a las otras.

Ellas la siguen en silencio.

Minutos después, el bosque da paso a una pradera. Es un espacio yermo. Vacío y desolado.

—Mmm... Aquí no hay nada —anuncia Jude.

—Eso es lo que se supone que debes pensar —dice Emer. La protección fue obra de Nessa. Un hechizo para ocultar la casa y el huerto de cualquiera que pudiera tropezar con ellos accidentalmente—. Denme sus manos —les pide a las dos—. Podemos atravesar el hechizo de protección juntas.

Se dan la mano y dan un paso al frente. La protección comienza a repelerlas. Una curiosa sensación se cuela en la mente de Emer: miedo repentino. *Abandona este lugar*, parece decir. El viento se alza. La forma en que se mueve entre los árboles hace que suene como voces susurrantes.

—No me gusta esto, Emer —dice Jude.

—Estoy de acuerdo —Zara intenta zafarse del agarre de Emer—. Debemos irnos.

Emer las sujeta con más fuerza.

—Superen su miedo. No es real.

Dan dos pasos más. Las sombras se extienden por la pradera hasta dejarla sin sol como el crepúsculo. Grises formas negras se mueven entre los árboles, cosas retorcidas con ojos amarillos.

—No son reales —susurra Emer a las otras, aunque no parece convencida—. No las miren. No pueden hacerles daño.

Jude y Zara están luchando contra ella ahora, gimiendo. Quieren huir. Emer no las deja. Ella da otro paso, y otro. Su sangre bombea acelerada, su cerebro le grita que corra, corra, *corra*.

Un paso más y se abren paso al otro lado de la protección. El viento amaina. La sombra retrocede. Los secretos del prado se revelan ante ellas: una casa derruida, un huerto marchito, el esqueleto vacío de un invernadero. El bosque ha pasado una década consumiendo todo lo que la familia de Emer pasó generaciones construyendo.

Jude se aclara la garganta.

—No estuvo tan mal. No sé ustedes, pero yo *definitivamente* no me oriné en los pantalones.

Emer gravita primero hacia el huerto. El manzanar donde se escondió hace diez años mientras veía morir a su familia. Los árboles siguen creciendo en las líneas rectas en las que fueron plantados, aunque las ramas ya no son más que mechas blancas y nudosas, como huesos. Las ramitas que cuelgan de ellas son como patas de arañas muertas. Sin hojas, miserables, enroscadas. No hay tumbas marcadas, pero Emer sabe que su familia está enterrada en ese lugar, entre las raíces. Enterradas por los hombres que las mataron. Su madre. Sus primas. Su abuela. Emer los vio trabajar durante la noche, los vio dar sepultura a las mujeres que habían asesinado.

Cuando el aquelarre vivía, las manzanas se recolectaban a mano en septiembre u octubre. Ahora es noviembre y las manzanas siguen creciendo pesadas en los árboles desnudos, pero han cambiado. Emer toma una. Es negra mate, como si estuviera envuelta en luto. Le da un mordisco. La pulpa es agria y blanda como mucosa. Emer la escupe, se arrodilla y apoya la palma de la mano en la tierra. Hay allí mucha rabia, que brota de la tierra, que se coagula en las raíces de los árboles.

Emer hunde suavemente la mano en la tierra. Un espeso líquido rojo brota de la tierra alrededor de sus dedos. Corre por sus nudillos y crea un complicado entramado de riachuelos por la superficie de su piel. Sangre. Hay sangre ahí, en la tierra.

Las brujas han infectado la arboleda con su fatídico destino. El suelo ha sido envenenado por los asesinatos que ahí tuvieron lugar y ahora los árboles que obtienen sus nutrientes del suelo crecen enfermos.

—Emer —habla Jude primero, en voz baja—. Mira.

Emer sigue su línea de visión. Hay algo que sobresale del suelo.

El brazo está amarillo y marchito como el cuero, pero aún está cubierto de carne. Los cuerpos han sido preservados por el pantano en el que están enterrados.

Emer se acerca. La mano lleva un anillo de claddagh, de oro. Emer sabe de inmediato a quién pertenece el cuerpo.

—Róisín —susurra mientras desliza la mano en la palma de su prima muerta. La piel está fría, pero sigue siendo extraordinariamente suave—. Ella lo conocía —dice Emer en voz baja—. Conocía al hombre que la mató. La oí decir su nombre antes de que él... —sacude la cabeza—. *Andy*.

Ellas formaban un aislado aquelarre que tenía muy poco contacto con el mundo exterior. ¿Cómo demonios lo había conocido Róisín?

Es entonces cuando Emer lo ve. Un rectángulo de piel que falta en su muñeca.

La invocación que una vez vivió allí ha sido cortada.

Emer suelta la mano y se lleva la punta de los dedos a la boca.

No.

Jude y Zara también lo han visto.

—Dios —susurra Jude.

—¿Qué significa eso? —pregunta Zara—. ¿Qué *significa* eso?

Emer retrocede y se hunde en el suelo e intenta respirar profundamente.

—Significa... —Jude no lo dice en voz alta.

Emer siempre ha tenido entendido que los cazadores no cortan trozos de brujas. No guardan trofeos. Sólo buscan destruir, no conmemorar. No conservan ninguna parte de una bruja.

—Son... —susurra Emer—. ¿Podrían estar... relacionados?

¿Podrían los asesinatos de su familia en Lough Leane de hace diez años y los asesinatos de sus clientas en Londres estar de alguna manera relacionados?

—¿Lo reconociste? —pregunta Jude—. ¿Al hombre que me atacó? ¿Se parecía a los hombres que vinieron a tu casa, a los hombres que estuvieron *aquí*?

—No —Emer no recuerda bien el aspecto de Andy y sus cómplices, no recuerda bien la forma de sus caras ni el color de sus ojos, pero está segura de que, si los volviera a ver, los reconocería al instante. El chico de Hoxton que fue detrás de Jude —el nuevo asesino de mujeres— no era uno de los hombres que asesinaron a su familia.

El viento se levanta y trae consigo el suspiro de las hojas al ser arrancadas de sus ramas. Emer se lleva las palmas de las manos a los ojos y los hunde con la presión. Formas de neón destrozadas saltan hacia ella en la oscuridad. Le duele la cabeza.

Pasa algún tiempo en silencio. Jude se sienta a un lado de Emer. Zara se sienta al otro. Se acurrucan juntas en el frío de noviembre, tres extrañas atadas y unidas por el horror.

No hablan. Emer está agradecida por eso. No hay palabras en ella, no hay aliento en sus pulmones para enviarlas de su garganta a su boca.

Finalmente, Emer se levanta y se dirige hacia la casa. Las manzanas podridas estallan y se embarran bajo sus botas. Se detiene ante la puerta principal. Está bloqueada con un espeso matorral de enredaderas. Saca su cuchillo y lo desliza a través de la planta. La puerta se abre con un suspiro, liberando un aire que huele a tierra y humedad. Emer se siente aliviada por este olor, aliviada de que no huela a sangre ni a pólvora, sino a cosas que crecen.

Entra. En la casa en la que pasó los primeros siete años de su vida. En la casa donde su familia vivió y murió. Se adentra en la oscuridad, seguida de cerca por Jude y Zara. El aire está frío, en diez años no ha recibido calefacción, pero no parece una tumba. Todo es casi como era, casi como ella lo recuerda. Todo está congelado en el tiempo, como si siguiera siendo la misma tarde de primavera de hace diez años.

Aquí está la sala. Siempre estrecha y abarrotada de mujeres charlando y trabajando alrededor del fogón. Los muebles, como todos los de la casa, son viejos, heredados de otra generación. Los sofás, aún en su lugar, son grandes y mullidos, rellenos de hierba y plumas. Emer sentía como si quisieran tragarla entera cuando se sentaba en ellos. Hay un libro abierto sobre la superficie de piel de uno, un calcetín a medio zurcir en el brazo de otro. Sólo hay pequeños indicios de lucha: una mesita está volcada, y la lámpara de queroseno que había sobre ella está ahora de lado sobre la alfombra.

Emer avanza por el pasillo hasta la cocina. Tiene vista al vasto invernadero, donde muchas de sus tías y primas pasaban el día, a menudo desde el albor hasta el ocaso. Allí cultivaban plantas exóticas para elaborar tinturas y hongos alucinógenos para preparar infusiones, junto con muchas de las frutas y verduras que las mantendrían vivas durante los amargos inviernos irlandeses. De nuevo, está como el día en que la dejó: una tabla de cortar y un cuchillo en el banco, con lo que se estuviera cortando, podrido hace tiempo. Un molde de tarta dejado en el frío en el alféizar de la ventana. Una puerta de armario entreabierta, un cajón sin cerrar.

El comedor está al otro lado del pasillo. Cada una se preparaba el desayuno y la comida como mejor le quedara, pero la cena era un asunto familiar. Ahí se reunían las veinte cada noche, alrededor de la larga mesa de madera de ébano para comer pan y beber vino. Todavía hay candelabros en el centro, con velas de cera de abeja listas para ser encendidas. Varias sillas están volcadas, la varilla de un cortinero yace partida a la mitad. Dos agujeros de bala perforan las paredes encaladas, pero eso es todo. Si no supieras de antemano lo que ahí ocurrió, no tendrías manera de saberlo.

En esta casa había un pequeño mundo. Había estado aislada del resto de la realidad, pero allí habían sido felices. Se habían visto obligadas a esconderse por los hombres que habían perseguido a sus ancestros. Habían encontrado una manera de vivir completamente autosuficiente. No dependían de nadie más que de sí mismas. En lugar de marchitarse en su exilio, habían prosperado.

Y eso había traído una furiosa consecuencia sobre ellas.

—¿Dónde está la biblioteca? —pregunta Zara.

—Por aquí, creo —Emer las conduce hasta el final del pasillo, donde encuentra lo que busca: una habitación con estantes del suelo al techo en cada pared. Los libros están cubiertos de polvo y telarañas, y parte del techo en la estancia se ha derrumbado, esparciendo escombros por el suelo, pero la biblioteca está allí.

—Bingo —dice Jude—. Averigüemos cómo lo está haciendo nuestro chico.

Leen durante horas. Lo hacen metódicamente, clasificando los tomos en pilas de los escritos en su idioma y los escritos en otros idiomas. Zara y Jude escudriñan los que pueden entender, Emer todos lo demás. Aquel que parece vagamente prometedor, es apartado en una tercera pila, mucho más pequeña, para ser posteriormente revisado por las tres juntas.

Por la tarde, la luz se torna mortecina. Emer enciende un fuego y varias lámparas de queroseno, y las lleva parpadeando a la biblioteca, donde proyectan un fantasmagórico resplandor danzante en el techo. El viento se cuela por las rendijas de las ventanas, emitiendo inquietantes susurros cantarines. A Emer le duelen los ojos. Se estira y decide llevar una lámpara por el resto de la casa para ver qué más puede encontrar.

Arriba están las recámaras. Ninguna tenía una propia, ni siquiera Orlaith. Compartían todos los espacios. Las más pequeñas incluso compartían cama, tres o cuatro de ellas se acurrucaban unas alrededor de otras en los meses de invierno para darse calor. Emer entra en la habitación que una vez fue suya, se sienta en el borde de la cama que compartía con Niamh.

Emer se permite imaginar una vida imposible: volver a este lugar y construirlo todo de nuevo. Construir un invernadero para cultivar delicadas trompetas de ángel y plantar un nuevo huerto para cultivar manzanas. Labrar los campos para plantar papas y ordeñar una vaca cada mañana para hacer mantequilla y queso. Por alguna razón, Jude aparece de repente en esta fantasía, revoloteando entre las flores primaverales con un vestido de lino.

Durante diez años, Emer no se ha permitido desear nada más allá de ayudar a mujeres desesperadas y escribir su hechizo de venganza. Ahora que ha vuelto a aquel lugar, una parte de ella empieza a desear otra vida. Volver a casa. Asentarse en un lugar. Reconstruir lo que le fue arrebatado.

Emer piensa en lo que le dijo a Jude. Toca su collar, el hechizo que vive allí, sobre su corazón. El hechizo que bien podría destruirla y permitirle arruinar a sus enemigos en el proceso.

¿Y si su lugar en el mundo está ahí?

—¿Emer? —Zara la está llamando—. ¿Puedes venir, por favor?

Abajo, encuentra a Zara dando vueltas por la biblioteca. Jude está sentada mirándola, con los brazos cruzados y el ceño fruncido.

—¿Encontraste algo? —pregunta Emer—. ¿Qué pasa?

—Esto me supera —dice Jude—. Jones ha estado enfadada desde hace unos minutos.

—¿Zara? —dice Emer.

—Es sólo que... bueno, supongo que tengo una idea —responde Zara—. Una mala idea que vas a odiar, pero una idea al fin.

Jude se rasca sobre la escritura de invocación que lleva grabada en el cuello.

—¿Por qué este trío sólo parece tener malas ideas? —dice ella.

—¿Sí? —pregunta Emer.

—Si Róisín conocía al hombre que la mató y creemos que su verdugo está relacionado de algún modo con los asesinatos de Londres... podríamos... —Zara hace una pausa, se muerde el labio inferior, se aclara la garganta, se recompone—. Bueno, podríamos preguntarle a ella quién era él.

Jude señala lo obvio:

—Mmm... noticia de última hora: Róisín está muerta.

—Creo que... —Zara continúa—. Bueno... Puede que haya encontrado la manera de que no sea así —saca un libro de detrás de ella.

Emer ve la palabra *Nekromanteía* en el lomo.

Emer retrocede, todo el aire parece haber sido succionado de sus pulmones.

—Volvemos a la necromancia, por lo que veo —dice Jude—. Jones, ¿hay alguien a quien *no* quieras resucitar?

—Si pudiéramos hablar con ella —replica Zara rápidamente, dando su explicación directamente a Emer—, podríamos preguntarle quién era Andy, cómo lo conoció. Este libro... es el mismo que Jude tiene en su biblioteca, excepto que éste está en buen estado. Los rituales vienen todos en latín, pero por lo que he podido traducir hasta ahora, parece que no íbamos muy desencaminadas con nuestra teoría de Erzsébet Báthory. Un demonio puede reanimar carne muerta, si todavía hay carne. Es una buena pista, Emer. Vale la pena intentarlo.

—*No* vale la pena intentarlo —dice Emer—. Hablas tan a la ligera de cosas que no entiendes en lo más mínimo. Ofrecer un recipiente humano vacío a un demonio para que lo use como piel no es lo mismo que la resurrección. *No* sería Róisín.

—Podría ser *en parte* Róisín —insiste Zara—. Erzsébet Báthory estaba poseída, y seguía siendo, al menos *parcialmente*, humana. Mira, acabo de hacer la traducción en mi teléfono, así que no puedo estar ciento por ciento segura de que sea correcta, pero el libro da un relato bastante detallado del autor trayendo de vuelta a una víctima de asesinato durante el tiempo suficiente para preguntarle quién la mató.

—Espera, ¿en serio? —pregunta Jude.

—Sí.

—Tu hermana está *muerta*, Zara, igual que mi familia —Emer es más dura de lo que pretende, su voz suena baja y mordaz, pero ¿cómo es posible que Zara no entienda que si hubiera una manera de resucitar a los seres queridos, Emer lo habría hecho hace mucho tiempo?—. No hay manera de traerlas de vuelta.

—Creo que te equivocas.

Emer sacude la cabeza.

Zara vuelve a aclararse la garganta.

—¿Has oído algo de lo que dije? Creo que te equivocas.

—No —niega Emer bruscamente. Cuelga una lámpara de queroseno en su brazo y sale de la habitación. Necesita aire. No puede estar allí más tiempo, no puede lidiar con esa niña tonta y su obsesión: es una locura. Una *locura*. Quiere correr, golpear algo, herir a alguien, herirse a ella misma. En lugar de eso, se dirige al invernadero, se sienta sola en la belleza en ruinas. Todos los cristales están rotos, las plantas que alguna vez crecieron allí hace tiempo que se marchitaron hasta convertirse en cáscaras. Emer mira fijamente el manzanar mientras la luz de la luna ilumina el suelo, la mano expuesta que sale de la tierra.

—Hey —Jude la encuentra, atraída por la centellante luz de la lámpara.

Se sienta a su lado. Estira las piernas, imitando la postura de Emer. Golpea con su zapato el borde de la bota de Emer.

La hechicera de palabras mantiene la mirada fija al frente. No la mira a ella.

—Nada de lo que digas me convencerá de que resucitar a Róisín es una buena idea.

Jude toma aire y lo exhala.

—Estoy de acuerdo contigo, es una idea terrible, pero creo que deberíamos hacerlo.

Emer se gira para mirarla. La voz de Jude sonaba seria, pero eso debía ser una broma.

—Tú no puedes sugerirme esas cosas.

—Piénsalo —insiste Jude—. Las mujeres en Londres no saben quién las está matando. Abby Gallagher le dijo a la policía que la perseguía un demonio. No dio un nombre. No debe haber conocido a su asesino. Nosotras mismas vimos como aquel ente oculta su identidad de algún modo en la oscuridad. Así que si los asesinatos están realmente vinculados (que es justo lo que pensamos ahora, ¿cierto?), bueno, los hombres que vinieron a tu casa ese día no estaban ocultos en la sombra, ¿verdad? Róisín los conocía, o al menos a uno de ellos. Tal vez, si le preguntamos a ella, podría darnos un nombre.

—¿En verdad quieres que devuelva a la vida a un miembro muerto de mi familia asesinada?

—Sí —dice Jude simplemente—. Sí, eso quiero. Si así pudiéramos conseguir información, un nombre —Jude presiona el libro de necromancia en las manos de Emer—. Jones estaba allí tratando de traducirlo, pero pensé que tal vez tú podrías hacer un trabajo más preciso. Al menos echa un vistazo. A ver si lo que plantea es posible.

Jude sostiene la lámpara de queroseno mientras Emer lee. Los cadáveres, dice el libro, son mejores cuando están frescos, inútiles una vez que la descomposición los ha despojado de piel y cartílago. Un esqueleto no puede hablar. En circunstancias normales, supone Emer, un cuerpo que lleva diez años enterrado no podría reanimarse, pero las mujeres de Lough Leane no han dejado cadáveres normales. Sigue leyendo. Al principio, piensa que el ritual requiere cinco tazas de sangre, pero no, son cinco litros. *Cinco litros*. Tanta sangre como hay en un cuerpo humano. Y es así por una razón espantosa: para reanimar un cuerpo muerto, el cuerpo primero debe ser purificado con sangre. Una vida entera para traer de vuelta otra vida.

—No podemos hacer esto —Emer cierra el libro—. No tenemos suficiente sangre. Incluso entre las tres, no podríamos dar tanta sin…

—Había mucha sangre en el suelo —señala Jude—. Podríamos extraerla, a ver si funciona. Mira, sé que esto no será fácil para ti. Es una verdadera locura lo que te pedimos, y si quieres quedarte al margen y dejar que Jones y yo lo intentemos, está bien… pero ambas sabemos que soy un desastre con la magia y Jones probablemente sea incluso peor que yo. Tú eres un genio. Te necesitamos para que esto funcione.

Emer mira a través de la penumbra la mano que emerge de su tumba poco profunda y piensa en las docenas de mujeres que llevan hechizos creados por ella en su piel. Esa noche estarán acurrucadas, temerosas, aquellas que se saben perseguidas; atrapadas en sus casas, a la espera de que una fuerza que son incapaces de contener venga a estrangularlas, a matarlas, a arrancarles todo el poder.

Parece un mal reprensible dar a un demonio un cuerpo humano muerto, permitirle pleno acceso al reino corpóreo. Sin embargo, es un mal mayor quedarse de brazos cruzados y permitir que más mujeres mueran.

—Saca todas las lámparas de queroseno —ordena Emer finalmente.

—¿Eso es un *sí*? —pregunta Jude.

—Lámparas de queroseno, licores, alcohol isopropílico, aceite... cualquier cosa que arda, y rápido.

—Emer, ¿qué estamos haciendo?

—Si vamos a levantar a un muerto, necesitamos un plan de contingencia. Los demonios odian el fuego. Tenemos que empaparlo con líquido inflamable antes de que... —Emer traga saliva—. Bueno, antes.

—Eso suena muy parecido a un sí.

Emer asiente. Si es capaz de ayudar aunque sea a una mujer más:

—Es un sí.

VEINTE

La noche está espesa cuando empiezan a cavar. Las lámparas de queroseno arden suavemente a su alrededor, iluminando el huerto donde duermen los cadáveres de la familia de Emer. Los sonidos del bosque llegan hasta ellas, las dejan en vilo: el gañido de los zorros, el susurro de los animales salvajes que se acercan, curiosos por estas extrañas en medio de ellos. La tierra es blanda como un durazno magullado y se desplaza con facilidad bajo sus manos. El fango está húmedo de sangre. Cada puñado de barro removido deja un charco rojo a su paso, como si cavaran en la arena mojada de una playa.

Enormes coágulos surcan el suelo, almohadas gelatinosas de tejido ennegrecido. Emer observa a Jude mientras saca uno, lo hace nacer con un sonido de succión. Es del tamaño de su cabeza. Se tambalea por un momento en las manos de Jude, fétido y placentario, y enseguida se rompe y cae, golpeando el suelo con una salpicadura.

Jude palidece.

—Sí, eso será un no por mi parte —dice.

Durante el resto de la hora que les toma subir parte del cuerpo, Jude se sienta y observa desde las raíces de un manzano cercano.

Finalmente, el rostro y el hombro de Róisín comienzan a emerger del pantano. Emer ha visto muchos nacimientos primaverales en esta misma tierra, criaturas viscosas y débiles que se escabullen de sus madres a la luz del amanecer. Lo que ve ahora es así, pero más asqueroso. La tierra no quiere renunciar a ella. Eso es algo bueno. Emer quiere que la mayor parte del cuerpo del cadáver permanezca enterrado, su otra mano y sus dos piernas atrapadas en su tumba, por si acaso.

Emer vierte agua sobre el cadáver y le limpia la sangre y el barro de la cara. La suciedad se desprende lentamente. Por un momento, parece como si no estuviera haciendo nada más que empujar el lodo. Pero pronto aparece la piel desnuda y clara. Está encharcada de tanto tiempo en remojo; pálida y arrugada, pero extrañamente entera tras una década bajo tierra.

Róisín.

Emer apoya la palma de la mano en la fría mejilla de su prima. No era mucho mayor que Emer cuando murió.

—Pásame las lámparas.

Jude y Zara hacen lo que les pide. Emer abre cada una de ellas y vierte el queroseno sobre las partes expuestas del cuerpo de Róisín.

—¿Esto es parte del ritual? —pregunta Zara.

—No —dice Emer—. Un plan de contingencia. En caso de que ella se libere y busque salir. En caso de que *esto* se libere y busque salir. Ustedes dos tendrán que mantenerse lejos.

—¿Por qué? —pregunta Zara.

—Lo que vuelva del otro lado del velo no será humano. Si esto se libera de su tumba, a mí no me comerá, según lo que dice el libro. No parecen consumir a sus creadores —Emer espera que esto sea cierto—. Pero no puedo prometerles a ustedes la misma amnistía.

—¿Comerte? —Jude dice—. ¿*Comerte*? ¿No puedes echarle encima a Bael si las cosas se te van de las manos?

Emer sacude la cabeza.

—Los demonios no se ceban de los muertos. El libro también lo deja claro. Bael no podrá detenerlo. Nada podrá detenerlo.

El ritual es brutal y requiere más sangre que cualquier hechizo que Emer haya visto. Espera que los demonios de los alrededores no sean demasiado exigentes con la frescura de la sangre. Que la acepten así como pago, que fluya, coagulada y gelatinosa como está, por las venas de su prima el tiempo suficiente para que Emer le pregunte al cadáver de la mujer quién la mató.

Una vez que la cubeta que encontraron en la casa está llena de sangre de su excavación, Emer abre su mochila y presiona una caja de fósforos en la palma de la mano de Zara.

—Por si acaso —dice Emer.

Zara asiente con gesto sombrío.

Emer se agacha junto al cadáver de Róisín y la obliga a abrir la boca.

—Se vierte la sangre en la boca mientras recito el hechizo —indica Emer.

Zara se ve lánguida, pálida, con la frente perlada de sudor.

—Comienza —exclama Emer.

Zara traga saliva y empieza a verter el líquido.

Emer lee las palabras del libro. El viento comienza a azotar el claro. Emer deja que su visión se desenfoque e intenta ver más allá del velo. El débil olor a azufre llega hasta ella. Bael está cerca, como siempre. Huele la cubeta de sangre de los muertos. Resopla con disgusto e intenta quitársela de las manos a Zara. Zara grita. Emer estabiliza el contenedor.

—¡Hey! —reprende a su demonio—. Ya fue suficiente. Ya sé que tú eres demasiado petulante para esto, pero algunos de tus amigos podrían estar interesados.

Bael no entiende sus palabras, pero debe entender su tono. Resopla y arrastra sus largos brazos por el suelo mientras se escabulle.

No hay muchas criaturas infernales en el bosque. Prefieren estar en las ciudades. Les gusta esconderse en las grietas oscuras de los hogares humanos. En los áticos, debajo de las camas. Les gusta esperar, como murciélagos, a que las brujas les arrojen restos de almas humanas.

Aun así, algunos están ahí, en el bosque. Uno se acerca cautelosamente al borde del claro y las observa durante algún tiempo. Emer le hace señas.

—Ven —le dice en acadio—. Ven a ver lo que tengo para ti.

No quiere venir. Huele la sangre vieja, no se deja seducir por ella.

Emer observa cómo Bael se acerca a él y parece hablarle. Están demasiado lejos para que ella escuche ninguna voz mysticae, y que no se desmaye y vomite por su lenguaje demoniaco. La desconfiada bestia mira por encima del hombro de Bael. Mira fijamente a Emer, o al menos eso parece, pero no tiene ojos. Habla con Bael un poco más.

Emer levanta las cejas y hunde las mejillas para evitar sonreír.

Bael le está diciendo quién y qué es ella, piensa. Bael lo está convenciendo de que confíe en ella.

La criatura sale del bosque. Es una cosa débil, no más alta que Emer y flaca como un junco.

Huele la sangre rancia tras una década de descomposición que se acumula en la boca de Róisín y retrocede. Bael resopla.

Emer jura que gira sus ojos inexistentes, como si dijera: "Te lo dije".

—Bébela, ingrato —murmura Emer—. Nunca volverás a tener tanta sangre disponible en una sola sentada.

—Bebe —vuelve a decir Emer, esta vez en latín—. Bebe de esta sangre y toma el cuerpo.

Emer señala el cadáver de su prima.

El demonio parece receloso. Y con razón. Aquél no es un cadáver fresco. Ni aquélla es sangre fresca.

Aun así, la oferta es demasiado tentadora. No todos los días una bruja deambula por el bosque y ofrece sangre y la oportunidad de habitar una forma corpórea. La oportunidad de tener manos, dientes y garganta que funcionen en el reino humano. La oportunidad de alimentarse cuando y donde quiera.

El demonio asiente. Es un gesto tan humano que Emer se sorprende. Debe haber pasado algún tiempo entre la gente, observándola.

Zara continúa virtiendo la sangre en la boca abierta de Róisín. La sangre baja a borbotones por lo que queda de su garganta con la lentitud del agua a través de un desagüe obstruido.

Emer vuelve a recitar las palabras de su libro. El hechizo está escrito en latín por un experimentado hablante de la lengua, alguien casi tan bueno como la propia Emer.

Zara termina de verter la sangre. Emer termina de pronunciar las palabras.

Ellas observan.

Ellas esperan.

El demonio trepa por lo que queda de Róisín. El cadáver aspira una gran bocanada de aire. Los ojos se abren. Los labios se despegan para revelar los dientes, amarillos como el maíz.

Róisín Byrne vive de nuevo.

La criatura gira la cabeza un centímetro. Sus ojos muertos se deslizan sobre Emer y se fijan en Zara. Sus fosas nasales se dilatan al sentir el olor de la chica. Los dientes comienzan a rechinar. Ya tiene hambre de sangre, pero está atrapada en la ciénaga succionadora de su tumba, enredada con los cuerpos del resto de la familia de Emer.

—Escucha, demonio —dice Emer en su lengua materna. Era la que Róisín hablaba; el demonio debería poder entenderle—. ¿Quién mató al cuerpo que habitas? ¿Lo sabes?

El cadáver le rechina los dientes. Emer saca su daga y abre una familiar línea de dolor a lo largo de su brazo izquierdo. Gotea sangre en la boca de la criatura. El demonio farfulla y se atraganta con el líquido caliente, asqueado por la ofrenda. No se alimentará de Emer porque ella lo ha creado. Anhela alimentarse de otra persona. Cualquier otra.

Emer limpia su cuchillo en la manga y se lo entrega a Zara.

—Quiere tu sangre —le dice.

Zara rebusca en su mochila y saca un pequeño tubo de desinfectante de manos y empieza a desinfectar enérgicamente el cuchillo.

La criatura demoniaca se agita y forcejea mientras Zara apresura los preparativos. Emer la observa con creciente preocupación. Esperaba, porque su prima era pequeña y pasó tanto tiempo desecándose en el suelo, que su cuerpo fuera un recipiente débil para el monstruo que ahora la habita. No es el caso. Se está despegando del fango. Se retuerce, se arquea y cruje con tal vigor que pronto sus brazos estarán libres del fango y podrá utilizarlos para desenterrarse.

—Vamos —le dice Emer a Zara—. Debemos darnos prisa.

—¡De acuerdo, de acuerdo, bien! —Zara toca con la punta del cuchillo el interior de su brazo y mira hacia otro lado.

—Espera —dice Jude, de repente junto a ellas de nuevo, antes de que Zara haya hecho el corte—. Toma la mía.

—¿Estás segura? —pregunta Emer.

—Yo estoy acostumbrada al dolor, ¿y qué es otra cicatriz a estas alturas?

Jude se arrodilla en la sangre y el barro junto a Emer y le ofrece la piel translúcida de su antebrazo. Jadea cuando el cuchillo de Emer la atraviesa. Emer gira el brazo de Jude y lo sostiene sobre la boca del cadáver. Sus labios se abren con avidez y gotas de la sangre de Jude caen sobre sus dientes y su lengua.

Emer se inclina cerca del oído del demonio.

—Dime quién te mató —le dice en voz baja—, y te alimentaré con la sangre de diez hombres.

—Volkov —ronca el cadáver.

—¿Quién?

—Volkov —dice de nuevo, más fuerte esta vez—. Volkov, Volkov, Volkov.

—¿Volkov? —pregunta Emer. El nombre le suena familiar, pero no sabe por qué—. Andy Volkov.

—Sí —gruñe la criatura—. Andy Volkov. Ése es su nombre.

—¿Quién es él? ¿Cómo nos encontró?

El brazo libre de la criatura sale disparado fuera del fango. Sujeta la cara de Emer y la acerca a sus labios.

—Me comeré el mundo —le dice en gutural acadio.

Entonces la empuja con tanta fuerza que Emer cae. Cuando se endereza, la criatura tiene las dos manos libres y está sacando las piernas de su tumba, con el vientre abultado por delante. Sus ojos están fijos en Zara.

—¡Zara! —grita Emer—. ¡Quémalo!

—¡Lo estoy intentando! —ya tiene un fósforo en la mano. Lo raspa una y otra vez contra la superficie rugosa de la cajetilla, pero no se enciende. Sus manos temblorosas dejan caer el rectángulo de cartón. Los fósforos se desparraman por todas partes, inutilizados por la humedad de la tierra. Zara maldice. La criatura se engendra a sí misma, un torrente de coágulos y estiércol que se desliza por el agujero que deja tras de sí. Zara está arrodillada, buscando a tientas en el pantano, y lo que en algún tiempo fue Róisín ahora queda libre.

Entonces, el sonido que Emer estaba esperando. El chasquido y el resplandor de un fósforo al encenderse.

—¡Sí! —celebra Zara mientras lanza la llama.

Encuentra su objetivo. La criatura está tan empapada de queroseno que explota en un instante.

Emer cierra los ojos y se evita el horror de ver morir el cuerpo de su prima por segunda vez, pero eso no enmudece los gritos. El demonio está furioso. Ha sido traicionado. Corre por el claro, entre los árboles, buscando una forma de apagar las llamas que lo consumen. No llega muy lejos antes de que cesen los alaridos.

Emer abre los ojos. Una pequeña llama arde más allá de la línea de árboles.

El prado vuelve a serenarse, habitado sólo por la muerte.

Róisín Byrne se ha ido.

VEINTIUNO

Vaya mierda de día, piensa Jude al abrir la puerta de su habitación de hotel en Killarney. Viaje en avión privado por la mañana, enfrentamiento con un zombi por la tarde; ahora las espera pasar la noche en un hotel de mala muerte. No es el tipo de lugar en el que solía alojarse cuando viajaba con su familia. No tiene suites, ni mayordomo personal, ni champán ni chocolates esperándolas en la habitación cuando llegan, pero después del día que tuvieron, se siente prácticamente como el paraíso.

Nadie ha hablado desde que dejaron el prado, desde que volvieron a enterrar el cuerpo calcinado de Róisín y Emer conjuró nuevos hechizos de protección para mantener oculto todo el lugar.

La habitación es triple, con una cama doble y una individual. Jones se dirige directamente a la individual, se pone de inmediato los lentes y empieza a teclear con furia en su laptop. Las tres vieron la necromancia hoy, de cerca. Vieron sus dientes podridos y sus huesos amarillentos. Olieron sus pútridas entrañas, que goteaban de sus orificios, sus ojos que recorrían hambrientos la carne.

Si la necromancia es lo que Jones ha estado planeando desde que Savannah murió, el día de hoy tuvo que haber sido horrible para ella. Nadie debería ver a alguien que ama así: su piel, una marioneta para un demonio hambriento.

Una vez que Jones ocupa la cama individual, sólo queda la doble para Emer y Jude.

Ambas la miran fijamente. Es mucho más pequeña que la que compartieron en casa de Jude.

Emer no dice nada, sólo deja su bolsa sobre la cama y se dirige al baño para asearse.

Jude se sienta en su lado de la cama y retuerce los dedos. De vez en cuando, echa un vistazo a la puerta del baño.

—Si te gusta —dice Jones—, tal vez deberías decírselo.

—¿Quién dice que me gusta?

—Jude, por el amor de Dios. La miras todo el tiempo.

—*No* me gusta. La detesto.

—Claro.

Cuando Emer termina, Jude toma un baño para quitarse la suciedad del día. El corte superficial que Emer se hizo en el brazo le escuece bajo el chorro de agua, pero en el buen sentido. Es el tipo de dolor que el cerebro de Jude entiende de manera natural: dolor normal, dolor mortal. No el causado por una fuerza demoniaca.

Jude pone el tapón en el desagüe y se sienta bajo el chorro abrasador de la regadera mientras la bañera se llena. El agua que va subiendo a su alrededor es negra como la tinta, ya está acostumbrada, así es siempre. Jude observa cómo sube por su muslo, una marea que inunda una isla inhóspita.

Mañana, ella verá a su familia. Mañana verá a su padre y a sus hermanos mayores, a sus sobrinas, sobrinos y primos. Mañana entrará en el Wolf Hall y beberá champán y comerá caviar y vagará como un fantasma por su antigua vida. Quiere todo eso, pero lo que más anhela es a Elijah. Pasar tiempo con Eli, para ser como antes, ellos contra el mundo. Jude apenas puede creerlo. Hay una caverna dentro de ella, un vacío enorme y doloroso que sólo puede llenar el hogar y, para ella, el hogar es una persona. Su hogar es él. Por fin, por fin llenará el abismo de su pecho, aunque sólo sea por una noche. No será el reencuentro perfecto que tanto ha deseado. Aún queda el asunto de su alma en descomposición, pero algo es algo.

Jude cierra la regadera y se sumerge en el agua oscura. Le envía un mensaje a Eli y le pregunta qué se va a poner para la boda. Elijah le responde con una foto de Harry Styles con un vestido. **¿Crees que Lawrence lo aprobará?**, le pregunta. Jude ríe, pero su sonrisa pronto se convierte en tristeza. Se pregunta quién sería Elijah si hubiera tenido la suerte de crecer en otra familia. Una familia más amable y cariñosa. Una familia que lo hubiera apoyado para que se convirtiera en artista, en lugar de enviarlo a Oxford y esperar que se convierta en banquero o en lo que sea que Lawrence considere apropiado para su progenie.

Creo que deberías transferirte en secreto a Bellas Artes, envía Jude su respuesta. **Por cierto, lo digo en serio.**

Elijah responde con un montón de emojis de ojos en blanco y luego escribe: **Los artistas no reciben bonos bancarios, Jude. Tampoco se incluyen en el testamento de Lawrence. Me dedicaré a pintar acuarelas cuando me jubile. ¡Sólo faltan cinco décadas!**

Cuando el agua se enfría, Jude tira del tapón.

Cuando se vuelve a vestir, Jones le dice que no ha podido encontrar nada en internet sobre alguien llamado Andy Volkov. ¿Un nombre falso, tal vez? O puede que los cazadores de brujas no tengan perfiles en redes sociales, podcasts o cuentas de TikTok dedicadas a matar mujeres. A Jude le gruñe el estómago. No hay servicio a la habitación, por supuesto, así que después de que Jones también se baña y se cambia, las tres salen en busca de comida. Killarney es un lugar pequeño, el tipo de pueblo que sólo parece tener una gran avenida.

Paran en un restaurante indio y piden comida para llevar. Cuando regresan a la habitación, encienden la televisión, extienden el festín en el suelo y comen en silencio. Empiezan las noticias. Hay vigilias en Londres por las mujeres asesinadas. También marchas. Protestas por la falta de transparencia de la policía al tardar tanto en relacionar públicamente los crímenes y protestas por la sugerencia de que las mujeres no salgan solas de noche.

Jude saca una fotografía de la pancarta —*Mujeres con toque de queda en Londres ante la llegada de un nuevo Destripador*— y se la envía a Reese con un mensaje: **Te lo dije**.

Jones silencia la televisión, pero no cambia de canal.

—Entonces, ¿cómo consigue este tipo (el Destripador de Londres), que de alguna manera está vinculado a Andy Volkov, pero no es Andy Volkov, hacer lo que nunca se ha hecho antes? —pregunta Jones.

—Debe tener un profundo conocimiento y acceso a lo oculto —dice Emer—. Un conocimiento mayor del que tiene la mayoría de las brujas, incluso. Andy conocía a Róisín, pero ella era una adolescente, no habría sabido hacer lo que está haciendo el Destripador.

—¿La próxima generación de cazadores, tal vez? —reflexiona Jude—. Emer dijo que era joven. ¿Podría ser el hijo de Andy Volkov? ¿Quién lleva el negocio familiar de cacería al siguiente nivel?

Una imagen de Vera Clarke parpadea en la pantalla del televisor.

—Oh —dice Jones en voz baja.
—¿Qué? —pregunta Jude—. ¿Qué significa *oh*?
—Es que... puede que hayamos pasado por alto algo.
—¿Sí? —presiona Jude.
—En todas las otras escenas del crimen, el asesino no intentó ocultar el cuerpo. Y las escenas del crimen se están volviendo cada vez más ostentosas, dramáticas. El asesino *quiere* que la gente encuentre a sus víctimas. Entonces, ¿por qué escondió a Vera Clarke en el fondo de un lago? ¿Qué la hace diferente?
—Ni idea —dice Jude.
Jones exhala.
—No ves suficientes series policíacas. El asesino la *conocía*. *Personalmente*. Por eso la escondió. Porque no quería que la encontraran. Porque es la primera víctima y alguien puede relacionarla con él de alguna manera.
—Entonces, ¿quién diablos es, y cómo está conectado a los cazadores y a Vera? —reflexiona Jones.
—Veamos si conseguimos averiguarlo —dice Jude.
Llama a Saul, quien se queja durante un rato de que ella no lo valora, no lo trata bien. Jude se ofrece a pagarle un pequeño bono extra y eso lo anima; entonces, ella le dice lo que necesitan: profundizar en la información sobre Vera Clarke. Por qué dejó su trabajo. Qué hacía en su tiempo libre. Quiénes eran sus amigos.

Una vez que Saul está en el caso, las tres se sumergen en la pila de libros que trajeron de Lough Leane en busca de cómo, exactamente, ese bastardo opera.

—Creo que... tal vez encontré algo —anuncia Jones después de un rato—. Por lo menos, ¿tal vez tengo una teoría?
—Suenas tan confiada —dice Jude—. Suéltalo, cuéntanos.

—Hay algunos pasajes en este libro sobre el vínculo entre el alma y el cuerpo. Está todo en inglés medieval, así que resulta difícil de analizar, pero *creo* que habla de gente que ha muerto por un breve instante y luego regresa a la vida.

—¿Serías tan amable de decirme exactamente qué dice el libro?

—Dice: "vagan en busca de sus almas perdidas".

—El alma y el cuerpo se separan en el momento de la muerte —confirma Emer.

Jude no consigue seguirlas.

—Explícate.

Jones se quita los lentes y se frota los ojos.

—¿Qué te parece esto? —dice al cabo de un rato—. Sabemos por Chopra que las mata lentamente. ¿Por qué? Porque justo cuando las mujeres están a punto de morir, les hace una oferta a los demonios que están vinculados a ellas. Pueden quedarse atados a la mujer moribunda y ver cómo pierden su fuente de comida. O pueden decidir amarrarse a él.

—Los demonios no hacen tratos con los hombres.

—Quizás, en este caso, los demonios no tengan muchas opciones en el asunto —Jude se arrodilla y pone las manos delante de ella como si estuviera estrangulando a alguien atrapado bajo su peso. Aprieta y afloja el agarre sobre su presa imaginaria una y otra vez. Es lo que él le hizo, cuando estaba encima de ella en su casa. La inducía a la inconsciencia y luego la soltaba. Ella aspiraba una gran bocanada de aire y veía cómo las manchas negras desaparecían de su vista. Y entonces, volvía a empezar.

Jones parece enferma.

—¿Es realmente necesaria la demostración?

Una idea se ilumina en la cabeza de Jude:

—Está desprendiendo el alma del cuerpo.

—¿Qué?

—Si apuñalas o le disparas a alguien y esa persona muere al instante, su alma se desprende de inmediato de su carne, ¿cierto? —explica Jude—. Y una vez arrancada, se va a algún tipo de inframundo.

Emer asiente.

—Si se les arrastra lentamente hacia la muerte, si se les lleva al borde del abismo y luego se les aparta de él una y otra vez, se puede llegar a un punto en el que el cuerpo y el alma sólo están tenuemente unidos. Es entonces cuando las despoja de las invocaciones y las reclama para él —Jude se da cuenta de que hay una forma de salvarse—: Yo tengo que morir —dice de pronto.

—¿Qué? —cuestiona Emer.

Jude se da un manotazo en la frente. Por supuesto, *por supuesto*.

—Tengo que morir —repite Jude—. O al menos estar muy, muy cerca de la muerte. Sólo un momento, unos segundos —Jude chasquea los dedos y señala a Emer y Jones—. Necesito que una de ustedes me mate.

Ambas la miran fijamente.

—Sí, creo que es nuestra señal para ir a la cama —añade Jones.

—No, lo digo en serio, escúchenme. Podemos hacer exactamente conmigo lo que él está haciendo con ellas. Llevarme al borde de la muerte, despojarme de la invocación, devolverme a la vida y...

—Permíteme recordarte que tu último plan casi hace que nos maten a *todas* —dice Emer—, y este plan es aún más espectacularmente peor que aquél. Además, ¿cómo nos ayuda esto a atrapar al asesino? ¿Cómo ayuda esto a alguien más que a Jude Wolf?

—Dios, Emer, actúas como si no estuviera aquí resucitando mujeres muertas contigo para intentar atrapar a este tipo. ¿Qué hay de malo en tratar de ayudarme mientras tanto?

—Si él lo está haciendo de la manera que sugieres, cosa que no sabemos con certeza, tendrías que atar tu maldición fallida a otra persona. ¿Ves alguna voluntaria en esta habitación?

—Yo… —Jude se hunde en la cama—. Mierda —había olvidado esa parte. No basta con morir. También tienes que amarrar tu demonio no deseado de alguna manera a otra persona.

Otro día, otra decepción aplastante.

En la cama, Jude navega por Instagram en busca de algún Volkov en Londres.

—"Richard Wortley-Volkov III, alias Dickie" —lee en su teléfono cuando encuentra un candidato adecuado, el único Volkov joven de Londres cuyas redes sociales no son privadas—. Dios, qué nombre. Tiene veinticuatro años, graduado en Oxford, trabaja para la compañía financiera de su papi, naturalmente. Dios, hasta parece un asesino en serie —Jude muestra sus fotos a Emer, que entrecierra los ojos para verlo.

—Tal vez —dice Emer, lo que es suficiente para Jude.

—Jones, dame tu teléfono —pide Jude.

—¿Por qué? —pregunta Zara.

—Voy a hacerte un perfil falso de Instagram y colarme en los mensajes de Dickie.

—¿Yo? ¿Por qué yo? ¿Por qué no lo hace una de ustedes?

—Bueno, Emer no puede hacerlo por si Dickie la reconoce, y yo no puedo hacerlo porque seguro que él me reconoce a mí. Nuestras familias transitan en los mismos círculos. Sería algo como: "¿No eres tú la hija drogadicta y lesbiana de ese multimillonario?". No funcionaría. Tienes que ser tú.

—¿Por qué siempre tengo que ser yo?

—¿Cuál es un nombre sexy? —pregunta Jude mientras hace el perfil falso de Zara—. Siempre quise una novia llamada... Scarlett. Sí, puedes ser Scarlett. Scarlett... Twisleton-Flynn. A Dickie le encantará. Eres una joven y prometedora abogada educada en Oxford.

—No puedo ser abogada.

—¿Por qué no?

—¡Porque no sé nada de leyes!

—Por favor, Jones, tú lo sabes todo sobre todo. Lee algunas páginas de Wikipedia antes de la cita. Está bien, no te va a preguntar nada sobre leyes, va a estar mirándote los pechos y contándote todo lo que sabe sobre cazar brujas y romper los amarres con sus demonios.

Emer se sienta en silencio a los pies de la cama, pasa las páginas de su grimorio y llama de nuevo a los números de las mujeres a las que no les pudieron avisar aquel primer día. Tampoco obtiene respuesta. Emer debe estar pensando lo mismo que Jude: que esas mujeres ya están muertas. Tendidas sobre pentagramas ensangrentados o escondidas en estanques oscuros, sus cadáveres hundidos entre la maleza y las anguilas.

Emer protege la habitación del hotel antes de dormir: recorre el perímetro y salpica las paredes con su sangre. Cuando termina el hechizo de protección, regresa para revisar las heridas de Jude. Entre apaciguar al demonio furioso de Jude y a los muertos hambrientos, Emer ha abierto la carne de Jude dos veces. Este sacrificio de sangre y dolor las ha unido. Jude lo siente. Siente que algo ha cambiado entre ellas. Emer se sienta más cerca de ella de lo necesario y sus dedos se detienen en la piel de Jude mientras vuelve a vendar sus cortes.

Apagan las luces y se quedan dormidas como en la cama de Jude, giradas una frente a la otra en lados opuestos del colchón, con un solo brazo extendido hacia la otra. En la penumbra, Jude estudia el rostro de Emer. Emer la observa y no aparta la mirada, no parece importarle recibir la mirada ininterrumpida de Jude. Hay una profundidad en los ojos castaños de Emer que Jude no había apreciado antes. Tal vez necesites conocer la historia de alguien antes de poder ver las brasas en sus ojos. Jude lo ve todo ahora, la historia de Emer al descubierto. El horror, la tristeza, la soledad... pero también hay algo nuevo.

Un brillo, tal vez, cuando mira a Jude.

Una chispa.

VEINTIDÓS

Es temprano, antes del amanecer, el domingo de madrugada. En el baño del aeropuerto antes de abordar el avión de la familia de Jude, Zara se sienta en el escusado y abre el libro que robó de la casa de la familia de Emer. Las páginas son finas como un pañuelo y se han pintado de amarillo como la nicotina por el paso del tiempo. El corazón de Zara es un músculo alojado más arriba de su pecho, salta con fuerza oprimiendo su garganta.

Podría traer a Savannah de vuelta *esta noche*.

¿Puede hacerlo?

¿*Debería* hacerlo?

Ver a Róisín tras diez años bajo tierra fue espantoso. Zara siente que sus entrañas se humedecen y se hunden al pensarlo, infestadas de una oscuridad innombrable. Pone las manos sobre el libro, deja que le abrase las palmas. El dolor le sienta bien. La conecta a la tierra. Hay un sonido que proviene de su interior, o tal vez sólo está en la cabeza de Zara. Un silbido, un gorgoteo. Un susurro que dice, con una voz que no es la suya: *No llegaste hasta aquí para llegar sólo hasta aquí.*

¿Debería ir más allá?

Lleva un año decidida a saltarse las reglas de la realidad para traer de vuelta a Savannah. Localizó a una bruja. Confirmó que la magia es real. Parece increíblemente cruel que no consiga lo que quiere ahora.

Se agolpan en ella pequeños recuerdos. La vez que se raspó la rodilla y la herida se le pegó al pantalón del pijama durante la noche, cómo Savannah la metió bajo la regadera con la ropa puesta y luego le quitó la tela húmeda para que no se le desgarrara la costra. Una terrible quemadura en la mano de Savannah, pequeña pero profunda y burbujeante, de la que Zara sólo se enteró más tarde: la había causado el pegamento caliente que había goteado sobre la piel de su hermana mientras hacía los adornos para la fiesta sorpresa por el cumpleaños de Zara. La vez que se abrieron las palmas de las manos y las apretaron y mezclaron su sangre como habían visto en una película, sus almas y sus cuerpos unidos para siempre.

El amor era dolor. El dolor era amor.

Así había sido siempre con ellas.

Róisín llevaba mucho tiempo enterrada en su tumba. Ni siquiera ha pasado un año para Savannah. Debe quedar más de ella. Tiene que haber más; más recuerdos, más esencia. Más fuerza. Zara está segura de que si trajera a Savannah de vuelta, Sav sería capaz de luchar contra el demonio por el control de su cuerpo. Podría ganar. Parece improbable, pero les han pasado muchas cosas improbables.

Somos mágicas, le dijo Sav la noche después de que a las dos les bajara la regla el mismo día. *Podemos hacer cualquier cosa.*

¿Por qué esto sería diferente? ¿Por qué no sería Savannah especial? Ella *era* especial. Cabello rubio y luminoso, una chica llena de energía.

Zara despega sus dedos punzantes del libro.

No llegué hasta aquí para llegar sólo hasta aquí.

Al salir del baño, encuentra a Jude sonriendo. Esto nunca es una buena señal.

—¿Qué? —pregunta Zara.

—Adivina quién va a almorzar con Dickie cuando aterricemos.

Jude hace como si le disparara con los dedos en forma de pistola.

—Hoy no puedo —Zara planea ir directamente al cementerio. La idea de que Savannah esté viva para esta noche es una tentación demasiado grande como para ignorarla—. Tengo planes.

—Oh, ¿tienes planes? ¿Tú tienes *planes*? Lo siento, no me di cuenta de que detener al asesino en serie que mató a tu hermana era lo segundo en tu lista de cosas que hacer hoy. Yo, por mi parte, tengo una boda para la que debo prepararme, pero aun así, saco tiempo. ¿Qué estás haciendo que te tiene tan ocupada?

A Zara no se le ocurre una buena excusa a tiempo, así que cede.

—No importa. ¿Qué es lo que tengo que hacer?

Es mediodía cuando Jude se detiene en la zona del Soho y señala al otro lado de la calle un restaurante con grandes puertas de cristal Art Déco.

Jude eligió un vestido para Zara de una tienda al final de la calle. Es un minivestido mostaza con cuello de encaje negro. Cuesta 2,400 libras. Zara se siente expuesta con él. Le queda un poco pequeño y le aprieta en la cintura y los hombros.

—Recuérdame otra vez por qué no podía llevar mi propia ropa —pregunta Zara cuando Jude estaciona el coche y Zara intenta tirar hacia abajo del vestido que lleva por encima de las medias negras.

—Porque estás intentando convencerlo de que eres una joven y habilidosa abogada —responde Jude—, no una imitadora de Virginia Woolf.

—Vaya, gracias. No lo sé. No me parezco en nada a mí misma.

—Ésa, querida, es precisamente la cuestión.

—Nunca he tenido una cita. ¿Qué se supone que tengo que decir? "¿Qué opinas de las brujas?".

—Le preguntas cuál era su programa de televisión favorito de pequeño, y te contesta con algo banal y aburrido que cree que lo hace parecer interesante, como *Los vigilantes*, y entonces le dices: "El mío era *Sabrina, la bruja adolescente*. Me encanta la nueva versión, por cierto". Y entonces esperas a ver cómo reacciona.

Zara exhala.

—Esto es realmente una mala idea —dice ella.

—Todas tenemos que hacer nuestra parte, Jones —replica Jude.

—Espera, creo que lo veo. Emer, ¿qué te parece? ¿Podría ser *él*? —dice Sara.

Emer lo mira fijamente y sacude la cabeza.

—Es… es difícil saberlo. Sólo lo vi un momento, y tenía la cara cubierta de ceniza. Pero *podría* ser él —dice la bruja.

—De acuerdo. Genial. Cita con un posible asesino en serie con poderes sobrenaturales —se lamenta Zara—. Pan comido. Las veo pronto.

Ellos se encuentran en la calle, frente al restaurante que Dickie ha reservado para comer. Dickie es guapo de una forma que ninguno de los chicos de la edad de Zara lo es. Las chicas de su escuela adulan a los chicos que conducen coches o venden hierba o tienen muchos seguidores en TikTok. Dickie va vestido como si nunca hubiera enrollado un cigarro de marihuana, con zapatos de piel marrón sin calcetines, un suéter de punto fino y una gabardina color hueso que parece muy costosa. Lleva el cabello rubio peinado hacia atrás y con raya al medio, en un estilo que quizás habrá sido popular hace un siglo. Es alto y ancho de hombros, claramente un *hombre*. Un hombre, no un chico. Una especie totalmente diferente a la que Zara está acostumbrada a tratar.

De repente, Zara se siente muy joven y vulnerable. ¿Cómo demonios tendría que funcionar esto? ¿Cómo demonios va a convencer a este hombre de que es una abogada de veintitrés años?

—¿Scarlett? —pregunta Dickie cuando la ve. Él no sonríe.

—Sí, hola, soy Scarlett —por alguna razón, el acento de Zara se escucha afectado, como si fuera un discurso de la familia real. ¡Vaya! Ahora tendrá que mantener ese acento durante toda la cita—. Encantada de conocerte, Dickie —le tiende la mano para estrechársela, pero él la ignora.

—Luces encantadora. Me gusta tu vestido. ¿Es Alexander McQueen?

—Sí —dice Zara, aunque no tiene ni idea. Estaba tan nerviosa en la tienda, que no consiguió fijarse en la marca—. McQueen es mi diseñador favorito.

—*Era*, querrás decir. Antes de su muerte.

—Sí, eso es exactamente lo que quiero decir, obviamente. ¿Y tú traes…? —Zara se rompe la cabeza buscando un diseñador. Cualquier diseñador—. ¿Valentino?

Dickie ríe, pero de una manera petulante que hace que Zara se sienta estúpida.

—¿Has visto alguna vez un abrigo Valentino, Scarlett? No, éste es de Brunello Cucinelli. Me gusta apoyar a los diseñadores británicos todo lo que puedo, pero no puedes ignorar a los italianos cuando se trata de casimir.

—Tonta de mí. ¿Cómo no iba a saberlo? —se disculpa Zara.

—Bien, bueno, hace bastante frío afuera. ¿Entramos? —dice Dickie.

Zara lo observa mientras ambos entran y entregan sus abrigos en la recepción. Dickie tiene las manos suaves y las uñas arregladas. Ese hombre, esa estatua de mármol con el cabello dorado y resbaladizo, ¿cerró sus bonitos dedos alrededor de la garganta de Savannah hasta arrancarle la vida?

El restaurante es dorado y opulento. Zara y Dickie se han sentado en un privado de terciopelo azul junto a la ventana. Zara puede ver el coche de Jude estacionado al otro lado de la calle.

—¿Puedo ofrecerles algo de beber? —pregunta un mesero.

—Bollinger —replica Zara rápidamente—. Por favor.

—Agua con gas para mí.

Cuando el mesero se aleja, Dickie se inclina hacia delante.

—Luces más joven de lo que esperaba —le dice a Zara.

—Bueno, lo tomaré como un cumplido. Tú, sin embargo, pareces mucho mayor de lo que pensaba —responde ella.

Dickie no se lo toma a broma.

—¿Ah, sí?

—No. Sólo estoy bromeando —replica Zara.

—Oh. Claro.

Zara se aclara la garganta. El encuentro no va bien.

—Bueno... éste es un buen restaurante —dice ella.

—Bueno, no era mi primera opción, pero ya sabes lo difícil que es conseguir una reservación en Londres con tan poca antelación. Hubiera preferido el Dorchester, pero no me puedo quejar, ¿verdad?

Dickie toma la servilleta y la dobla sobre su regazo.

—Así que, Scarlett Twisleton-Flynn... maravilloso nombre, por cierto, creo que conozco a algunos de tus primos; ¿cuál es tu historia? Cuéntamela. ¿Quién eres? ¿Adónde vas?

Zara suelta una carcajada.

—Me llamo Scarlett Twisleton-Flynn y soy alcohólica.

—Oh Dios, ¿lo eres? Probablemente no deberías haber pedido Bollinger, entonces —dice Dickie.

—No... Era una broma.

—Entonces, espera, lo siento, ¿no eres alcohólica?

—No. Es sólo lo que dicen en...

—Tienes un extraño sentido del humor.

—De acuerdo, bien —retoma Zara—. Déjame intentarlo de nuevo. Fui a Oxford...

—¿En qué colegio estuviste?

—Mmm... —Zara intenta recordar el nombre de alguno de los colegios. ¿"Jesús" es el nombre de uno? Cree que varios tienen nombres religiosos. ¿Alguno de santos?—. Magdalen —dice finalmente. Ése es uno, está segura. Pero la forma en que lo dice, como Mary Magdalen, no parece correcta.

Dickie frunce el ceño.

—Se pronuncia *modlin* —la corrige.

—Claro, sí. Sí, claro. Lo siento. Siempre me he confundido, incluso ahora. Se me traba la lengua. ¿Y tú?

—Corpus Christi —responde Dickie.

—Ah, sí. Me encanta el... campus de Corpus Christi —dice Zara.

—Sí. Es bello, y la arquitectura, espectacular. En fin, volvamos a ti.

—Así que fui a *Magdalen* —Zara se cuida de pronunciarlo como *modlin*— y decidí hacerme abogada. Así que eso es lo que hago ahora.

—¿En qué rama del Derecho?

Zara intenta recordar a qué se dedica Amal Clooney.

—Derechos humanos y un montón de... asuntos internacionales.

Dickie se burla.

—No hay dinero en eso, ¿cierto?

—En realidad sólo estoy en esto para casarme con George Clooney algún día —dice Zara.

—Creo que ya está casado —responde Dickie.

—Eso fue otra broma.

—Oh —Dickie fuerza una sonrisa dolorida.

Dios, piensa Zara. *Sácame de mi miseria.*

Entonces, llega el mesero. Dickie ordena para los dos, sin preguntar a Zara si le parece bien, sin preguntarle si tiene alguna alergia o preferencia. Para empezar, caviar de esturión, una docena de ostras de Jersey y carne tártara, nada que haya comido Zara antes. A continuación, pelmeni de langosta, cangrejo y camarones (Zara no sabe qué es el pelmeni hasta que comprueba la descripción en el menú: dumplings rusos, al parecer) y suflé de queso apestoso. Por último, los platos principales: macarrones con queso de bogavante para compartir y un chateaubriand para cada uno, bañado con salsa de trufa y acompañado con papas a la francesa con trufa. Zara tampoco ha comido nunca langosta, suflé ni trufa, ni recuerda haber pedido nunca filete en un restaurante (eso es el chateaubriand, según el menú). Siempre que ella y Savannah podían permitirse comer algo que no hubieran cocinado ellas mismas, era pollo frito o en un PizzaExpress, cuando se sentían elegantes.

A pesar de lo desagradable que es Dickie, ésta puede ser la primera y última vez que Zara coma algo así, por lo que imagina que lo disfrutará.

Siguen las conversaciones triviales y Dickie dice más cosas detestables. Zara pulsa el botón de la mesa que dice *Presionar para champán* y llega más Bollinger. Sirven el caviar, las ostras y la carne tártara. Zara no le dice a Dickie que no tiene ni idea de lo que está haciendo. En lugar de eso, lo observa —la forma en que exprime jugo de limón en su ostra y luego un chorrito de Tabasco antes de tragársela completa— y lo imita. La ostra sabe bien, salada, y su textura no es tan asquerosa como esperaba. Zara se come una segunda y una tercera, y hubiera querido más, pero Dickie ya se comió el resto. Después, prueba la carne tártara con cierto temor, porque siempre le han dicho que no se debe comer carne cruda ni huevos crudos, y en ese lugar ambos se sirven como si fueran un manjar. La tártara también es sorprendentemente deliciosa, con pequeños toques de sal de las alcaparras. Dickie sigue hablando de sí mismo y Zara finge escuchar, mientras saborea la costosa comida. Al final, cuando recogen los platos y Dickie parece estar de mejor humor, Zara decide seguir adelante.

—Hagamos preguntas rápidas —dice. El champán la hace sentir burbujeante y ligera.

—De acuerdo.

—Color favorito.

Dickie finge una risa.

—Soy un hombre adulto. No tengo un color favorito.

Idiota.

—De acuerdo, entonces. Programa de televisión favorito de cuando eras pequeño.

—La verdad es que no veía la televisión. Mi libro favorito, sin embargo, era Proust. *En busca del tiempo perdido*. No podías arrancármelo de las manos a mis diez años.

Idiota, idiota, idiota.

—El mío era *Sabrina, la bruja adolescente* —Zara lo dice tan rápido que le sale como una palabra larga, como *supercalifragilisticoespiralidoso*—. Y también me encantó la nueva versión, por cierto. La de Netflix. Es un crimen que la hayan cancelado, no me cansaba de verla.

Dickie guarda silencio y se echa hacia atrás en su silla.

—¿Dije algo malo? —pregunta Zara.

—Dime, ¿qué hay de encantador en la representación de una adolescente que ofrece su alma al diablo?

Zara casi ríe. Jude tenía razón.

—No es real, es... —dice ella.

—¿Y si fuera real? —la interrumpe Dickie—. Ten paciencia conmigo un momento, Scarlett. ¿Y si el diablo y la brujería fueran reales, y *Sabrina, la bruja adolescente* animara a jóvenes inocentes a buscar todo eso, en detrimento de sus almas inmortales?

—Siempre he pensado que la brujería es más feminista y empoderadora —argumenta Zara.

—No lo es —suelta Dickie, antes de tomar aire para recuperar la compostura—. No es empoderadora. Es condenatoria. No espero que lo entiendas, pero mi familia ha trabajado mucho para... combatir el ocultismo.

Santo Cielo.

—¿En serio? Cuéntame más —lo alienta Zara.

—Bueno, no puedo hablar de ello con demasiada libertad.

Zara se inclina hacia él y tiene cuidado de apresarse los pechos con los codos mientras lo hace.

—Ahora eres tú quien está haciéndome una broma, Dickie.

Dickie parece a la vez receloso y ansioso de presumir todas las mujeres que su familia ha asesinado.

—Vamos, no puedes colgar una golosina así delante de mí. Suéltalo —insiste Zara.

Los anteriores intentos de ligar de Zara han fracasado, pero éste parece funcionar.

Dickie sonríe y se inclina hacia ella. Sus caras están muy juntas, como si estuvieran conspirando.

—Vengo de una familia muy antigua. Podemos rastrear nuestro linaje hasta el rey Jaime. El rey Jaime, por supuesto, fue el autor de *Daemonologie* —dice Dickie.

Zara lo sabe. *Daemonologie* fue uno de los primeros libros que leyó tras la muerte de Savannah.

—Cazábamos brujas para él y, a cambio, concedió a mis antepasados sus tierras. La mayoría de las cuales todavía conservamos.

—O sea, ¿quién no era un cazador de brujas en la Europa medieval? —añade Zara.

Dickie parece ofendido.

—La mayoría de la gente, en realidad —responde él.

Maldita sea, Zara. Contrólate.

—Perdona. Continúa —Zara rectifica.

—Como sea, eso se ha convertido en una especie de... tradición familiar. Algo que se transmite de padres a hijos. Parece muy arcaico en los tiempos modernos, lo sé, pero sigue siendo sorprendentemente necesario.

El corazón de Zara late deprisa.

—¿Te refieres a... cazar brujas?

—Bueno, a la *reeducación* de las brujas. Te horrorizaría si supieras el número de mujeres jóvenes que se interesan por el encanto de lo oculto. Nunca lo entenderé.

Zara no puede contenerse.

—Bueno, se trata de adquirir poder, ¿no es así? De qué tan privada de derechos estás y cuánto estás dispuesta a sacrificar para cambiar eso —arguye Zara.

—El sacrificio del alma nunca vale la pena —responde Dickie.

—Resulta fácil para ti decir eso. Tú ya tienes poder.

—¿Me estás diciendo que te pondrías del lado de las mujeres que ofrecen fragmentos de su alma inmortal al diablo? —pregunta Dickie.

—Lo único que digo es: ¿por qué eso tiene que ver contigo? —pregunta Zara.

—Scarlett, no necesitas sentirte personalmente ofendida en nombre de estas mujeres. Aquí no estamos hablando de damas como *tú*. Estamos hablando de mujeres sin educación, empobrecidas y en circunstancias desafortunadas, que en lugar de trabajar duro para salir adelante, toman la decisión fácil y acuden al diablo en busca de medios para vivir.

—Eso suena a patrañas, Dickie —dice Zara.

—¿Perdón?

Zara se aclara la garganta.

—Una pregunta más, si me lo permites —continúa ella.

Dickie respira agitadamente por las fosas nasales. Tiene los labios apretados.

—Está bien —responde él.

—Digamos que te creo, cosa que no está sucediendo, por cierto —Zara sonríe, intenta suavizar el tono mordaz de su voz—. ¿Estás intentando decirme que tú cazas, perdón, *ree-*

ducas, a las brujas, Dickie? ¿Tú, personalmente? ¿Que andas por ahí como un justiciero tipo Batman, librando a la ciudad de mujeres malvadas?

—Eso quisiera —dice Dickie—. Mi abuelo fue el último verdadero cazador de nuestra familia. Mi padre se oponía moralmente, es un liberal sensiblero. Todo lo que sé es por mi abuelo, que en paz descanse. Los días gloriosos de la caza de brujas son cosa del pasado, que vuelvan las quemas públicas, digo yo, pero mi abuelo ciertamente tenía algunas historias que te pondrían los pelos de punta. Dios, si supiera cómo localizar a una, estaría feliz de...

Llegan los platos principales. Los macarrones con queso y langosta, las papas a la francesa con trufa y el plato que Zara estaba esperando: el filete. No hablan de brujas ni de brujería ni de demonios ni del diablo mientras comen. Dickie no ha matado a ninguna bruja, no parece ser el buscado Destripador —Zara está segura de que presumiría de ello si así fuera—, así que decide disfrutar de la comida. Dickie no para de hablar de su trabajo en finanzas. Habla mucho de criptomonedas y NFT, de cómo compró y vendió un Bored Ape en el momento exacto y ganó varios cientos de miles de libras en un par de semanas. Zara quiere ignorarlo, intenta saborear el chateaubriand con jugo de trufa. Todo es rico y decadente y delicioso. Cuando les traen la cuenta, Dickie paga. Zara no se ofrece ni intenta contribuir, no es que hubiera podido hacerlo, ni siquiera si él hubiera esperado que lo hiciera.

—Me has dejado intrigada, Dickie —Zara hace un último intento de ser coqueta—. Digamos que quiero saber más sobre... mmm... cómo combatir el ocultismo. ¿Por dónde podría empezar?

—¿En serio? No parecías muy interesada —dice Dickie.

Zara se encoge de hombros.

—Si la brujería es en verdad tan mala como dices, siento que debería estar haciendo algo para... salvar las almas de estas mujeres, ¿sabes?

—Exactamente, Scarlett —Dickie golpea la mesa con la palma de la mano—. A eso me refiero exactamente. Ellas necesitan de nuestra ayuda. Necesitan que sus almas sean purificadas. Bueno, esto me entusiasma. No hay muchas mujeres involucradas en nuestra asociación, por desgracia, pero estamos presionando mucho por alcanzar la diversidad.

Dickie saca una pluma. Zara intenta no fruncir el ceño.

—Ve aquí —Dickie garabatea una dirección en una servilleta—. Habla con ellos. Es todo muy secreto. Tenemos que mantener la clandestinidad en estos días. Imagina lo que dirían las feminazis de lo que estamos haciendo. Ve ahí, conoce a la gente, averigua cómo puedes involucrarte en la causa.

—Así que hay gente aquí, cazadores, que en verdad... ya sabes... ¿están "reeducando" a las brujas? —pregunta Zara.

—Oh, sí, definitivamente. Muchos de la generación más joven aún no se han atrevido, pero todos los de la vieja guardia están activos. Algunos se oponen a la idea de incluir a las mujeres en la caza, pero son dinosaurios. Necesitan adaptarse a los tiempos. Bueno, Scarlett, fue interesante conocerte. Tengo un compromiso esta tarde, así que es mejor que me vaya.

—Oh, claro, sí. Bueno, adiós, Dickie. Gracias por el almuerzo.

—Bien, bueno. Tengo tu número —Dickie mira la servilleta en la mano de Zara—. Tal vez... será mejor que no le digas a nadie allí acerca de tu debilidad por Sabrina.

Zara asiente mientras él se levanta y la deja sola en la mesa.

VEINTITRÉS

Jude revisa la hora en su teléfono, otra vez.
Sentada en el coche fuera del restaurante, esperando a Zara, se siente tan... estancada. Quiere hacer algo más que golpetear los dedos contra el volante y rechinar los dientes. Su corazón está lleno de pequeños vacíos. La sangre apenas bombea, se filtra con dificultad en sus pulmones, algo en su pecho se agita con cada latido.

La boda es esa noche.

Jude aprieta los dedos alrededor del volante hasta que le empiezan a doler todos los huesitos de la mano. Apresúrate, Jones.

—Relájate —dice Emer, tocando el hombro de Jude—. Come.

—¿Crees que siga viva ahí dentro? —pregunta Jude un minuto después, con un bocado de sándwich de ensalada de huevo en la boca. Comer un sándwich empaquetado de Pret mientras Zara engulle caviar y ostras: así de injusta es la vida de Jude—. Oh, espera... ahí está él.

Dickie sale del restaurante con cara de disgusto. Por otra parte, parecía molesto al entrar, así que tal vez tan sólo tiene cara de cretino en reposo. Un elegante coche negro se detiene. Dickie sube y se aleja en él hacia la tarde que comienza. Zara sale un minuto después, con cara de pocos amigos, y cruza la calle para meterse en el asiento trasero del coche de Jude.

—¿Algo? —pregunta Emer.

—Una dirección —Zara le entrega una servilleta a Emer—. Dijo que fuera allí y hablara con ellos. No sé qué sea eso... pero él sí sabe lo que hace. Definitivamente, está involucrado con la cacería de brujas.

Emer asiente.

—Vamos, entonces —Emer mira fijamente por el parabrisas delantero, con los hombros echados hacia atrás como si estuviera en un carruaje, lista para cabalgar hacia la batalla.

Jude se aclara la garganta.

—Mira, puedo llevarte allí si eso es lo que quieres, pero... bueno, tengo la boda.

—Iré contigo, entonces —dice Emer con voz resuelta—. A la boda. Puedes llevar una invitada, estoy segura. Iré contigo, y cuando termine, podremos ir a este lugar juntas.

Jude ríe, porque el solo pensamiento ya es risible. Emer, la bruja salvaje, en el salón de baile del Wolf Hall.

—No te ofendas, Emer, pero estoy intentando volver a quedar bien con mi padre, y no creo que aparecer contigo vaya a ayudar en nada a mi caso.

—¿Por qué? —pregunta Emer.

Jude no sabe qué contestar.

—Bueno, porque... eres tan... eres tan Emer. No eres... Obviamente, no encajarías allí, ¿está bien? Ellos son... gente rica, sofisticada. ¿Por qué querrías venir?

La mirada de Emer es oscura.

—Ya veo —dice ella.

—No encajar allí es algo bueno —aclara Jude—. Podemos seguir el rastro a primera hora...

—Claro —Emer la interrumpe—. ¿Zara?

Jones duda.

—Hoy no puedo. Tengo que... tengo planes.

—¿Ninguna de las dos? Tenemos esto... —Emer agita la servilleta con la dirección— ¿y ninguna de las dos vendrá conmigo?

—Emer, no es... —intenta Jude, pero Emer ya está fuera del coche, dando pisotones mientras avanza por la calle.

—¿Puedes ir tras ella? —le pregunta Jude a Jones con un suspiro.

—Oh, pero no soy yo quien quiere que la siga —dice Jones, batiendo las pestañas.

—Eres tan inmadura —Jude sale del coche y corre tras Emer—. ¡Emer, espera! —le grita. La bruja no espera—. ¡Vamos, por favor! Sólo detente.

Emer al fin se gira hacia ella.

—Más mujeres podrían morir esta noche, Jude —exclama Emer—. Tú podrías morir esta noche. ¿Lo has olvidado? ¿Y si él viene por ti otra vez?

Jude se pasa la mano por el cabello.

—O sea, no es que hayas sido exactamente de gran ayuda la última vez —añade Jude.

Emer no dice nada por un momento. Luego:

—Vete al carajo, Jude.

Jude levanta las cejas.

—¿Qué yo me vaya al carajo? Vete tú al carajo, Emer. Sólo porque tu familia esté muerta no significa que yo no deba tener la oportunidad de formar parte de la mía por una noche.

—Vaya —la bruja se gira de nuevo y comienza a alejarse.

—Emer. Emer. Mira, lo siento, ¿de acuerdo? Eso fue demasiado duro. Emer, Cristo, ¿podrías esperar?

Emer se vuelve hacia ella.

—¿Para qué? Está claro que aquí no hay nada por lo que merezca la pena esperar.

—¿Puedo simplemente…? Esto se me ha ido de las manos. Déjame darte la dirección donde se celebra la boda, ¿de acuerdo? Tómate la tarde libre, luego podemos vernos afuera a medianoche y volver al camino. ¿Qué te parece?

Emer frunce los labios. No dice nada. Jude suspira y garabatea la dirección del Wolf Hall en la misma servilleta que Jones sacó del restaurante.

—Llevo dos años esperando esto —dice Jude al devolvérsela—. Podría ser mi oportunidad de recuperar a mi familia. ¿Tú no querrías aprovechar esa oportunidad?

Emer tiene cara de piedra.

—No lo sé, Jude. Nunca lo sabré.

Jude hace un gesto de dolor cuando la bruja se aleja. Su comentario se siente como un aguijón.

—Lo sé, lo sé —dice Jude cuando vuelve al coche—. Eso fue lamentable, no hay necesidad de…

Jones jadea y se dispone a meter algo en el hueco que está a sus pies, en el coche. Jude se lo arrebata y sabe de inmediato de qué se trata por el escozor que le produce en las palmas de las manos. Es el libro con el ritual que utilizaron para resucitar a Róisín Byrne.

—Bueno, bueno, bueno —dice Jude—. ¿Cómo demonios conseguiste robar esto? Estoy impresionada. Eres mejor ladrona de lo que suponía —hay varias notas adhesivas marcando las páginas que Jones ha estado leyendo, cada una con extensas anotaciones—. No puedes estar hablando en serio.

Jones le arrebata el libro.

—¿Y eso a ti qué te importa?

—¿Estás trastornada? ¿No viste a la espeluznante prima demonio saliendo de su fangosa tumba literalmente ayer? Quería comernos, Jones. Y tú ibas a ser la primera. Literalmente, te iba a comer. Iba a arrancarte la garganta con sus dientes.

Jones mantiene la barbilla alta.

—Admitiré que eso no salió exactamente como lo esperaba, pero tengo una idea de cómo mejorarlo esta vez. Además, Savannah podría saber quién es el Destripador.

—Oh, mierda. ¿Cómo podría ella saberlo? Lo más probable es que fuera un extraño. La despertarás, le harás la pregunta, se encogerá de hombros... ¡y entonces el demonio dentro de ella empezará a moverse por Londres como si hubiera sido invitado a un gran bufet!

—¿Y si Savannah sí supo quién la mató? —Jones está enfadada ahora, con las mejillas rosadas. Se defiende—. Ella tenía un nuevo novio en las semanas previas a su muerte. Podría haber sido él. Además, hay algo sospechoso en el hechizo que eligió. ¿Qué estaba buscando? Si pudiera hablar con ella...

—No —dice Jude con firmeza. Ya fue suficiente de zombis—. Emer está siguiendo la pista que te dejo Dickie, permite que...

—Te mataré —replica Jones en voz baja.

—¿Qué?

—Lo haré. Te mataré. Si eso es lo que quieres. Yo, no sé, te ahogaré en una bañera o algo así, y luego te traeré de regreso.

—Ya establecimos que ese brillante plan no funcionará a menos que alguien esté dispuesto a tomar mi maldición justo antes de morir, así que no, gracias.

—Yo lo haré. Te quitaré tu maldición si tú me ayudas a traer a Savannah de regreso.

—No juegues conmigo, Jones —la voz de Jude es baja, aguda, tiene las fosas nasales dilatadas—. No me fastidies con eso, a menos que lo estés diciendo en serio.

—Lo estoy diciendo en serio. Si tú me ayudas a traer a Savannah de regreso. Sólo por un minuto. Sólo para que le pueda decir lo que necesito decirle. Te mataré, tomaré tu maldición y te traeré de vuelta al mundo de los vivos. Puedes añadir el dinero que le prometiste a Emer para endulzar el trato.

Jude la fulmina con la mirada. Puede ver la desesperación de la chica, sabe que la impulsa su deseo irracional de reunirse con su hermana. También sabe que no debería aceptar semejante trato. La maldición no es algo que le desearía a un enemigo, y mucho menos a una... Dios, ¿en verdad considera a Jones una amiga? ¿La molesta, santurrona, sabelotodo Jones? Aun así. Jones no es la única que se deja llevar por un deseo irracional. Este momento es lo más cerca que ha estado Jude de romper su maldición, y no va a dejar que se le escape de las manos.

—¿Dónde piensas conseguir exactamente cinco litros de sangre? —pregunta Jude.

Jones exhala.

—Ése es el mayor problema ahora mismo —acepta Zara—. Aún no lo sé. ¿Un banco de sangre? ¿Un hospital? Podría disfrazarme de médica, supongo. No es tan difícil entrar en los hospitales.

—Ése es un pésimo plan.

—Bueno, ¿tienes uno mejor?

Jude lo piensa un momento y luego se le ocurre al instante.

Dios. Es un plan terrible. Un plan realmente atroz, el peor que se le haya ocurrido hasta ahora, pero tal vez podría funcionar.

—No es que haya decidido ayudarte, porque creo que en realidad has perdido la razón, pero... hay una habitación del pánico en la casa de mi familia. La casa a la que voy esta noche para la boda de mi padre.

—¿Y qué con eso?

—Entonces, como Lawrence Wolf es un multimillonario paranoico, mantiene una reserva fresca de sangre en esa habitación del pánico en todo momento, por si le disparan o es apuñalado por algún intruso o algo así.

—¿Cuánta?

—Mucha. Muchos litros. Él no arriesga su vida.

—¡Eso es brillante! Jude, ¡eres brillante!

—Siempre lo dices con un tono de sorpresa.

—Así que vas a la boda, robas la sangre, y te reúnes conmigo en el cementerio después, y luego...

—¿Cómo piensas contenerla?

—¿Qué?

—A tu hermana. Cuando un demonio grande, corpulento y hambriento se meta dentro de su piel y empiece a usarla como marioneta, ¿cuál es tu gran plan para impedirle que me coma?

—Tengo una teoría. Creo que puedo proteger el cerebro de Sav para que el demonio sólo tenga acceso a su cuerpo, pero no a su mente.

Jude sacude la cabeza.

—Explícamelo...

—Róisín llevaba mucho tiempo enterrada —dice Zara—. Quizá, como Savannah sólo lleva un año muerta, le quede más materia cerebral; más poder de procesamiento, más poder de razonamiento. Será más dócil, será...

Dios. La chica es una ilusa.

—Las cosas no van a funcionar como tú quieres que lo hagan sólo porque teorizas sobre ello —dice Jude—. Viste lo fuerte y hambrienta que era esa flacucha. Si Savannah es la mitad de salvaje que ella...

—¿Supongo que tienes un mejor plan? —la reta Zara—. Parece que hoy eres la reina de los mejores planes.

—No puedo creer que vaya a decir esto, pero... —Jude deja escapar un largo suspiro—. La habitación del pánico viene al rescate de nuevo. Desenterramos a Savannah. Ponemos su cuerpo en una maleta o algo así. La llevamos a la casa. La encerramos en la habitación del pánico contigo. La traes de vuelta, averiguas quién es el asesino, si acaso ella lo sabe. Si tu truquito de protección funciona, genial. Si no, acabas con ella otra vez y no te come ni a ti ni a mí ni a nadie.

Jones ríe abiertamente. Jude no la culpa.

—Oh, ¿vas a colar un cadáver en la mansión de tu familia el día de la boda de tu padre? Es una idea genial, Jude. ¡Nadie se dará cuenta!

Jude se encoge de hombros.

—No lo vamos a colar. Entraremos por la puerta principal. Bueno, por la lateral, en realidad. Fingiremos que es un regalo. En realidad, es el mejor día del año para meter un cadáver en el Wolf Hall. Todos estarán ocupados, mirando hacia otro lado.

Zara se queda con la boca abierta.

—Estás hablando en serio, de hecho. Por una vez, no estás bromeando.

—Así es.

—Jude... tu familia podría estar en peligro.

—No, si te apegas al plan. No hay forma de que salga de esa habitación a menos que tú la dejes salir... y tú no lo harás. ¿Cierto?

—No. Por supuesto que no.

—Bien.

—¿Le... mmm... le diremos a Emer sobre esto o...?

No hay manera de que Emer acepte lo que ellas dos han estado urdiendo; no existe un escenario en el cual Emer acepte que Jones ahogue a Jude y tome su maldición.

—Yo no la molestaría con eso, ¿sabes? Le daremos la noche libre —Jude saca su teléfono, marca un número que conoce bien, pero que ha recibido instrucciones expresas de no guardar.

—¿A quién llamas? —pregunta Jones.

—Si vamos a hacerlo, necesitaremos ayuda.

La llamada es contestada después de dos tonos.

—Te dije que no me llamaras nunca, pequeña miserable... —dice la voz al otro lado de la línea.

—Hola, Reese —dice Jude—. Yo también te he echado de menos.

Es una tarde plateada, el mundo se proyecta en escala de grises. La niebla se cierne sobre la ciudad, todo se desvanece a lo lejos, los árboles de ramas desnudas son engullidos por la penumbra. Jude conduce hasta el cementerio donde está enterrada Savannah y se estaciona en la calle de enfrente. Las sombras se mueven en la bruma. Jude se sobresalta ante cada nueva figura cubierta de oscuridad que emerge de los vapores, esperando que sea el asesino, preguntándose si éste la habrá encontrado de nuevo. Emer no fue precisamente de mucha ayuda cuando el Destripador atacó, pero ahora que se ha ido, Jude descubre que está más nerviosa de lo que esperaba por estar sin ella. Se ha acostumbrado a su presencia punzante.

Es un buen día para saquear tumbas, si es que puede haber tal cosa. La niebla las mantendrá ocultas.

Jude soborna al encargado de la puerta principal para que se marche antes, para darles algo de "intimidad" mientras "lloran su pérdida". Por supuesto, pagar mil libras por un luto privado tiene que ser algo extraño, pero el portero no hace ninguna pregunta.

Chopra se reúne con ellas en la entrada, con los brazos cruzados y un gesto de malhumor. Lleva unos jeans de corte bootcut y una chamarra de piel marrón, y una maleta de gran tamaño a su lado. Jude nunca la había visto sin el equipo de protección, y verla ahora la sacude: darse cuenta de lo mayor que es Chopra, lo adolescente que se siente al lado de esa mujer.

Jude le explicó por teléfono. De todas las respuestas que hubiera esperado de Chopra —¿Que quieres que haga qué? ¿Estás chiflada?—, su aceptación inmediata no estaba entre ellas. Pero dos cosas que Jude dijo hicieron que Chopra se mostrara deseosa de ayudar. La primera cosa: desenterrar a Savannah podría ayudarles a identificar al asesino en serie hoy mismo. Chopra preguntó: "¿Cómo?", y Jude dijo: "No puedo decírtelo porque no me creerás, pero te prometo literalmente que podría funcionar".

La segunda cosa: Jude se ofreció a pagarle 30,000 libras por su ayuda. Chopra se quedó callada después de que Jude le dijo esto, se mantuvo en silencio durante tanto tiempo que Jude le preguntó si seguía allí. Lo único que añadió Chopra fue: "Más te vale que no me estés fastidiando, rarita, saqueadora de tumbas". Luego, colgó y envió un mensaje un minuto después: **Acepto**.

Así que, helas ahí. El trío de saqueadoras de tumbas más extraño que jamás haya existido, cada una con una pala al hombro mientras se dirigen por el cementerio a la tumba de una tal Savannah Jones, arrastrando una gran maleta tras ellas.

El sol está bajo en el cielo; los árboles a su alrededor lucen desnudos, con un aspecto maligno. Los cuervos saltan de lápida en lápida, siguiéndolas al avanzar por las partes más antiguas del cementerio hacia las tumbas más recientes. Jude se ciñe el abrigo y se calienta las manos con su aliento.

Caminan en silencio. Incluso para Jude, es demasiado raro hacer una broma. Lo que están a punto de intentar es una locura. La infame herida de su pierna puede sentir su ansiedad, su escepticismo. Se alimenta de su aprensión, la agudiza y la convierte en un dolor físico que sube por el fémur hasta su cadera. Un dolor de muelas, espinoso y punzante, pero en el muslo. Jude se imagina a sí misma tomando la pala y usándola para cortarse la pierna, lo que le produce un extraño y maniaco consuelo.

En la tumba de Savannah, Chopra mira la lápida y dice:

—¿En verdad vamos a hacer esto?

Zara no dice nada, sólo empieza a cavar. Chopra deja escapar un largo suspiro. No hay palabras, pero Jude lo entiende perfectamente: *¿Cómo demonios llegó mi vida a esto?*

Jude se pregunta, por primera vez, si Chopra tiene hijos, si tal vez ésa sea la razón por la que el divorcio de su esposa es tan malo, el motivo por el cual se ha rebajado a tomar el dinero en efectivo de unas adolescentes e ir a desenterrar cadáveres.

Zara y Chopra se encargan de la mayor parte de la excavación. Jude lo intenta durante unos minutos y luego se queja de que no está hecha para el trabajo manual, pero la verdad es que se queda sin aliento enseguida. La última maldición le quitó una buena parte de su vida y la dejó más débil que nunca. Unas cuantas paladas de tierra y sus pulmones se sienten como si estuvieran bajo el peso de varios bloques de concreto. Zara y Chopra no se lo recriminan. Pueden ver lo débil que se ha vuelto, lo marchita que está.

Trabajan deprisa, ambas sudan y respiran con dificultad mientras mueven palada tras palada. La tierra está blanda, aún no se ha congelado por las heladas invernales ni se ha asentado del todo tras haber sido removida en primer lugar, cuando enterraron a Savannah, hace casi un año.

Jude se sienta en una lápida cercana, observando y esperando ansiosamente. Les toma un par de horas a Jones y Chopra alcanzar la sólida tapa del ataúd. Se acerca rápidamente la hora en que Jude debe estar en el Wolf Hall.

—Me duele el trasero —se queja Jude, la lápida sobre la que está sentada hace que le duela todo el cuerpo. Al compartirles su sentir, las otras dos la miran con el ceño fruncido, lo cual es justo, supone ella.

Entonces, por fin, están listas para que comience la exhumación.

—Abre la maleta —dice Chopra mientras empieza a hurgar en la tapa del ataúd.

—Hey, Jones, ¿por qué no te tomas un descanso? —dice Jude. Jones está parada en el borde de la tumba, mirando fijamente el lugar donde la cara muerta de Savannah aparecerá en un momento—. Podemos hacer esta parte sin ti.

Jones lo piensa por un momento y luego asiente.

—Gracias. Sólo... tengan cuidado con ella, por favor. No la corten para meterla en la maleta ni nada así.

—Tienes tan mal concepto de mí —dice Jude, aunque sin duda ya pasó por su cabeza cortarle las manos y los pies a Savannah. No es un mal plan de contingencia, en caso de que las cosas se pongan un poco... raras.

Jude ayuda a Jones a salir de la tumba, observa cómo se adentra en la niebla, que rápidamente la engulle.

—¿Tienes estómago para esto? —pregunta Chopra.

—Estamos a punto de averiguarlo —dice Jude.

Chopra se pone los guantes y el cubrebocas. Jude hace lo mismo. Entonces, la primera abre la tapa. La tierra suelta cae encima del cuerpo, se mete en el cabello de Savannah, en su ropa. Una nube de hedor se desprende de ella y golpea a Jude, quien retrocede dos pasos y respira por la boca, pero aún puede saborear el hedor casi sólido que flota en el aire ahora.

—Oh, Dios, oh, Jesús —exclama Chopra mientras engancha sus brazos bajo las axilas de Savannah y la levanta. Una campana tintinea en la mano muerta de la joven. Algo estalla bajo la presión del agarre de Chopra. Por su chamarra de piel y sus manos enguantadas corren chorros de un líquido oscuro. Jude tiene arcadas y aparta la mirada.

—Ayúdame a sacarla —pide Chopra.

—Dame un segundo —se excusa Jude tratando de seguir respirando.

No resulta fácil sacar a Savannah de la tumba. Chopra empuja el cuerpo por un lado, con la cara aplastada contra la tierra blanda, mientras Jude tira de él desde arriba intentando no arrancarle los brazos. Cuando consiguen ponerla sobre la hierba, está sucia y cubierta de su propia putrefacción.

—Cuidado con ella —dice Jude cuando Chopra mete a Savannah en la maleta y empieza a doblarle las extremidades para que quede en posición fetal.

Cuando Jude expresa su sorpresa por la flexibilidad del cadáver, Chopra explica que el rigor mortis no suele durar mucho —horas, un día a lo sumo— antes de que los cuerpos vuelvan a ser maleables.

Chopra cierra la maleta y la arrastra tras de sí mientras caminan de vuelta a la entrada. Jones se reúne con ellos allí, con rostro solemne, y ayuda a subir la maleta a la parte trasera del todoterreno de Chopra. Una esquina ya está manchada y empieza a gotear. Se lavan las manos con una botella de agua, se ponen la ropa extra que Chopra trajo para cada una, se aplican una buena cantidad de su perfume —un embriagador aroma a clavo y madera balsámica quemada— y conducen en silencio hasta Holland Park, con las ventanillas abajo pese al viento gélido de afuera. El frío es mejor que el olor del cuerpo de Savannah.

—La hija está aquí —dice por los auriculares una mujer vestida de negro cuando Jude, Jones y Chopra llegan a la entrada de servicio de la casa de Holland Park. Los vendedores traen cajas de champán y el queso favorito de Lawrence, que ha traído en avión desde Francia—. ¿Qué hay en la maleta?

Jude golpea la maleta.

—Un gran, gran regalo, para demostrarle a papá lo mucho que lo quiero. Es demasiado pesada para subirla por la escalera. Tenemos que usar el elevador de servicio.

—¿Qué es? —pregunta la mujer.

—¿El regalo? ¿El regalo dentro de esta maleta?

—Sí.

—Oh. Es una... estatua de mármol... ...de mi padre... posando con... un... halcón.

—¿Un halcón? —preguntan al mismo tiempo la mujer y Chopra.

—Sí, de hecho. Un halcón. Para simbolizar... emprender el vuelo... en... un nuevo matrimonio.

—También hay una paloma —añade rápidamente Jones—. Para simbolizar la paz y el reencuentro. Yo soy la artista. La escultora de mármol. Me llamo Scarlett Twisleton-Flynn.

—¿Un halcón y una paloma? —pregunta la mujer.

—Múltiples halcones y palomas —dice Jude—. Está cubierto de ellos. Ya sabes cuánto adora mi padre a los pájaros.

La mirada de la mujer se posa en Chopra.

—¿Y usted es?

—Mi asistente —contesta Jude.

Chopra se pasa la lengua por los dientes. A ella le va a encantar esto.

—Correcto —dice la mujer—. No tengo tiempo para esto. Haré que alguien venga y la recoja...

—No. No, no. Tengo que entregársela yo directamente, y la artista tiene que quedarse con su creación para asegurarse de que no se rompa.

—Bien —añade la mujer, haciéndoles señas para que pasen, más interesada en las cajas de ostras frescas que están llegando que en la maleta.

Las tres suben en el elevador de servicio hasta el nivel de la recámara de Lawrence. Jude comprueba que no haya moros en la costa —todas las puertas de la recámara están cerradas— y entonces llevan la maleta hasta la entrada de la habitación del pánico.

Por fuera, la puerta parece un gran espejo de marco dorado. Jude tantea detrás de ella, buscando el pestillo que la abre. La habitación es pequeña, pero lujosa. Hay espacio suficiente para un sofá Chesterfield de piel marrón en un costado, un escritorio en el otro (¿por si Lawrence quiere trabajar mientras invaden su casa?), una televisión montada en la pared, una puerta que da a un pequeño baño, un carrito de bar con licores y copas de cristal (quizá provisto por los miembros más jóvenes de la familia Wolf con el propósito de impresionar a las citas que traen allí) y, lo que es más importante, dos pequeños refrigeradores con frentes de cristal en la pared del fondo. Uno con comida y agua, el otro con medicamentos y —Jude respira aliviada cuando lo ve— una docena de bolsas de brillante sangre roja.

—No bromeabas —dice Jones.

Chopra mete la maleta a la habitación mientras Jude habla con Jones:

—El teclado está aquí, junto a la puerta. Cuando salgamos, oprimes el botón de bloqueo. Entonces, la única forma de entrar o salir de aquí es con el código de acceso.

—¿Cuál es el código de acceso? —pregunta Jones.

—No te lo voy a decir hasta que estés segura de que Savannah no se va a comer a todos los de esta casa.

—Sí, voy a esperar en el pasillo a que terminen con esta conversación —dice Chopra—. Suena como algo que no necesito escuchar.

—¿No confías en mí? —pregunta Jones.

—Francamente, no, Jones. No confío en ti. No con esto, y además… los demonios son astutos. Podría intentar convencerte de que lo dejaras salir, y no estoy segura de que no le harás caso —Jude hace una breve pausa—. ¿Estás segura de que quieres seguir adelante con esto? ¿Segura de que quieres ver a Savannah así?

—Puedo con esto —responde Zara.

—De acuerdo, entonces. Bien. Hazlo: reanímala. Dile lo que sea que necesites decirle. Averigua lo que sabe. Luego te diré cómo salir. ¿Entendido? —Jude realmente espera que Emer tenga razón y que el zombi no se coma a su creadora. De lo contrario... hace una mueca, no puede pensar en ello durante demasiado tiempo.

Jones asiente, pero parece distraída.

—Bien —dice ella.

Jude sale al vestíbulo, cierra la pesada puerta de espejo y espera para oír que Jones oprime el botón que desliza los pasadores como si fuera la puerta de una cámara acorazada. Para bien o para mal, ahora están encerradas allí, la novata necromante y la hermana muerta a la que lleva un año intentando revivir.

Jude y Chopra salen por donde llegaron, por la red de elevadores de servicio y los pasillos que conducen a la entrada lateral. Pasan por delante de un personal atareado y apenas reciben una segunda mirada. En la calle, Jude acompaña a Chopra hasta donde está estacionado su coche. Chopra la observa atentamente mientras Jude le transfiere la suma pactada.

—Si alguien me pregunta por esto —dice Chopra al sentarse en el asiento del conductor—, haré que te arresten por profanación de cadáver. Será mi palabra contra la tuya. ¿Entendido?

—Siempre disfruto de nuestras conversaciones casuales —dice Jude—. Por cierto, ¿tienes hijos?

—¿Es algún tipo de amenaza?

—Dios, tranquila. Sólo tengo curiosidad. Estoy tratando de ver a la persona bajo la coraza.

Chopra muestra a Jude la pantalla de bloqueo de su teléfono. Dos niños de cabello oscuro con disfraces de calabaza de Halloween la miran.

—Tengo gemelos —dice Chopra—. Mis óvulos, pero Brooke los llevó. Ahora está intentando quitármelos.

—Lo lamento. Eso apesta.

—No lo lamentes. Llevas un año ayudando a pagar los honorarios de mis abogados.

—Bien. Al carajo Brooke. La odio.

—Te debe gustar mucho.

—Literalmente, acabo de decir que la odio.

—No, Brooke, de quien sea que estés enamorada. ¿Es Jones? ¿O la pelirroja, tal vez?

—¿Qué? —cuestiona Jude—. ¿Quién dice que me gusta alguien?

Chopra sonríe.

—No me has coqueteado ni una sola vez en todo el día.

—Sí, bueno, quizás es que no soy una furibunda pervertida.

—Ya no lo eres, querrás decir.

—Grosera.

Chopra cierra la portezuela y baja el cristal de la ventana.

—Llama para comunicarme el nombre del asesino, o de lo contrario no me llames.

—Ahí está la Chopra que conozco y amo —replica Jude, pero Chopra ya se está alejando.

Jude vuelve al Wolf Hall, esta vez al portón principal, que está adornado con flores blancas tan abundantes que apenas se ve la puerta misma. Los ansiosos floristas siguen haciendo ajustes, colocando más rosas, más lirios, más nubes. Las ramas de los árboles se enroscan a ambos lados de la puerta, cubiertas de musgo y glicinas blancas.

Jude cruza el umbral y entra en la casa a la que lleva dos años queriendo volver todos los días. La casa de la que sus hermanos y sobrinos pueden entrar y salir a su antojo. Es como si le hubiera faltado una parte de sí misma todo este tiempo, una porción del tamaño y la forma de sus pulmones. Respira hondo y percibe su propio olor.

Necesito bañarme, piensa mientras avanza por el pasillo.

Unas puertas dobles negras y brillantes conducen a varias salas de recepción, bibliotecas y salones con enormes chimeneas y candelabros. Al final, unas puertas gigantes se abren al salón de baile (sí, hay un salón de baile), con vistas a los extensos jardines. La decoración sigue siendo dolorosamente elegante, al gusto de una persona blanca, mayor y muy rica, en tonos beige y gris pardo, con ocasionales toques de marrón y azul, pero hoy se ha embellecido. Además, las paredes no gotean pus sulfúrico y no hay cuerpos de pequeñas criaturas muertas descomponiéndose bajo los pies: el paraíso.

El lugar está repleto de personal agotado que grita sobre la lluvia que se avecina, murmullos sobre el "Plan B" son coreados a través de sus auriculares. Jude camina hacia el elevador de cristal (sí, hay varios elevadores) que recorre la columna central del edificio, con destino a la habitación que alguna vez fue suya. No era su recámara —nadie vive en el Wolf Hall a tiempo completo—, sino suya en espíritu, el lugar donde dormía después de las reuniones familiares.

Mientras espera, preguntándose si Savannah ya está volviendo a la vida, los oye: dos hombres hablan en algún lugar de la escalera de piedra que rodea el hueco de cristal del elevador como un sacacorchos. Un capricho de la arquitectura y la acústica: en ese lugar se puede escuchar a escondidas las conversaciones, captar los rumores que se susurran dos o tres pisos más arriba.

—Claro que no —exclama la primera voz, distorsionada por el eco.

—[Algo, algo…] … la familia en peligro —dice la segunda.

El primero ríe, pero no alegremente. Estos dos están enfadados el uno con el otro. Qué interesante.

—Imprudente… —sisea alguien. Jude no está segura de quién es—. Estúpido e imprudente… —suena como uno de sus hermanos mayores. ¿O son dos de ellos, tal vez, cada uno habiendo dicho su parte? "¿Algo podrido hay en el reino de Dinamarca?", Jude ríe para sus adentros. Por supuesto que se vive en jodido drama. Son los Wolf. Quizá se estén acostando con la mujer del otro.

Siguen discutiendo:

—[Algo, algo…] … ya dijiste lo que querías. Basta. Antes de que yo mismo te haga parar.

Más palabras apagadas. Otra risa rencorosa.

—Podrías intentarlo.

Y entonces, se termina. Se escuchan pisadas fuertes, los caminos se separan. Llega el elevador y Jude sube e intenta ver, a través del cristal, quién estaba hablando mientras es impulsada a los pisos superiores, pero quienquiera que haya estado en las escaleras ya no está.

Arriba, en el pasillo, Jude encuentra a Elijah. Casi se desmaya al verlo, pronuncia su nombre demasiado alto, empieza a caminar hacia él con los brazos abiertos. Él se da la media vuelta y sonríe, piensa que Jude está bromeando y que está siendo demasiado dramática, así que empieza a correr hacia ella en cámara lenta, como si estuvieran en una película.

—Idiota —le dice a Jude cuando choca con él—. Deberías haber rechazado su invitación. Hey. Hey, Jude, ¿qué pasa?

—Oh, nada, nada —ella se lleva las palmas a los ojos empañados—. Es sólo que la decoración es tan horrible, que a uno se le saltan las lágrimas, ¿sabes?

Eli vuelve a sonreír.

—Oh, sé lo que quieres decir. ¿Ya viste el pavo real? Lo tienen expuesto en una jaula victoriana gigante en el salón de baile.

Jude ríe a lágrima viva.

—Es tan sutil, nuestra familia. Nunca sabrías que nadan en dinero. Eso es lo que más me gusta de ellos.

—¿Ya conociste a nuestra nueva madrastra?

—Todavía no. ¿Cómo es?

—Como un cordero que está siendo conducido al matadero. Intenté convencerla de que escapara, pero el síndrome de Estocolmo la ha arruinado. Incluso dijo que ama a Lawrence. ¿Puedes imaginarlo?

Jude sigue la broma.

—¿De dónde saca a estas mujeres?

Y entonces, Jude sonríe. Al momento. A él. A ellos, ahí. Los dos intrusos, los dos marginados. Ellos contra el mundo. Esto es lo que Jude ha anhelado. Esto es lo que Jude ha extrañado más que nada.

Elijah la acerca, le planta un beso fugaz en la frente y apoya la mejilla en su sien.

—Bien, Jubicho. Tenemos entradas de primera fila para el espectáculo de fenómenos. Vamos a hacer valer nuestro dinero.

VEINTICUATRO

En efecto, Emer no tarda mucho en dar con la dirección. La conduce a una casa adosada de ladrillo rojo con vistas a Soho Square Garden, un edificio pulcro y sin pretensiones, con grandes ventanas y una puerta verde. La niebla se adhiere a los árboles y se desliza por la calle cubierta por sus hojas. Oculta a Emer para que no llame demasiado la atención mientras está sentada en un banco de la plaza, una figura en la niebla. El aire huele a hojas podridas y a excremento animal. Emer observa a la gente que entra y sale de la casa. Los hombres son en su mayoría jóvenes y van bien vestidos, llegan de dos en dos, de tres en tres, sonrientes, cordiales, dándose palmadas en la espalda. Algunos entran durante media hora, una hora. A otros no los ve salir.

Le resulta familiar volver a estar sola. Ni bueno ni malo, es la forma en que sabe desenvolverse mejor en el mundo.

Mira por las ventanas mientras el sol se oculta y se encienden las farolas. La casa está iluminada por dentro. La luz suave se cuela por los grandes ventanales. Más allá de los cristales, unos hombres beben un líquido ámbar, fuman puros y ríen entre ellos en una sala con paneles de madera. *Es un club de socios*, piensa. *Un club de cazadores de brujas*. Están aquí, en este bonito edificio de esta bonita plaza, reunidos un domingo por la tarde para beber.

¿Qué hacer ahora? Sería prudente esperar hasta mañana, cuando Jude o Zara podrían sentarse donde ella está ahora y verla entrar. Pero ¿cuál sería el fin? ¿Llamar a la policía si Emer no sale?

Se levanta. Su cuerpo cruje. Tiene los dedos agarrotados por el frío. Siente como si no le pertenecieran. Da una vuelta alrededor del Soho Square Garden, pasa por delante de una pequeña caseta octogonal de jardinero que parece de la época de los Tudor. El suelo del parque es irregular, las raíces de los árboles agitan la tierra, inquietas. Atraviesa la niebla y se encuentra de regreso en el punto de partida.

Cerca de la puerta verde de la bonita casa. Cruza la calle. Exhala y entra.

La habitación es pequeña y cálida, caldeada por una chimenea a un costado. Hay un mostrador de recepción de madera oscura y un hombre parado detrás de él. Atrás del mostrador hay una amplia escalera. Un mural se extiende por la pared. Es hermoso y espantoso, imposible no mirarlo. Un campo de flores silvestres en un brillante día de verano. En el centro, llamas suavemente pintadas se extienden hacia un cielo azul y lamen tres cuerpos atados a estacas. Tres brujas ardiendo. Tres mujeres.

Emer tiene la sensación en el pecho de que unas manos revuelven su caja torácica y le aprietan el corazón. Es tan evidente. Emer ha pasado toda su vida escondida y ahí encuentra semejante abominación, pintada en grande. Su descaro la inquieta.

El hombre levanta la vista y le sonríe.

—Bienvenida —le dice. No es mucho mayor que ella—. ¿A quién vienes a ver?

—Fui invitada por Dickie Volkov —dice Emer—. Richard Wortley-Volkov III —no hace ningún intento por ocultar su acento. El resultado de intentar fingir uno inglés sería sin duda terrible—. Mi nombre es Scarlett —Emer no puede recordar el resto del nombre que Jude inventó para Zara y espera que el hombre no se lo pregunte.

El hombre revisa un libro de registros que tiene delante.

—Dickie no está aquí hoy por desgracia. Me temo que a los invitados sólo se les permite entrar cuando el miembro que invita está presente.

—No soy una invitada. Soy una postulante.

El hombre levanta las cejas.

—¿Quieres unirte?

—Sí. Quiero unirme.

El hombre se queda momentáneamente perplejo.

—Bueno, en ese caso, lo siento, pero sólo organizamos visitas para futuros miembros una vez por...

—Dickie me dijo que viniera hoy. Acabo de verlo, hace unas horas. Me dio la dirección —Emer levanta la servilleta que él le dio a Zara.

El hombre esboza una sonrisa rígida.

—Por supuesto. Un momento —hace una llamada—. Hola, Richard, soy Rupert. Tengo a una joven llamada Scarlett aquí en recepción, y dice... ah, de acuerdo. Ya veo. Sí, bueno, cuando lo pones de esa manera, estoy de acuerdo. Sí, absolutamente —el hombre cuelga el teléfono y vuelve a sonreír con rigidez—. Richard está encantado de que hayas aceptado su sugerencia. Mi nombre es Rupert.

—Em... —comienza a decir, antes de recordar que ella no es Emer—. Mucho gusto, mi nombre es Scarlett —dice de nuevo.

—A Richard le gustaría que te mostrara el lugar. Si pudieras rellenar el registro de invitados aquí, y luego... —Rupert la mira de arriba abajo—. Espero que no te importe, pero yo... bueno, no puedo dejarte entrar a menos que revise. Es la política, la primera vez que una mujer *no examinada* entra en la Casa.

—¿Que revises qué?

—Que no te haya profanado el diablo.

Invocaciones. Quiere comprobar si hay invocaciones en su cuerpo. Ver su carne pálida y desnuda.

—¿Por qué vendría una bruja aquí?

—Para hacernos daño, por supuesto. El protocolo existe por una razón. Hace varios años había una... digamos que era una mujer en la que los hombres creían que podían confiar. Se le permitió entrar. Hubo algunas... consecuencias desafortunadas.

—Oh, Dios —exclama Emer.

—En efecto. En fin. Ahora siempre comprobamos. Tus muñecas, por favor.

Emer retira la tela de sus muñecas para mostrar a Rupert que no tiene invocaciones allí. Él frunce el ceño ante el corte, ya con costra, y las marcas de pinchazos que encuentra.

—Mi gato es muy malcriado, y se deja llevar —explica Emer.

—Tu cuello —dice él a continuación. De nuevo, ella se lo muestra—. El espacio de tu corazón.

Esto es más difícil. Emer lleva cuello alto y no quiere desabrocharse la camisa, subírsela y desnudar sus pechos ante este hombre. Se baja la camiseta lo mejor que puede y esconde el colgante de plomo en la palma de su mano. Rupert se inclina, demasiado cerca, y tira aún más abajo del escote para exponer la piel de Emer a la luz.

—Bien. Por último, la parte posterior de las rodillas y, bueno, estoy seguro de que esto ya lo sabes, tu ingle.

Emer lo mira fijamente, con dureza, hasta que le arden las mejillas y carraspea, cambiando el soporte de un pie a otro, pero el hombre no cede. Ella ya esperaba que se lo pidiera, sabía que lo haría, pero no esperaba que siguiera adelante con eso.

—Por favor, Scarlett —dice él—. Ya casi terminamos. Esto no me gusta más que a ti.

De alguna manera, lo dudo, piensa Emer.

Emer se baja las medias negras y deja las piernas al descubierto. Se gira para mostrarle a Rupert la parte posterior de las rodillas —las arterias poplíteas laten ahí— y luego se pone frente a él y se levanta la falda para mostrarle la parte superior interna del muslo, donde la arteria femoral retumba bajo la piel. Es un terreno fértil para las invocaciones. No es tan poderoso como el espacio del corazón, pero le sigue de cerca. Un lugar secreto y sagrado preferido por las brujas en la época medieval, cuando las invocaciones en muñecas, rodillas, cuellos y corazones eran sentencias de muerte seguras.

—Excelente —Rupert aplaude—. Genial. De nuevo, lo siento mucho. Empecemos, ¿sí?

Emer todavía se está ajustando las medias cuando él empieza a subir las escaleras y a parlotear sobre la "casa" y sus "valores". Emer camina tras él, con la mandíbula tensa.

—¿Supongo que Richard ya te explicó qué es este lugar y qué hacemos aquí? —pregunta Rupert.

—Sólo brevemente.

—A esto lo llamamos la Casa. Es un lugar de encuentro. Un refugio seguro para que personas de ideas afines se reúnan para expresar una opinión que se ha vuelto... controversial.

El recorrido por la casa es laberíntico y grandilocuente. Rupert explica que sus miembros proceden de antiguas familias, de fina estirpe, pero que su número disminuye año con año. Anhelan recibir nuevos miembros, esperan más diversidad en sus filas, más mujeres. El espacio es suntuoso y falsamente antiguo, todo está hecho para parecer de alguna manera medieval, aunque la Casa debió construirse después de la gran guerra.

Rupert lleva a Emer de cámara en cámara. Hay hombres en cada una, riendo, bebiendo, fumando puros. Hombres que callan cuando Emer entra. Hombres que sonríen, levantan las cejas y se dan codazos al verla. Emer mira a cada uno de ellos a los ojos. Toma nota mental de sus rostros. Tal vez, algún día, vuelva allí y vigile a estos hombres en la noche. Los seguirá a casa. Soltará a Bael para ir tras ellos.

—Y aquí estamos —dice Rupert mientras abre un enorme par de puertas de madera—. La sala principal. Te sugiero que empieces por aquí. Puedes presentarte tú misma ante algunos de nuestros miembros habituales, conocer...

—¿Quién es él? —pregunta Emer.

Un enorme retrato cuelga sobre la chimenea. El hombre es guapo y joven. Sus ojos azul pálido e inteligentes, su cabello oscuro y ligeramente revuelto. Lleva un largo abrigo negro. Tiene la mano derecha en el bolsillo y la izquierda extendida hacia la cabeza del gran perro gris que da vueltas alrededor de él, con sus ojos amarillos amenazadores y la cara ensombrecida. Es un retrato extraño, a la vez cautivador e inquietante. Emer no sabe por qué la perturba tanto. El hombre le resulta familiar, aunque no puede identificarlo.

—¿Él? —pregunta Rupert. Hace una pausa y se vuelve hacia donde está Emer—. Es uno de nuestros padres fundadores. Viktor Volkov. Uno de los mejores.

A Emer se le eriza la piel y siente un hormigueo. El antepasado de los hombres que mataron a su familia.

—Volkov —dice ella en voz baja. Respira con calma. El aire huele a rancio, a hombre viejo y a piel antigua—. No eran tan buenos pintando perros en aquellos días, ¿verdad?

—No es un perro —replica Rupert con una risita sarcástica—. Volkov quiere decir...

—Lo sé —lo interrumpe Emer bruscamente, de pronto un pavor helado le recorre las venas. Se acerca al cuadro y examina a la criatura más de cerca. Su pelaje gris. Sus ojos amarillos. Sus dientes afilados, al descubierto en un gruñido—. Sé lo que quiere decir *Volkov*.

—¿Te gustaría ver las instalaciones del gimnasio y la azotea? —pregunta Rupert mientras continúa—. Tenemos pistas de *squash* y una piscina climatizada y... ¿Scarlett? —Rupert se da cuenta de que la joven ya no aguarda a su lado. Ella está a mitad de camino por el pasillo, en dirección opuesta, volviendo hacia la entrada—. Scarlett, ¿todo está bien? —la llama.

No. No todo está bien. Emer está incandescente, al rojo vivo por dentro, porque lo sabe.

Sabe quién es el Destripador de Londres.

Y sabe quién mató a su familia.

VEINTICINCO

Zara está sola en la habitación aislada con la maleta en la que metieron, a duras penas, el cadáver de Savannah.

Savannah está ahí, con ella, apenas puede creerlo. Tan cerca y tan lejos. Sólo la lona de la maleta y todos los reinos del más allá las separan ahora.

Zara pasa las manos por la maleta. Un borde afilado de la cremallera pincha la suave yema de uno de sus dedos. Zara aprieta la herida y observa cómo aflora una gota de sangre roja como el jugo de betabel.

Da un paso atrás. La alfombra bajo sus pies es tan gruesa y suntuosa que se hunde en ella con cada pisada, como cuando camina por las capas de musgo que cubren el cementerio en los meses más fríos. Se queda mirando la maleta, intentando saborear el momento, aunque quizá esa no sea la palabra adecuada. Resucitar a tu hermana asesinada no es algo que puedas disfrutar.

Está sucediendo. Lo imposible, por lo que ha trabajado durante un año.

Zara vuelve a poner las palmas temblorosas sobre la maleta. No quiere ver qué ha sido de Savannah. Desearía poder saltarse la siguiente parte, despertar en media hora, cuando

Sav ya esté viva... pero así no es como funciona, y Zara nunca ha rehuido el trabajo duro.

—*No llegué hasta aquí para llegar sólo hasta aquí* —se dice.

Abre el cierre de la maleta.

El hedor la golpea con contundencia física. Un muro de gas nocivo que la aturde y la empuja hacia el otro lado de la habitación, que le causa un acceso de tos. Se siente mal respirarlo, como si inhalar la muerte pudiera matarla. El aire está viciado, la habitación huele a rancio. Zara respira profundamente varias veces por la boca. Siente el aire espeso en la garganta. Quiere correr, huir de su realidad.

Cuando la policía entregó el cuerpo de Savannah a la funeraria, Zara pidió que de inmediato embalsamaran a su hermana. El implacable proceso de descomposición ya había comenzado, hinchando su cuerpo desde el interior. El embalsamamiento ralentizaría la putrefacción y evitaría que Savannah se desintegrara, al menos durante un tiempo.

Zara no quiere ver. No quiere mirar. No puede mirar. No puede *no* mirar.

Siente que le debe a Savannah presenciar el horror de lo que le ocurrió, una y otra y otra vez. No puedes mirar hacia otro lado porque es insoportable. No puedes taparte los ojos o la nariz ante la cruda realidad de la violencia que se abate sobre las mujeres cada día.

Mira. Mira lo que le hicieron a tu hermana.

Zara se obliga a abrir los ojos. El cuerpo que tiene delante es obviamente un cadáver. Está hundido y exprimido, seco, todo tendones y piel marchitos, embutido dentro de la maleta en posición fetal.

Ha comenzado la saponificación. El proceso por el cual la grasa humana se filtra de la piel y recubre el cuerpo con una capa de cera. Zara se siente aliviada al ver que eso está ocurriendo. Es un tipo de conservación natural. Ocurre a menudo en los fríos cementerios europeos. En Alemania, se cuentan historias de cadáveres desenterrados treinta años después, con el mismo aspecto que el día en que fueron enterrados. Hay partes de Savannah que están envueltas en un capullo de cera, y la piel que hay debajo se conserva extraordinariamente. Su cara, aunque hueca y drenada, está sorprendentemente intacta. A otras partes no les ha ido tan bien. Los huesos de su brazo izquierdo son ahora visibles, la mayor parte de la carne sobre el radio y el cúbito ha desaparecido, algunos tendones y cartílagos todavía mantienen la extremidad unida como una marioneta ensartada con hilo. El resto de su cuerpo se ha desinflado como un globo perforado y sus extremidades parece que se han aplanado de alguna manera.

La boca está abierta, los labios secos y retraídos sobre los dientes. Hay una leyenda popular que dice que el cabello y las uñas de los cadáveres siguen creciendo después de la muerte, pero no es cierto: la piel a su alrededor es la que se seca y se encoge, haciendo que el cabello y las uñas parezcan más largos. Esto le ha ocurrido a Savannah. Siempre fue delgada, pero ahora la muerte la ha dejado demacrada, con las mejillas hundidas y las clavículas sobresaliendo de su piel tirante.

Zara vio a la prima de Emer, y sólo quedaba una pizca de ella. Sólo lo suficiente de Róisín para darles un nombre: Volkov. Savannah no ha estado muerta por tanto tiempo.

No llegué hasta aquí para llegar sólo hasta aquí.

Hay docenas de bolsas de sangre en el pequeño refrigerador, cada una etiquetada y fechada para poder ser reemplazadas cuando caduquen. Toda esa sangre, guardada allí para la familia de Jude, por si acaso.

Zara encuentra un pequeño bote de basura en el sanitario. Entonces, empieza a abrir las bolsas de sangre fría y a verterlas en él. Es un trabajo abyecto, capaz de provocarle arcadas. El olor de la sangre fría es peor que cuando está caliente. Le recuerda a Zara sus clases de biología, cuando cortó el corazón de una oveja y aspiró el intenso aroma hospitalario de su muerte. Un fuerte regusto a hierro. Hay algo de *clínico* en él. Zara tiene que hacer una pausa. Vuelve al pequeño baño y se lanza agua en la cara, cuelga la cabeza en el lavabo mientras corre el agua.

Cuando su cabeza se despeja y ya no se siente al borde del desmayo, vuelve a su trabajo. Zara no fue la única que se desmayó en clase de disección, pero fue la única que volvió al aula una y otra vez. No dejó que la sangre la detuviera entonces, y no dejará que la sangre la detenga ahora.

Una vez que tiene alrededor de cinco litros de sangre chapoteando en el contenedor para basura, acude al libro. Ha estudiado el conjuro, ha recitado sus versos una y otra vez, ha comprobado la pronunciación de cada sílaba.

De nuevo, la cordura le habla, por un breve instante. El cuerpo en descomposición de Savannah pronto será habitado por un demonio. Así es como funciona.

Zara se sacude el pensamiento de la cabeza.

No llegué hasta aquí para llegar sólo hasta aquí, se repite.

Antes de empezar, Zara rodea la cabeza de Savannah con cuatro vasos de plástico —uno junto a cada oreja, otro cerca de la parte superior del cráneo y el último en equilibrio sobre el esternón—, en cada uno ha vertido unas cucharaditas de sangre. Zara repite las mismas palabras que Emer recitó en su habitación de hotel, las mismas palabras que Zara les enseñó a las clientas de Emer para mantenerlas ocultas del asesino.

—Funcionará —se dice Zara. Savannah, al fin Savannah. Tan cerca: ahí y no; al otro lado de la vida, de la muerte—. Es una buena idea. Funcionará.

Zara abre la boca de Savannah. Encaja el embudo que trajo consigo entre los dientes de su hermana muerta. No quiere sacarla de la maleta, manipularla más de lo necesario en este momento. Zara respira cuidadosamente por la boca y se concentra por completo en su trabajo. Cobrar conciencia sobre la realidad de la situación podría hacerla desmoronarse, así que Zara se resguarda: ella es una simple científica en un laboratorio, probando una hipótesis en la que ha estado trabajando durante un año.

El bote de basura está lleno de sangre y no se puede sujetar con una sola mano, así que Zara se queda parada frente a la maleta, con el bote sostenido entre ambas manos y el libro de hechizos abierto en la alfombra junto a la cabeza de Sav.

Zara vierte la sangre fría en la garganta de Savannah. Las palabras que pronuncia en latín no suenan ni la mitad de impresionantes saliendo de su boca que cuando las dijo Emer. Tropieza con la pronunciación, entrecierra los ojos y exhala de frustración cuando se equivoca. Espera que los demonios de la habitación, si es que hay alguno, sean capaces de descifrar lo que quiere, lo que ella busca que ellos hagan.

Entonces, el hechizo termina. La sangre está vertida. Muy poca ha entrado en la boca de Savannah. En su lugar, la maleta se inunda con un par de centímetros cúbicos de frío líquido rojo. Los zapatos de Zara están salpicados. La sangre se ha filtrado a través de un agujero en la esquina de la maleta, un impactante charco carmesí contra el blanco.

La sangre burbujea y fluye por la boca de Savannah, manchando su cabello rubio a medida que se hunde en él.

—Vamos —insta Zara—. Vamos.
Ella espera.
Y espera.
Y espera.

VEINTISÉIS

En la habitación de Jude, hay una pila de cajas sobre la cama; la mayor de ellas, negra y atada con una cinta, es de Net-a-Porter. Jude la abre y encuentra un vestido de cuello alto de Valentino en chillón rosa neón. Es cómicamente poco Jude, con delicados lazos rosas a los lados. Por fortuna, es de manga larga y cubrirá las heridas en forma de rayo que le recorren el brazo... y, convenientemente, también oculta sus invocaciones.

La etiqueta del precio sigue atada, porque a Lawrence le encanta que sepas cuánto dinero se gastó en ti: 6,100 libras. El vestido no es en absoluto del gusto de Jude, cosa que Lawrence debió haber sabido, pero él lo compró de todos modos. Es su boda, su oportunidad de vestirla como la hija-muñeca que siempre ha querido que sea. En otras cuatro cajas más pequeñas, Jude encuentra un par de pendientes de oro y zafiro rosa (1,500 libras), una bolsa de mano rosa de Judith Leiber Couture con forma de lazo gigante (5,275 libras), unas sandalias puntiagudas de satín de René Caovilla (915 libras) y una delicada diadema de oro con pequeños diamantes incrustados (la asombrosa cantidad de 6,144 libras). Jude intenta no hacer cuentas mentales para calcular cuánto le ha costado todo, cosa que consigue, porque en realidad no ha ido a la escuela en los últimos dos años y su cerebro se está volviendo papilla. Aun así, es mucho, y además tan rosa, delicado y femenino. Le ha dejado claro a su padre, desde que tenía once o doce años, que ésa no es ella. A Jude le gustan los trajes de etiqueta. A Jude le gustan los trajes a la medida. A Jude le gustan los grandes abrigos y los zapatos de charol, y llevar el cabello liso contra el cráneo.

Jude toma un baño. Poco después, llega una mujer para peinarla y maquillarla. No le pregunta qué aspecto le gustaría tener. Sin duda, Lawrence ya le dio instrucciones, porque cuando termina, el cabello negro de Jude cae en suaves ondas sobre su frente y sus ojos azules brillan bajo unos párpados cubiertos de polvo rosa.

Jude parece una chica dulce y bonita. Es decir, Jude no se parece en nada a sí misma. Siente una punzada de culpabilidad por haber obligado a Zara a llevar ese estúpido vestido amarillo en su cita con Dickie.

Suena una campana, como si fuera el maldito teatro o algo así, y Jude sabe que ha llegado la hora.

Está empezando.

Abajo, en el salón de baile, la boda de Lawrence y Luciana es íntima, pero extravagante. La novia lleva un vestido de Elie Saab hecho a la medida, un exquisito vestido de encaje blanco y pedrería de cristal y delicadas aplicaciones florales de organza que parecen caer en cascada desde la propia piel de la mujer, como si fuera un jardín en verano... y ella estuviera floreciendo. El vestido no oculta su creciente barriguita, ni ella quiere que lo haga: la toca durante la ceremonia, presiona la palma de la mano de Lawrence contra su pequeña, pero evidente, redondez. Gemelos, dijo Elijah. Jude hace una mueca. Pobres criaturas.

La mujer en sí es también exquisita. Luciana es alta, de huesos de pájaro y muy bronceada, con el cabello castaño claro que enmarca un rostro tan encantador que es difícil de asimilar. Cuando ella habla para pronunciar sus votos, lo hace con acento español. Llora cuando le dice a Lawrence que lo amará para siempre. Jude cree que el llanto es la respuesta apropiada al matrimonio con Lawrence Wolf, pero Luciana sonríe a través de las lágrimas, con radiantes ojos de rocío.

Se suponía que la boda se celebraría al aire libre, pero está lloviendo, porque están en Londres, así que los festejos se han trasladado al interior, al salón de baile. Los novios están junto a una chimenea, uno frente al otro, con las manos enlazadas. En la sala hay, como ha dicho Eli, una maldita jaula de pájaros enorme, con un pavo real que se pasea por su interior, exhibiendo su plumaje.

Hay pocos asistentes. Jude los reconoce a todos. Ninguno de los familiares de Luciana ha venido a verla casarse con un hombre viejo y rico. Tampoco hay niños, ninguno de los chillones hermanos pequeños de las últimas aventuras de Lawrence. Los hermanos mayores de Jude están ahí; sus esposas orbitan a su alrededor vestidas con trajes de seda y diamantes. Eli está ahí, obviamente. Algunos de los tíos de Jude están presentes, aquellos con los que Lawrence todavía habla o, como sea, los que se arrastran a sus pies con la esperanza de recoger sus sobras. Están algunos de los espeluznantes socios de Lawrence, algunas personas todavía más espeluznantes de sus periódicos, hombres que han mirado a Jude de manera lasciva desde que tenía... ¿cuántos?, ¿once años?, ¿doce? Sus miradas revoloteaban hacia sus incipientes pechos y se detenían allí demasiado tiempo. Sólo está presente el séquito privado, las dos docenas de personas que Lawrence

Wolf puede tolerar, y, como un añadido, por alguna razón, también está Jude.

Pronto terminan los votos, se firma el contrato, se besa a la novia, se sella el destino de Luciana. Todos aplauden. Se lanza confeti. Un cuarteto de cuerdas empieza a tocar. Elijah coquetea con una de las organizadoras de la boda y la saca del salón a los pocos minutos de entablar conversación. Le guiña un ojo a Jude al pasar a su lado. Jude le dice *traidor* con los labios. Es con él con quien más tiempo quería pasar, y ahora se ha ido.

Los meseros se deslizan entre la pequeña multitud con bandejas de champán imposiblemente dorado. Jude toma una copa, la bebe de un trago y de inmediato toma otra. La sala huele intensamente a los lirios que inundan el espacio. Es enfermizamente dulce, el aire se siente demasiado denso y cerrado, pero al menos oculta el olor de Jude. Su vestido furibundamente rosa le pica en el cuello, en las muñecas. Lleva dos años deseando volver a esa habitación con esa gente, pero ahora que está ahí, es difícil sonreír y fingir que sus años de horror no han ocurrido.

La gente pasa a su lado, le dicen que tiene buen aspecto (*El maquillaje está haciendo su trabajo*, piensa Jude), que es encantador verla ahí. La mirada de Jude se dirige al techo, a los tres grandes candelabros que cuelgan de él, cada uno más costoso que la media de los hogares londinenses. Se pregunta si Zara habrá revivido ya a Savannah, si hay un monstruo zombi demoniaco dando vueltas en la habitación del pánico.

Jude saca su teléfono de la bolsa de mano con forma de lazo y le envía un mensaje: **¿Tuviste suerte?** No hay respuesta. Puede que Savannah se la haya devorado después de todo.

Los novios recorren la sala saludando a sus invitados. Cuando llegan a Jude, Lawrence frunce los labios.

—Felicidades —dice Jude. Se adelanta para abrazarlo, aliviada por las dos copas de champán. Quizá sea la tercera o cuarta vez que está tan cerca de su padre.

Lawrence no le corresponde el abrazo. En cambio, su mirada recorre el salón de baile y luego se dirige a ella.

—Ya diste la cara. Deberías irte ahora.

—*Laurie* —Luciana lo desaprueba.

El corazón de Jude se hincha. Toma otra copa de champán de un mesero que pasa por ahí, algo para evitar que las punzadas de sus ojos se conviertan en lágrimas.

—No. No creo que lo haga.

—No montes una escena —la cara de Lawrence se pone roja, sus manos se cierran en puños a los lados—. *Vete.*

Adam la salva. Le da una palmada en el hombro a su padre, lo sacude jovialmente y sonríe a Jude.

—No estarás echando a mi querida hermana, ¿verdad? Apenas la he visto en años, ¿y ya quieres despedirla?

Lawrence se muerde las mejillas, con la boca hecha una ciruela agria.

—Judith —dice finalmente. Mantiene la mirada fija en Jude. Su voz ha cambiado, se ha agrietado, se ha convertido en un arroyo que corre sobre rocas afiladas—. *Fuera. De. Aquí.*

—Padre, ya fue suficiente —insiste Adam—. ¿Por qué no vas a saludar al resto de tus invitados?

Luciana aparta a Lawrence, reprendiéndolo.

—¿Cuál es su problema? —dice Jude mientras los ve irse—. ¿Por qué me odia tanto?

—*Ésa* es una buena pregunta —dice Adam mientras también mira fijamente a su padre—. Una que me he estado haciendo durante algún tiempo. Ahora, deja que te mire —sostiene la cara de Jude entre sus manos, sonríe con tristeza mientras la examina—. Tienes buen aspecto.

—Eres malo para mentir.

Adam ríe.

—De acuerdo. Bien. Te ves como el infierno.

—Me *siento* como el infierno.

—¿Cómo va la escuela?

—Me he tomado un descanso de la escuela para centrarme en mi salud. Ya sabes, después del accidente.

—Oh, sí, por supuesto. Lamenté mucho lo de tu accidente de coche. ¿Nosotros…?

—Enviaron flores, no te preocupes —le asegura Jude—. Al menos, lo hizo tu asistente.

—Me complace saberlo —Adam hace una pausa, parece esforzarse por encontrar un hilo de conversación—. ¿A qué universidad estás pensando asistir?

Lo que Jude diría normalmente: *Cualquiera en la que Lawrence pueda hacer que permanezca con sobornos.*

Lo que dice en cambio:

—Oxford, obviamente. Quiero ir adonde fueron todos ustedes. Seguir la tradición familiar.

Adam asiente con aprobación. Jude se rasca la piel bajo el escote, donde el vestido irrita su fresca invocación, y hace que ésta supure en la tela.

—Tú… tienes un tatuaje —dice Adam, señalando su cuello.

—Oh —Jude acomoda otra vez el cuello para cubrirla—. Sí. Rebelde sin causa y todo eso.

Adam se acerca y tira de la tela para ver mejor.

—Qué inusual. ¿Qué dice?

Lawrence regresa de pronto. Jude no ve de dónde viene, sólo siente la fuerza aplastante de sus dedos cuando la sujeta del brazo y la aparta de su hermano. Tira con tanta brusquedad y con tanta fuerza que ella tropieza y cae de bruces contra el suelo. Se escucha un jadeo de la multitud. El cuarteto de cuerda deja de tocar, con los arcos tensos sobre los instrumentos en un momento de conmoción. La sala queda en silencio, el tiempo suspendido por la violencia.

Nadie acude en su ayuda. Nadie se atreve a desafiar al rey. Nadie dice nada, ni hace nada, ni se mueve. Todos esperan. Esperan a que Lawrence hable primero.

Jude se toca la cara, puede sentir la humedad que se extiende desde un labio partido. Levanta los dedos a la luz. Están resbaladizos, rojos de sangre.

—¿Qué carajos? —susurra.

Lawrence es un imbécil de primera, pero nunca la había herido físicamente. Antes de este momento, ella lo habría creído incapaz de violencia real, sólo de burlas y palabras mordaces, pero ahí estaba ella, en el suelo, sangrando, bajo la amenaza muy real de su padre.

—No deberías haber venido —la voz de Lawrence se entrecorta. Le tiemblan las manos. Parece desesperado, trastornado—. Yo no *quería* que vinieras.

Jude está confundida. ¿Por qué fue a su casa y la invitó, entonces?

—*Lawrence* —exclama Adam con voz cortante—. Ya fue *suficiente* —Adam ayuda a Jude a ponerse en pie, se acerca a su padre y le dice en voz baja—: Sal. *Ahora*. Cálmate. Estás avergonzándote a ti mismo y a toda la familia.

Lawrence no aparta los ojos de Jude. Tiene la mandíbula apretada, las fosas nasales abiertas y los hombros agitados.

No se mueve. Jude no entiende lo que está pasando. ¿Va a abalanzarse sobre ella otra vez, a arrastrarla por el cabello? Parece que eso querría hacer. Está enroscado, como una serpiente a punto de atacar.

—*Vete* —ordena Adam.

Lawrence cede finalmente, deja que una llorosa Luciana lo arrastre hacia las imponentes puertas de cristal que dan al jardín. Durante todo el camino él no aparta la mirada de su hija. Su expresión es a la vez amenazadora y desolada, cargada de un significado que Jude no alcanza a comprender.

—Les pido una disculpa a todos por esto —dice Adam a la multitud con una sonrisa forzada. Hace un gesto al cuarteto de cuerda para que reanuden la pieza—. El viejo ya no tolera bien el champán.

Se oye una risita entrecortada. La música comienza de nuevo, vacilante, uno de los violistas empieza antes de que los otros tres músicos acaben uniéndose. Adam lleva a Jude a un lado de la sala, la sienta en un banco y le gira la cabeza a derecha e izquierda, evaluando la gravedad de sus heridas.

—Ahora te consigo hielo —dice él.

—No, es… —empieza a decir Jude, pero su hermano ya se dirige a grandes zancadas hacia el vestíbulo. Seth, Drew y Matthew lo siguen como tiburones que se abren paso entre la multitud, sin duda para hablar de lo que sea que haya pasado. A los Wolf les preocupa mucho la imagen pública. Si se sabe que Lawrence le partió el labio a su hija en su boda, eso no se verá bien.

Otros parientes se acercan unos a otros para cuchichear. Jude los mira a todos con furia, a esas personas que pensaban que estaba enferma y maltrecha y no acudieron a ella, no le enviaron mensajes ni la llamaron ni una sola vez; en dos años no se preocuparon por ella. Ahora tampoco les importa. No le dicen: *Que se joda ese viejo cretino, tú no merecías esto*; no le preguntan si ella se encuentra bien. Beben su champán. Succionan las ostras que les ofrecen los meseros. Murmuran, encantados por el drama.

Jude desearía que Elijah siguiera en la habitación para tener alguien con quien poder burlarse de ellos.

Adam regresa con una cubeta de champán llena de hielo y una de las servilletas de lino chambray de Lawrence (25 libras cada una) que él mismo eligió para la casa y que desprecia que los invitados utilicen como servilletas. Adam mete un puñado de hielo en el cuadrado de tela y se lo da a Jude para que lo presione en la herida del labio. Duele muchísimo.

—¿Estás bien? —pregunta Adam.

—Oh, sí, de maravilla —contesta Jude presionando con la servilleta—. Me encanta que mi propio padre me agreda físicamente en público. ¿Se volvió loco? ¿Por eso te vas a hacer cargo tú?

—No, es... ya sabes cómo se pone a veces cuando está estresado.

—¿Te estás burlando de mí?

—Lo siento. No debería minimizar lo que ha ocurrido. Si te sirve de consuelo, parece que Luciana está ahora gritándole en el jardín. Creo que consumarán su unión esta noche.

—Bien. No se merece tener sexo hoy. ¿Por qué demonios me invitó si tan desesperadamente no me quería aquí?

—Quizá porque yo se lo pedí.

—¿Tú? ¿Por qué?

—Quería saber por qué te mantiene lejos de nosotros. Por qué desapareciste de repente de la faz de la Tierra. Por qué reacciona con tanta virulencia cada vez que pregunto por ti. Por eso hice que te invitara.

—¿Cómo *consigues* que Lawrence Wolf haga algo en contra de sus deseos?

Adam sonríe.

—Oh, tengo mis recursos —vuelve a bajar el cuello del vestido de Jude para ver mejor su invocación—. Es un tatuaje extraño.

—Sólo está un poco infectado —Jude se encoge de hombros—. Sanará.

—Un homenaje a tu madre, sin duda.

Jude se congela.

—¿Qué?

—Judita tenía uno igual, exactamente en el mismo sitio. Imagino que Padre se llevó un buen susto al ver un tatuaje similar en ti. Supongo que eso fue lo que le hizo estallar.

Jude se queda muy quieta, intentando no mostrar ninguna reacción perceptible ante esta revelación.

—No lo sabía.

—Oh. Una extraña coincidencia, entonces. ¿Otra copa de champán?

—No. Yo... —el teléfono de Jude vibra. La llamada entrante es de Saul. ¿Por qué demonios la está llamando *Saul?*—. Lo siento —se levanta, alisa la parte delantera de su vestido manchado de sangre—. Necesito atender esto.

VEINTISIETE

Emer siente como si su corazón fuera a estallar, como si hubieran succionado todo el aire de sus pulmones.

Desde fuera, la casa no parece ostentosa. Son tres pisos de ladrillo rojo con marcos blancos de ventanas, una puerta negra y setos bien cuidados en el pequeño jardín delantero. Emer sabe por su estancia en Oxford que los más ricos suelen ser los más modestos. No necesitan propiedades llamativas, ni helipuertos, ni limusinas para comunicar su riqueza, porque están muy seguros de ella.

Hay un pasaje, por un costado, a la derecha de la casa, que conduce por debajo de ella. La entrada de los sirvientes, sin duda. Emer se desliza y trata de entrar.

—Tú. Alto —Emer se gira y se encuentra con una mujer rubia y guapa que fuma un cigarrillo—. Llegas muy tarde.

—Lo siento —admite Emer.

—¿Qué llevas puesto? El código de vestimenta es todo negro para las meseras.

Emer se mira la ropa.

—Lo siento —vuelve a disculparse.

—Está bien, sólo por esta noche. Nos faltan dos meseras. En una noche normal, sin embargo, te habría enviado a casa. Sígueme.

Así que Emer no tiene que entrar a escondidas en la casa, sino que la hacen pasar por la puerta principal, que está cubierta de flores. El vestíbulo es amplio y luminoso, y está repleto de más flores. El aroma del lugar es intensamente dulce. Se oyen ruidos de fiesta. La gente ríe. Los violines tocan. Emer sigue a la mujer. Hay una bodega de vinos junto a la cocina, aunque Emer supone que *bodega* no es la palabra adecuada para referirse a ella. Dos de las paredes son de cristal y las botellas se exhiben como joyas en una tienda.

—¿Tú o tus primas tienen un vestido negro en la casa? —le pregunta la mujer a una adolescente rubia.

—Creo que el Alexander McQueen de Eugenie está en uno de los armarios de invitados —responde la chica—. El de cuero y encaje.

—No, algo sencillo. No un vestido de gala —aclara la mujer.

—Oh, tengo el vestido que papá me regaló para mi entrevista de prácticas profesionales —dice la adolescente—. El de seda con el cinturón de cuero.

—Perfecto. Por favor, dale a… ¿cómo te llamas? —dice la mujer.

—Scarlett —les dice Emer.

—Por favor —continúa la mujer—, dale a Scarlett el vestido y enséñale el área del personal para que pueda cambiarse.

La chica parece repentinamente enfadada.

—Mami… *¿en serio?* —pregunta ella.

—Sí, en serio, ahora date prisa —ordena la mujer.

La chica tira de su madre para acercarla y le susurra furiosamente al oído, aunque no tan bajo para que Emer no pueda oír lo que dice:

—Ese vestido costó 4,500 libras —sus ojos se posan en Emer, en su abrigo mal ajustado—. ¿Y si lo roba?

Emer supone que no debería sentirse ofendida, dada su historia. Sin embargo, algo dentro de ella se retuerce.

La madre pone los ojos en blanco.

—Sinceramente, cariño —le responde a su hija—, tú no pagaste por ese vestido y te lo has puesto una sola vez. No tengo tiempo para eso esta noche.

La chica conduce a Emer más allá de la cava, más allá de la escalera de caracol, hasta una puerta en la que se lee EMPLEADOS. Más allá de esto es, al parecer, otra casa: otro vestíbulo, otro pasillo, más baños.

—El área del personal está por allí —dice la chica, señalando el pasillo—. Hay un baño donde puedes cambiarte. La cocina del personal está por allí —la chica señala al otro extremo del pasillo, a través del cual Emer divisa una segunda cocina repleta de gente uniformada y mujeres vestidas de negro sirviendo champán—. Espera aquí. Te traeré el vestido.

La chica se marcha. Emer se queda. Sería fácil escabullirse. Sin duda, hay una escalera de servicio escondida por ahí, para que las empleadas domésticas no tengan que ser vistas por la familia o sus invitados cuando se mueven por la casa. Sin embargo, Emer no se va. Quiere ponerse el disfraz que le traerá la chica. Quiere moverse entre los depredadores, viendo sin ser vista.

La chica vuelve unos minutos después con una bolsa de plástico para ropa colgada del brazo.

—Toma —dice—. No derrames nada sobre él, ¿de acuerdo? Es muy caro.

—4,500 libras —le recuerda Emer.

La chica la fulmina con la mirada.

—Asegúrate de ponerte desodorante. Hueles a huevos podridos.

Emer se cambia rápidamente. El vestido es un envoltorio negro de seda con un fino cinturón de cuero en la cintura. Le queda bien, pero no entiende cómo pudo costar tanto dinero. Emer hace un ovillo con su ropa robada y la deja en un rincón del suelo.

—Oh, bien, aquí estás —dice una mujer vestida de negro cuando Emer entra en la cocina—. El diablo se ha vuelto absolutamente loco esta noche. Llévate esto —le entrega a Emer una bandeja de copas de champán y le dice que siga a los otros meseros.

Por lo general, cuando Emer sigue a su presa, siente el peso de sus músculos al moverse. Ahora, su corazón late caliente y fuerte a causa del miedo. La mujer que ha estado madurando en su interior durante los últimos diez años ha sido sustituida por la asustada niña de siete años que vio morir a su familia. Hay una marea hirviente y agria en su estómago. El doloroso grito de la sangre a través de los finos capilares de sus oídos. La fina piel que se extiende sobre todas sus partes blandas y húmedas.

¿Ella tiene razón? ¿Ellos estarán realmente allí?

—Empieza con los invitados junto al cuarteto de cuerdas —le indica el mesero que tiene delante mientras entran en un gran salón de baile adornado con flores. Emer está parada junto a una mesa, tiene la respiración agitada.

—Ah, sí, tomaré un champán —dice una mujer.

Emer se acerca a ella y baja la bandeja. La mujer toma una copa. Emer mira hacia arriba, a través del extravagante salón... y ahí está él. Mirándola fijamente.

Andy.

Lo reconoce en cuanto lo ve. La última década ha sido benévola con sus rasgos. Apenas parece mayor que el día en que llegó a su casa en Irlanda y asesinó a todas las personas que ella conocía. Emer se queda boquiabierta. Andy entrecierra los ojos, como si estuviera tratando de ubicarla, y luego comienza a abrirse camino a través de la multitud hacia ella.

Los otros también están ahí. Estos cuatro hombres mataron a su familia. Los cuatro entraron en su casa con armas y odio y destrozaron su mundo. Han estado ahí todo el tiempo. Comiendo ostras y bebiendo champán frío, mientras Emer moría de hambre en los bosques de Irlanda. Mientras los dedos de los pies de Emer se pudrían en el frío. Ellos estaban ahí.

Y entre ellos, rodeada de ellos, en este nido de cazadores de brujas... Jude.

—Volkov —susurra Emer para sí misma. Del ruso *volk*. ¿Cómo pudo no haberlo entendido antes?—. Lobo... *Wolf*.

VEINTIOCHO

—Lo siento, necesito atender esto —le dice Jude a Adam. Adam asiente mientras Jude se levanta, se abre paso entre la multitud y sale al vestíbulo infestado de flores para contestar el teléfono. La música del cuarteto de cuerdas resuena incluso allí. Los meseros pasan con bandejas de champán y aperitivos. Jude cierra las enormes puertas tras de sí para poder oír.

—Saul —exclama Jude al responder—. Escucha, si has acumulado otra deuda con videntes que trabajan por teléfono, te juro que...

—Ella trabajaba para tu padre —dice Saul sin aliento.

—¿Qué? ¿Quién trabajaba para mi padre?

—La mujer de la que querías encontrar sus trapos sucios. Vera Clarke. Trabajaba para tu viejo, o al menos estaba a punto de hacerlo. Acababa de ser contratada como abogada en uno de sus periódicos.

Jude había olvidado por completo que le había pedido que investigara a Vera Clarke.

—¿Estás seguro? Rara vez me has dado información útil antes.

Jude levanta la vista del suelo de mármol justo a tiempo para fijar la mirada en Emer, que se encuentra parada junto a la entrada de la escalera de servicio, con una bandeja de copas de champán vacías en la mano.

Emer... ¿está aquí?
¿Por qué demonios está Emer aquí?
Jude está desconcertada.

—¿Emer? —dice. La expresión de la bruja es dura, temerosa. *Sal de aquí*, le dice sólo con el movimiento de la boca, y luego empuja la puerta y desaparece sin mediar palabra.

—¿Estás ahí? —pregunta Saul al teléfono—. Sólo escucha, pequeña malcriada. Otra de las víctimas... ¿cómo se llama? —Jude oye el sonido de papel crujiendo—. Ah, sí. Savannah Jones.

—¿Qué pasa con ella? —los pensamientos de Jude giran en bucle, borrosos. El pasillo está frío, y ella no puede hacer que nada tenga sentido. ¿Emer está allí? Sí, Jude le dio la dirección.

—Fue contratada como asistente personal en otra de las empresas de tu padre justo antes de morir.

Algo desagradable se instala en el estómago de Jude, viscoso como una anguila. *Un homenaje a tu madre, sin duda.*

—Espera, más despacio, ¿de quién estamos hablando? —pregunta Jude.

—Savannah Jones trabajaba para tu padre. Vera Clarke trabajaba para tu padre.

—Oh.

Un hombre pasa delante de Jude. Ella no levanta la vista a tiempo para verle la cara, pero él se detiene al pie de la escalera de servicio y le devuelve la mirada antes de cruzar la puerta.

Drew.

—Eso no suena bien —dice Jude.

¿Por qué está yendo Drew a los pasillos de servicio?

—No, no suena bien, en efecto —replica Saul.

—Seguramente... si esto fuera realmente una pista, la policía ya la habría seguido.

—También investigué eso.

—¿Oh?

—Lawrence Wolf lleva años haciendo importantes contribuciones a organizaciones benéficas de la Policía Metropolitana. No es algo poco común entre la gente rica.

—Esto no es una película de mafiosos, Saul. Esto es la vida real —añade Jude.

—¿Sabes quién es tu padre? —pregunta Saul.

Jude se toca el labio partido.

—Sí, sé quién es.

—No te estoy diciendo que sea un asesino —dice Saul—. No digo que esto sea más que una coincidencia. Pero yo me andaría con cuidado si fuera tú.

Las luces se apagan de repente. Se oyen gritos y risas en el salón de baile, titubeos de exaltación, la emoción de la oscuridad entrometiéndose en el mundo normal. Jude intenta mantener la respiración estable y espera a que regrese la luz. En esta casa hay generadores autónomos, y generadores de reserva por si los primeros fallan.

Las luces permanecen apagadas.

En su lugar, se oye un chirrido cuando unas pesadas pantallas metálicas empiezan a bajar por las ventanas y las puertas. Jude se levanta.

—No —susurra Jude.

Se encienden las luces rojas de emergencia. Comienza a sonar una alarma. Todo es como la alerta roja de *Viaje a las estrellas*, que es probablemente de donde su padre sacó la idea.

Jude corre hacia la puerta principal, intentando llegar antes de que la rejilla caiga. Tiene tiempo de escapar, de salvarse, pero Zara está en la casa. Emer, por alguna maldita razón, está también en la casa.

Jude deja de correr y observa cómo la reja chirría hasta llegar al suelo y encajar en su sitio. La encierra en el interior. La casa es ahora una fortaleza inexpugnable. Está diseñada para sobrevivir a la lluvia radiactiva, para proteger a la familia Wolf en caso de disturbios civiles o de la maldita Purga. Pasaron allí los primeros meses de la pandemia, preparados para levantar el puente levadizo en caso de que las cosas se torcieran y los campesinos decidieran que era hora de comerse a los ricos.

No hay forma de entrar, ni de salir.

Jude se gira. El pasillo es rojo, rojo, rojo, el color de la sangre que brota de una arteria.

Inquietantemente, los violinistas siguen tocando en el salón de baile. Todavía hay charlas, se escuchan risas.

El resto de la familia Wolf no tiene miedo. Sólo Jude está asustada.

Las puertas dobles del fondo del pasillo se abren. Una figura emerge entre el ambiente enrojecido. Una figura alta y sombría.

De pronto, Jude sabe por qué han cerrado las rejas.

Las piezas encajan en su mente de una manera que tiene un sentido enfermizo. Emer, allí. La furia de su padre. Un extraño tatuaje como el de su madre. Drew. *Andrew*.

Por supuesto, por supuesto, por supuesto.

—Por favor —dice ella cuando él se acerca en la penumbra—. Por favor.

Ella quiere huir, pero no tiene adónde ir.

La figura la golpea con fuerza en la cabeza.

Jude jadea y cae, cae, cae sin remedio en la oscuridad.

VEINTINUEVE

No hay nada.
No hay nada.
No hay nada.
No funcionó.
¿Por qué no *funcionó*?
Zara grita y se arranca un mechón de cabello. De su boca salen saliva y espuma mientras golpea el pecho de Savannah, ordenando a su corazón que vuelva a latir.
Zara jadea, se atraganta. Los sollozos la matarán. Bien. *Bien*. Ella quiere morir. Justo allí, cerca de los restos de su hermana.
Y entonces, desde la oscuridad, un delgado sonido.
Un susurro.
Un tintineo.
Zara jadea y deja de respirar. Espera. Aguarda.
Ahí, otra vez. La más suave de las campanadas. Zara traga saliva y se limpia una gota de mocos con la mano.
—¿Sav? —susurra. Savannah está inmóvil. Zara observa y espera. Observa los restos disecados de su hermana y espera a que vuelva a sonar la campana.
Los dedos se curvan. Suena la campana. Zara grita de alegría.

Se desploma sobre el pecho de su hermana.

Savannah está *viva*.

Zara observa con asombro la recomposición de su hermana.

Unos ojos negros y lechosos miran fijamente a la luz. Parpadea. *¡Parpadea!* Los ojos se mueven como algas marinas en sus órbitas. Son esferas húmedas y gelatinosas. Los dedos se retuercen como arañas moribundas cuando el gran sistema nervioso eléctrico vuelve a la vida. Zara la ayuda a incorporarse. Savannah es como una recién nacida, recién llegada al mundo, resbaladiza por la tierra. Se desliza por el suelo y se queda allí un rato, sacudiéndose como un pez fuera del agua, con la cara hundida en la alfombra.

La ropa con la que fue enterrada se ha descompuesto y cuelga en jirones. Está casi desnuda, su carne muerta resplandece a la suave luz de la habitación del pánico. Le tiemblan los muslos y se le doblan las rodillas.

No parece estar bien, ni entera, ni ser humana. Aunque se mueve como si estuviera viva, su cuerpo sigue arrugado como consecuencia de los meses bajo tierra. Zara sostiene el rostro de su hermana entre las manos e intenta que la mire.

—¿Sav? —pregunta Zara.

No hay ningún atisbo de reconocimiento. Los ojos están bulbosos y desenfocados. La boca se abre y se cierra sin emitir sonido alguno. Savia negra gotea de ella, los restos licuados de sus entrañas se filtran por la boca, la nariz y los ojos. Lleva consigo una marea de todas las cosas que se estaban comiendo sus entrañas hace sólo unos minutos: los huevos pálidos de cosas que pululan bajo el suelo y nunca ven la luz del sol. Savannah tiene arcadas y vomita sobre sí misma. El olor hace que el aire se vuelva caliente y denso.

Zara da un paso atrás.

La lengua, las encías y los labios de Savannah tienen el color y la textura de las hojas de otoño, secas y crepitantes. Los dientes están al descubierto, cada uno de ellos una pequeña lápida amarilla.

La criatura es monstruosa.

Savannah es monstruosa.

Zara enjuga el rostro de Savannah con la esquina de su chamarra.

—Ahí estás —le dice a su hermana—. Ahí estás.

¿Pero está Savannah ahí? Ella gime. Empieza a mover la cabeza de un lado a otro, como un depredador que percibe el olor de una presa que es incapaz de identificar. Sus ojos se fijan en el contenedor vacío de sangre. Se quita a Zara de encima con una fuerza sorprendente y hunde toda la cabeza en el cubo de basura, donde lame rabiosamente los restos de sangre.

—Ah, claro —dice Zara, recordando que Róisín quería el pago en sangre ajena antes de responder a ninguna de las preguntas de Emer.

Zara va al minirefrigerador y saca la última bolsa de sangre fría que queda.

—¿Savannah? —Zara abre la bolsa.

Savannah se le echa encima en un segundo, sus dientes intentando morder los dedos de Zara para alcanzarla. Zara la arroja al suelo y observa cómo la sangre se derrama por la alfombra blanca. Savannah ya está de rodillas, con los labios y la lengua contra el suelo mientras chupa la sangre de las fibras.

Zara observa horrorizada. Cuando ha absorbido toda la sangre posible, la criatura la mira, con la cara enrojecida y los ojos aún hambrientos. Cuando Zara habla, su voz vacila:

—Necesito decirte algo. ¿Puedes entenderme?

—Sí —el sonido que sale de la boca de Savannah no es la voz de Savannah. Es grave y áspero, aire forzado a través de cuerdas vocales que han estado descomponiéndose durante un año. Es lento, un gruñido de una cosa que no es del todo humana.

—Lo siento mucho —susurra Zara. Ella no sabe si Savannah está realmente allí, si en verdad puede oírla, pero tiene que decir lo que vino a decir—. Siento mucho todo lo que te dije esa noche —la pelea había empezado cuando Zara vio el vendaje que cubría el tatuaje de Savannah. *Un tatuaje en el cuello*. Zara no puede recordar exactamente lo que le dijo a su hermana, aunque sabe que contenía las palabras *basura* y *sin clase*. Durante mucho tiempo, Zara había deseado más y mejores cosas para Sav. Quería que volviera y terminara la preparatoria, que fuera a la universidad. Quería que dejara de tener trabajos sin futuro y de salir con hombres vagos.

Zara quería que su hermana fuera más como *ella*. Estudiosa, una dama respetable: una joven prometedora.

"¿No lo entiendes?", le dijo Savannah antes de irse, antes de azotar la puerta tras de sí, antes de que Zara no volviera a verla con vida. "Yo lo sacrifiqué todo por ti. Dejé la escuela y conseguí ese trabajo sin futuro para mantener un techo sobre tu cabeza para que *tú* pudieras seguir en la escuela. Para que *tú* pudieras ir a Oxford algún día. Para que *tú* pudieras seguir tus sueños. Yo no tengo sueños, Zara, y eso no me molesta en absoluto, porque te los di todos a *ti*".

—No quería decir nada de eso —dice Zara, con lágrimas en los ojos—. Fui tan horrible, y no quería decir nada de eso, y he lamentado todo lo que dije cada día desde que te fuiste.

La criatura la mira fijamente con sus grandes ojos amarillos como de yema de huevo y, finalmente, rompe el contacto visual, se levanta y se dirige a la puerta. Se arrodilla y aprieta la nariz contra la base de la puerta, intenta aspirar el aroma del pasillo que hay más allá.

Zara se da cuenta de repente de su propio cuerpo, la adrenalina que la ha estado impulsando empieza a desvanecerse. La sequedad de su garganta, el olor salado del sudor de sus axilas. La pesadez de sus miembros. El aire demasiado frío de la habitación del pánico. Un miedo enorme que se inflama dentro de su pecho.

—¿Estás ahí, Savvy? Necesito que estés ahí. Necesito que escuches esto.

Las luces se apagan y la habitación queda sumida en la más absoluta oscuridad. Zara grita y se lleva las manos a la cara, esperando que el demonio que hay dentro de Savannah la ataque en la penumbra.

—¿Qué está pasando? —pregunta Savannah, con voz ronca.

Las luces rojas parpadean. Zara vuelve a ver. Savannah no se ha movido, no se ha abalanzado sobre ella, sigue agazapada junto a la puerta.

—No lo sé —dice Zara. Empieza a sonar una alarma, un gemido largo y escalofriante que sube y baja y vuelve a subir, una y otra vez.

¿Han sido descubiertas?

—¿Por qué querías un hechizo para encontrar cosas? —pregunta Zara, dando un paso más cerca de Savannah—. ¿Qué estabas buscando?

—Déjame salir —pide Savannah.

—¿Qué necesitabas encontrar con tanta urgencia que vendiste parte de tu alma por ello?

—Déjame salir y te lo diré.

—¿Sabes quién te mató? ¿Cómo se llamaba?

—No le haré daño a nadie —dice la criatura. Sus ojos son de cristal negro. Algo parecido a una sonrisa se dibuja en una comisura de sus labios y Zara puede ver, en ese momento, que quien habla no es Savannah—. Lo prometo.

Dios mío. Una lágrima resbala por la mejilla de Zara.

—No sé la contraseña —susurra Zara—. En verdad, no la sé.

Esto hace que la criatura se enfade. Savannah tenía un temperamento volátil, pero no tanto. La criatura se lanza por la habitación y empieza a romper cosas. Atraviesa el televisor con un brazo. Derriba el carrito del bar y hace que todos los vasos y botellas de alcohol tintineen por el suelo. Cuando termina, se desploma sobre la alfombra entre los escombros y empieza a aullar. Los sonidos son violentos y terribles, y aúlla sin cesar, compitiendo en estridencia con la alarma.

Zara se cubre los oídos con las manos y llora en silencio mientras observa.

La alarma se detiene. Savannah también. Permanecen sentadas sin decir nada durante mucho tiempo, en un punto muerto. Zara espera y espera a que la puerta se abra de golpe, a que venga Lawrence Wolf o la policía, pero nadie lo hace. Savannah la mira con ojos diabólicos.

—Savannah —dice finalmente la cosa. Se lleva una mano al pecho, como si recordara quién es. Mira a Zara. Se arrastra hasta ella y sostiene la cara de Zara entre sus manos de cadáver—. Zara. ¿Verdad?

—Sí —contesta Zara, con el corazón acelerado. Más lágrimas resbalan por sus mejillas, ahora calientes y gruesas. Lleva un año queriendo abrazar a su hermana. Tocar su piel, acercarse a ella. Resguardarse en el cuerpo de Savannah como lo hizo durante los primeros dieciséis años de su vida—. Así es —algo de Savannah está ahí—. Ahora trata de recordar, por mí. ¿Qué buscabas? ¿Quién te mató?

—Aquí —los ojos de la criatura se deslizan de un lado a otro de la habitación como si accedieran lentamente a un recuerdo. Es como ver zumbar la vieja computadora de escritorio de Prudence. Savannah se separa de Zara, se levanta y recorre el sillón Chesterfield con la punta de los dedos. Toma un vaso del carrito del bar y lo acerca a la luz roja. Hace como que bebe un sorbo, como que ríe y deja caer el vaso a la alfombra. Se sienta en el sofá, se echa hacia atrás y cierra los ojos. Se toca el pecho izquierdo, lo aprieta. Se pasa la palma de la mano por el cuello, por la mandíbula, gira la mano y la besa, muerde la piel seca.

—¿Savannah? —susurra Zara—. ¿Qué estás haciendo? ¿Qué está recordando?

Savannah abre los ojos y fija la mirada en la puerta de la habitación del pánico. Vuelve a acercarse a ella, presiona las palmas de las manos y la mejilla contra la puerta y cierra los ojos.

—La puerta es de acero —Zara apenas puede hablar, no entiende lo que está pasando—. Las paredes y el techo también. No puedes salir. No sin la contraseña. Por favor, háblame.

Savannah abre los ojos. Sus dedos recorren la pared hasta el teclado. Pulsa un botón, y luego otro, y luego otro, y luego otro. Vuelve a mirar a Zara.

—Aquí —dice de nuevo—. ¿Entiendes?

El teclado emite un pitido. Una luz pasa de rojo a verde. La puerta se desbloquea y se abre sobre unas pesadas bisagras.

—Dios mío —susurra Zara cuando el espectro se desliza por el pasillo.

Savannah está fuera, y sólo hay una forma de que supiera la contraseña.

Ella estuvo en esa habitación cuando estaba viva.

Ella estuvo allí antes.

TREINTA

Emer baja de nuevo las escaleras de servicio, hasta el sótano enterrado bajo la casa.

Allí hay una lujosa piscina techada, más allá de la cocina del personal. Es muy larga y estrecha, flanqueada por sillas reclinables. Emer sigue adelante, adentrándose en el subsuelo. Pasa por una cámara de sauna. Una sala de vapor. Un gimnasio. Un cine en casa. Dos recámaras más del personal. La sala de calderas. Una sala de vigilancia, todas ellas salen a la piscina. Y luego, finalmente, lo que ella está buscando: una habitación cerrada, justo al final. No se ha intentado ocultarla. No está tapada por estantes o un cuadro. Tiene una puerta acorazada de metal con una espiral para abrirla y cerrarla.

Emer hunde sus dientes en la vieja herida de su brazo para abrir la costra. Gotea su sangre sobre el mecanismo de cierre y permite que Bael se dé un festín con ella. A cambio, el demonio abre la puerta. La puerta de metal se abre y Emer entra.

Es una sala de trofeos. No hay cabezas montadas. En lugar de eso, es un museo de artefactos robados. Hay muchos libros, todos expuestos en libreros con las tapas hacia arriba. Debajo de cada uno hay una placa con la ubicación y el año. *Ipswich, 1988. Inverness, 1995. Marsella, 1996. Sarajevo, 1998.*

Las fechas y lugares de las masacres, se da cuenta Emer.

Emer se detiene junto a una placa en la que se lee *Killarney, 2013*. El libro que hay encima es antiguo y está encuadernado en suave piel roja. Emer alarga la mano para tocarlo. Abre la cubierta. En la portada se lee *Leabhar Byrne*.

El libro de Byrne.

Emer sigue moviéndose por el espacio. También hay otros trofeos. Una bandeja con mechones de cabello atados con una cinta. Una bandeja con joyas, talismanes robados a brujas. Luego, al fondo, la prueba que Emer ha estado buscando: bandejas y bandejas de invocaciones cortadas de la carne de mujeres muertas. Los rectángulos de piel están estirados y clavados como especímenes de mariposa. No es una sola bandeja, sino muchas. Emer las revisa. Encuentra los conjuros que cortaron de su madre, de su abuela, de sus primas. Extrañamente, no ve nada de su propio trabajo.

—Buenas noches, pequeña Byrne.

Emer se da la vuelta.

Es él. Está ahí, en la puerta. El hombre que ha atormentado sus días y sus noches durante una década. El hombre que mató a Róisín.

—Andy —dice.

—Nadie me ha dicho Andy desde la universidad. Mi verdadero nombre es Drew. Andrew Wolf. Y tú... tú eres la niña del huerto de Lough Leane —él entra en la habitación—. Me alegro de verte. He pensado en ti a menudo —hay un botón rojo en la pared junto a la entrada. Andy Volkov lo pulsa. Las luces a su alrededor se vuelven rojas. Comienza a sonar una alarma—. Esta vez, no dejaré que te escapes tan fácilmente.

Emer toca el hechizo de plomo de su collar. Andrew cree que ella está atrapada con él, pero en realidad él está atrapado con ella.

—¿Cómo nos encontraste? —pregunta Emer.

Andrew Wolf sonríe.

—Estuve en Cork por negocios ocho meses antes de que tú y yo nos viéramos por primera vez. ¿Lo entiendes?

—No.

—Conocí a tu hermana. O prima, no sé cuál fuera su parentesco. Róisín. Me alegré de proporcionarle lo que quería. La vi en un club nocturno, completamente borracha, deslizándose por la pista de baile con poca ropa. La llevé a mi hotel. Tal vez yo nunca habría sabido lo que ella era, de no haber sido porque la oí en el baño, en comunión con el diablo. Una de las necesidades de mi trabajo es dominar el latín. Entonces, comprendí lo que era... y para qué había venido a Cork. Ella quería un bebé. No muchos aquelarres modernos están tan aislados como lo estaba el tuyo. La mayoría se han integrado ahora. Viven en ciudades, tienen trabajo, se casan y dan luz a hijos de forma normal. Tu familia era de la vieja escuela, enviaban a sus estúpidas vírgenes en misiones para quedar embarazadas. Podría haberla matado aquella noche —una bruja menos en el mundo siempre es algo bueno—, pero olí un premio mayor: su aquelarre.

Los ojos de Andrew Wolf se desenfocan, como si estuviera recordando.

—Róisín quería desesperadamente que la quisieran —continúa él—. Por la mañana, cuando se despertó, me dijo que tenía que irse, pero la convencí para que se quedara un rato más. Pasamos el día juntos. Pasamos otra noche juntos. Le susurré cosas dulces al oído. Intenté recordar las citas más sensibleras de las películas, porque sabía que probablemente ella no las había visto. *Para mí, eres perfecta. Eres mi complemento.* Y la mejor de todas: *Me has hechizado en cuerpo y alma, y te amo... te amo... te amo.* Eso fue lo que la atrapó.

Wolf se acerca a Emer. Ella da un paso cada vez que él lo hace.

Rodean la mesa en el centro de la sala.

—Hice que mi padre me enviara a Cork por negocios para estar cerca cuando ella viniera a buscarme. Poco a poco, me gané su confianza y, poco a poco, se reveló ante mí. Me dijo que estaba embarazada. Le dije lo mucho que la quería y lo mucho que querría a nuestro hijo. Me habló de su infancia aislada y de cómo yo no era como esas monstruosas historias que había oído de los hombres. Al final, cuando le resultó demasiado llamativo seguir viajando a Cork, me dijo que Killarney sería un lugar de encuentro más fácil, que su estricta familia vivía en una granja en Lough Leane y que podría escaparse con más frecuencia si yo iba allí, así que lo hice. Justo antes de que diera a luz, la seguí a su casa, a la casa secreta donde vivía su familia. Mis hermanos y yo volvimos al día siguiente. El resto de la historia ya la conoces.

La forma en que cuenta su historia es monstruosa. No hay sentimiento alguno en todo eso. Son hechos escuetos. No se regodea ni se enorgullece, simplemente cuenta las cosas como son.

—Eres un monstruo —dice Emer. Sus dedos van al hechizo en su garganta. Ahora está de espaldas a la puerta. La habitación del sótano con la piscina está detrás de ella. ¿Qué tan rápido puede moverse? ¿Qué tan rápido puede salir por la puerta y cerrarla? ¿Qué tan rápido puede unir la invocación a su espacio del corazón e invitar a Bael a su alma?

—No —añade Drew—. Yo amaba a Róisín. ¿No lo ves? La amaba a ella y a nuestra hija nonata, y al final, por eso tuve que acabar con las dos. Estaban contaminadas por la magia. Sus almas estaban atadas al diablo. Liberé del mal a lo que más amaba. Fue lo más difícil que he hecho. Y ahora voy a hacer lo mismo por ti.

Drew mira por encima del hombro de Emer, hacia la puerta que se abre a su espalda. Emer empieza a girarse, pero no es lo bastante rápida. Una mano fuerte se cierra sobre su boca.

Los lobos cazan en manadas.

TREINTA Y UNO

Jude vuelve en sí y percibe poca luz.

El espacio dentro de su cráneo se siente como un pez globo: espinoso, aceitoso, presurizado. Intenta moverse, pero se da cuenta de que tiene las muñecas atadas a la espalda, lo que hace que entre en pánico y tire con fuerza de sus ataduras, pero no se mueven.

Hay alguien cerca de ella. Un hombre, mirándola fijamente. La misma persona que le golpeó el cráneo y la dejó inconsciente.

—¿Lawrence? —pregunta ella, pero cuando su vista se aclara, ve que es casi la cara de su padre, pero no del todo.

—No —dice Adam—. No soy Lawrence.

—Adam —el recuerdo de cómo llegó ahí se desliza por su cabeza, una cosa resbaladiza y escurridiza que no puede asir del todo. Había una figura en el pasillo. No el rostro de su padre, sino el de su hermano mayor.

Se parecen tanto.

Hay otros rostros bajo la luz fantasmal. Jude parpadea e intenta enfocarlas. ¿Dónde está? No lo recuerda. La habitación está iluminada por velas parpadeantes. Las sombras se desplazan y se agitan, dificultando su visión. Sin embargo, Jude reconoce la elaborada cornisa, la enorme chimenea de mármol, el bronce dorado y los candelabros de Baccarat, procedentes de un palacio francés del siglo XIX.

El salón de baile. La casa en la que no vive nadie, por la que sólo pasan los miembros de la familia para fiestas rutilantes y largos almuerzos de verano servidos por chefs famosos. Esta noche hay fiesta. La sala está adornada con flores. Hay hermanos, sobrinas y sobrinos. Adam, Matthew, Seth, Drew. Los Jinetes, los llaman Jude y Elijah, alias de los Cuatro Jinetes del Apocalipsis, porque son todos tan serios y ridículos. Ella busca a Eli, pero no está allí, y tampoco su padre. Todos llevan trajes y vestidos de noche oscuros de seda y terciopelo. Todos sostienen una copa de cristal llena de champán. Todos miran a Jude con ojos ávidos.

Una boda. Sí, por eso está allí. La boda de su padre. Una alarma estaba sonando, pero la habitación está en silencio ahora. Las sirenas rojas han sido reemplazadas por el inquietante resplandor de las velas. Debe haber pasado algún tiempo.

Con un sobresalto, Jude se da cuenta de que está dentro de la enorme jaula dorada del pavo real.

—¿Qué demonios está pasando? —pregunta, mientras vuelve a tirar con fuerza de sus ataduras—. ¿Por qué estoy en la maldita jaula para pájaros?

—"A la bruja no permitirás que viva" —dice Adam en voz baja.

Jude se queda inmóvil. Algo en su interior se estremece.

Ellos lo saben.

Ellos saben lo que es ella.

Claro que ellos lo saben.

Ellos son cazadores de brujas.

—Oh —exclama Jude, sus ojos se posan en Drew. Para su familia es Drew. Para el mundo es Andrew Wolf.

Cuando era niña, unos hombres vinieron a mi casa y mataron a toda mi familia. Quemaron la casa hasta los cimientos. Murieron diecinueve mujeres.

Andy.

—Fueron ustedes —susurra Jude—. Ustedes cuatro —mira a cada uno de sus hermanos por turno. Adam. Drew. Seth. Matthew—. Ustedes mataron a la familia Byrne. Fueron a Irlanda hace diez años. Masacraron a diecinueve mujeres.

—¿Masacramos? —dice Adam—. No, Jude, no entiendes lo que nosotros hacemos. *Liberamos* a esas mujeres. Las salvamos de sí mismas.

Hay movimiento detrás de ella. Un tirón de sus ataduras. Jude se da cuenta de que hay otro cuerpo en la jaula con ella, atado detrás de ella, con las muñecas juntas. Jude mira por encima de su hombro e intenta echar un vistazo.

—¿Emer? —susurra.

Emer no responde. La bruja está amordazada y desplomada hacia delante, inconsciente.

Es entonces cuando Jude lo sabe. Es entonces cuando Jude lo entiende todo.

Son brujas, en una jaula. Rodeadas de cazadores de brujas.

—Van a matarnos.

—Lawrence se esforzó tanto por mantenerte lejos de nosotros —dice Adam—. Ahora lo veo, ese astuto viejo bastardo. Sabía en lo que te habías convertido y sabía lo que tendríamos que hacerte si nos enterábamos. Así que inventó el cuento de una heredera con problemas de drogas y, como tontos, nos lo creímos.

—¿Por qué? —pregunta Jude—. ¿Por qué hacer esto?

—Ése es el trato que hicimos con Dios y la Corona cuando se nos concedieron nuestras tierras por primera vez hace cientos de años. Teníamos un nombre diferente entonces, cuando llegamos por primera vez a este país y ofrecimos nuestros servicios al rey.

—¿Un nombre diferente? —pregunta Jude.

—Volkov —dice Adam—. Wolf. En ese entonces, había brujas en abundancia. Un hombre podía ganarse bien la vida como cazador, y nosotros lo hacíamos. Las matábamos por docenas, y con cada nueva muerte, nuestro favor crecía. Se nos concedió más tierra, más riqueza, más poder. Sacamos a este país de la Edad Oscura de la adoración del diablo y lo llevamos a la luz. La Gran Bretaña moderna fue construida gracias a nuestro trabajo. Ahora, las de tu clase son mucho más difíciles de encontrar. Se escabullen y se dispersan cuando tratamos de cazarlas. A veces, sin embargo, se esconden a plena vista, delante de nuestras narices. Como tú. Como tu madre.

Jude se estremece.

Un homenaje a tu madre, sin duda.

—Tú... asesinaste a Judita —Jude casi ríe, pero una punzada de dolor la atraviesa: ¿cómo pudo no darse cuenta?—. Tú mataste a mi madre.

No fue un accidente, después de todo. Tampoco, Lawrence. *Adam.*

Hace quince años, el hermano mayor de Jude tendría unos veintitantos años. Hay fotografías y videos suyos de aquella semana en el yate. En ellas, se le ve alto y tenso, con su cabello color arena decolorado por el sol, sus jóvenes músculos sin duda lo bastante fuertes para empujar a una mujer ebria de un barco al mar... pero quizá no sea tan sencillo. Quizá Judita no se deslizó silenciosamente hacia el océano y se ahogó en la oscuridad. Quizá también despertó en una habitación cubierta de sombras como en la que ahora ella se encuentra, con la cabeza punzando, los ojos ávidos de los lobos recorriendo su cuerpo, desesperados por darse un festín con su poder.

Adam asiente. No hay necesidad de apresurarse, no hay necesidad de ocultar las cosas ahora. La tienen en una jaula.

—Lawrence trajo a su novia diabólica a nuestra familia y esperó que no nos diéramos cuenta de lo que ella era. Tardamos un tiempo en averiguarlo, debo admitirlo. ¿Quién habría esperado que la escondiera a plena vista? Pero al final, salió a la luz. Ese día estaba peleando con nuestro padre en el yate, tan borracha que no podía mantenerse en pie. La llevé a la cama. Vi la marca en su cuello. Lawrence pasó la noche desplomado en su cama. Judita pasó la noche siendo purificada de sus pecados, igual que tú lo serás esta noche —Adam la mira con tristeza—. Te quiero, Jude. Sé que nunca hemos sido muy unidos, pero eres mi sangre. Quiero que sepas que sólo hacemos esto porque nos preocupamos *profundamente* por ti y por tu alma. La has dañado irreparablemente; éste es el único camino a la salvación.

—¿Cómo exactamente vas a "salvarme", eh? ¿Cómo la "salvaste" a ella?

—Le corté el cuello —los ojos de Adam no se apartan de los de Jude. Parece tan triste, la cara de un hombre afligido. El muy bastardo—. El arte consiste en matarlas rápidamente, antes de que puedan usar su magia de sangre contra ti. Bebí su sangre. A través de mi cuerpo sagrado, su alma fue purificada. Todos los que estaban en el barco esa noche participaron, incluso tú. Pusimos una gota de su sangre en tu lengua mientras dormías para que tú también pudieras ayudar a salvar a tu madre.

A Jude se le revuelve el estómago. No puede evitar sentir la oleada de náuseas que sube por su garganta y le roza los labios. Tose y escupe. El champán y los aperitivos resbalan por su barbilla, por su vestido. Casi espera que el vómito se tiña de rojo con la sangre de su madre. Dios. *¡Dios!*

—Nuestro mayor hallazgo se produjo hace una década —continúa Adam—. El aquelarre de las Byrne en Irlanda, uno de los últimos reductos de las viejas costumbres. Una familia de ratas que vive, se reproduce y envenena a sus crías con lo oculto. Ese año purificamos a diecinueve. Diecinueve almas fueron salvadas. ¿Recuerdas cómo fueron los meses posteriores? Quizá no, ya que aún eras una niña, pero nuestra riqueza se multiplicó por diecinueve —Adam ríe con asombro—. ¿Lo ves? Nuestra familia ha sido bendecida. Tenemos el mandato divino de liberar las almas de las brujas de sus cuerpos, y somos recompensados por ello, como siempre lo hemos sido.

Jude escupe, intenta quitarse el sabor ácido de la boca.

—No pueden estar todos de acuerdo con esto —Jude fija la mirada en su sobrina, Dove. Tienen la misma edad, fueron a la misma escuela, se movían en los mismos círculos. Dove, la guapa estrella de TikTok que hace videos sobre acabar con la ganadería industrial y salvar a las ballenas—. Dove. Honestamente, no puedes sentirte bien con esto. ¿Vas a quedarte ahí y ver cómo me cortan el cuello? Esto es una puta locura, y tú lo sabes.

La niña traga saliva y mira a su madre.

—No la escuches, Dove —dice la mujer—. No escuches al diablo usando su lengua para hablar.

—Oh, vete al carajo, Karen —replica Jude—. Yo nunca fui de tu agrado.

—¿Lo ves? —dice Karen—. El lenguaje soez delata un alma soez.

—Una vez te atrapé esnifando cocaína en la recámara de mi infancia, ¿y de alguna manera soy *yo* la que tiene el alma sucia?

—No es mi primera limpieza, Jude —añade Dove en voz baja—. Me inauguraron hace cinco años, cuando tenía doce. Yo misma encontré a la mujer. Era la abuela de una de mis niñeras. Cuando vino de visita desde Polonia, vi las marcas en sus muñecas y supe lo que era. Sabía lo que había que hacer para salvarla.

—¡Eres una maldita *influencer* vegana!

Dove hace un puchero.

—No considero la sangre humana un producto animal.

Adam pone la mano en el hombro de su hija y aprieta.

Está orgulloso, piensa Jude. Orgulloso del asesinato que su hija instigó y en el que participó.

—Se suponía que tú debías estar allí, pero Lawrence te echó el fin de semana del ritual —dice Adam—. Debería haber luchado más para asegurarme de que no te desviaras por el mismo camino que tu madre. Te fallé, todos te fallamos, y lo siento. Esta noche, pagaremos nuestra penitencia con tu sangre.

—Aléjate de mí —exclama Jude mientras Adam se acerca a la repisa de la chimenea y saca una caja de madera oscura. Dentro, hay una daga de plata con una cabeza de lobo tallada en la empuñadura—. Aléjate de mí, Adam, lo juro por Dios —no suena como una amenaza. Suena temblorosa y desesperada, porque lo está. Tira de sus ataduras de nuevo, pero están demasiado apretadas para liberarse de ellas—. Emer, ahora sería un momento jodidamente fantástico para despertarse y hacer algo —le dice. La bruja se agita detrás de ella, sus movimientos son lentos, pero no dice nada.

—El cuchillo de Viktor Volkov, el que le regaló el rey, al quemar a su primera bruja —dice Adam—. Esta noche, derramará tu sangre y te purificará de tu maldad, como lo ha hecho con cientos de mujeres antes que tú.

Jude llora cuando Adam se acerca a ella. Recurre al poder que el hechizo de Emer grabó en su alma. La chispa, la bola de dolor anidada, el ardor de la electricidad que recorre los nervios de su brazo. Las yemas de sus dedos emiten una chispa de electricidad estática y, luego, nada más. Vuelve a intentarlo, y de nuevo pequeñas telarañas de luz sisean en las yemas de sus dedos, suaves como lenguas de serpiente. La invocación era inconclusa, inestable. A veces es como el fuego de una vela, a veces como el de una hoguera. En este momento, no se enciende del todo.

Todos sostienen sus copas vacías. Copas en las que se verterá la sangre de Jude, caliente y fresca como el jarabe de un arce.

Todos empiezan a cantar. Al principio, es un sonido suave, dulce como una canción de cuna, pero se vuelve cada vez más discordante a medida que Adam se acerca a Jude.

Llega hasta la jaula y la agarra por el cabello. Si al menos le tocara la piel, ella podría noquearlo con su invocación. El canto se convierte en lamento, llanto, animal.

—Te absuelvo de tus pecados —dice Adam.

No puedo creer que voy a morir en este vestido tan feo, piensa Jude.

Su hermano le echa la cabeza hacia atrás y pone la punta de la daga en su yugular.

Jude grita mientras le abre la piel.

TREINTA Y DOS

—¡Savannah! —grita Zara en la sala sombría—. ¡Vuelve aquí!

La criatura no escucha. Desciende por una escalera de caracol, adentrándose en la oscura casa. Zara corre detrás de ella. El espectro se mueve imposiblemente rápido, un fantasma siempre fuera de su alcance. Por fin, varios pisos más abajo, la escalera lleva a Zara a otro vestíbulo, éste grandioso y revestido de mármol.

Hay una luz parpadeante al final del espacio y... ¿el sonido de gente cantando? Savannah se siente atraída por el zumbido. Zara se lanza tras ella. Aún puede detener esto. Convencer a Savannah para que vuelva arriba, encerrarla en la habitación del pánico de alguna manera, arreglar esto, pero ¿cómo, si conoce el maldito código?

—¡*Savannah*!

La criatura no se detiene. Su paso se acelera.

Zara está ahora al borde de las lágrimas, jadeando, desesperada.

—Savvy. ¡Por favor!

El cadáver de su hermana se detiene. Se gira hacia Zara. Por una fracción de segundo, Zara cree ver algo en sus ojos. Algo familiar. Pero entonces la criatura gruñe y le muestra sus podridas encías. Se da la media vuelta, abre las puertas y entra en la habitación.

Es demasiado tarde.

Zara se acerca al rectángulo de luz que Savannah ha dejado a su paso, el hueco entre las puertas. La escena que hay más allá es un sueño, un borrón. Zara no le encuentra sentido. Es una especie de ritual al que asisten glamorosas personas, vestidas con trajes de gala. Cada una lleva una vela en la mano. Se balancean mientras entonan la misma sibilante e inquietante oración.

La mirada de Zara se posa en Jude y Emer.

Jude y Emer.

¿Jude... y Emer?

En ese sitio.

En el centro del inmenso salón de baile.

En una... jaula.

Una jaula dorada de tamaño humano.

Ambas están atadas. Emer está amordazada. Jude se agita furiosamente mientras un hombre se acerca a ella con un cuchillo.

—Yo te absuelvo de tus pecados —dice el hombre mientras coloca la punta de la hoja contra el cuello de Jude y corta la piel. Jude grita. La sangre gotea y cae al suelo. La herida es profunda, pero no mortal, todavía no.

En ese momento, se desata el infierno. El espectro que hay dentro de Savannah se lanza a través de la multitud con dientes rechinantes, arrancando trozos de carne de todas las personas bellamente vestidas. La sangre vuela en arcos manchando las paredes. Las velas caen de las manos de las víctimas que gritan, y cada luz apagada deja la habitación un poco más oscura que antes.

Savannah está...

Savannah está *devorando* a la gente.

—¡Jones! —grita Jude, sacando a Zara de su aturdimiento—. ¡Abre la maldita jaula!

Zara no quiere entrar en la misma habitación que esa cosa, no quiere acercarse a la sangre, la violencia y los gorgoteos de la muerte, pero lo hace. Tropieza con el cuerpo sangrante de una chica que no parece mayor que ella y se tambalea hacia la jaula. Está cerrada, pero por fortuna no tiene ningún tipo de seguro. Zara se mete y le quita la mordaza a Emer.

—Bael —jadea Emer—. *Occide*.

Aunque Zara no puede ver al demonio, puede ver la violencia que empieza a ejercer. Savannah está golpeando a la gente y desgarrando su carne, pero Bael los levanta limpiamente del suelo y los destripa. Les abre la espalda y les arranca la columna vertebral, dejando la piel vacía. La gente se dispersa por la casa, huyendo del salón de baile, en tanto Savannah se alimenta y Bael destruye.

Pasa medio minuto mientras Zara trabaja para desatar a Emer y Jude. De repente, se hace el silencio. No más gritos, no más intentos desesperados de escapar. El suelo del salón de baile está resbaladizo de sangre, brillante como el rubí a la luz de las velas. Ya no queda nadie vivo en la sala, salvo las tres chicas en la jaula del centro.

Finalmente, los nudos de la cuerda ceden y Jude y Emer quedan libres.

Jude se frota las muñecas.

—Dios, Jones. Hablando de una entrada oportuna.

—Silencio —advierte Emer.

Zara y Jude se giran para mirar lo que ella está mirando.

—Quédense muy quietas.

Savannah vuelve sus ojos muertos hacia ellas. De la boca de Savannah mana sangre y bilis negra. Toda su frente está empapada de rojo, las puntas de su largo cabello rubio teñidas de sangre arterial.

—¿*Qué hiciste?* —Emer toma aliento.

Una lágrima resbala por la mejilla de Zara mientras el cadáver de su hermana olfatea el aire, gruñendo como una criatura en busca de su presa.

—El demonio la tiene —dice Emer—. La sangre lo ha enloquecido.

La cabeza de Savannah se inclina bruscamente en su dirección.

—Vendrá por Jude —continúa Emer.

—¿Qué? —susurra Jude con la mandíbula tensa—. ¿Por qué por *mí*?

—Porque tú estás sangrando. Presiona la mano sobre la herida, muy lentamente.

Jude hace lo que Emer le dice y se lleva la mano al corte en su cuello.

—¿No puedes apuñalarlo? —dice Jude—. Siempre estás amenazando con apuñalar cosas.

—Se llevaron mi cuchillo.

—¿Podemos huir?

—No podemos dejar que salga de esta casa. No dejará de matar hasta que sea destruido. Además... —Emer levanta una mano. La mirada de Savannah se fija en ella de inmediato. Gruñe y se lanza hacia ellas, rabiosa al instante, aunque ahora el suelo está resbaladizo y la hace patinar con el brusco movimiento y caer de bruces en un charco de sangre. Cuando vuelve a levantarse, parece haber perdido de nuevo su ubicación.

—Menos mal que estamos en una jaula —susurra Jude.

Zara traga saliva, pensando.

—Voy a abrir la puerta de la jaula. Voy a dejarla entrar.

—Ni lo sueñes, maldita sea.

—Ella quiere a Jude, ¿cierto? —susurra Zara—. Abrimos la puerta de la jaula, Emer y yo salimos, Jude se para en la puerta y se lanza fuera en el último segundo. Entonces, atrapamos a Savannah en la jaula y... —no puede terminar la frase. *¿Quemamos lo que queda de ella para siempre?*

—¿Quieres usarme como cebo? —susurra Jude, furiosa.

—Sí —dice Zara.

—No me gusta ese plan, Jones.

—¿Tienes uno mejor?

Una vela desechada, enrollada bajo una de las pesadas cortinas, elige ese momento para prender fuego a la tela. El fuego se esparce rápidamente y, en cuestión de segundos, el humo empieza a invadirlo todo.

—De acuerdo —Jude da un suspiro de alivio—. Nos quedamos aquí hasta que se queme.

Zara echa un vistazo a la habitación: Hay mucha madera. La habitación es un polvorín. Estallará en minutos.

Otra cortina, aún más cerca de ellas, también se enciende. Emer sacude la cabeza.

—Moriremos por intoxicación de humo mucho antes que ella.

Las cortinas ya están ardiendo. Las llamas lamen los paneles de las paredes, enroscando sus lenguas en la madera. El techo empieza a llenarse de nubes de humo. A Zara ya le arde la garganta y siente los ojos llenos de ortigas.

Las tres comparten una mirada. Muy pronto será demasiado tarde.

Un segundo después, la decisión se toma por ellas. Una gota de sangre de Jude brota de las yemas de sus dedos y cae al suelo de la jaula. Savannah mueve la cabeza en su dirección.

—Muévete —ordena Emer, pero Zara ya está en movimiento.

Las dos se lanzan a la vez fuera de la jaula, abriendo de par en par la puerta mientras Savannah se precipita hacia ellas. Jude se tambalea hacia la boca de la jaula y hace una mueca de dolor al pisar sobre su pierna maldita.

—Ven por mí, perra zombi —dice.

Savannah se lanza sobre ella. Jude se aparta en el último momento. Savannah choca con el lado opuesto de la jaula, y su fuerza y su peso hacen que todo se venga abajo, con Jude todavía dentro. De pronto, están una encima de la otra. Jude la aparta de una patada y trata de alcanzar la puerta, que ahora es más bien una escotilla, mientras Savannah intenta hincarle el diente. Jude casi lo consigue, pero Savannah muerde las yemas de sus dedos y aprieta con fuerza dos de ellos mientras Jude cae hacia atrás fuera de la jaula: Savannah le arranca los dedos y se lanza hacia su garganta, pero esta vez, Jude es más rápida. Sale de la jaula. Zara y Emer la cierran de golpe, y dejan a Savannah —que sigue crujiendo los huesos de los dedos de Jude— dentro.

Jude gime, llevándose la mano derecha sangrante al pecho. Emer la arrastra hacia las puertas corredizas y la saca de la habitación en llamas.

Zara sólo es vagamente consciente de lo que está ocurriendo a su alrededor. Observa cómo las llamas se acercan a la jaula de su hermana, cómo el fuego se retuerce y salta más alto. La muerta viviente termina su comida y entonces se da cuenta, al tocar el cerrojo, de que el metal está abrasadoramente caliente. Sisea y retrocede. Está atrapada. Se agita en la jaula. Le sale espuma por la boca. Grita en lenguas repugnantes y desconocidas.

El fuego lame sus pies. Los retazos de su ropa empiezan a derretirse sobre su cuerpo. Finalmente, se queda quieta. Mira a Zara a los ojos. Embrujada y fantasmal, tiene los ojos muy abiertos. Está asustada. Zara sabe entonces que algo de Savannah ha sobrevivido en su interior. Que su hermana está a punto de morir de nuevo y que, esta vez, ella tendrá que verlo. Que esta vez, será su culpa.

Jude y Emer están en la puerta, Jude sigue sangrando y maldiciendo. Emer llama a Zara.

—Apresúrate—le dice. Su voz está apagada como si hablara bajo el agua—. Zara, rápido, ven.

Zara apenas la percibe. No puede apartar la mirada. Sólo cuando Emer pone la mano en su hombro y tira de ella hacia atrás, Zara reacciona. Las cortinas son cosas serpenteantes que se agitan entre las llamas como víboras listas para atacar.

Si no se mueve, se quedará ahí y arderá con su hermana. Es lo que se merece, pero se deja arrastrar por Emer.

Se tambalean por la habitación. Pasan por encima de cuerpos desangrados, con el cuello abierto por dientes humanos.

Oyen el silbido del agua que apaga las llamas, sienten el agradable frescor en la piel, antes de comprender lo que está ocurriendo.

—Está lloviendo —dice Zara, extendiendo las manos delante de ella. *Qué curioso*, es lo primero que piensa. *Llueve dentro de la casa*. Mira hacia arriba. El techo es una tormenta de humo y retazos de oscuridad. Llueve desde una docena de pequeñas nubes. Llueve a cántaros, como diría Prudence, con gotas grandes y afiladas como el aguanieve.

Aspersores, se da cuenta Zara. Los aspersores están apagando el fuego.

Emer parece asustada. Zara se gira y mira fijamente a través de la lluvia para ver lo que ella está viendo. Savannah se ha quedado quieta. Sale vapor del metal de la jaula, repentinamente frío. La criatura está mirando al techo, observando el agua, comprendiendo lentamente su propia salvación. Deja de mirar. Las mira a ellas. Ya no está enloquecida por la sangre y el fuego. Tiene más tiempo para pensar, más tiempo para planear su siguiente paso.

Mira el cerrojo, que ya no está al rojo vivo. Lo considera por un momento.

Y entonces, lo desliza para abrir.

TREINTA Y TRES

Emer cierra las puertas tras de sí y ata las perillas con el cordón de una lámpara cercana.

Jude está maldiciendo, acunando su mano herida contra su pecho.

—¡Tu hermana muerta me arrancó los malditos dedos!

—Oh, Dios, oh, Dios, oh, Dios —entona Zara.

—Estas puertas no la retendrán por mucho tiempo —dice Emer mientras giran y corren. Tienen la obligación de matarla, matar a esa cosa, a la muerta viviente, pero no pueden hacerlo si ellas mismas mueren. Necesitan un plan.

Decenas de miembros de la familia Wolf e invitados a la boda yacen heridos y gimiendo en el pasillo. Las tres chicas se abalanzan sobre ellos.

—Bruja —escupe un hombre con la boca llena de sangre—. Bruja, bruja, bruja.

Emer se detiene y se arrodilla ante él. No es uno de los cuatro hombres que llegaron a su casa aquel día, pero se parece lo suficiente para ser un pariente.

—Sé lo que soy. Ahora, cállate o volveré a desatar el infierno sobre ti.

Las tres corren hacia la puerta principal, pero descubren que está oculta tras unas persianas metálicas.

—¿Hay alguna otra manera de salir de la casa? —le pregunta Emer a Jude mientras se giran hacia el pasillo.

Savannah choca con las puertas, haciendo saltar a las tres. La gente del pasillo grita, se levanta y empieza a dispersarse en la oscuridad, escaleras arriba.

—La casa es igual a un búnker nuclear cuando suena la alarma —dice Jude—. No hay forma de entrar ni de salir.

—¿Cómo levantamos las rejas? —pregunta Zara.

—No lo sé.

La muerta viviente se lanza de nuevo contra las puertas del salón de baile.

—Quizá quieras aventurar una conjetura —añade Zara con voz seca.

—Hay una sala de vigilancia en el sótano —dice Jude—. Una especie de sala de seguridad con pantallas de circuito cerrado y botones y cosas de aspecto importante. Quizá podamos abrirlo todo desde ahí.

—Eso servirá —contesta Zara—. Indícanos el camino.

Jude avanza al frente. Emer y Zara la siguen. Corren hacia el pasillo de servicio, hacia las escaleras del sótano. Corren como si algo les estuviera pisando los talones. Jude se estremece al moverse, pero no se detiene.

Se oye un estruendo por encima de ellas, astillas de madera, un gemido bovino. Siguen los gritos.

—Por aquí —exclama Jude.

Atraviesan una puerta, luego otra, y se dirigen escaleras abajo. De repente, un cuerpo se interpone en su camino. Un hombre, resoplando, con los hombros tensos por el miedo mientras se gira para asegurarse de que no son Savannah.

Andy.

Andy está huyendo.

Andy tiene miedo.

—Tú causaste esto, pequeña zorra —dice cuando ve a Emer.

Andy se lanza hacia ella, pero Emer tiene ventaja. Lo empuja con fuerza. La combinación de su propia inestabilidad y el impulso de ella lo hace caer, con las extremidades agitadas, por las escaleras. Andy aterriza con un crujido horrible en el suelo del sótano. Está boca arriba, con los ojos abiertos como monedas. Un charco de sangre de color rojo oscuro se extiende desde la parte posterior de su cabeza, que fluye en los pequeños canales de las líneas entre las baldosas.

—¿Drew? —lo llama Jude en un susurro.

—No —Emer toma aire.

Ella baja las escaleras y se coloca frente al hombre al que ha soñado matar durante una década. Andy Volkov no se mueve. Emer le empuja el hombro con la bota, esperando que el hombre se levante de un salto. Andy Volkov se mantiene inmóvil. Ella se agacha junto a él y le hunde los dedos en el cuello, buscando el pulso, pero no tiene.

—Levántate —le ordena.

Él sigue sin moverse.

—LEVÁNTATE —vuelve a decir Emer, levantándolo y sacudiéndole los hombros.

La masa de pelo, cráneo y sangre que tiene en la nuca emite un sonido suave y húmedo cuando cae otra vez al suelo.

—Está muerto, Emer —dice Jude.

Es obvio. Está claro.

Ella no lo puede creer.

—No —dice Emer.

No. No puede morir *así.* No puede morir de manera instantánea, sin haber sufrido un terrible dolor.

Emer vuelve a levantarlo. De nuevo, se desliza hacia las baldosas con una salpicadura, con el cuerpo pesado a causa de la muerte.

Emer suelta un grito estrangulado y golpea con las palmas de las manos el pecho de Andy.

Andy Volkov está muerto.

Más gritos vienen de arriba.

—Mierda —maldice Jude—. Tenemos que apresurarnos.

Se acabó. ¿Cómo puede haberse acabado? El hombre que invadió su casa cuando era una niña, que masacró a toda su familia. ¿Cómo pudo romperse el cráneo tan fácilmente? ¿Cómo pudo ser tan completamente mortal?

—No se suponía que fuera así —se dice Emer.

—Vamos, Emer, tenemos que salir de aquí —insiste Jude.

—Cierra los ojos, Jude.

—No tenemos tiempo para...

—*Cierra* los ojos.

—Maldita sea —Jude cierra los ojos—: de acuerdo.

—Bael —dice Emer—. *Occide.*

Los ojos de Jude permanecen cerrados, pero Emer mira fijamente, asimilando la velocidad imposible en la que Andy es consumido. Hay sonidos terribles: huesos que se rompen, carne que se desgarra, el estallido de los sacos de órganos. Hay olores terribles: un torrente de bilis, comida y alcohol sin digerir, heces. En pocos segundos, no queda nada del hombre, salvo su reloj, sus zapatos y su ropa. Incluso eso ha sido chupado hasta secarle la sangre. Una moneda gira sobre su canto y cae al suelo.

—Creo que voy a vomitar —exclama Jude.

Se escucha una nueva oleada de gritos, esta vez más lejos. Savannah se dirige arriba... por ahora.

Las tres corren más allá de la larga piscina techada, hacia el final del sótano. La entrada a la sala de vigilancia está abierta. Entran y observan el caos en blanco y negro que se despliega en una docena de pantallas transmitido desde una docena de cámaras.

—De acuerdo, déjenme pensar en cómo sacarnos de aquí —dice Jude, con los dedos de su mano ilesa flotando sobre los teclados que tiene delante.

Emer extiende la mano para tocarle el hombro, la detiene.

—No podemos abrir las rejas —añade en voz baja—. Todavía no.

—¿Qué? ¿Por qué? ¡El objetivo de encontrar la sala de vigilancia era abrir las rejas!

—Si la dejamos salir ahora —Emer señala con la cabeza el conjunto de pantallas—, no parará nunca.

Jude y Zara dan un paso atrás para asimilar lo que Emer está viendo. Todas observan cómo la criatura pasa de una pantalla a otra ante ellas, un espectro de cuerpo escurridizo. Es una película de terror que se está desarrollando en tiempo real. Bañada en sangre, Savannah encuentra a la gente donde se esconde. En armarios, debajo de las camas. Derriba puertas y los persigue. Nadie escapa.

—Oh —dice Jude—. ¡Oh, mierda!

—¿Qué? —pregunta Emer.

—¡Eli! ¡Eli debe estar en alguna parte de la casa, en alguna de las recámaras! ¡Oh, Dios, se fue después de la ceremonia, subió con una chica! Tengo que ir a buscarlo, tengo que advertirle...

—Jude, espera —exclama Emer—. Mira.

Emer señala una pantalla en la parte inferior. Se muestra parpadeante y estática, cortada por líneas. Una figura sombría acecha en su centro. Está en uno de los pasillos de servicio. Se dirige hacia ellas.

El asesino.

—Oh, esto *tiene* que ser una broma —exclama Jude—. ¿Cómo es que Adam sigue vivo? Oh, Dios, oh Dios. Mi hermano me va a asesinar, ¿no?

Cuando ve el miedo en la cara de Jude, cuando la figura sombría se acerca, cuando las tres, perseguidas, se acurrucan en esta habitación con olor acre a quemado, Emer tiene un momento de claridad. Emer se siente serena. Porque ahora ve lo que debe hacer.

—Jude, no tengas miedo —dice Emer.

—¿Qué no tenga miedo? ¡Ese imbécil está aquí para matarme!

—No seguiremos siendo acosadas —replica Emer con una firmeza que parece calmar a Jude.

Emer no cobrará venganza por sí misma —la muerte de Andy fue un accidente, demasiado rápido e indoloro como para contar realmente como tal—, pero eso no significa que no pueda ser un ángel vengador para cada una de las mujeres vulnerables que acudieron a ella y murieron por su culpa. No significa que no pueda ser un ángel vengador para Jude:

—Tengo un plan —sentencia.

—¡Bueno, ya era hora! —dice Jude.

—Mírame. Mírame —le ordena Emer—. Tienes que dejar que te mate.

Jude se queda perpleja.

—¿Ése es tu plan? Ése era mi plan, ¡y tú me dijiste que era un mal plan!

—Sí.
—¡En realidad, preferiría no morir hoy! —dice Jude.
—Lo digo en serio —replica Emer—. Así es como te libraremos de tus maldiciones. Deja que te haga lo que le ha hecho a todas las demás. Deja que te lleve al borde de la muerte. Entonces, cortaremos tus invocaciones y te traeremos de vuelta.
—Pensé que todas estábamos de acuerdo en que era una idea estúpida. ¿Cómo planeas traerme de vuelta?
—RCP.
—¿Sabes RCP, Emer? ¿Sabes siquiera lo que significa "RCP"?
—Yo conozco la RCP —ofrece Zara.
—Ah, claro, ¿y a cuántas personas se lo has hecho? —pregunta Jude.
—Una.
—¿Sobrevivió?
Zara no responde.
—¿Sobrevivió, Jones? —pregunta Jude de nuevo, con voz estridente esta vez.
—Bueno... no, pero eso fue sólo porque llevaba mucho tiempo muerta cuando empecé.
—Jesucristo, en verdad voy a morir.
—Viene por ti, Jude —dice Emer. Todas vuelven a mirar la pantalla. Ahora está casi en las escaleras del sótano—. De una manera u otra.
—¿Qué vas a hacer con la invocación una vez que la expulses de mi interior?
—Atarla a él, como todas las demás —Emer hace una pausa, sus ojos parecen ligeramente desorbitados—. Usaré su propio método contra él.
—¿Cómo piensas mantenerlo quieto el tiempo suficiente para hacer eso?

Emer toma la mano de Jude y la coloca contra su pecho, envuelve con sus dedos la invocación que lleva en su collar.

—Con esto.

Jude retira la mano.

—Dijiste que era un poder mayúsculo a un precio catastrófico.

—Lo es. Lo será —dice Emer.

Jude niega con la cabeza.

—No dejaré que lo hagas. No por mí.

—No es sólo por ti. Es por todas nosotras. Por todas ellas, también. Las mujeres que mató.

—Emer... no quiero que mueras.

Emer no dice nada. Ella tampoco quiere morir, pero la muerte se ha hecho presente. La muerte la ha encontrado por fin.

—Emer —susurra Jude—. *Por favor.*

—Sé valiente, Jude. Sal y enfrenta tu muerte, te veré en el otro lado.

TREINTA Y CUATRO

—Mierda —susurra Jude mientras Emer la empuja fuera de la sala de vigilancia, de vuelta al resplandor a lejía y cloro de la sala de la piscina. Mierda, mierda, mierda.

Siente las entrañas burbujeantes, resbaladizas. Siempre es así cuando está nerviosa, como si hubiera ingerido una comida muy picante que estuviera abriéndose paso para salir.

—Odio este plan, Emer —murmura para sí misma—. Odio este plan tanto, tanto: "Sólo ve y muere, Jude, no es la gran cosa. Te daré RCP hasta reanimarte, si tienes suerte".

La puerta se abre de golpe. El humo se precipita por el hueco de la escalera. Por un momento, Jude oye los gritos y el caos del piso de arriba mientras Savannah acaba con lo que queda de la familia de Jude, los invitados a la boda de su padre. La puerta se cierra. El sótano vuelve a estar en silencio, aparte de los pasos del Destripador, que baja las escaleras con bastante despreocupación.

Él está aquí.

Él está dentro.

Jude va a morir: ella va a *morir*.

Le tiembla la mandíbula. Ha perdido mucho en las últimas horas. Su familia. Su futuro. Su comprensión fundamental de su realidad.

Paso.

Paso.

¿Qué se sentirá estar al borde de la muerte? ¿Volcarse en ella? Cuando el Destripador la atacó en Hoxton, nunca perdió el conocimiento. Esta vez, tendrá que hacerlo, si quieren que el plan de Emer funcione. Recuerda la sensación de las manos del hombre alrededor de su garganta, lo desesperadamente que sus pulmones anhelaban oxígeno, cómo sus globos oculares se abultaron y casi estallaron en su cráneo.

Jude se hace la tonta, pero no lo es. Ella sabe que este plan no es tan simple como Emer lo plantea. ¿Cuánto tiempo sin oxígeno antes de que el cerebro tenga daños permanentes? ¿Cuatro minutos? ¿Cinco? No muchos minutos, eso es seguro.

Paso.

Paso.

Jude piensa en su madre la noche en que ella murió, joven y hermosa y rodeada por el peligro.

—Vamos, bastardo —murmura Jude en voz baja—. Ven a buscarme.

Una sombra aparece al pie de la escalera, alta y ancha.

El hombre oculta la oscuridad en sus facciones. Jude lo percibe y se esfuerza por dar sentido a su rostro. Incluso ahora, tiene una cara dulce, apuesta de una forma gentil que hace que las mujeres lo adoren, que confíen en él.

—¿Eli? —murmura Jude.

Jude no entiende. Esto es un truco, seguramente. A Elijah le encanta gastarle bromas. Forma parte de su relación. Siempre han sido así el uno con la otra.

—Hey, Jude —dice Elijah. No lo canta como suele hacerlo cuando la saluda. Está triste. Las palabras son pesadas, llenas de dolor.

Jude sigue sin entender.

—¿Qué... haces tú aquí? No eres tú. Tú no eres... —Jude da un paso atrás—. ¿Qué diablos, Eli?

Un recuerdo se manifiesta, atroz como el veneno. Es en época de Navidad, hace una década, en el castillo de Escocia, todas las decoraciones de tartán, aunque ellos no tienen raíces escocesas. Jude es enviada a la cama hambrienta y enfurruñada, porque no detuvo su lengua antes de cenar y le dijo a su padre que era un abusivo, cosa que a él no le gustó porque era verdad.

Llamaron a su puerta esa noche: una sonrisa en la oscuridad. Recuerda a Elijah sentado al final de su cama como un duende travieso, con la parte de arriba de su pijama rellena y abultada, una extraña barriga como de embarazo sobresaliendo de la seda.

"Toma", dijo él entonces, "mira lo que tengo para ti, Jubicho".

El tesoro encontró sitio fuera de su ropa: *pfeffernüsse* espolvoreado con glaseado blanco; ciruelas cristalinas, brillando como joyas en la penumbra; caramelos de anís, cada uno un minitraje a rayas de Beetlejuice.

Comieron hasta que les dolió la cabeza por tanta azúcar, hasta que sus estómagos se acalambraron y crujieron, y luego, hinchados y exultantes, se durmieron. Jude era incapaz de imaginar amar a nadie más de lo que amaba a Elijah en aquel momento.

Su hermano. Su aliado. Su mejor amigo.

Un asesino de mujeres.

—¿Tú intentaste matarme? —pregunta Jude.

Suena tan absurdo. Por supuesto que no fue Elijah. Incluso ahora que se acerca a ella, incluso cuando extiende una mano hacia ella, Jude no se atreve a tenerle miedo.

Elijah empuja un mechón de cabello de Jude detrás de su oreja y luego toca con la punta de los dedos la invocación que esconde en el cuello.

—Ojalá no hubieras hecho esto —dice él en voz baja.

No aparta sus ojos de los de ella.

Jude se aparta de su contacto, con la piel erizada.

—¿Que no hubiera hecho qué?

—Éstos nunca me han interesado —les da la vuelta a las muñecas y toca los hechizos—. Ni la abominación de tu pierna. Pero ¿éste? —pone la mano en su propio cuello, en la misma posición que la invocación de Jude—. Su poder es asombroso. Desbocado. He visto y sentido lo que puede hacer.

—Tú eres uno de ellos —dice Jude en voz baja.

—No —discrepa Eli—. No me parezco en *nada* a ellos.

—Pero tú... —Jude solloza—. ¡Eli, no lo entiendo!

—Oh, sé lo que ellos son y lo que hacen para mantener su poder.

—¿Y tú? ¿Tú...? —Jude ni siquiera puede terminar la frase. Elijah no. Elijah odia a los Cuatro Jinetes, odia a Lawrence, odia todo lo que ellos representan.

—Hubo un tiempo en que quise ser como ellos, pero ya sabes cómo son nuestros hermanos. Ya sabes cómo me tratan. Siempre me han odiado. Lawrence tuvo una aventura con mi madre mientras su madre estaba muriendo. Y entonces, tuve la audacia de nacer. Un accidente, el fruto podrido de una drogadicta. Traje vergüenza al nombre de la familia Wolf, dijeron. Nunca me aceptaron. Nunca me permitieron reclamar mi derecho de nacimiento.

—¿Tu *derecho de nacimiento*?

—Ya sabes, a estas alturas, que vienes de una familia muy antigua con un oficio de larga tradición. ¿Sabes lo que te prometen cuando matas a una bruja? ¿Por qué crees que nuestra familia es tan rica? ¿Tan poderosa? ¿Por qué crees que todos son tan guapos? Es el derramamiento y la toma de sangre de bruja lo que hace que todo sea así. Yo quería una parte de eso. Yo *merecía* una parte de eso. Pero los Jinetes me rechazaron. No tuve más remedio que demostrarles que soy digno. Demostrarles lo que podía hacer. Ahora lo sé: lo que ellos hacen es tan burdo, tan simple. Lo que yo hago es *apreciar* el poder de estas mujeres: lo aprovecho. No dejo que se desperdicie. Soy un artista, y éste es mi arte.

—Eli —los ojos de Jude están inundados en lágrimas, su voz se ha encogido—, ¿*qué* hiciste?

—Conocí a Savannah Jones en una aplicación de citas. Ella era... exactamente lo que estaba buscando. No tenía una buena vida por delante, ni oportunidades reales de cambiarlo, y deseaba tanto ser amada. Le conté todo sobre mi hermana pequeña. Le hablé de tu adicción a las drogas. De cómo habías desaparecido de la faz de la Tierra hacía dos años y de lo desesperado que estaba por encontrarte.

—La convenciste para que consiguiera una invocación que la ayudara a encontrar lo que sea que estuviera buscando.

—No la *convencí*. Se lo *sugerí*. Le di algunos consejos sobre cómo podría conseguirlo, pero sabes tan bien como yo que nunca hubiera llegado muy lejos si hubiera intentado encontrar a una hechicera de palabras yo solo. Savannah era... brillante, perseverante. Se lanzó a buscar y encontró a la bruja en Oxford.

Jude cierra los ojos.

—Y entonces la mataste y robaste su poder.

—Todo era una teoría, hasta ese punto. ¿Era posible transferir una invocación que había sido concedida a otro?

—Elijah se retira el puño de la camisa para mostrarle a Jude su muñeca.

—Dios mío —Jude toma aire.

Allí hay un trozo de carne que no es la suya. Elijah es tan pálido como su madre; la piel de Savannah era claramente más aceitunada. Hay un trozo de ella... cosido en Elijah. *Dentro* de él. Ahora también una parte de él.

—Fue... traumático. Horrible para mí. Nunca olvidaré... —el dolor en su cara y en su voz hace que Jude se enferme de rabia—. Tú me conoces, Jude. No soy... violento. No soy esa clase de hombre.

Jude suelta una carcajada:

—¡Escúchate!

—Yo no... no es *fácil*. No lo *disfruto*. Necesito que lo sepas.

—Tómate tu *tiempo*, Eli. He *estado* en tus escenas del crimen. He visto lo que haces.

—Los pentagramas y las citas bíblicas eran para nuestros hermanos, no para mí. Quería... necesitaba que los asesinatos fueran noticia. Para que los Jinetes vieran y supieran de lo que yo era capaz, para que... —Eli cierra las manos en puños a los lados—. Quería que me temieran. Que temieran de lo que era capaz. Quería que se acobardaran ante mí como yo me he acobardado ante ellos durante toda mi vida.

—Eras tú —se da cuenta Jude—. En las escaleras, esta noche. Estabas peleando con Adam —¿Qué se decían el uno al otro?—. Adam te estaba advirtiendo que te detuvieras.

—Adam ya no puede obligarme a hacer nada que no quiera hacer. Me he asegurado de ello.

—Adam está *muerto* —le dice Jude—. Todos están *muertos*. No tienes que hacer esto. No queda nadie a quien demostrarle nada.

—Te quiero, Jude. Estaba dispuesto a pasar por alto tus tonterías. Para ayudar a Padre a protegerte de nuestros trastornados e idiotas hermanos.

—Hasta que tuve algo que tú querías.

—Hasta que tuviste algo que yo buscaba.

—Dios, Eli. ¿No tienes ya suficiente poder ahora?

—Cuando has vivido cada día en la impotencia, ¿cómo saber cuándo las habilidades que has adquirido son suficientes?

Se miran fijamente durante unas cuantas respiraciones.

—Es una invocación de porquería, sólo te lo advierto —dice Jude—. La mitad de las veces se desconecta del todo, la otra mitad grita enloquecida y me arranca las uñas. Yo no la recomendaría —Elijah sigue sin responder—. ¿En verdad vas a hacer esto, Eli? ¿Por una pizca más?

Elijah parece desconsolado, el muy imbécil. Asiente con la cabeza.

A Jude le tiembla el labio inferior.

—Está bien —Jude sabe que debe irse sin pelear. Es parte del plan, pero que la parta un rayo si no le inflige al menos un poco de dolor a este mocoso en su camino de salida—. Termina con esto, entonces.

TREINTA Y CINCO

Jude no se va fácilmente. Emer observa desde las sombras, con el corazón oprimido en la garganta. Elijah no la ha visto. Está demasiado concentrado en su hermana.

Emer no aparta los ojos de Jude.

Jude está sorprendida ante la revelación de que su hermano más querido es un asesino, pero Emer no. Ha habido muchos chicos de cara dulce que la han acosado, que la han seguido de cerca por la noche, que le han puesto la mano encima sin su permiso.

Emer escucha mientras Elijah le cuenta a Jude las atrocidades que ha cometido en busca de un poder del que se cree merecedor; su derecho de nacimiento.

Deja que sus ojos se desenfoquen para ver más allá de la luz tenebrosa de la sala de billar, hacia el mundo que hay más allá del velo.

Están allí, congregados: los demonios que él ha robado. El poder. Ha cortado trozos de mujeres y se los ha cosido a sí mismo. Las criaturas monstruosas se reúnen sobre él como nubes de tormenta. Están furiosas. Cuando él se mueve, ellas se ven obligadas a moverse.

Un hombre con todo: riqueza, buena salud, acceso a la educación. Aun así, no fue suficiente para él. Aun así, se sentía maltratado. Aun así, tenía que tomar más.

Ahora, tiene un poder más allá de la comprensión. Habilidades que la propia Emer diseñó. Cada palabra fue elegida cuidadosamente para restringir y mejorar el hechizo.

Los hechizos siguen brillando por su claridad. Son nítidos y perfectos. Emer es demasiado buena en lo que hace, pero tiene un hechizo que espera que sea suficiente para acabar con él. Uno tan poderoso que no puede ser usado por mucho tiempo antes de que la mate. Antes de que Bael succione la médula de su alma y deje su cuerpo como una cáscara vacía.

Emer se desabrocha el collar y se quita el colgante de plomo que lleva en el cuello todos los días desde hace dos años. Despliega el pergamino y lee su trabajo por última vez.

Nunca había escrito algo tan hermoso.

Nunca había escrito algo tan espantoso.

Como en muchas de sus otras obras, en este hechizo hay figuras. Imágenes de mujeres, diecinueve de ellas bailando en círculo alrededor de los bordes de las viles palabras.

Para poder aplastar a un mortal con la mente. Para poder mantenerlo inmóvil y desmantelarlo átomo por átomo sin siquiera tocarlo. Es un poder nuclear, sin ataduras, libre de restricciones.

El único problema es que Elijah no es un hombre mortal. Zara lo apuñaló y aun así no murió. Emer envió a Bael contra él, y Bael se acobardó. Jude lo electrocutó y él resucitó.

¿Funcionará?

Elijah está ahora encima de Jude, con las manos alrededor de su garganta. Emer no aparta la mirada.

Jude lucha. Es difícil morir, aunque ése sea el plan. Sus piernas se agitan. Sus uñas rasgan líneas al rojo vivo en la suave piel de las manos de su hermano. Su electricidad fluye a destellos. Su cuerpo se retuerce como una serpiente bajo el peso de Elijah, que la estrangula hasta llevarla al borde de la muerte.

—Bael —susurra Emer—. *Hora vindictae est.*

Es el momento de la venganza.

Para sorpresa de Emer, Bael permanece solemne. Ella esperaba que diera vueltas por la habitación, lleno de alegría. Ha trabajado para este momento durante una década. La alimentó, la educó y la protegió para que un día pudiera darse un festín con ella. Ha trabajado duro. Emer casi siente que merece su recompensa.

Bael observa cómo Emer utiliza su cuchillo para abrir la parte delantera de su vestido negro y dejar al descubierto su esternón. Luego, ella aprieta la mandíbula y arrastra la punta del cuchillo a través de su piel: la herida es profunda, hasta el hueso. No hay necesidad de hacerla superficial. No se detiene a pensar cómo arruinará su belleza ni en las secuelas de una posible infección ni en el aspecto que tendrá la herida cuando haya cicatrizado, porque no lo hará.

Emer sabe que no habrá un después.

Jude ha dejado de luchar. Elijah le toma el pulso. Debe haber un latido, un delgado hilo de vida. Satisfecho, saca un bisturí de su abrigo, se arrodilla junto a su hermana y comienza a arrancarle la invocación del cuello con una habilidad que sólo deja la experiencia. Pronto, Jude morirá y le será arrebatado el poder que le otorgaba el hechizo que Emer escribió.

Salvar a Jude es también arriesgarse a perderla. Salvar a Jude es morir ella misma.

Vida en lugar de muerte.

Es una elección fácil para Emer.

La hechicera de palabras coloca el plomo contra su piel ensangrentada y lo sujeta con una mano. Alarga la otra mano en pos del demonio que la ha cuidado durante todos esos años. El demonio al que ha amado. Bael se contorsiona, la sangre oscura de sus entrañas palpita. Emer acerca la palma de la mano a su mejilla caliente. Él levanta sus propias manos y las cierra en torno a ella, aunque no la toca. Ella mira fijamente las cuencas vacías en la cabeza de Bael, donde deberían estar sus ojos.

—*Hanc potentiam volo* —le dice directamente. *Quiero este poder*—. *Animam meam offero* —*Ofrezco mi alma a cambio*.

Sé amable, Bael, piensa, aunque el pensamiento se pierde rápidamente cuando la magia la atraviesa.

El cuerpo de Emer se abre por la mitad. Su caja torácica se desgarra, su corazón y sus pulmones quedan repentinamente expuestos cuando Bael se introduce en ella. Por supuesto, eso no sucede, pero así es cómo se siente cuando Bael golpea su cuerpo, la desgarra, se desintregra dentro de ella. Es una sensación curiosa, ser desgarrada por un momento y, al siguiente, volver a ser ensamblada, ligeramente distinta.

Emer grita, se dobla y cae hacia delante. Vomita. Oye a Elijah decir: "¿Qué demonios?", mientras busca el origen del ruido entre las sombras. Elijah se aleja del lado de Jude y viene a buscarla. Las luces de la habitación se apagan. Emer no está segura de si él las ha apagado o si ha sido la energía que la atraviesa, que sale de ella, que la rodea. No puede respirar. Su alma no puede soportar el peso de la terrible magia que ha conjurado y atraído hacia sí. Su carne de repente pesa sobre sus huesos.

Entonces, siente algo extraño, una sensación como la de una anguila moviéndose por los bordes de su corazón. Un calor se extiende desde él. Una sensación de... ligereza.

Nunca has estado sola, le dice Bael en voces mysticae.

Emer jadea. Ella nunca había sido capaz de entender este lenguaje, pero ahora que su alma está agrietada y Bael se encuentra en su interior, ella puede hacerlo.

Es antiguo. Se siente frágil en su mente, un pedazo de papiro de tierras olvidadas mucho tiempo atrás. Ahora que forma parte de ella, ya no le parece vil. Toda lengua carga consigo el peso de la historia, y el lenguaje de los demonios es tan antiguo como el mundo. Emer ve destellos del pasado de Bael mientras el demonio continúa plegándose a ella.

El peso se desprende de sus huesos y Emer se levanta del suelo contra las leyes de la gravedad. Ya no se siente sujeta a las reglas que la han regido toda su vida. No siente la necesidad de pisar el suelo.

Bael es fuerte. Mucho más fuerte de lo que Emer podría haber imaginado.

Para cuando Elijah enciende las luces, Emer está erguida y flotando a quince centímetros sobre el suelo.

—Tú —dice Elijah.

—Yo —gruñe Emer.

Lo lanza por la habitación con su mente antes de que él pueda asestarle el primer golpe. Bael alimenta su poder, su fuerza excepcional corre por sus venas como un río desbordado. Mientras Elijah está inmovilizado contra la pared, Emer lo desliza hacia arriba y golpea la cabeza contra el techo.

Elijah está aturdido, confundido. Está acostumbrado a ser el cazador. No está acostumbrado a ser atacado primero. Emer lo tomó por sorpresa.

El poder fluye a través de ella. Por un momento, Emer piensa que será fácil. Ella cree que —porque Bael es tan fuerte y porque ella misma está cargada de tanto odio— el destino le dará lo que quiere. Lo que se merece en este momento: una victoria fácil.

Con su nuevo poder, empieza a desintegrar a Elijah, átomo por átomo. A desagregar las partículas que lo envuelven. Se desprenden rápidamente, porque la invocación que lleva sobre el espacio de su corazón es extraordinaria. Porque ella misma es un milagro.

Elijah siente lo que le está pasando. Siente su propia desintegración. Grita mientras la capa exterior de su piel comienza a desprenderse y a revolotear lejos de él, y entonces recupera el sentido. Recuerda que es un hombre y que Emer es una chica y que el mundo no debe funcionar así para él. Recuerda que tiene poderes que ha robado a las mujeres que mató.

Emer ve la mano izquierda de Elijah justo a tiempo. Empieza a brillar con el mismo rojo fluorescente que la lava volcánica. Ella intenta contenerla, pero es demasiado tarde. Deja caer a Elijah de la pared y se zambulle en la piscina justo cuando él conjura el poder de Abby Gallagher de su arsenal de hechizos robados. Calor. Fuego. Combustión.

Emer se sumerge en el agua y mira hacia arriba mientras una tormenta de fuego recorre la superficie. El mundo se vuelve dorado brillante y negro, en abierta furia. Sigue y sigue y sigue, una explosión incesante. El agua empieza a calentarse y los pulmones de la hechicera de palabras empiezan a rogar por aire.

Así es como mueren las brujas. Como morían sus ancestros en siglos pasados, arrojadas a los ríos por hombres amenazados para ver si ellas se hundían o flotaban. Las brujas pueden luchar, pero sus cuerpos siguen siendo vulnerables a las fuerzas del mundo. Emer puede ahogarse en el agua. Su carne puede arder en el fuego de arriba.

La bola de fuego retrocede. La habitación queda sumida en la oscuridad. Elijah ha apagado las luces. Puede moverse entre las sombras como un espectro.

Emer se mueve con cautela hacia la superficie. Necesita respirar. Sale a la superficie tan lenta y silenciosamente como puede, y mira a su alrededor. El sótano está completamente oscuro. No puede ver a Elijah. No puede ver a Jude. Espera que Zara ya esté a su lado.

Todavía se oyen gritos ocasionales en el piso de arriba. Savannah no ha terminado de cazar a la familia Wolf y a sus invitados. Pronto, sin embargo, no quedará nadie para saciarla. La muerta viviente en la que se ha convertido se sentirá atraída por el olor de la sangre.

Bael levanta el cuerpo de Emer del agua. Los dedos de sus pies se deslizan por la superficie mientras se acerca al borde de la piscina.

¿Dónde está él?

Y entonces, Elijah está justo ahí, frente a ella, tan cerca que Emer puede oler los restos de champán en su aliento. Hay un horrible y brillante tajo de dolor en su pecho y, luego, él desaparece. Emer jadea. Se desliza a través de las sombras como si fuera un portal. Otro de sus hechizos es usado contra ella. Otro tajo de dolor se abre en su espalda. Emer se da vuelta, intenta sujetarlo contra la pared una vez más, pero él ya no está.

Emer cruza la habitación. Necesita encontrar el interruptor de la luz. En la oscuridad, él es un fantasma que no puede ser contenido. Elijah alcanza su tendón de Aquiles con un cuchillo mientras corre, y ella cae de bruces, con fuerza, y se desliza por las baldosas.

Él no pretende matarla rápidamente. De lo contrario hubiera clavado su cuchillo en el corazón de su víctima. Quiere jugar con ella, porque se siente capaz.

Emer se estremece. Él no le teme. A pesar de la fuerza tan tremenda que ha exhibido, él se atreve a burlarse de ella.

—No puedes vencerme, pequeña bruja —escucha su voz—. Soy demasiado poderoso.

Emer sabe que es cierto. Durante diez años ha estudiado lenguas antiguas, encorvada sobre los libros hasta altas horas de la noche... ¿y para qué? Incluso con Bael atado al espacio de su corazón, eso no es suficiente para derrotar a una abominación rodeada con tantos demonios.

Nunca has estado sola, dice una voz en su cabeza.

La herida en el talón es profunda. Ha alcanzado una arteria y la sangre mana al suelo de forma continua. Savannah vendrá pronto, atraída por el olor.

Elijah sale de las sombras. Se arrodilla sobre Emer y hunde una rodilla en su vientre. Ella jadea. El golpe le saca todo el aire de los pulmones. Él le sujeta la cara con ambas manos.

Nunca has estado sola, dice Bael de nuevo, con más urgencia.

Sin embargo, Emer no entiende.

Mira, dice Bael. *Mira. Han venido por ti. Siempre vienen por ti.*

La visión de Emer se nubla. No lo hace a propósito. Es más fácil ver cuando está mareada, y ahora mismo lo está a causa del dolor y la pérdida de sangre del corte en el tobillo.

La habitación está llena de demonios. Han venido a verla morir.

¿O han venido a verla vivir?

Hemos venido, dicen como legión. *Hemos venido por ti, Emer Byrne*.

Han venido porque la necesitan. Confían en ella. No pueden dejarla morir.

Pídeselos, dice Bael. *Pídeles lo que me pediste a mí.*

—Me salvate —grazna Emer. Sálvenme.

No hay suficiente sangre para alimentarlos a todos, pero eso no parece importarles. Emer nunca había visto a un demonio actuar sin recibir algo a cambio, pero éstos lo hacen.

Sacan a Emer de debajo de Elijah tan rápido que él se tambalea hacia atrás. No son delicados con su cuerpo. Ella tarda unos instantes en comprender que no debe luchar contra ellos. Que debe dejar su cuerpo flácido, convertirse en una marioneta para que la muevan.

Elijah está de pie otra vez. Viene por ella.

Es entonces cuando Emer comienza a bailar. Sus pies no tocan el suelo. Su cuerpo es plástico, maleable. Los demonios la sacan del alcance de Elijah. Son más rápidos que ella, más rápidos que él, sus tiempos de reacción son sobrenaturales. La apartan del camino del cuchillo de Elijah. La mueven antes de que la magia de Elijah pueda herirla. Elijah revolotea entre las sombras. Desata fuego en su dirección.

Emer está como poseída. Hay manos demoniacas por todo su cuerpo, quemándole la piel, pero no grita. El dolor es algo sordo y distante. Le desgarran los miembros tan brutalmente que cree que le dislocarán las articulaciones. Ellos no comprenden las limitaciones del cuerpo humano.

Elijah se queda sin aliento por el esfuerzo de intentar asestarle un golpe, cualquier golpe. Está frustrado. Ha perdido toda su arrogancia. Se abalanza sobre ella, su furia se hace evidente en su bello rostro enrojecido. Escupe mientras se mueve. El sudor gotea por su frente. Tiene la mandíbula tensa, los ojos desorbitados por la ira y los flancos agitados mientras inhala.

Él no puede tocarla.

Ahora es turno de que Emer luche.

TREINTA Y SEIS

Emer está bailando en el espacio. Eso es lo que parece. Gira, se eleva y vuela, completamente ajena a la gravedad. Tiene los ojos cerrados, pero el hombre —el hermano de Jude— parece no poder tocarla. Elijah aparece y desaparece, saltando de un pozo de sombra a otro. Es un ballet terrible del que Zara no puede apartar la mirada.

Zara engancha las manos bajo las axilas de Jude y la arrastra hasta la sala de vigilancia. Aunque Jude es delgada, también es muy alta, y Zara gruñe y resopla con el esfuerzo de mover su peso.

Comprueba el pulso de Jude. Tarda unos segundos en encontrarlo, pero sigue ahí, tembloroso, deslizándose bajo los dedos de Zara.

—Eres una bruja testaruda —dice Zara con alivio.

Jude parece imposible de matar. Es tan fuerte y audaz. Llena todas las habitaciones en las que entra, como hacía Prudence.

Aunque el corazón de Zara se acelera, sus manos se mantienen firmes.

—Lo siento —le dice a Jude mientras levanta el vestido rosa de la chica para revelar la maldición que tiene en el muslo.

La herida es grotesca, un abismo que se hunde hasta el hueso. Los órganos de oveja que Zara diseccionó en su clase de ciencias (corazón, cerebro, riñón) no eran ni de lejos tan repulsivos.

Zara presiona la punta del cuchillo de Emer contra el muslo de Jude. La piel —si es que la corteza crujiente que cubre la pierna de Jude aún puede llamarse piel— cede de inmediato expulsando un chorro de pus. Zara jadea y trata de contener la respiración. La herida apesta a podredumbre y azufre. A Zara le duelen los dedos al tocarla, el mismo cosquilleo ácido y ardiente que se produce al entrar en contacto con cloro sin diluir. Las puntas de sus dedos se enrojecen. Las uñas empiezan a partirse y a escamarse en los bordes.

Aun así, Zara trabaja a pesar del dolor, desollando la carne de la pierna de Jude.

TREINTA Y SIETE

Cuando Elijah arremete de nuevo contra Emer, ella lo atrapa en el aire usando su mente, con el tremendo poder que Bael le transmite. Elijah jadea y se estremece hasta detenerse una vez más, la fuerza de su repentina sujeción le expulsa todo el aire de los pulmones. Él se esfuerza por ponerse en pie, pero ya está cansado. Se retuerce y se agita, como una rata en una trampa. Intenta saltar a la sombra, pero Emer inunda la habitación de luz y no tiene adónde huir.

Ella lo aprieta, siente su cuerpo en su mente. Es un saco de órganos blandos y huesos afilados. Las entrañas de Elijah empiezan a estallar cuando ella lo oprime con más fuerza. Sujeta sus brazos a los costados, inmoviliza sus piernas juntas. Siente sus huesos romperse bajo su poder, siente su corazón aplastado en su interior. Una aterciopelada pieza de fruta en su centro. Tan frágil, tan fácil de destruir.

Todavía no, dice Bael.

Emer suelta a Elijah. Cae al suelo con un suave golpe, con el cuerpo destrozado. Sus entrañas se derraman. Sale sangre de sus ojos, de su nariz, de sus orejas, de su boca. Su cara está roja, sus miembros doblados en ángulos antinaturales. Es más un montón de carne y huesos rotos que un hombre, pero sigue vivo y eso lo hace aún peligroso.

Emer palidece, está débil por la pérdida de sangre de la herida del talón. Se siente vacía. No pasará mucho tiempo antes de que Bael drene su alma. Emer se recompone, cojea hasta la sala de vigilancia y golpea la puerta. Zara la deja entrar. Jude está tirada en el suelo, la herida de su pierna rezuma pus y sangre.

—¿Está viva? —pregunta Emer.

—Sí. Apenas. Tenemos que hacerlo rápido. ¿*Él* está vivo?

—Sí. Apenas —Emer mira hacia las pantallas de vigilancia—. Zara —dice en voz baja.

—¿Qué?

Emer no responde, sólo señala. La mirada de Zara se desvía hacia las pantallas y de inmediato se fija en la figura convulsa y ensangrentada que se tambalea hacia la puerta del sótano.

—Oh —exclama Zara.

—Ayúdame a traer a Elijah. Antes de que esa cosa nos alcance a todos.

Arrastran su cuerpo inerte a la habitación y lo recuestan junto a Jude, de arriba abajo. Se parecen tanto ahora que los ve juntos, los hermanos angulosos, demacrados y de cabello negro.

Juntas, Emer y Zara atrancan la puerta y empujan un armario bajo y pesado delante de ella. Mientras trabajan, observan cómo el espectro en el cuerpo de Savannah baja las escaleras del sótano, atraído por la sangre derramada. Encuentra charcos de ella, golpea con la cara las baldosas para lamerla, acaba con el líquido demasiado rápido.

—¿Estás lista? —pregunta Emer. Ya está arrodillada al lado de Elijah.

—Casi —dice Zara, el final de la palabra se convierte en un grito ahogado cuando la puerta detrás de ella se estremece. Savannah las ha encontrado.

Oyen al espectro golpear la cabeza contra la puerta.

—Zara —dice Emer con urgencia—. Necesito tu ayuda.

Zara se arrodilla junto a Jude. Ambas intentan ignorar la puerta que se sacude, los gritos demoniacos que resuenan más allá de ella.

—Hagámoslo —exclama Zara.

Jude suelta un suspiro agitado. Emer y Zara contienen la respiración, esperando a que Jude inhale de nuevo. No lo hace.

—Inicia la RCP —ordena Emer.

Zara comienza. Emer se da cuenta enseguida de que Zara lo hace bien, de que ya lo ha hecho antes. Cuenta en silencio mientras comprime el corazón de Jude. *Uno, dos, tres.* Treinta compresiones, luego, le da a Jude dos respiraciones boca a boca, y comienza las compresiones de nuevo.

—No podré seguir así para siempre —dice Zara, ya sin aliento.

Ése es el menor de sus problemas. La puerta tiembla sobre sus bisagras. El espectro llegará hasta ellas mucho antes de que Zara esté exhausta de administrar la reanimación cardiopulmonar.

Emer deja que su visión se deslice más allá del velo. Los hilos que unen a Jude con sus demonios son ahora tenues, delicados y finos como nubes cirro. La vida de Jude se aleja cada vez más. Pronto, no quedará nada de ella que salvar.

Emer termina lo que Zara había comenzado, para extraer la maldición fallida de la pierna de Jude. Con un último corte, la piel se desprende de su cuerpo. Es fina como un tejido empapado, tan degradada que se ha vuelto translúcida y se ha desgastado por completo en algunas zonas. Por lo general, las invocaciones tienen uno o dos centímetros de ancho por uno o dos de largo, pero ésta se ha extendido a lo largo de todo el muslo hinchado de Jude, y sus malditas letras de plomo se extienden desde la ingle hasta la rótula. El trozo de piel que sostiene Emer tiene aproximadamente el tamaño de una hoja de papel de impresora.

Emer rasga la camisa de Elijah y jadea. Debajo de sus finas ropas, es un hombre hecho de retazos. Hay docenas de invocaciones robadas cosidas en su carne. Rectángulos de magia y poder cosechados de mujeres que Emer conocía. Algunos son recientes, y sus puntadas lucen rojas e irritadas. Muchos son viejos, las cicatrices en relieve que los bordean se han desvanecido hasta volverse blancas. Cada uno perteneció a una mujer que ahora está muerta.

Cada uno, un poder que él no podía soportar que una mujer portara.

Zara detiene un momento su labor de resucitación para entregarle a Emer una engrapadora.

—Busqué por todas partes, ésta fue la mejor opción que encontré.

—Por favor, que esto funcione —suplica Emer.

Entonces, arranca un enorme trozo de piel del corazón de Elijah, del mismo tamaño que el fragmento de piel que retiró de Jude. Luego, coloca la piel de Jude sobre la herida abierta de Elijah, la endereza y empieza a engraparla. Elijah se estremece y gime, con la boca torcida a causa de un dolor aunque está inconsciente. Emer trabaja deprisa pero con cuidado, con los ojos fijos en el rostro de Elijah, incluso mientras le clava las grapas en el pecho.

Cuando termina, se sienta con las piernas recogidas. El trabajo es grotesco, no como el que Elijah se habría hecho a sí mismo.

El vínculo entre Jude y su descontento demonio vacila, como si entrara y saliera de la existencia.

—Vamos —entona Emer—. *Vamos.*

No funciona. No lo está tomando.

—Detén la resucitación —le ordena Emer a Zara.

—Si me detengo, *morirá.*

—Lo sé. Alto.

Zara aparta las palmas del pecho de Jude y se seca la frente con el dorso de la mano. Está sudorosa por el esfuerzo de mantener a Jude con vida y respira entrecortadamente mientras intenta recuperar el aliento.

Emer presiona el cuello de Jude con las yemas de los dedos y siente el pulso sordo mientras se aleja cada vez más. Observa la delgada cuerda. A medida que la vida de Jude se desvanece, parpadea entre su alma y la de Elijah, saltando de un lado a otro como electricidad estática. Está haciendo apuestas, esperando a ver quién es más fuerte, quién morirá primero.

—Vamos, Jude —dice Emer—. Deja de ser tan terca. Déjate llevar. Déjate llevar.

El pulso de Jude se detiene. El amarre se desvincula, ha liberado su alma. Emer contiene la respiración. Viene y va sobre Elijah, como se enciende y se apaga un fósforo ante la brisa. Por fin, por fin, echa raíces en él, clavando su poder en su alma.

—¡RCP! —le grita Emer a Zara mientras se pone de pie y engancha sus manos bajo las axilas de Elijah—. ¡Tráela de vuelta!

Zara recomienza de inmediato las compresiones, gruñendo a causa del esfuerzo, pero parece dudosa.

—No puedes traer a alguien de vuelta con RCP, Emer —Zara hace una pausa, inclina la cabeza de Jude hacia atrás, respira en su boca, comienza las compresiones de nuevo—. Mantiene el flujo de sangre al cerebro, pero no reiniciará su corazón por sí solo.

—¿Cómo la traemos de vuelta?

—Necesitamos un desfibrilador. Hay uno arriba en la habitación del pánico.

—¡Y tu hermana muerta viviente está del otro lado de la puerta, por si no te habías dado cuenta!

—*Sí*, ya me di cuenta —dice Zara en voz baja.

Se turnan para comprimir el pecho de Jude y respirar en su boca hasta que les duelen los brazos. Zara tiene razón. Jude no se recupera. Por mucho que Emer bombee sangre con furia por el cuerpo de la chica, su corazón no se reactiva.

La puerta se estremece y gime bajo los furiosos golpes del espectro. La madera empieza a astillarse y a partirse.

—¿Qué hace un desfibrilador? —pregunta Emer.

—Devuelve el ritmo al corazón.

—¿Con electricidad?

—Sí. Con electricidad.

Emer libera el cuello de Jude para revelar la maldición allí. La piel está muy magullada por el segundo intento de asfixia de Elijah, pero eso no debería importar. Emer levanta la vista y comparte una mirada con Zara. Zara comprende sin que ella tenga que decir nada.

—Vale la pena intentarlo —añade la chica.

Emer asiente.

—Dame el cuchillo —Emer hace una pausa—. ¿Crees que puede volver de esto?

—No lo sé —dice Zara—. Es la persona más testaruda y molesta que he conocido. Si alguien puede hacerlo, es ella.

Emer comprende de repente el salvaje deseo de Zara de devolver la vida a Savannah. Jude *no* puede haberse ido. No tiene sentido. ¿Cómo puede alguien con tanta fuerza vital simplemente dejar de existir?

Cuchillo en mano, Emer se arrodilla junto a Jude y corta cuidadosamente de su piel la invocación robada.

Emer respira rápidamente mientras se quita un trozo de piel de su propia muñeca y coloca el rectángulo de carne de Jude sobre su herida abierta. Luego, como hizo con Elijah, se engrapa la piel a sí misma. Grita con cada grapa clavada en su piel, metal que atraviesa capas de carne y de nervios para sellar un trozo de Jude en Emer.

La hechicera de palabras está sudando y temblando cuando entra la última grapa, con el cuerpo temblando a causa de la adrenalina. ¿Le queda suficiente alma, suficiente vida, para otra maldición?

—Vamos —Emer insiste—. Vamos.

Se enciende como un fuego en una noche de invierno. Lento al principio, luego brillante en la oscuridad, a medida que el lazo se transfiere del alma de Jude a la de Emer.

De nuevo, Emer saborea su propia magia mientras recorre su cuerpo, un nuevo demonio que se ata a sus huesos, sus nervios, sus dientes, su piel.

Sostiene las manos frente a ella y observa cómo cintas de filamento brillante se enrollan alrededor de las yemas de sus dedos.

—Sí —dice Emer al ver cómo se vuelve más y más fuerte, y luego siente el poder inundando su cuerpo—. *Sí*.

Zara sigue practicando la reanimación cardiopulmonar a Jude, manteniendo el bombeo de sangre oxigenada alrededor de su cuerpo sin vida.

—¿Funcionó? —pregunta Zara sin aliento.

Emer pone su mano sobre el pecho de Jude. Ha visto a Jude partir una casa en dos con ese poder. Es un hechizo impredecible e inestable. Incluso ahora, Emer siente que se mueve a través de ella como una anguila eléctrica. Quiere ser libre, todo a la vez.

Emer suelta un suspiro tranquilo e intenta ralentizar los latidos de su corazón. Al mismo tiempo, deja que parte de su poder salga de ella y entre en Jude. Una descarga. Una chispa. Suficiente para deslizarse en el corazón de la chica y sacudirlo de nuevo de vuelta a la vida.

Es demasiado. La espalda de Jude se arquea sobre el suelo, con el sistema nervioso sobrecargado por la electricidad. Emer huele su cabello quemado, el inconfundible olor a carne chamuscada.

La electricidad graba una telaraña de quemaduras en el pecho de Jude con la forma de la mano de Emer.

Zara sacude la cabeza.

—Otra vez.

Una vez más, Emer deja que un delgado hilo de poder se transmita a Jude. De nuevo, le quema la piel, le arquea la espalda.

—No está funcionando —dice Zara.

—¡No quiero cocinarla! —Emer está desesperada.

—Una vez más —insiste Zara.

Emer cierra los ojos y deja que el poder vuelva a salir de sus dedos, pero esta vez no lo pierde de vista. Lo imagina como una extensión de sí misma, un hilo que sale de sus dedos y encuentra el camino hasta el corazón de Jude.

Zara vuelve a tomarle el pulso a Jude.

—¿Algo? —pregunta Emer.

El hilo que sujeta a Jude a esta vida se siente tan tenue. Emer desea dar aliento a sus pulmones, vida a sus huesos.

—¿Algo? —vuelve a preguntar, ahora con voz entrecortada.

Zara aprieta los ojos, concentrada.

—Espera —dice. Y luego—: ¡Sí! ¡Puedo sentirlo!

El espectro está golpeando el cuerpo de Savannah contra la puerta una y otra vez, intentando ensanchar el agujero que ya abrió. Las bisagras traquetean y gimen, desesperadas por ceder. Emer se gira y desata todo el poder de Jude sobre la puerta cerrada. La madera se desintegra, astillándose en fósforo y fuego. El espectro viviente se estrella contra la pared opuesta y cae a la piscina, pero ni siquiera eso basta para acabar con él. La criatura se agita en el agua, acercándose furiosamente al borde.

Emer descarga el poder de nuevo, apuntando al agua esta vez. Toda la piscina se electrifica, la chica muerta se sacude y se convulsiona, pero sigue moviéndose, sigue intentando salir. Emer mantiene el flujo de energía y lo incrementa aún más. Los rayos atraviesan el agua. Los rayos golpean el techo y rebotan por la habitación. El poder comienza a cocinar las entrañas de Emer. El espectro en la piscina chisporrotea y se enciende. Su cabello se incendia. Grita y lucha, pero el agua electrificada lo retiene. Sus ojos se asan, su piel se carboniza. Todas las partes blandas de su interior empiezan a gotear por su nariz y su boca.

Emer se queda sin energía. Cae de rodillas y su cuerpo tiembla. El brazo del que salió disparada la electricidad está gravemente quemado, las uñas agrietadas por el catastrófico daño. El dolor que siente podría describirse como surrealista.

Emer espera, respirando tan suavemente como se lo permite su agonía.

Todo está callado. Todo se ha quedado quieto.

Entonces... de nuevo el movimiento.

La parte superior de la cabeza de Savannah emerge lentamente del agua, seguida de los huecos donde solían estar sus ojos. Emer quiere llorar. Está agotada, y el espectro, aunque ciego ahora, sigue con vida. Se mueve silenciosamente por el agua hasta que encuentra el borde del estanque luego se levanta. Inhala el aroma de una habitación que no puede ver. Su cabeza se dirige hacia donde Emer yace en el suelo. Grita y corre hacia ella.

Con un último esfuerzo, Emer lo sostiene con su mente y lo destroza. Elijah podría luchar contra el poder de Bael, podría luchar contra Emer, pero el espectro no puede. Llega hasta ella y se arroja a su garganta, pero en ese momento, de pronto, se desintegra. Todos sus átomos se fragmentan en un instante.

Emer se queda jadeando sobre las baldosas mientras el cuerpo de Savannah llueve sobre ella, no más que polvo.

TREINTA Y OCHO

—¿Jude? Jude, respóndeme. ¿Estás ahí?

Una voz lejana, que surge de todas partes. Una figura erguida en la orilla opuesta de un río negro. Jude suelta un suspiro agudo. Está oscuro ahí, donde sea que se encuentre. ¿Por qué está ahí? ¿Por qué también lo está Emer? Emer es la figura, piensa Jude, que le hace señas, que la incita para que cruce el agua cristalina.

—Jude, vuelve —dice Emer.

Alguien está sacudiendo los hombros de Jude. Siente las manos sobre ella, pero no las ve. Quiere dormir —le duele todo—, pero alguien está siendo muy molesto y la sacude fuera de su sueño.

Jude abre los ojos. El río retrocede, el agua se retira. La luz le quema los ojos. Demasiado fuerte. Se ha acostumbrado a la oscuridad de la tierra al otro lado del agua, no le gusta la fría fluorescencia que brilla ahora por encima de ella. Una tormenta de cabello rojo, entonces, cerca de ella. Ojos castaños y preocupados que se asoman desde un rostro pálido.

Emer.

—Un zombi se comió dos de mis dedos —dice Jude con voz ronca—. ¿Puedes creerlo? Un *zombi*.

Emer ríe. Es un sonido maravilloso.

Jude se queda mirando los punzantes muñones. Puede ver que los dedos han desaparecido, pero jura que aún puede sentir cómo se doblan y flexionan cuando mueve la mano.

—Mmm. Ahora estamos más o menos igual. Tú también perdiste dos dedos de los pies.

—¿Cómo te sientes? —pregunta la bruja.

—Me siento como si acabara de morir y regresara del infierno —le duele hablar. Todo en la garganta de Jude se siente aplastado, como si respirara a través de un popote. Un popote diminuto cubierto de espinas. Hay más agonía en su pecho: costillas rotas por la reanimación cardiopulmonar, quizá también se le haya quebrado el esternón. Cada respiración oprime las fracturas y le provocan un dolor agudo. Los muñones de los dedos palpitan.

El dolor, sin embargo, quiere decir que está viva. El dolor significa que vivió.

—Oh Dios, *auch*, ¿qué es eso? —dice Jude mientras intenta moverse.

Otra herida, pero diferente. Con cautela, dobla la rodilla y estira el cuello para mirar el amasijo sanguinolento de su pierna, de la que irradia un brillante escozor. Parpadea, intentando comprender lo que está viendo. Hay un enorme trozo de piel cortado de su muslo, pero la profunda fisura que había allí ya desapareció. El hueso, el músculo y la grasa que eran visibles en la grieta quedaron ocultos por carne roja. Carne nueva. Carne cruda, sin piel, *libre de maldición*.

—Funcionó, Jude —añade Emer en voz baja.

A Jude le tiembla el pecho, la mandíbula, no sabe si por la risa o el llanto. Es ambas cosas. Las dos cosas a la vez, y todo eso duele.

—¿Funcionó? —Jude se lleva la mano al pecho. Le duele. Arde, con ampollas y caliente al tacto.

Jude gira la cabeza y es entonces cuando lo ve, tendido en el suelo junto a ella, con el pecho al descubierto. Su propia invocación podrida está pegada a él, sobre su corazón. Alrededor, hay docenas de trozos de carne robados, cosidos en su piel.

Elijah. Eli. Su aliado. Su persona favorita en el mundo en otro tiempo.

—¿Él está…? —pregunta Jude.

—Se ha ido —confirma Emer.

La pena que Jude siente es como… nada. Es demasiado grande para caber dentro de ella de una sola vez, y por eso no puede comprenderlo. Jude no está acostumbrada a perder gente. Perdió a Judita antes de conocerla; una madre siempre había sido poco más que un concepto, algo que otros niños tenían, pero Jude no. Un sueño de una mujer a la que sólo ha conocido a través de fotografías y retazos de información encontrados en internet. Para ella no tiene sentido que Elijah haya *muerto*. Él está allí, junto a ella. Su cuerpo. Jude estira la mano y lo toca. Aún está tibio.

—¿Estás segura? —susurra Jude.

—Estoy segura —dice Emer.

La mandíbula inferior de Jude tiembla.

—¿Cómo hago esto, Emer? —Jude la mira—. ¿Cómo sigo adelante después de esto?

Después de todo lo que ha descubierto. Después de todo lo que le han quitado. En las pantallas, la casa es la escena del crimen de una película de terror. Toda su familia ha sido aniquilada. Jude piensa en la niña del manzano. Allí, una década después, en una sala de vigilancia del sótano, han sido unidas por la inmensidad de sus pérdidas. Jude no sabe qué hacer con su propia inmensidad. ¿Quién es ella ahora? ¿Quién es ahora que todos han muerto? El dolor y el alivio se mezclan en su interior.

—Simplemente lo haces —dice Emer—. Superas el día de hoy, y luego superas el de mañana, y sigues haciéndolo una y otra vez.

—Emer... —la mirada de Jude va al espacio del corazón de la bruja, donde la invocación que escribió para atarla a Bael está ahora grabada en su piel—. ¿Cómo te sientes *tú*?

Emer baja la mirada. Coloca la mano sobre las palabras quemadas que tanto tiempo pasó aprendiendo a escribir.

—Al principio no lo entendía. Bael... no ha aceptado ninguna retribución. Todavía no. Me ha concedido poder, no a cambio de mi alma, sino de algo más.

—¿Qué cosa?

—Congregar un ejército —dice Emer simplemente.

Jude parpadea un par de veces.

—Mmm. Vaya. Eso es... mmm...

—Nos hemos escondido en las sombras durante demasiado tiempo. Bael me ha mostrado su plan. Para que las presas se conviertan en cazadoras. Para que yo... para que yo sea la punta de lanza.

La enormidad de eso es demasiado para que Jude lo procese.

—¿Dónde está Jones?

Emer asiente hacia la puerta. Más allá, Jones está sentada junto a la piscina, con las piernas recogidas bajo su pecho y la barbilla apoyada en las rodillas.

Ambas esperan donde están mientras Emer deambula de habitación en habitación, invitando en silencio a los demonios a devorar los cuerpos de los muertos. Jude observa la espantosa y silenciosa limpieza en las pantallas de circuito cerrado. Pronto, no hay pruebas de la masacre que tuvo lugar allí. Los demonios son minuciosos. Succionan la sangre de las alfombras, la lamen de las paredes.

Amanece cuando por fin termina la limpieza y Jude instruye a Emer sobre cómo levantar las puertas de seguridad. Jones sale y llama a una ambulancia. Esperan juntas, la mano de Jude en la de Emer, mientras Emer le da palmaditas en la cabeza y le dice que no tardará, que ya no tardará. Ven llegar a los paramédicos en la pantalla, ven cómo Jones los conduce al sótano. Le cuentan una mala historia —Jude se electrocutó, necesitó reanimación cardiopulmonar— que no explica en absoluto el enorme trozo de piel que le falta en la pierna. Los paramédicos le inyectan analgésicos. Jude llora de alivio. Un dolor que se puede afrontar y superar con fármacos. Qué cosa tan fenomenal.

Afuera, la mañana es clara y fresca. El sol se eleva en el blanquecino cielo otoñal en tanto Jude es trasladada en silla de ruedas a la ambulancia que la espera para llevarla deprisa al hospital.

Entonces, sólo hay oscuridad.

Cuando Jude despierta, una mujer de cabello negro está en su habitación, sentada cerca de su cama.

—¿Mamá? —susurra Jude. Tiene los ojos ausentes y la garganta seca. No puede ver bien y, por un momento, en el estado liminal entre el sueño y la vigilia, olvida que su madre murió hace mucho tiempo. Jude quiere que la mujer se levante, deje su libro y venga a besarla en la frente—. ¿Eres tú?

—Tienes serios problemas —dice la mujer.

No es su madre, entonces. No es la mujer que sólo conoce a través de fotografías. Judita *está* muerta. Jude lo recuerda ahora. Judita está muerta, fue asesinada por Adam, y Jude es quien vive, a pesar de todo.

Vive, improbable y milagrosamente.

—¿Reese? —la voz de Jude surge áspera y delgada—. ¿Viniste a verme? *Sí* me amas.

Reese Chopra se levanta y se acerca a la cabecera de Jude y la ayuda a beber un sorbo de agua.

—Ya les tomé la declaración a tus amigas. No me dieron mucho. Lo único que me dijeron es que tu hermano es (o era, más bien) el Destripador de Londres. Supongo que no querrás comentar al respecto.

—¿Ellas están aquí?

—No. Querían quedarse, pero les ordené que se fueran. Estaban un poco maltrechas y parecía que les vendría bien tomar un descanso. A mí también.

—¿Qué quieres saber? —pregunta Jude.

—¿Qué pasó anoche en casa de tu familia?

—¿A qué te refieres?

—Se ha denunciado la desaparición de muchos miembros de tu familia. Todas las grabaciones de seguridad de la casa fueron borradas. Hay una jaula gigante en medio de un salón de baile que fue destruido por el fuego. Docenas de personas entraron en esa casa, Jude, pero sólo tú y tus amigas salieron. El interior del edificio parece haber sido saqueado, pero no hay cuerpos. No hay sangre.

—Qué misterioso. Estoy segura de que los genios investigadores de la Policía Metropolitana lo descubrirán.

—Bueno, ustedes no fueron las únicas que salieron; de hecho, tu padre también está vivo.

—¿Lawrence vivió? —a Jude le da vueltas la cabeza. ¿Cómo es posible? Pero, claro, él estaba afuera, en el jardín, cuando las rejas cayeron—. Que me parta un rayo. Es difícil matar a una cucaracha.

—Él está aquí. Está afuera, en el pasillo. Ha estado aquí desde que te trajeron.

—Dios, ¿*por qué*?

—Probablemente porque es tu padre y está preocupado por ti.

—No, no puede ser eso.

—¿Le permito pasar?

—No lo sé. ¿Quizá? Varios miembros de mi familia han intentado matarme recientemente. No me extrañaría que él también lo intentara.

—Estaré junto a la puerta. Si necesitas ayuda, grita y le dispararé por ti.

—Gracias, Reese. Eres muy amable.

Chopra se levanta y se dirige hacia la puerta. Cuando llega, se detiene y se gira para decirle:

—Hemos terminado. ¿Cierto?

—No tiene por qué ser el final si tú no quieres —dice Jude.

Chopra le muestra el dedo medio, pero lo hace con un atisbo de sonrisa en la cara. *Sabía que acabaría por derrumbar sus muros*, piensa Jude. Chopra se escabulle.

Y entonces, él está allí. Lawrence parece succionar todo el oxígeno de la habitación cuando entra. Se queda junto a la puerta, lo más lejos posible de Jude. No se precipita hacia ella. No dice ni hace nada.

—Tú sabías que mi madre era una bruja —dice Jude finalmente.

—Sólo después de que nos casamos. Sólo después de que naciste. Entonces, no pude hacer nada más que intentar mantenerla a salvo.

—No te esforzaste lo suficiente. Podrías haberla mandado lejos.

—Lo intenté. Ella se rehusó. No tuvo miedo cuando debería haberlo tenido. Intenté protegerlas, a las dos —Lawrence comprueba su reloj—. No tengo mucho tiempo. Luciana y yo nos vamos a Tahití de luna de miel.

—Tienes un jet privado. Puedes irte a la hora que quieras.

Lawrence se acerca un paso, uno solo.

—Yo te encontré. ¿Lo recuerdas? Después de que te maldijeras como una idiota. Fui yo quien te encontró y te llevó al hospital.

—No —entonces Jude había despertado en el hospital presa de una terrible agonía. Todo lo anterior a ese punto le era confuso, se había borrado de su mente—. No recuerdo eso.

—Sabía lo que habías hecho. Sabía que tenía que mantenerte lejos de ellos. Lejos de Adam. ¿Nunca te preguntaste por qué inventé una historia para encubrirte?

—Sólo pensé que tú... —¿qué había *pensado* Jude?—. Sólo pensé que tú habías asumido lo peor sobre mí.

Los ojos de Lawrence se apagan, parecen aún más fríos.

—Sé que piensas que soy insensible, pero cuando yo tenía tu edad, sufrí horrores que tú no podrías comprender. Evité que mis propios hijos corrieran la misma suerte. Tal vez no he sido un buen padre, pero nunca he sido intencionadamente cruel contigo. Si conocieras mi pasado, lo considerarías un milagro.

—¿Cuál es tu pasado? —pregunta Jude. Parece una oportunidad para conocer a su padre. Para entenderlo a un nivel más profundo. En cualquier nivel, para el caso.

—Siguiente pregunta —dice Lawrence, enunciando cada sílaba.

—¿Cómo se involucraron los Jinetes en la cacería de brujas si no fue a través de ti?

—¿Quiénes?

—Tus hijos. Adam, Seth, Drew, Matthew. ¿Cuándo empezaron a matar mujeres? *¿Por qué?*

—Mantuve a mis hijos lejos de mi padre durante toda su vida. Fue su último deseo, conocer a sus nietos. Lo permití. No debería haberlo hecho. Pensé que estaba demasiado débil para hacer más daño. Me equivoqué. Le pasó un mensaje, en secreto, a Adam, que entonces era un adolescente. Eso lo arruinó.

—¿Qué hay de Elijah? ¿Por qué no lo protegiste de ellos?

—Porque quería que lo odiaran y que él los odiara a ellos. Pensé que así estaría a salvo. Pensé que, si no lo aceptaban, no llegaría a ser como ellos.

—Yo lo amaba —Jude no puede contenerse y empieza a llorar. Delante de su padre, que desprecia tanta debilidad. Le duele todo el cuerpo—. Se merecía algo mejor que esta familia.

—Me alegro de que hayas sido tú, Jude —dice Lawrence finalmente—. Me alegro de que tú hayas ganado —es lo más cerca que Lawrence ha estado de decir *te quiero*—. Luciana me está esperando. Debería...

—Está bien.

—Creo que puedo hacerlo mejor. Por los dos que vienen en camino. Ser un mejor padre para ellos.

—La decimotercera es la vencida, ¿verdad?

Lawrence asiente y desaparece.

TREINTA Y NUEVE

Zara y Emer se sientan en un café cerca del hospital, ambas maltrechas y empapadas de sangre.

Afuera, la mañana es más agradable de lo que tiene derecho a ser después de la noche anterior. La niebla se ha disipado, revelando un cielo azul, una dispersión de nubes opalinas. Los setos están colmados de bayas de invierno, las aceras amanecen espolvoreadas de brillantes hojas amarillas.

El cabello de Zara huele a humo y tiene los dedos ampollados de tanto tocar la herida maldita de Jude. Se siente como si la hubiera atropellado un coche o la hubieran arrojado en caída libre desde una gran altura. Le duelen los ojos. Su caja torácica parece hundida, demasiado pequeña. Emer luce todavía peor que Zara. Tiene quemaduras rojas y arrugadas en forma de manos demoniacas sobre sus brazos, y una irritada herida rectangular y roja en la muñeca, un trozo de piel desollado sujeto con grapas. La bruja también le dejó el cabello hecho un desastre, con partes del cuero cabelludo visibles donde se lo cortó demasiado.

—Este año la fiesta de Halloween se prolongó —dice Zara cuando el mensajero se queda mirando la sangre seca de sus ropas.

—Claro —dice el hombre, y toma su orden.

Comen en silencio. De fondo suena Jazzy Muzak. Todo es cómicamente ordinario.

—Vaya noche —dice Zara cuando ambas se dan cuenta de que no pueden comer más.

Emer ríe y luego se detiene. Se mete los dedos en la boca, muy al fondo, y se extrae un diente flojo.

—*Dios* —exclama Zara—. No puedes arrancarte los dientes en público. ¿Te estás desmoronando, como Jude?

—No —dice Emer—. Creo que Eli golpeó este diente y lo aflojó.

—No parece que vayas a morir pronto. O sea, te ves terrible, pero no te ves como que estés muriendo.

Emer mira sus manos, se maravilla de ellas.

—Bael no me dejará morir. Me he vuelto demasiado valiosa. Los demonios han volcado demasiados recursos en mí para dejarme morir tan pronto.

—Eres como la elegida de los demonios.

—Hay, por supuesto, una expectativa de retribución por el poder que se me ha concedido.

—¿Y cuál es?

—Escribir más invocaciones. Incitar a más brujas. Congregar aquelarres. Cazar cazadores. Restaurar lo que se ha perdido —Emer mira a Zara—. ¿Supongo que no estarás interesada en vender parte de tu alma? ¿Unirte a la causa?

—Nunca digas nunca, supongo... pero creo que podría tomarme un descanso de lo oculto durante un tiempo. ¿Qué pasará ahora? ¿Volverás a Oxford?

Emer sacude la cabeza.

—Oxford no era mi hogar. Creo que iré a Lough Leane. Allí queda más de lo que pensaba. Podría haber... algo que se parezca a una vida allí para mí.

—¿Cuándo te irás?
—Hoy. En este momento.
—¿No quieres esperar y despedirte de Jude?
Emer respira hondo.
—Jude... —comienza, luchando por encontrar las palabras—. Jude ya consiguió lo que quería. Su maldición se ha roto. Ella es libre, ahora, para... —de nuevo, Emer no encuentra las palabras—. La vida que tiene por delante será extraordinaria. ¿Entiendes? Jude es rica, hermosa y brillante. Hay un lugar para ella en el mundo.
—¿Pero no para ti? —pregunta Zara.
—No. No para mí. No en su mundo, al menos.
—¿Por qué no dejas que ella decida eso?
—Porque tengo mi propio trabajo que hacer ahora mismo —responde Emer.
Zara asiente.
—Me parece justo —dice ella.
Emer se levanta y se estira.
—Adiós, Zara Jones. Espero volver a verte.
Zara también se levanta, atrae a Emer y le da un abrazo que la bruja le corresponde con rigidez.
—Tal vez podríamos visitarte —añade Zara—. Jude y yo. Podríamos ir a Lough Leane, cuando estés lista.
Emer asiente.
—Eso me gustaría. El próximo año, tal vez. En verano —dice Emer. Luego, toma su bolso y sale. No mira atrás.
Zara se sienta a la mesa un rato más, preguntándose adónde irá ahora, qué hará. Sabe que no puede volver a casa de Kyle. Allí no hay nada para ella, pero tampoco parece que haya nada para ella en ningún otro sitio. No hay nadie en el mundo que se preocupe por ella, excepto quizá Jude y Emer,

y los amarres que las unían tan estrechamente están empezando a deshilacharse.

¿Adónde vas cuando no tienes adónde ir?

Zara se lleva las manos a los bolsillos de la chamarra y en uno de ellos encuentra un papel arrugado que le entregó la directora de su escuela hace unos días, en lo que parece hace toda una vida.

—Dios mío —dice la directora Gardner, con las manos entrelazadas sobre el corazón, cuando llega a la cafetería media hora más tarde. El abrigo que lleva es rosa brillante con patrones de tigres, helechos y flores por todas partes. Parece, como a menudo, la encarnación de un resplandor—. ¡Estaba tan preocupada por ti!

Zara rompe a llorar en cuanto la ve. Todo lo que ha estado conteniendo durante un año brota de golpe de su interior. Gardner la abraza, la aprieta contra su pecho, le permite llorar y llorar y llorar por todo lo que ha perdido.

—Está bien —le dice Gardner una y otra vez mientras la abraza y, para cuando las lágrimas de Zara se han secado y su cuerpo se ha liberado de su dolor y su duelo, ella le cree de verdad. Por primera vez en mucho tiempo, todo *está* bien. Tan bien como podrá estar sin Savannah.

Gardner se sienta con ella y ordena una taza de té para cada una. Zara está sentada, frágil y pálida de tanto llorar, apenas capaz de sostener su propio peso. Es día de escuela. De ahí viene Gardner. Ella llama al trabajo, les dice que no volverá hasta más tarde, o quizá no regrese. Llega el té. Zara toma un sorbo y luego le dice a Gardner, lo mejor que puede, sobre todo lo que ha sucedido, todo lo que ha pasado. No deja nada fuera. En ese momento, no le importa a Zara si Gardner le creerá. Lo que importa es contarlo. Lo que importa es dar testimonio de la verdad, la verdad completa, a alguien fuera de los involucrados en la historia. Acerca de la sensación de la piel desecada de Savannah, del olor de su fétido aliento, del horror de lo que pasó anoche en casa de la familia de Jude; toda esa sangre en las manos de Zara.

—Ojalá hubieras venido antes —dice Gardner cuando Zara termina. No hace falta guardar las formalidades ahí.

—Me habría dicho que estaba loca.

—Probablemente.

—¿Me cree?

—Creo que crees que todo esto es real. Lo que significa que creo que has pasado por un infierno. No soy tan ignorante para pensar que mi forma de entender el mundo es la única.

—Ya no sé qué hacer. Ya no sé qué querer. Siempre he tenido un objetivo. Primero fue tener las mejores calificaciones, entrar en la mejor universidad. Luego se convirtió en...

—¿Ser la mejor necromante? —pregunta Gardner.

Zara asiente.

—Tipo A hasta la médula —Gardner sonríe—. No necesitas saber todas las respuestas ahora mismo. Se te permite tomarte tu tiempo para encontrar tu camino, como a todos los que tienen tu edad. Diablos, yo todavía estoy descifrando mi vida.

—Todo lo que he hecho, todo por lo que he trabajado, nunca lo he *conseguido* en realidad. Sólo he querido y querido... ¿y para qué?

—Zara —la forma en que Gardner lo pronuncia... no está cargado con el peso del reclamo, como antes. Está enhebrado con orgullo. Zara se sienta un poco más erguida—. Tú, *literalmente*, levantaste a los muertos.

—Bueno, sí, supongo, pero… no estoy segura de que haya funcionado. No estoy segura de que Savannah realmente haya entendido…

—No salió como habías planeado, no, pero te propusiste algo. Te propusiste algo imposible, algo más allá de lo posible o de lo comprensible, y lo hiciste. No me cabe duda de que tu hermana sabía que la querías… y no me cabe duda de que, decidas lo que decidas hacer a continuación, lo conseguirás.

EPÍLOGO

Cuando Emer regresó a Irlanda, aquel noviembre, la pradera de Lough Leane estaba yerma y la casa seguía siendo un cascarón cubierto de maleza. El invierno que siguió fue duro, pero lleno, por una vez, de propósito. Con la ayuda de Bael, la fuerza de Bael —y la extravagante cantidad de dinero que apareció, de repente y sin que ella lo pidiera, en una cuenta bancaria que se había abierto a su nombre—, Emer pasó los meses más fríos reparando las paredes derruidas, sustituyendo las ventanas rotas, comprando muebles nuevos. Los días eran largos, las noches las pasaba sola, acurrucada frente al fogón, pero Emer disfrutaba del trabajo físico.

Ahora, la tierra que rodea la renovada granja rebosa vida. Las flores silvestres han colonizado el prado que parecía tan lúgubre en invierno. Emer construye y planta, rehaciendo lo que se había perdido. Bael le habla de sus planes para este lugar. Para ella. Un día un aquelarre florecerá allí, y ella será la matriarca de una gran familia de brujas que saldrán al mundo y cazarán a aquellos que desean destruirlas.

Emer practica el uso de su visión todos los días. Al principio, mirar más allá del velo durante más de unos minutos le produce dolor de ojos y migrañas, pero pronto descubre que disfruta observando lo que hace Bael durante el día o viendo a los fantasmas vagar por las llanuras por la noche, con destino a las puertas que los llevarán a los reinos más allá de la muerte.

Más demonios vienen del bosque. Al principio, observan a Emer y Bael desde lejos, siseando y provocándose unos a otros. Emer les deja ofrendas de sangre hasta que ellos también empiezan a recoger piedras y apilar madera. Emer debe hacer todo el intrincado trabajo de martillar los clavos y poner paja en el tejado. Los días son largos y agotadores. Cada noche, cae en la cama hecha un amasijo de músculos doloridos.

Bael caza para ella, como hacía cuando era una niña moribunda. Le trae pescado del río, que es lo que más le gusta a Emer, pero también liebres, pájaros y ardillas. Emer los cocina al fuego. A veces, cuando lo pide, Bael le trae fruta o verdura fresca, pero la mayoría de las veces Emer puede encontrar estas cosas a su alrededor, creciendo silvestres. Ácidas manzanas silvestres y escaramujos y fresas.

El cuerpo de Emer se fortalece con el trabajo. Sus piernas y brazos están más fuertes que nunca. Se le forman callos en las palmas de las manos. Su piel absorbe el sol y se llena de pecas como una tormenta de hojarasca en otoño. A Emer le gusta todo eso. Siente que es una herramienta hecha justo para ese trabajo. Cada día las labores son menos arduas. Cada día la casa está más completa. Cada día despierta con una sonrisa, dedicada a las sencillas y buenas tareas que tiene por delante.

Cuando Jude y Zara llegan, a principios del verano siguiente, la casa está terminada y rodeada de jardines de lavanda.

—Vaya —dice Jude cuando ve el lugar—. En realidad, es mucho menos terrible de lo que esperaba.

Emer sonríe ampliamente cuando ellas llegan, abraza con fuerza a cada una.

—Gracias.

—Parece algo sacado de un cuento de hadas —dice Zara.

Emer sabe que han estado viviendo juntas en casa de Jude. Que Jude invitó a Zara a mudarse. Las tres tuvieron sólo un puñado de días juntas el otoño pasado, y ahora Jude y Zara han tenido meses de convivencia. Todo un invierno, toda una primavera. Emer se pregunta si siguen siendo sólo amigas o si se han convertido en algo más.

Traen con ellas el primer cargamento de comida para su alacena. Las tres lo descargan juntas. Sacos de harina y costalitos de sal y de azúcar. Cajas llenas de conservas y productos frescos. Varias cajas de champán. Una jaula de esponjosos pollitos amarillos.

—Ni idea de qué sea esto —dice Jude mientras levanta la jaula. Su mano derecha, con dos dedos menos, se ha curado bien. *Ahora estamos más o menos igual*, dijo cuando ocurrió. ¿Sigue pensando lo mismo ahora, tantos meses después?—. Patos, pavos, codornices, gallinas. Podrían ser cualquier cosa.

Son, piensa Emer, *obviamente pollos*.

Cuando todo está guardado, Jude está sin aliento y sudorosa.

Hacía tanto tiempo que no se veían.

Jude tiene buen aspecto. La maldición la había devastado. Después de que fue eliminada, ella se ha recuperado. Ya no está tan pálida. Emer descubre que su corazón se inflama de anhelo al verla.

Jude se apoya en la puerta y mira a su alrededor. Emer intenta ver a través de los ojos de Jude, como si fuera la primera vez. Las paredes son de piedra desnuda. El suelo es de madera, ásperas tablas de roble labradas con sus propias manos. El fogón es grande, bueno para cocinar y calentarse en los meses de invierno. Todos los muebles son sencillos, hechos para durar.

No tiene nada de la grandeza a la que Jude está acostumbrada, pero Emer siente un gran cariño por este lugar que ha creado.

—¿En verdad construiste esto tú sola? —le pregunta Jude a Emer.

—Sí. Bueno, mis demonios y yo —responde Emer.

—Una mujer que puede construir. Eso es, simplemente, tan atractivo —Jude esboza su sonrisa malvada.

Emer contiene la respiración. Ella piensa, tal vez, que Jude vendrá a ella y la besará, pero no lo hace.

Pasan la larga tarde de verano al aire libre. El calor persiste hasta el anochecer, y las mantiene a la intemperie. Jude tiene cicatrices en ambos muslos, y en la otra pierna se ha cosechado piel fresca para injertarla sobre la herida abierta que Emer dejó cuando cortó la invocación mala. También hay una cicatriz sobre el corazón de Jude, con la forma de la mano de Emer. Es algo fruncido y nacarado, una huella de mano con hilos de luz que se ramifican a partir de ella.

Zara corta una cantidad escandalosa de fresas. Las tres se sientan juntas en una manta sobre la hierba, comen las bayas y beben champán. Emer no puede comprender que ese momento exista en su vida. Ninguna parte de su historia la había llevado a creer que su camino se dirigía hacia allí.

A eso.

A ellas.

A *ella*.

—Oh, casi lo olvido —dice Jude mientras se levanta—. Te trajimos un regalo.

Emer la observa mientras la chica corre hacia su coche. Jude regresa con un paquete envuelto en papel marrón y una cinta. Emer lo abre. Es una placa que dice CASA FÉNIX.

—No estábamos seguras de si querías llamarla de otra manera, pero pensamos, ya sabes... resurgiendo de las cenizas.

Emer no recuerda la última vez que lloró, pero en ese momento lo hizo.

Ambas ya fueron aceptadas para ir a la universidad. Zara a Oxford, Jude a Cambridge. Emer está feliz por ellas. Emer también está celosa de ellas, sabe que sus caminos deben separarse después de este verano. Ellas están destinadas a la educación, a una vida normal. Emer está destinada a reconstruir lo que se perdió en esa casa y luego, en algún momento, pronto, comenzará a cazar a los que matan brujas.

Tras unos días de relajación, Emer las pone a trabajar. Para eso están ahí. Pasan el verano labrando los campos y sembrando betabeles, zanahorias e hinojo. Ensamblan un invernadero que Jude encarga por internet. No es tan grande como el que había antes, pero es más bonito, con filigranas victorianas de encaje en el lomo del tejado.

No es un estilo de vida lujoso. No hay agua corriente, así que se bañan juntas en el frío arroyo cercano. No hay electricidad, así que el fino champán que trajo Jude se bebe caliente, a la luz de las velas. Sin embargo, los días son largos y agradables, y todas son felices.

Emer observa cómo ellas se fortalecen, cómo sus músculos responden al trabajo diario. La piel de Jude se broncea con el sol. Hay un trozo de piel en su nuca que es más oscuro que el resto de ella. Es ahí donde Emer más desea besarla. Zara se broncea y su cabello rubio se aclara hasta volverse casi blanco. Sus manos se ampollan y luego se vuelven callosas.

Las plantas de sus pies se engrosan de tanto caminar descalzas por el bosque. Emer les enseña a vivir en aquel lugar. Les enseña a pescar en el arroyo y a poner trampas para las liebres.

Luego los días empiezan a acortarse. Demasiado pronto llega septiembre y es hora de que Jude y Zara se marchen. Volverán, dicen, en las vacaciones, pero Emer sabe que las vidas que las esperan empezarán a ocupar todo su interés.

Zara se marcha primero. Sale del bosque para encontrarse con el taxi que la espera, y más tarde, ese mismo día, le toca el turno a Jude.

Jude se demora mucho. Empaca despacio. Se entretiene. Emer se pregunta y espera, pero al final, Jude se va. Ella dice adiós y entra en su coche y se aleja, y entonces es sólo Emer de nuevo. Emer y Bael y un montón de demonios.

Poco después de que Jude se marcha, llaman a la puerta.

Emer abre.

Es Jude.

—¿Cómo te sentirías —dice ella sin aliento— si quisiera quedarme aquí más tiempo?

—¿Más tiempo? —pregunta Emer. Está confundida—. ¿Otra noche? ¿Otra semana?

Hay un mundo brillante lleno de promesas esperando a Jude Wolf. Seguramente ella no puede referirse a...

—Para siempre —contesta Jude—. ¿Cómo te sentirías si quisiera quedarme aquí para siempre?

Emer sonríe.

Sigue sonriendo cuando Jude se inclina finalmente para besarla.

AGRADECIMIENTOS

Éste es, sin duda, el libro más difícil que he escrito. Fue el que hice en pandemia, el que empecé en medio de un oscuro encierro invernal en Londres. Me contagié de Covid tres veces mientras lo escribía y editaba, siempre, siempre, cuando estaba en fechas límites de entrega. Mucha gente me mantuvo en pie para que pudiera, finalmente, llegar hasta la última palabra.

Así que quiero expresar mi inmensa gratitud a:

Catherine Drayton, mi agente en InkWell Management. Mi aliada, mi defensora, el apoyo que me mantuvo en pie durante los meses más difíciles.

Mi editora, Stacey Barney, la primera defensora de este libro y su guardiana a través de muchas de sus formas. Gracias por dar a estas chicas, y a mí, un hogar.

Caitlin Tutterow, que sostuvo gran parte de esta historia en su cabeza cuando yo luchaba por sostenerla en la mía. Tienes poderes mágicos que no acabo de comprender.

Mis editoras técnicas y correctoras: Cindy Howle, Ana Deboo, Chandra Wohleber, Bethany Bryan.

El resto del increíble equipo de Penguin Teen/Nancy Paulsen Books: Olivia Russo, Felicity Vallence, Shannon Spann,

James Akinaka, Mary McGrath, Becky Green, Christina Colangelo, Suki Boynton, y todos aquellos que trabajan incansablemente entre bastidores para hacer y vender libros. Estoy agradecida, muy agradecida, de poder trabajar con cada uno de ustedes.

A Mariana Palova por el diseño de la portada, que me encantó.

A todos en Penguin Australia, pero en especial a Amy Thomas, Laura Harris, Tina Gumnior, Laura Hutchinson, Tijana Aronson y Lisa Riley, por su continuo apoyo desde el otro lado de los mares.

Al equipo estelar de Hot Key en el Reino Unido, en especial a Emma Matthewson, por su calidez y sus ánimos en todo momento. También a: Emma Quick, Amber Ivatt, Tia Albert, Pippa Poole.

A todos en InkWell, pero en especial a Sidney Boker, por sus comentarios; a Lyndsey Blessing, por vender mis libros en tantos países; y a Hannah Lehmkuhl, sufrida perseguidora de certificados de impuestos extranjeros atrasados (¡ya llegarán, lo prometo!).

Mi extraordinaria agente cinematográfica, Mary Pender.

Mi equipo de Londres, que me escuchó quejarme de los dolores y molestias de escribir este libro durante, literalmente, años. Harriet Constable, Owen Ensor, Anna Russell, Alex Hourdakis, Lee Kupferman, Lizzie Pinkney, Alex Palmer, Brett Hatfield, Angharad Thomas, Arran Schlosberg, Arianna Reiche, Lyle Brennan, Noel Fettingsmith, Julie Fettingsmith, David Leipziger, Trevor Alton, Rahul Chatterjee. Estar al borde de las fechas límite de entrega fue noventa y cinco por ciento de mi vida durante mucho tiempo; gracias por no echármelo en cara.

Chethan Sarabu, por la botella celebratoria de tequila Clase Azul.

Melissa Albert y Katherine Webber, que leyeron los primeros capítulos de este libro antes que casi nadie y encendieron las primeras chispas del fuego que necesitaba para seguir adelante.

También a Samantha Shannon, Holly Bourne, Alwyn Hamilton, Nina Douglas, que siempre están ahí para celebrar los momentos buenos y compadecerse de los malos.

Louise O'Neill, por la charla sobre el futuro.

Los otros autores de mi comunidad que han sido pilares de apoyo: Kiran Millwood Hargrave, Saara El-Arifi, Karen M. McManus, Ayana Gray, Faridah Àbíké-Íyímídé, V. E. Schwab, Katherine Rundell, Anna James, Juno Dawson.

Además a Renee Martin, Cara Martin, Alysha Morgan, Kirra Moke, Sarah Maddox, Sally Roebuck, Danielle Green, por seguir siendo mis cimientos.

Agradecimiento inquebrantable, siempre, a mi familia: Sophie, Phillip, Emily, Chelsea, Diane, Lisbeth, Aruna, Lauren, Tom, Srimathie.

Por último, este libro sencillamente no existiría sin Martin Seneviratne, porque yo estaría tirada en el suelo en alguna parte, llorando y/o muerta. Gracias por escucharme, consolarme, editarme, darme terapia, aguantarme, alentarme, celebrarme. Por todo, básicamente. Gracias por todo. Te amo exageradamente.

Esta obra se imprimió y encuadernó
en el mes de septiembre de 2024, en los talleres
de Impregráfica Digital, S.A. de C.V.
Av. Coyoacán 100-D, Col. Del Valle Norte,
C.P. 03103, Benito Juárez, Ciudad de México.